感応の呪文

デイヴィッド・エイブラム

感応の呪文

――〈人間以上の世界〉における知覚と言語

結城正美訳

水声社

絶滅したものたち、そして消えつつあるものたちへ

序および謝辞

人間は関係を求めるようにできている。目、肌、舌、耳、鼻孔——これらを入口にして私たちの身体は他者から滋養を得ている。陰翳のある声を秘めたこの風景、ここにいる羽毛に覆われた身体や枝角や荒々しい流れ——こうした呼吸する形は私たちの家族であり、私たちが関わり一緒にもがいたり悩んだり喜んだりする存在にほかならない。私たちの種の存在の大部分において、人は感応的な環境のあらゆる面と交渉し、あらゆる羽ばたく形や、たまたま焦点の合った肌理《きめ》の荒い表面や震えているものたちと可能性を交換してきた。どれもみな話すことができ、身《ジエ》ぶり《スチヤー》やさえずりやため息をとおして、変容する意味の網の目を表現している。この意味の網の目を私たちは肌で感じたり、鼻から吸ったり、耳をそばだてて聞いたりしている一方で、これらに——音や動きによってであれ、ちょっとした気分の変化というかたちであれ——応答してもいる。空の色、波の猛進——地上の感応的なるもののあらゆるすがたが、好奇心に養われ危険というスパイスの効いた関係に私たちを向かわせる。音という音は声であり、擦ったりまごついたりすること自体が出合い――〈雷〉という存在、〈オーク〉という存在、〈トンボ〉という存在との出合い――なのである。そして、このような関係から私たちの集合的感性が養われる。

今日、私たちが関わりを持つのは他の人間および人間の作った技術にほぼ限られている。多声的風景との長年にわたる相互交流を考えると、これは由々しき事態である。私たちには依然として、私たち人間や人間の創造物とは異なる他なるものが必要だ。私たちは人間でないものとの接触と共愉（conviviality）においてのみ人間である――これが本書の純然たる前提である。

このような前提は、人間の作った複雑な技術をすべて放棄しなければならないということを意味するのだろうか。いや、そうではない。だが、感応的世界としっかり付き合えるようにならねばならない、ということは含意されている。酸素を作る森の呼吸、重力のつかみ、川の急流の渦巻く魔術、こういったものがなければ私たちは自ら作り出した技術から距離をおくことができず、その限界を判断することもできず、それとの同化を避けることもできない。身体的世界の肌理、リズム、味わいを知り、人間の発明品との違いを容易に見分けることができなければならない。直接的で感応的な現実だけが人間以上《モア・ザン・ヒューマン》の神秘において唯一の試金石であり続け、電子的に生産される眺望や遺伝子工学で作られた快楽にあふれた昨今の経験世界を判断する確固たる試金石になる。身体的に感じることのできる大地や空との日常的な接触を通してのみ、私たちは、私たちを支配する多次元において自分の位置を確かめ航海する術を学ぶ。

本書を執筆するにあたり私には二つの目標があった。一つは、様々な分野で環境活動に従事している仲間たちに強力な概念的道具を提供することである。自然保護運動家、原生自然《ウィルダネス》擁護者、コミュニティ組織者、生態地域学者、ネイチャーライター、保全生態学者、環境心理学者をはじめ、私の周りには、生命ある大地からの人間の疎外を理解し、それを緩和しようと真剣に取り組んでいる人たちがたくさんいる。だがもう一つ、学者や科学者や教育者が属する制度化された世界の内部に新たな思考を呼び起こしたいという考えもあった。こうした人たちは、野生の自然が急速に破壊され、他の種が確実に消えていき、その結果人間同士の関係が平板化した状況に対して、奇妙にも沈黙を守っている。

この対を成す二つの目標に照らして、本書では、高水準の理論的、学術的精度を維持するよう努めたが、その際、生ける大地との関わり合いから湧き出る情熱、困惑、喜びを隠し立てすることはしなかった。そのため本書には二つの序論がある。一つは「私的序論」で、本書で取り組む様々な問いを提起するきっかけとなった稀有な冒険について詳述している。この序論では、私が手品師としてアジアの田舎で現地の伝統的な呪術師と生活していた時の出合いや思索が中心になっている。次に、「学術的序論」があり、そこでは本書で取り組む問いへの理論的アプローチの概略を述べている。より具体的に言うと、この序論では二十世紀に発展した「現象学」——直接経験をめぐる研究——の伝統について論じている。現象学は知覚経験を慎重に研究するもので、もともと経験科学に強固な基礎を与えることを意図して始められたが、予期せぬ形で、あらゆる人間の経験の中心に大地＝地球があることを明らかにしていった。

本書では一貫して、感覚的経験、哲学的反省、経験的情報が密接に絡みあっているが、哲学的問題が肌に合わない読者は学術的序論（第二章）を読み飛ばして構わない——小見出しを見て興味を引くものを少し読んでいただければと思う。第三章も、言語の身体的特性に関して専門的なことを扱っている箇所があるので、踊るように読み進めて構わない。第三章の最後に、その後の議論のために短い要約をつけておいた。

本プロジェクトは多くの仲間の支援なくしては実現しなかった。生態地域推進者クリス・ウェルズ、エコロジカルなチェリストのネルソン・デンマン、予言者ヘザー・ロウントゥリー、夢追い人R・P・ハーバー、ジュリア・ミークス、フランシス・ハクスリー、サム・ヒット、ヴィッキー・ディーン、リッチ・ライアン、ステラ・リード、ならびにニューメキシコ州北部の〈すべての種《オールスピーシーズ》〉の一族の人々、こうした方々の好奇心と親切がなければ本書は生まれなかった。

本書における思索は、様々な場所での友人たちとの会話によって洗練された。なかでも、デイヴィッド・ローゼンバーグ、アルネ・ネス、レイチェル・ウィーナー、ビル・ボアツ、ゲーリー・ナブハン、イヴァン・イリイチ、クリストファー・マニス、ドゥルー・リーダー、マックス・エルシュレイガー、リン・マーグリス、ドリオン・サガン、ジェームズ・ヒルマン、チェリス・グレンディニング、ローラ・シーウォール、リック・ブースビー、ベアード・キャリコット、スターホーク、レックス&リサ・ウェイラー、ヴァレリー・グレミリオン、トム・ジェイ、そして寛大な心を持つトマス・ベリーに謝意を表する。山の聖賢ドロレス・ラシャペルと文人エイミー・ハノンからはごく初期の段階で大いなる励ましを受けた。また、草稿を読んでくれたピーター・マンチェスター、アンソニー・ウェストン、ポール・シェパード、ジョン・エルダーの洞察から多くを学んだ。

哲学者エドワード・ケイシーならびにワイルドサーモンを知り尽くした賢者フリーマン・ハウスは親交と導きを、歴史家ドナルド・ウォースターは励ましと創造的刺激を与えてくれた。仏教研究者で詩人のスタン・ロンバードならびに大草原の管理人たるケン・ラスマンとカリン・ゴールドバーグからは予期せぬもてなしを受けた。クリスチャン・グロノーとアイリーン・ダグラスは動物の世界への鋭い洞察を分かちあってくれた。レイチェル・バグビーは魂の支えとなってくれた。記して、謝意を表する。

編集者にも恵まれた。ジャック・シューメイカーは本書に即座に関心を示し、新しい出版社の立ち上げで多忙な時に時間を割いて原稿を読み手を入れてくれた。ダン・フランクは出版をめぐる迷路を忍耐強く案内してくれたほか、鋭い洞察に満ちた数々の提案を示してくれた。そして、フランクのアシスタントのクロディーヌ・オハーン。みなさんに心からお礼申し上げたい。また、エージェントのネッド・リーヴィットにも感謝の意を表する。

ディープエコロジー財団とレヴィンソン財団からの寛大な助成、ならびにロックフェラー財団からの一年間のフェローシップがなければ、本書の研究と執筆は進まなかった。

すばらしいアーティストを両親に持つ人は稀だが、私はその意味で幸運だった。それぞれピアニストと画家であるブランシェ・エイブラムとアーヴ・エイブラムは、本書に取り組んでいる間、多くの戦術的支援を与えてくれた。両親から得た励ましはもとより、細心の配慮により譲り受けた美をめぐる直観に感謝したい。

最後に、親友であり盟友であるグレーテル・ラガに、言葉で言い尽くせないほどの感謝を捧げたい。彼女の優美な知性に触れて私の思考は深まり、彼女の優しい魔術によって私は感覚に引き戻された。彼女がいてくれたおかげで、本書の冒険は大変すばらしいものになった。

こおろぎの柔らかい秋のハミングが
私たちに向けられているように
私たちは樹々に
樹々は
岩や丘に語りかけている。
——ゲーリー・スナイダー

目次

序および謝辞　9

第一章　魔術のエコロジー——私的序論　21

第二章　エコロジーに至る哲学――学術的序論　53
Ⅰ　エトムント・フッサールと現象学　53
Ⅱ　モーリス・メルロ＝ポンティと知覚の融即的特質　69
第三章　言語の肉　105
第四章　アニミズムとアルファベット　131
第五章　言語の風景のなかで　183
第六章　時間、空間、そして地蝕　237
Ⅰ　抽象化　237
Ⅱ　生ける現在　262

第七章　空気の忘却と想起　291
結び——裏を表に　337
原注　355
参考文献　391
索引（主要人名・著書名、部族名）　399
訳者あとがき　403

第一章　魔術のエコロジー――私的序論

ある夜更けのこと、バリ東部の水田地帯にある小屋を出た私は、宇宙に落ちてゆくような感覚に見舞われた。頭上の漆黒の空に星が波打ち、闇の輪郭を浮き彫りにするように密集しているところもあれば、分散して互いに合図を送りあっているところもある。その向こう見えるのは、いくつもの支流を従えて流れる光の大河。天の川は頭上だけではなく私の足下でも波打っていた。私の小屋は、二フィート〔約六十センチメートル〕ほどの高さの畦《あぜ》で仕切られた水田が大きなパッチワークのように連なっている場所の真ん中にある。水の張られた田んぼには、日中はか細い緑の苗で若干ゆがみはするものの青い空がほぼそのまま映し出されていた。だが、夜になると星々が水田の表面で明滅し、頭上だけでなく足下でも闇のなかで光の河が渦巻く。一歩足を踏み出せば星が散らばる宇宙に永遠に落ちてゆく、そんな感じがした。

私は、夜空の下だけではなく空の上にもいた。その場で感じたのは無重力状態。感覚が混乱していなければ、地面や重力の感覚を取り戻して自分のいる位置を確かめることができたかもしれない。なにしろ、頭上と足下で輝く星座の間に、数えきれないほどの蛍が星のように光を明滅させながら漂っていたのだ。ゆらゆらと上の方へ飛んでいき頭上の星々に合流したり、優美な流星のように上から流れ落ちてきて足下に広がる星座に合流したりする蛍。上へ下へと伸びる光の筋がすべて、鏡のような水面に映し出されていた。宇宙に落ちてゆくような感じがする時もあれば、ふわりと浮いた状態で漂っているように感じる時もあった。この強い眩暈と混乱を追い払うことなどできるわけがなく、蛍の光の筋や水面に映った光に囲まれて、私はずっとトランス状態にあった。ようやく小屋に戻り、この渦巻く世界に通じる扉を閉めた後でも、自分が身体を横たえているこの小さな部屋が大地と接触せずに浮かんでいるように感じた。

そう、蛍！　私が初めて昆虫の世界に導かれたのはインドネシアであり、そこでまず学んだのは――あんなに小さな身体にもかかわらず――昆虫が人間の感覚に及ぼしうる影響力の大きさであった。私は魔術を学ぶために研究助成を得てインドネシアを旅していた。より正確に言えば、魔術と医療《メディスン》の関係について研究するために、まずインドネシア諸島のドゥクンとよばれる昔ながらの呪術師に会い、次にネパールのドゥザンクリスとよばれる呪術師に会うという計画であった。この研究助成にはおもしろい一面があって、私は、文化人類学者や研究者といった外面的な立場でアジアの一地方に入るのではなく、現地の呪術師とより直接的につながる方法が得られるのではないかと考えて手品師として現地入りしたのであった。それまでの五年間、私はアメリカ合衆国でプロの手品師としてはたらき、ニューイングランドのクラブやレストランでパフォーマンスをおこない大学の学費を稼いでいた。また、一年休学して知覚心理学の研究から離れ、街頭手品師としてヨーロッパ中をまわり、旅の終わりの数カ月をロンドンで過ごしていた時に、臨床療法士も打つ手がないほど打ちのめされた人たちとのコミュニケーションを生み出す手段として、手品を心理療法で使えるのではないかと考え調べていた。[1] この取り組みがうまくいき、私は手品が治療効果のあるアートであると考えるに至り、西洋ではほとんど忘れ去られている民間療法《フォークメディスン》と魔術の関係に関心を持つようになったのである。

そのような経緯で、先述の研究助成に応募しアジアの一地方に手品師として滞在した次第である。現地では手品師の技能が地元の呪術師の関心を集めるのに大変役立った。魔術師というのは、現代の芸人であれ土地に根づいた部族の呪術師であれ、仕事上、知覚の可塑的な感触を必要とするという点で共通している。通常の知覚領域を変えるごく初歩的な技能があるということが地元の呪術師の間に広まるにつれ、私は彼らの家に招かれるようになった。そして、秘密の共有を求められ、様々な儀礼や儀式への参与を促されたり、時には強く要求されるまでになった。

しかし、研究の焦点は、魔術の技法を医療や儀式的治療に応用することをめぐる問いから離れて、伝統的な魔術と生命ある自然界との関係をめぐる深遠な思索へと移っていった。こちらの方が問題が広く、かつての問いを解く鍵がそこに隠されているように思えた。というのも、私が出会ったインドネシア諸島の呪術師たち、そしてネパールでともに暮らしたドゥザンクリスは、誰ひとりとして、儀式治療家という自分たちの仕事を共同体内部の主要な役割や機能とみていなかったからだ。その人たちのほとんどが近くの集落に住む人々の主たる治療家であり「主治医」であったことは確かで、実際、村人たちからそのように呼ばれていた。しかし、村人たちは時に声をひそめて、その人たちを魔女（バリ語で「レジャック」）と呼び、後で治療する予定のまさにその病気で人々を苦しめようと夜な夜な治癒のまじないを逆の方向に（あるいは右に向くべきところを左に向けて）使っていると噂したりもした。そうした人々の疑いのまなざしはインドネシアではごく当たり前に見られ、最もよく効く熟練の治療家、すなわち病気を退ける優れた技能で知られる治療家たちに向けられることが少なくない。魔術師は、有害な力を排撃するために、そのような力や悪魔をよく理解しておらねばならず、場合によってはそのような力と近しい関係にあることが求められる。個人的には、自分の出会った魔術師やシャーマンが人に害を及ぼすために魔術を行使するケースを意識して見たことはないし、かつてそのようなことがあったという確たる証拠があるかどうかも知らない。（私が出会った魔術師はサービスのお礼として金銭を受け取ることはまずなかった。食べ物や毛布といった形での贈物は受け取っていたが。）驚いたことに、呪術師たちは、村人たちの間に広まっている噂や憶測に対して行為や言葉で反撃したことがないという。次第にわかったことだが、そうした噂や、噂によって村人たちの心に生まれる曖昧な恐怖心の助けを借りてはじめて、呪術師たちは基本的なプライバシーを維持できるのである。村人たちが地元の呪術師に対して何らかの恐怖心を抱くことがなければ、些細な病気や障害でも呪術師の力を借りようとするだろう。力のある人ほど大きな集落にサービスを提供しなければならないので、呪術師は朝から晩まで儀式的救援の依頼攻めにあうことになる。呪術師につきものの疑いと恐怖心が地域中に広まることにより（場合によっては、噂を促したり噂に一役買ったりして）、呪術師は、真に自分の技能を必要とする者だけが意を決して助けを求めにくるように仕向けているのである。

こうしてプライバシーが護られることにより、魔術師は自分の主たる技巧や機能と考えるものに精力を注ぐことができる。この機能を知る手がかりは、魔術師が集落の中心に居住することが稀だという事実にうかがえる。魔術師の家は空間的な意味で共同体の外れにあるか、あるいはこちらの方がよくみられるが、集落の周縁のさらに向こう側、つまり水田の真ん中、森の中、巨礫が乱雑に鎮座しているような場所にある。このことが先述したプライバシーの必要性に帰するのはもちろんだが、伝統的文化における魔術師にとってはまた別の目的があると考えられる。それは、共同体に関して魔術師が持つ象徴的な位置に空間的表現を与えているということである。というのも、魔術師の知性は社会の内部で達成されるものではないからだ。魔術師の知性は共同体の周縁にあり、人間の共同体と、その集落の食べ物や生計の拠り所である存在が棲まうより大きな共同体とを媒介する。このより大きな共同体には、人間のほかに、その土地の風景を構成している様々な非人間《ノンヒューマン》の存在が含まれている。それは、多様な植物やその土地に棲んだりそこを移動したりする無数の動物——鳥、哺乳動物、魚、爬虫類、昆虫——から、土地の地勢を特徴づけるある種の風や気象パターン、そしてもちろん、周りの大地に具体的な特徴を与えている森や河や洞窟や山などの様々な地形に至るまで、実に多様である。

伝統的ないし部族のシャーマンは人間の共同体とそれを包含する生態系を媒介する、ということが私には徐々にわかってきた。シャーマンのはたらきが明らかにしているのは、滋養の流れというものが風景から人間へという一方向でなく、人間の共同体から大地へ返されるということである。儀式、トランス状態、恍惚的脱自、そして「旅《ジャーニー》」とよばれる状態をとおして、シャーマンは、人間社会とそれを包含するより大きな社会との関係のバランスと相互交流を保ち、集落が大地からもらった分だけ返す——物質的な意味だけでなく、祈祷や慰撫や賞賛をとおして——ようにしているのである。収穫や狩りの規模は部族共同体と自然界との交渉によって決められる。共同体の大人であれば誰もがある程度、自分の日々の営みに影響を及ぼす周囲の他者の存在に耳を澄まし、それに調子を合わせることができる。けれどもシャーマンや呪術師は、人間界と人間以上《モア・ザン・ヒューマン》の世界を媒介する領域の模範的な旅人であり、〈他者〉との関係における最も重要な戦略家であり交渉人なのである。

シャーマンは、人間の共同体を超えたところに棲まう生命ある力と絶えず関わりを持つからこそ、その共同体の内部で起きる個々の様々な病気を緩和することができる。呪術師は絶えず、共同体とそれを取り巻く大地との関係を「治癒」したりバランスを調整したりするわけだが、そのような日々の実践から病気を治す力を得ているのである。このような文化では、病気は、病にかかった人の内部におけるある種の全身不均衡状態、より映像的に言えば、悪霊のような存在や有害な存在が身体に侵入したというふうに考えられている。村や部族の内部に有害な力が存在し、敏感な人が健康や情緒の安定を妨げられるという場合も時にはある。だが、そうした共同体内部に有害な力が生じる原因は大抵、共同体とその共同体が埋め込まれたより大きな力のフィールドとの不均衡にある。日々の実践を通して、人間の集落と生命ある風景のあいだに注意を向け、両者の関係の監視と維持に関わっている者たちだけが、集落の内部で生じる個々の病気を適切に診断し、治療して、最終的に病気を取り除くことができるのである。人間の共同体とそれよりも大きな人間以上の世界との緊密な相互関係に注意を向けずに治療にあたると、ある人からは病気を追い払うことができても、同じ問題が共同体内部のどこかで（すがたを変えて）生じることになる。そういうわけで、伝統的な魔術師や呪術師の主要なはたらきは人間の世界と非人間の世界との媒介にあり、治療はそれに付随しておこなわれる[2]。人間集団とそれを取り巻く非人間の地域との関係を調節するのに必要な技量はもちろんのこと、絶えず調整されながら両者の相対的均衡ないし不均衡を捉える気づきがなければ、どんな「治療家」も役に立たないし、実際のところ治療家とはよべない。呪術師の主たる忠誠が向けられるのは、人間の共同体ではなく、それが埋め込まれている生命の関係の網の目にほかならない。そして、人間の病気を和らげる呪術師の力は、この地球上の生命が織りなす関係の網の目に由来する。このように、地元の魔術師は他の人々とは別の存在なのである。

非人間である自然が魔術師にとって最も重要である——すなわち、他の種や大地（海や川も含む）との関係が中心にある——ということは、西洋の研究者にとって必ずしも自明のことではない。数多の人類学者が、シャーマンと「超自然的」存在とのつながりに関する多くの研究を出版する一方で、シャーマンの技巧に備わるエコロジカルな要素を見逃してきた。このような誤りの原因は、現代の文明化された考え方にある。これは、自然界を決定論的、機械論的に捉え、人間の知力の範囲を超える神秘的で強力なものは自然の上位にある非物質界、すなわち「超自然」に属するという見方である。

このような誤りは、先住民の暮らしの流儀について記述した初期のヨーロッパ人がキリスト教宣教師だったということを考えると少しは理解できる。教会では、人間だけが知的精神を有し、木や川は言うに及ばず他の動物は人類に仕えるためだけに「創造された」と考えられていた。キリスト教という制度の教義に染まったヨーロッパの宣教師が、なぜ、非人間の（といえども自然の）力に畏怖して感極まり忘我の境地にある部族の人々に、この世のものではない超自然的な力があると思い込んだのか、それは容易に理解できる。ここで注目すべきは、初期の研究者の自民族中心的な先入観が現代の人類学者にもみられるということだ。現在では、シャーマンを手伝う不可思議な精霊のことを「異教徒の原始人にみられる迷信的たわごと」とは言わないし、少なくともその程度は自民族中心主義から足を洗うことはできた。けれども、態度が丁寧になったとはいえ依然として不可思議な力を「超自然」と呼ぶのは、自然を退屈で容易に予測できる世界であり神秘には不向きなものと捉える科学文明特有の見方を払拭できないからである。とはいえ、土着の口承文化において畏怖と驚異をもって接せられるのは、私たちが自然とみなすものにほかならない。シャーマンが関係を築かんとする不可思議な力や存在は、とどのつまり、文字を持ち「文明化された」ヨーロッパ人の目には単なる景色、すなわち差し迫った人間社会の問題の背景を成す感じのよい風景と映るもの——代り映えのしない植物、動物、森、風——と違わないのである。

アメリカの対抗文化《カウンターカルチャー》を通して広まった「魔術」の最も洗練された定義は、「意志によって自分の意識を変える能力や力」というものである。意識の変革を求める理由には何の言及もない。しかし、部族文化では、私たちが「魔術」と呼ぶものの意味は次の事実に由来している。すなわち、土着かつ口承という状況において人間は自身の意識というものを数ある気づきの様態のひとつとして経験する、という事実である。伝統的な魔術師は、人間の存在が絡まりあっているところの、感覚や気づきを有する他の有機的形態と接触するために、自分の通常の意識の状態から抜け出す能力を涵養している。自分が属する文化に認められている知覚の論理を一時的に脱ぎ捨てることによってのみ、魔術師は自分の思い通りに他の種との関係を築く望みを持つことができる。通常の感覚の組成を変えることによってのみ、その土地その土地の風景に生命を吹き込んでいる多様な非人間の感性と通いあうことができるのだ。これは、その土地にある他の力と接触したり、その力から学んだりするために、自分の属する文化を区別する知覚の境界——社会的慣習、タブー、そしてこれが最も重要なのだが、共通の言葉や言語によって強化された境界——を難なくすり抜ける能力であり、これこそがシャーマンをシャーマンたらしめているものではないだろうか。魔術とはまさしく、より大きな人間以上の場で発せられる意味ありげな求め——歌、叫び、身ぶり——を受け止める強度の感受性にほかならない。

以上のことから、魔術とは、その最も根源的な意味において、多数の知性から成る世界に存在する経験の謂いであることがわかる。言い換えれば、頭上で急降下する燕から草の葉にとまった蠅、さらにはその草の葉に至るまで、人が知覚するあらゆる形態が経験している形態であり、自分の感じ方とは異なりはするが独自の感じ方や好みを持つ存在であるという直観が魔術と呼ばれる。

念のために記しておくと、シャーマンのエコロジカルな機能、すなわち人間社会と大地を媒介する役割は、敏感な観察者であっても一目でそれとわかるものではない。部族のある者の不眠を治すために、あるいは単に失くしたものがどこにあるかを教えてもらうために、魔術師が招《よ》ばれるとしよう。魔術師はトランス状態に入り、自分の気づきを異なる次元に送って洞察と助けを求めるわけだが、このような次元を「超自然」と解釈したり、魔術師個人の精神の内部の世界と考えるのは早合点というものだ。というのも、私たち西洋人の心理的経験でいう「内部の世界」は、キリスト教徒が信じる超自然的天国と同様、元をたどれば先祖伝来の大地との相互関係を喪失したことに由来するからである。私たちを取り巻く生命ある力が自分たちよりも意味のないものと解釈される時、あるいは生み出す力を持つ大地がにわかにそれ固有の感性や感情に欠けた確定的な物（それとの関係で人間の存在が常に定められてきた）として定義される時、野生や多なる他者性をめぐる感覚は、自然界を超えた超感覚的な楽園か人間の頭蓋――この世で唯一、言葉で言い表せないものや計り知れないものに許された安全地帯――への移動を余儀なくされる。

真に土着の口承文化では、感覚的な世界それ自体が神々の棲み処《か》であり、人間の生の営みを養いもすれば滅ぼしもする霊的な力の棲み処であり続ける。シャーマンが生命や健康を提供するものと接触するためには、自分の気づきを自然界の外に送るのでも、自分個人の精神状態に向けて旅をするのでもなく、気づきを横方向に、感応的であると同時に心理的な風景の奥行きに向かって、空高く舞う鷹や蜘蛛や固い表面を静かに苔に覆われている石と共有する生ける夢に向かって、外へ外へと進ませることが求められる。

魔術師にみられる、非人間である自然との親密な関係は、その人が実際におこなっていることの背景に目を凝らすと明確になる。その背景とは、単に個々の依頼人に頼まれておこなう治癒や儀式といった目に見える仕事でも、魔術師が演奏や踊りをおこなう大きな儀式でもなく、そうした儀式の準備に欠かせない祈りの内容や、独りになった時におこなう無数の儀式的な身ぶり、すなわち魔術師が大地やその様々な声に対して日常的におこなう融和や称賛を指すのであり、そういうところにこそ注意を向けねばならない。

こうした非人間である自然への着目は、先に述べたとおり、インドネシアの魔術と民間療法の使用法に関する研究に着手した当時の関心とは異なるものであり、土地の魔術師の技巧にみられる繊細さに気づくようになるには時間がかかった。先入見が変化し始めたのは、バリ島の奥地にある「バリアン」とよばれる呪術師の家に数日間滞在した時で、その変化は静かに訪れた。私は、この若いバリアン一家の家屋群（バリの複合家屋のほとんどは、囲いで仕切った土地に建てられた、寝室用や調理用といったいくつもの独立した小さな建物から成る）にある、簡素なベッドが一つおかれた寝室小屋を使わせてもらった。連日早朝にバリアンの妻が小さなボウルに入った美味しい果物を運んでくれた。私は、地面に座って小屋の壁にもたれ、サラサラと音を立てて揺れるヤシの葉のあいだを太陽がゆっくりと昇るのを見ながら果物を食べた。バリアンの妻は私に果物を運ぶ時に、うまくバランスを取りながらもう一つ別のトレイを持っていて、そこには小さな緑の皿がいくつも載っていた。それは舟の形をした小さな皿で、刈ったばかりのヤシの葉で手早くきれいに織られたものだった。大きさは二、三インチ〔約五〜八センチメートル〕で、それぞれの皿にご飯が小さく盛られていた。私に朝食を届けた後、バリアンの妻はトレイを持って他の建物群の後ろに姿を消し、数分後、朝食を食べ終えた私のボウルを取りに戻ってきた時には、彼女のトレイには何も載っていなかった。

二回目にご飯を盛った小皿が整然と並べられたトレイを見た時、それらが何のためのものなのか訊いてみた。女主人は、家の精霊たちへの捧げものであることを根気よく説明してくれた。彼女が「精霊」の意味で用いるバリ語の言葉について訊ねると、インドネシアでは家屋群に棲まう精霊への贈物があるという説明が繰り返されたのだが、私にはその意味が正しく理解できたように感じられた。女主人は私にスライスしたパパイヤとマンゴーの入ったボウルを渡すと、角の向こうへ姿を消した。私はちょっと考えてボウルを置くと、小屋の横に出て木の陰から目を凝らした。最初は姿が見えなかったが、じきに女主人が別の建物の角で身をかがめ、捧げものの一つと思われるものをそっと地面に置いているのが見えた。女主人はトレイを持って立ち、同じ建物の別の角へ歩いていき、もう一つ別の捧げものをゆっくりと注意深く地面に置いた。私は小屋に戻って果物を食べ、朝食を終えた。その日の午後、家中が忙しくしているなか、女主人が二つの捧げものを置いた建物の裏側へ行ってみた。そこには、小さな緑の皿が建物の裏側の二つの角に整然と置かれていた。けれども、小さく盛られたご飯はなくなっていた。

翌朝、朝食の果物を食べ終え、女主人が空のボウルを取りに来た後、私はすぐにあの建物の後ろへと向かった。ヤシの葉の捧げものが二つ、前日と同じ場所に置かれていた。小皿にはご飯が盛られていたが、そのうちの一つをじっと見ていると、米粒が一つ動いているのに気づいた。

膝をついて顔を近づけてようやく黒い小さな蟻の隊列が地面を曲がりくねりながら捧げものに向かっているのに気づいた。さらに目を凝らすと、蟻が二匹、捧げものによじのぼって一番上の米粒と格闘しているのが見えた。そのうちの一匹が米粒を引きずりながらヤシの葉の外の隊列へと戻って行った。二匹目の蟻も米粒を持って捧げものから下りてきて、押したり引きずったりしながらヤシの葉っぱから転げ落ちていった。そして三匹目が捧げものをよじのぼっていく。蟻の隊列は近くのヤシの木のあたりの草むらから出てきたようだった。他の捧げものに歩みを進めると別の蟻の隊列が白い米粒を引きずって動いているのが見えた。こちらの隊列は、建物から十五フィート〔約四・五メートル〕ほど離れた小さな盛土から出てきていた。

捧げものは私が寝泊まりしている小屋の一角にも置かれていたのだが、そこにも同じような蟻の隊列があった。部屋に戻ると笑いがこみあげてきた――バリアンと彼の妻は贈物によって家の精霊をなだめているというが、単に六本脚の小さな泥棒に捧げものを盗まれているだけではないか。なんと無駄なことをしているのだろう。しかし次の瞬間、奇妙な考えが浮かんだ――この蟻こそが「家の精霊」にほかならず、捧げものが蟻たちのためだとしたら、どうだろう。

ことの論理はほどなくわかった。この熱帯の島のほとんどがそうであるように、家屋群の近くにはいくつもの蟻塚がある。家屋群（そこにはバリアンとその妻子のほかに親戚や血縁が暮らしていた）の建物では、日々の料理や、周りの集落でおこなわれる儀式や祭のための捧げものの準備がおこなわれるため、地面や建物が大量の蟻の襲撃を受ける危険性は小さくなかった。蟻の襲撃は、稀な生活妨害から絶えざる攻撃にまで及びうる。明らかなのは、毎日のヤシの葉の捧げものが家の敷地を取り囲む（そして敷地の下に存在する）自然の力による攻撃を未然に防ぐはたらきをしていたということである。日々のご飯の贈物は蟻たちをひきつけ、またおそらくは満足させたのであろう。捧げものは、家屋群の様々な建物の角の決められた場所に繰り返し置かれることにより、人間共同体と蟻の共同体との境界を設定したようだ。そして、贈物というかたちでこの境界に敬意を払うことにより、人間は虫にも境界を重んじ建物に入ってこないよう説得しようと考えたのだった。

しかし、私はこれらが「精霊への」贈物であるという女主人の言葉にまだ困惑していた。無論、我々西洋人の考える「精霊」（これは「肉体」との対比で定義されることが多い）と、部族の土着的な諸文化が大きな敬意を払う神秘的な存在は、常に混同されてきた。先に述べたように、大きな誤解が生じた背景には、異文化の風習を研究する初期の西洋人がキリスト教の宣教師だったという事実があり、かれらは部族の人々が土地の気流に敬意を払っている場所に超常現象や幽霊を見てしまうのであった。「精霊」という概念は、我々西洋の者にとって、主として神人同型的なもの、人間と関連するものとみなされるが、例の蟻をめぐる経験によって私は、土着文化における精霊が人間の形をとらない知性や気づきの様態であることを知った。

人間として、私たちは人間の身体の必要性や能力を心得ている。私たちは自分の身体を生きているのであり、したがって、人間という形態の可能性を内側から熟知している。アオヘビやカミツキガメの経験をかれらと同じように具体的に知ることはできないし、花から蜜を吸うハチドリや太陽の光に浸るゴムノキの気持ちを経験することもままならない。けれども、新鮮な水を啜ったり日光浴しながら身体をのばしたりすることがどういう感じかはわかる。私たちの経験は他の感性の様態の変種と考えられるかもしれないが、しかし、人間である私たちは、人間とは異なる他の形態の感じ方をそのまま経験することはできない。それらがどのような欲望や動機のもとにあるのかを明快に知ることはできないし、それらが何を知っているのかということを知ることもできない、あるいは知っているという確信を持つことができない。鹿には感情があるということ、鹿は土地での適応の仕方や食べ物の見つけ方や子の護り方に関する知識を持っているということ、そして人間が依存している道具がなくても森で生きてゆく方法を知っているということ、これらはいずれも人間の感覚にとって明白である。マンゴーの木に果実を生み出す能力があることやノコギリソウに幼児の熱を下げる力があることも明白だ。人類にとって、このような〈他者〉は秘密の調達者であって、私たち自身がときに必要とする知性の運び手なのである。説明のつかない天気の変化を伝えたり、火山の爆発や地震を警告したり、狩猟採集の現場でよく熟れたベリーの在り処《か》や家に帰る一番よい道を教えてくれるのも、〈他者〉にほかならない。かれらの巣やシェルターの作り方を観察することで、私たちは自分の住居を補強するヒントを得、かれらの死から自分自身の死について学ぶ。衣食住や燃料をめぐる数えきれない贈物を私たちはかれらから受けているのである。けれども、かれらは〈他者〉であり続け、かれら独自の文化に存在し、かれら特有の儀式を披露するのであって、決して完全に理解されることはない。

さらに、精霊のように口承文化の感覚に話しかけるのは、西洋文明において「生きている」と理解される存在物や動植物だけではない。動物たちが水を飲む川やモンスーンがもたらす豪雨、手のひらにすっぽりとおさまる石もそうだ。山もまた特有の思考を有する。太陽が地平線に沈む動きにあわせて旋回したりさえずったりする森の鳥たちに至っては、熱帯雨林の声帯そのものである[3]。

もちろん、バリは原始的な先住民文化であるとはいえない。複合的な寺院建造物、込み入った灌漑システム、色鮮やかな祭や手工芸品はいずれも、インドのヒンドゥー複合体をはじめとする様々な文明の影響を物語っている。けれども、バリではこのような種々の影響がインドネシア諸島の土着のアニミズムとうまく織りあわされており、ヒンドゥーの神々は土地の地形にあった火山性で爆発しやすい精霊に専有されている。

太平洋の他の島々と同じように、インドネシアの根底にあるアニミズム的文化は、民族学者が「祖霊信仰」と呼ぶ考え方とも深く関わっている。亡くなった人間の祖先（そして彼らが現在の生活に影響を持つという考え方）に儀式的に敬意が払われていることから、口承文化の先住民族の言葉《ディスコース》を移動する様々な「力」や「精霊」が周りの風景における非人間の（けれども感覚を持った）力と結びついたものだという私の見解は無効だと異議を唱える向きもあるかもしれない。

そのような異論は、死んだ人の「精霊」が生前の人間の形態をとると考えたり、精霊は私たちの感覚が接近を許された物理的世界の外部に棲まうとみなしたりする、キリスト教文明の考え方に基づくものである。ほとんどの先住民族の人々は、そもそもこの世の自然の外部に非物質的で霊的な世界が存在するとは考えていない。私たちが考える人間に限定された天国と地獄は、私たちを取り巻く感応的世界から、言い換えれば、天使のような知性や悪魔のような力に満ちた人間以上の世界から、ごく最近になって抽象されたものである。ほぼすべての口承文化にとって、人間を取り巻く感応的大地は生者と死者の棲み処に他ならない。そのような文化にあっては、「身体」——人間であるか否かを問わず——は機械的な物質ではなく、魔術的な存在、すなわち精神それ自体の感応的な様相にほかならない。死に際して身体が土壌や虫や塵に分解されるという事実は、祖先や長老がすべての生の源である生ける風景に徐々に再融合するということなのである。

部族が違えば、こうした変化をめぐる認識の仕方も異なり、それぞれが認識の手がかりを各文化が位置する地形から得ている。目に見える世界に生気を与えている目に見えない世界——人間と人間、あるいはあらゆるもののあいだを循環する微妙な存在——は、その内部に死者の霊や気配を保持しているのであって、そのような死者の気配はゆくゆくは以前と異なる別の可視的身体——鳥かもしれないし、鹿かもしれないし、野原一面の野生の穀草かもしれない——に入ってそれに生気を与える。文化によっては、死者を焼いたり「火葬」することによって、煙となったその人が旋回する大気に戻り、炎となって去ったものは太陽や星に捧げられ、灰となって残ったものは充溢した大地を養うと考えるものもある。別の文化では、死者の手足を切断し、ある特定の部位をコンドルの見つけやすい特別の場所や、マウンテンライオンや狼に食べられそうな場所に置き、その風景の特定の動物界に死者が早く生まれ変われるようにする場合もある。このような例からわかるのは、部族文化では、変化が死によって始まるということだ。その変化の内部では、死んだ者の存在は感覚の世界から「消滅する」のではなく（もし消滅するとしたら、どこへ行くのか?）、知らぬ間に風に入り込んだり、はっきりと動物の形をとったり、ときに鎮められねばならないほどの爆発性を秘めた火山の怒りとなって、生命ある力として広大な風景にとどまり続ける。様々な形をとる「祖霊信仰」とはとどのつまり、非人間である自然に向けられた注意の様式にほかならない。それは、人間の力への畏怖や敬意というよりは、気づきが人間の形態をとらない時に、すなわち身近な人間の現身が亡くなり包羅的な宇宙の一部となる時に、気づきがとる形態への敬意を指す。

このような人間のより大きな世界への回帰に示されているのは、私たちが出合う別の経験の形態——蟻であれ、柳であれ、雲であれ——が私たちと完全に異質であるわけではない、ということにほかならない。姿や能力や存在の様式は異なれども、それらは少なくとも微かに馴染みのあるものであり、遠縁と感じられるものですらある。逆説的なことだが、こうした親族、血族関係性の認識が、相違や他者性に不気味な力強さを付与しているのである。(4)

バリに入って数カ月後、私は滞在していた集落を出て、島にある前ヒンドゥー的な場所の一つを訪れた。自転車で午後の早い時間に到着したが、既に海岸からの観光客を乗せた帰りのバスが出た後だった。下の方に降りると、みずみずしいエメラルド色の谷が広がっていた。両脇を崖で縁取られた谷は、川の語りや刈られずに高く生い茂った草を吹き抜ける風のささやきで満たされていた。川に架けられた小さな橋の上で、はにかんだ幼児の手を引き広い籠を頭に載せた老女と出会った。老女は、檳榔子《びんろうじ》を噛んで赤く染まった歯のない口でこちらに向かって微笑んだ。川のずっと向こう側に行くと、苔に覆われた大きな複合建造物があり、それらは黒い火山岩を手で彫って作られたいくつもの廊下や部屋や中庭から成っていた。

　峡谷を下流に向かう川の湾曲部に立つと、崖にいくつもの洞窟があるのが見えた。それらは孤立して隔絶した感じがあり、私の見る限り洞窟に続く道はなさそうであった。私は洞窟を目指して草の中を進んだ。予想以上に大変だったが、丈の高い草のなかで方向を見失い川の浅瀬を三度渡った後でようやく洞窟の下に着いた。多少手こずりながらも岩をよじのぼって洞窟の入り口に着くと、四つ這いになって中へ入った。入り口は、幅は広いが高さが四フィート〔約一・二メートル〕くらいしかなく、中は五、六フィート〔約一・五〜一・八メートル〕ほどの奥行きであった。床と壁は苔で覆われており、様々なパターンの緑が洞窟に色を添え、岩のごつごつした感じを和らげていた。洞窟には、その小ささにもかかわらず――あるいはまさにその小ささゆえに――馴染み深い感じが漂っていた。他にも二つの洞窟に行ってみたが、いずれも同じような大きさだった。最初の洞窟がよいという気がして、やわらかな苔の上であぐらを組み洞窟の中からエメラルド色の峡谷を見渡した。私の座っていた場所はかなり奥まったところで、岩を切り刻んで作られた秘密の聖域という感じがした。この囲われた空間の音響のすばらしさを試してみたくて、まずはハミング、次に数日前にバリアンに手ほどきを受けた単調なうたを口ずさんでみた。洞窟によって私の声に倍音が加わり、私は嬉々として長いあいだ歌っていた。外の風の変化も雲が峡谷に落とす黒い影にも気づかずにいると、突然雨が降り出した――しかも激しく。モンスーンの最初の嵐だ！

　それまで私は島ではちょっとした雨しか経験しておらず、この滝のような雨には心底驚いた。崖から石がゴロゴロ落ちてくるし、眼下の緑の風景に作られた水たまりはたちまち池となり、川はみるみる増水した。家に戻れる可能性はなかった――この洪水の中で谷の入り口まで戻ることは無理だった。それで、シェルターに感謝しつつ、あぐらを組み直して嵐がやむのを待った。ほどなく崖の上の方で細い水の流れが集まって小川のようになり、二つの小さな滝となって洞窟の入り口を落下した。水の壁に目を凝らしていると、ところどころ薄くなった部分があり、そこから谷の姿がちらっと見えたかと思うと、また水の流れにかき消されてしまう。私の感覚は、滝の野生美や轟に完全に圧倒され、私の身体の内部はこの隠れ家に閉じ込められているという奇妙な感覚で打ち震えていた。

この騒動のさなか、ある繊細で小さな動きに気づいた。私のちょうど目の前、外の豪雨から私寄りにほんの一インチか二インチ〔約二・五〜五センチメートル〕のところで、一匹の蜘蛛が洞窟の入り口に伸びた細い糸の上を動いていたのだ。私はその様子を目で追った。蜘蛛はもう一本の糸を入り口上部に固定し、そこから最初の糸にスルスルと下りてくると、天井と床のちょうど中間あたりで二本の糸をつないだ。その後私は蜘蛛を見失い、少しのあいだ蜘蛛は糸もろとも消えてしまったかのようであったが、そうこうするうちに目の焦点が合ってきた。あと二本の糸が中心から床に放射線状に伸びていて、また一本加わった。ほどなく蜘蛛は放射線状に伸びた糸のあいだを円く格子で囲むようにスウィングし、外側へ螺旋状に糸を伸ばしていった。蜘蛛は、大雨のしぶきにひるむ様子はなかったが、時折螺旋状のダンスを止めて、天井や床に固定した糸を引っ張ってその張り具合を確かめ、また元の場所に戻ってきたりしていた。私は、焦点がぼんやりしてくると、揺れる蛛形《しゆけい》類が目に入ってくるまで待ち、その踊る形態によって蜘蛛の巣の輪郭が徐々にはっきりしてくると、蜘蛛が動くにつれてできる絹のような糸の新しい結び目に焦点を合わせ、深まるパターンに私自身のまなざしを織り込んでいった。

そうするうちに突如として、視覚が何か不調和なものを捉えた。別の糸が、私が見ている蜘蛛の巣の中心から放射線状に伸びるのでも螺旋を描くのでもなく、巣を斜めに横切ってシンメトリーを妨害していたのだ。この別の糸のパターンが何を意図しているのかを考えながら見ていると、新しい糸がはっきりと見えてくるにつれて蜘蛛の巣が焦点を外れることから、この糸が他の部分とは違う面にあることがわかった。新しい蜘蛛の巣の中心は、最初のものから十二インチ〔約三十センチメートル〕ほど右にあり、そこから床や天井へ何本もの糸を伸ばしていた。そうするうちに、また別の蜘蛛が糸を吐き、一匹目がそうしていたように踊りながら糸の強さを確かめ、糸の結び目に絹のような十字形を織り、外へと巻きつけているのが見えた。二匹の蜘蛛はそれぞれ独自に糸を吐いていたが、私の目には、一つの重なったパターンが織られているように見えた。視角が拡大するにつれ、また別の蜘蛛が洞窟の入り口で螺旋を描いているのが目に入り、突如として、多くの重なり合った蜘蛛の巣があることに気づいた。それらは、天井の岩と床の岩のあいだで宙に浮いたように存在する無数の中心――高いもの、低いもの、すぐ近くにあるもの、遠くにあるもの――から、それぞれのリズムで放射線状に糸を伸ばしていた。

　私は、生成途上の幾重ものパターンの複雑な広がりに驚愕し魅せられながら座っていた。私のまなざしは、蜘蛛の糸が重なっている箇所に息を吸うように引き寄せられたかと思うと、開けた空間に息を吐き出し、再び別の糸の重なりに引き寄せられていった。雨のカーテンはまったく静かだった――一度雨の音を聞こうとしたが聞こえなかった。私の全感覚は完全に魅了されていた。

　自分は宇宙の生成に立ちあっている、という感じがした。ある銀河系が生まれ、また別の銀河系が生まれる……。

　夜になり、洞窟は闇に満たされた。雨は一向に止まない。けれども、私は寒さも空腹も感じず、とても心穏やかでくつろいだ気分だった。洞窟の奥の方の苔に覆われて湿った地面に身体を伸ばし、眠りについた。

目が覚めると、太陽が峡谷に射し込み、眼下の草は鮮やかな青や緑を波立たせていた。昨夜の蜘蛛の巣も織り手も見えなかった。背後に雨のカーテンがないと見えないのかと思い、注意して洞窟の入り口を手で探ったが、蜘蛛の巣はなくなっていた。川へ下りて身体を洗い、峡谷を横切り最初に着いた場所に出ると、太陽が自転車を乾かしてくれていた。私は滞在先の谷へと向かった。

それ以来、私は三匹の蜘蛛に出合うと必ず大いなる不思議と畏怖の念を抱く。もちろん、インドネシアの宇宙観では、昆虫や蜘蛛だけが力を持つわけではないし、中心的な存在でもない。しかし、それらは私にとって精霊への導き手であり、足元の大地で生じている魔術への案内人であった。非人間である自然に潜む知性について、感覚力を持つ異質な形態が自らの感覚力を響かせる能力について、そして、響きを浸透させることで習慣的な見方や感じ方をいったん壊して、生気と気づきと覚醒の世界に人を開いた状態にする能力について、私に初めて教えてくれたのは昆虫や蜘蛛であった。私たちが普通に暮らしているこの世界に無数の世界が幾重にも存在することを初めて教えてくれたのは、この小さな生き物たちであり、私は訓練すれば自分も感覚上そのような次元に入ることができるとわかった。蜘蛛たちの正確で小さな手仕事によって私の気づきは研ぎ澄まされ、私の肉体をその一部とする宇宙の網状構造が蜘蛛たちの秘密の技巧から紡ぎ出されたように感じられた。既に蟻については書いたし、蛍についても、それが夜空の光と感覚的に似通っていることから重力の気まぐれについて教えられたと述べた。通常マラリアと呼ばれる長期間にわたる周期的なトランス状態もまた昆虫によって、具体的に言えば蚊によって、もたらされたものであり、私は身体の震えと汗と幻覚《ヴィジョン》の三週間を過ごしたのであった。

以前は自然に関心を向けることなどほとんどなかったが、伝統的な呪術師や予言者との出会いをとおして感覚に変化が生じ、自然界の求めに敏感になった。呪術師の奇妙な身ぶりを解読しようとしたり、彼らが常に言及する見えも聞こえもしない力を語る言葉を推測しようとする過程で、私はそれまでにないやり方で見たり聞いたりし始めたのである。呪術師が、家の隅にじっとしている力や〈存在〉について話す時、私は、太陽の光が屋根の隙間から流れ込み、大気中に舞う埃を円柱状に照らし出すことに気づくようになったし、その光の円柱自体が力であって、光の温かさで空気の流れを変え、部屋全体のムードに影響を及ぼしていることもわかるようになった。ということは、自分では意識的に見たことはなかったが私の経験はそれによって既に構造化されていたのである。私は新しい方法で鳥の奏でる歌に耳を傾けるようにもなった――鳥の歌はもはや人間の話し声《スピーチ》の背景にある律動豊かな音ではなく、それ自体が意味ありげな話し声であり、周りの出来事への反応やコメントであった。私は微かな変化に関心を持つようになり、一本の木の葉っぱが一枚だけ風にはためき、残りの葉は微動だにしない（ということは、その一枚の葉は魔術をかけられたのだろうか？）様子や、日射しの強さがコオロギの奏でる精密なリズムに現れる様子を考察した。いくつもの砂利道を歩きながら、丘の近くの道とその次の道との違いを感じるために歩みを緩められるようになったし、かつて地元のドゥクンに言われたように、場所が特別な力を持ち独特の賜物を差し出すことがあるのだが、それが生じる時間にその場の存在がわかるようになった。それは、その時間に木々が落とす影、あるいはその時間だけ風に運び去られることなく草の先端部に残っている匂いといった具合に、何日も立ち止まり耳を傾けた後でようやく感じ分けることのできる自然力によって、私の感覚に伝えられる力であった。

　また、動物たちも、あたかも私の身の構えの何らかの性質や呼吸のリズムがかれらの用心を和らげるかのように、私の放浪の足を止めさせるようになった。気づいたら猿と向かい合っていたこともあるし、大きなトカゲが目の前にいた時には、トカゲは話しかけても逃げるどころか興味津々に身を乗り出していた。ジャワ島の田舎では、猿が頭上の枝をわたって私についてくることがよくあったし、鳥はカーカーと鳴きながら私に向かって道を歩いてきた。ジャワ島南部の海岸から張り出した半島にある自然保護区であるパンガンダラン（地元の漁師が言うには「たくさんの精霊の棲まう場所」だそうだ）に滞在していた時には、木々を抜けたところで、その島にしかいない希少で美しいバイソンの一頭と目が合った。私たちの目はロックされた。バイソンが鼻息を立てると、私もお返しに鼻息を立て、相手が肩を上げると私も姿勢を変え、私が頭をぷいと上げると相手もそれに応えて自分の頭をぷいと上げた。私はこの他者と言葉を用いずに会話をしていたのであり、それは、意識的な気づきがほとんど関与しない身ぶりの二重奏《デュエット》であった。そのときの私の身体は、自分の思考する精神よりも古くからある知恵に突き動かされたかのようであり、他者の身体――木々や私たちが立っている石だらけの地面――によって語られる、言葉よりも深いロゴスに捕らえられ動かされたかのようであった。

人類学がシャーマンの自然への忠誠を見分けられなかったことで、現在、「先進国」では、精神的理解を求める多くの人たちが個人的発見や啓示に関する「シャーマン的」方法のワークショップに参加するという奇妙な状況が生まれている。心理療法士や場合によっては医者のなかにも、「シャーマン的な治癒《ヒーリング》技術」を専門にする者が出始めている。このようにして、「シャーマニズム」は精神療法《セラピー》の新しい形という意味合いを持つようになったわけだが、そういう流行のシャーマニズムの実践者が重視するのは個人的な洞察や治癒である。それらはもちろん高貴な目的であるが、土着のシャーマンの本来の役割に対して二次的ないし派生的なものでしかない。本来のシャーマンの役割を果たすためには、野生の自然、そしてそのパターンや移り変わりに長期間にわたって持続的に触れることが求められる。私の理解が正しければ、自然界をめぐる深い知識もなくシャーマンの治癒方法をまねても、せいぜいある症状を別の症状と取り替えたり、病気＝奪・安楽（dis-ease）の所在を人間の共同体内部のある場所から別の場所に移動させることしかできない。というのも、ストレスの原因は人間の共同体と自然の風景とのあいだにある関係にこそあるからだ。

　西洋の工業化された社会は、巨大なスケールときわめて集権的な経済ゆえ、ある特定の風景や生態系との関係において捉えられることはまずない。それが直接関わっている人間以上の生態系が生物圏それ自体なのである。悲しいことに、私たちの文化の地球生物圏への関わり方は相互交流的なものでも均衡がとれたものでもない。一度伐られれば再生が見込めない森が毎時間何千エーカーも消えてゆき、毎月何百もの種が絶滅に追い込まれているという事態が私たちの文明の過剰によってもたらされている状況では、免疫機能不全や癌、精神病や鬱の流行、自殺の増加、家庭内殺人、普段は明晰な個人による明らかな理由のない大量殺人といった、流行病の多さは驚くことではない。

　アニミズム的見地から言えば、こうした身体的、精神的苦痛の原因ははっきりしている。それは先述したように、地球の生態系に私たちの文明が不必要に暴力をふるったことにある。暴力を緩和することでしか苦痛は治癒できない。信条の問題のように聞こえるかもしれないが、このことは、私たちの生が、ともに進化してきた無数の有機体に完全に依存しているということを理解すれば明らかであろう。抽象のなかに埋もれた私たちの注意は、自分のことしか考えられないような人工技術のホストに催眠術をかけられているため、感情と感性を喚起する人間以上の母胎《マトリックス》に自分が身体的に存在しているという事実が忘れられがちである。私たちの身体は、生命ある地球の様々な肌理《テクスチャー》、音、姿との繊細な相互交流のなかで形成されてきた。目は他者の目との微妙な相互作用をとおして進化し、耳はまさにその構造によって狼の遠吠えや雁の鳴き声に適応してきた。このような他者の音や声から自らを切り離し、従来の生活様式を続けることで他者の感性を忘却や死滅に追いやることは、自分の感覚からその完全な状態を取り去り、自分の精神からその結合力を奪うことにほかならない。私たちは、人間でないものとの接触と共愉においてのみ、人間であるのだ。

インドネシア諸島には驚くほど様々な鳥がいるが、私が真に鳥の世界に足を踏み入れたのは、ヒマラヤ山脈の高所に住むシェルパ族のなかで研究をおこなっていた時であった。ヒマラヤ山脈は若い山々で、頂上が風と氷の作用による丸みを帯びていないので、圧倒的な垂直の風景が目に飛び込んでくる。高い尾根からでも、視線が遠くの地平線を捉えることはほとんどなく、隣接する山の急斜面によって視線が上へ上へとそらされる。山肌に刻まれた線や溝に今でも明らかなように、土地全体が空に向かってうねっている。この古代のダイナミズムが、感覚する身体に自然と語りかけてくるのである。

そのような世界にあっては、天空を舞い棲まいとするものが力を持つ。このようなものたちだけが自由に移動することができ、急降下して谷床近くの一つの点となったり、目に見えない気流にのって上空に舞い上がることができる。翼を持つものだけが隣の尾根の向こう側の様子をすぐに確認できるのであるから、かれらに注意を向けることによってのみ、自分が暮らす谷の気流の動きや密度の微かな変化はもちろんのこと、沖合の気候の変化も知ることができる。私がネパールで会ったシャーマンには、鳥を家族同然に飼っている人もいた。大鴉は谷で起きていることを絶えず噂する。群れで動く小さな鳥たちは、民家の屋根で一斉にアクロバットをしてみせたり、見事に動きを調和させながら旋回したり横に逸れたりし、群れ全体が魔法の吹き流しのように谷の気流に乗っては揺れ、一つの塊となって下降したかと思うと、次の瞬間には上へ上へと風に運ばれ、波のように膨らんでゆく。

しばらくの間、私は、シェルパ族のドゥザンクリの所に滞在した。彼の家は、ネパールのクムブ地区の急峻な山肌の岩を掘って建てられていた。山に沿ってつけられた狭い絶壁のトレイルを一緒に歩いている時、ドゥザンクリは崖から突き出している巨石を指差し、かつて非常に難しい治療を試みる前にその上で「踊った」ことがあると教えてくれた。数日後、高所にあるヤクの草地からドゥザンクリの家に向かう下山中、その巨石が目に入り、よじのぼってみた。踊るのではなく、岩の表面に生気を与えている淡い白と赤の地衣植物について考え、一休みした。乾いた谷の向こうでは、二羽のコンドルが雪で白く光り輝く山頂と山頂の間をゆったりと舞っていた。完璧に青く澄みわたったヒマラヤの一日だった。私はポケットから銀貨を取り出し、右手の指関節に銀貨を転がしながら理由もなく手品の練習を始めた。このどことなく単調な練習は、かつてシェルパ族の古老が「嗚呼、蓮のなかの宝石よ」と祈祷の言葉を繰り返しながら無限に数珠を打つのに応じてやり始めたことがあった。しかし、今回は銀貨を転がす自分に祈祷の伴奏はなく、自分の静かな息づかいとまぶしい陽光があるだけだった。二羽のコンドルのうちの一羽がパートナーから離れて、翼を広げて谷の上空を舞っていた。うっとりと見ていると、その姿は大きくなり、自分の方に向かってきた。私は銀貨を転がすのをやめ、目を凝らした。するとコンドルは飛行を停止し、山々の頂を背景に一瞬動きをとめ、旋回して遠くにいるパートナーの方へ戻っていった。気を落として再び銀貨を指関節にそって転がし始めると、銀色の表面が太陽の光を捉えて空に向けて光線を反射させた。その瞬間、コンドルは航路から逸れて大きく弧を描いた。再びその姿が大きくなってきた。鳥の大きさがはっきりしてくると、皮膚がむずむずしてきたが、それは蜂の群れが一斉に動きブーンとうなる声が耳元で大きくなるような感じだった。銀貨はずっと私の指の間を転がっている。鳥の姿はだんだん大きくなり、ついに突然現れた――頭のすぐ上を舞う雄大なシルエット、風を熟知したものだけがなしうる巨大な翼の微かな羽音。私の指は凍りついたように動かなくなり、銀貨が手から落ちた。私は、自分の視力よりも断然明確で正確な異質の他者のまなざしのもとで、自分が裸にされてゆくように感じた。どれくらいの間そこに釘付けになっていたのかはわからないが、あの〈訪問者〉が去ったずっと後になって、空気が剥き出しの膝をこするのを感じ、風が私の羽にささやくのを聞いた。

その後戻った北米では、コンドル科の固有種は腐肉と一緒に体内に入った弾丸の鉛に汚染されて絶滅の危機に瀕していた。けれども、私はこれについては考えなかった。自分のなかで湧き上がってきた新しい感性――人間以上の世界、土地の大いなる力、そしてとりわけ、大きさに関係なくその生命が私たちの生命に深く浸透している他の動物の鋭い知性をめぐる、最近得た気づき――に興奮していたのである。近所の木からすばやく下りて芝生を横切ってきたリスとおしゃべりしたり、近くの河口でサギが魚を捕る様子やカモメが海岸沿いの岩めがけて高所から貝を落とし中身を取り出す様子を何時間も立ちっぱなしで見つめたりする私を見て、近所の人たちは驚いていた。

しかし、私は徐々に動物自身の気づきの感覚を失いつつあった。カモメが貝を割って中身を取り出す技術はかなり惰性的な行為に見えてきたし、カモメたちが新しい貝に挑むときに必要とする注意を容易に感じることができなくなった。たぶんどの貝も同じで、自発的な注意などじつはまったく必要ない、と思うようになった。

私はサギの外の世界からサギを見るようになり、注意しながら脚を高くあげて歩く様子や突然水に嘴を突っ込む様子は興味をもって見ていたが、緊張感を漲らせつつ落ち着いた佇まいのサギの機敏さを自分の筋肉に感じることはなかった。奇しくも、郊外のリスたちも私のたわいない呼び声に応じることがなくなった。自分ではそうしたいと望んでいるのに、ある種の内面的で言葉による思索――自分の内部でのみ展開するような会話――によって注意が逸らされて、二、三週間前には難なくできたことなのに、リスやサギの世界への関与に自分の気づきを定めることができなくなったのである。この内面的会話はリスたちと何の関係もなかった。

本や論文や様々な人との議論から次第に明らかになってきたのは、他の動物たちは私が思っていたほど気づきや自覚があるわけではなく、本物の言語を持っていないため思考の見込みがなく、そして周りの世界に対して動物たちが自然にとっているようにみえる反応ですら、その大半は「プログラム化」されていたり、目下生物学者が調査中の遺伝物質に「コード化」されているということである。実際、他の動物たちについて話せば話すほど、かれらに語ることは難しくなった。そして、人間の無限の知性と他の動物の限られた感受性との間には共通基盤がなく、私たちとかれらが互いに伝えあうための媒介などないということが、徐々にわかってきた。

表情と感覚に富んだ風景が、人間のことだけに向けられた私の関心の陰で徐々に消えてゆき、幻想か夢想にすぎないという程度にまでなると、私は、自分が滋養の源から切り離されたという感じを――とりわけ胸や腹で――持つようになった。無論、そのとき私は、自分自身の文化に再び順応しようとしていたわけで、言葉《ディスコース》や相互作用をめぐる文化的様式に自分をあわせようとしていたのだが、肉体の感覚はその鋭さを失いつつあるように思われ、微かな変化やパターンに気づくこともなくなってきた。コオロギの単調な声や地元のクロムクドリモドキの歌声でさえ、二、三カ月後には私の気づきから消えてゆき、それらを自分の知覚領域に戻すためには真剣な努力を要した。雀やトンボが飛んでも、それが私の注目を――そもそも私の関心を引ければの話だが――持続させることはなくなった。私の皮膚は、そよ風に潜む様々な変化を刻むことをやめ、匂いは世界からほとんどすべて消えてしまったかのようであり、私の鼻は日に二、三度、たぶん料理中かゴミ出しのときに目覚めるだけだった。

ネパールでは、空気は匂いに満ちていた。まちなかでは香《こう》の焚かれる匂いに混ざって、青空市場で売買される肉のローストや蜂蜜をぬったペイストリーや果物の香り、山峡に捨てられて腐敗した有機廃物の悪臭、そして川辺で焼かれている死体の臭いがすることもある。山の高所では、数えきれないほどの野生植物の香りや、村の外れの耕したばかりの土の匂いが風に運ばれてくる。その村では、芳香を放つヤクの糞を円く成形して家屋の外壁で乾燥させ、乾いたものは料理や暖房の燃料として使い、いつも多くの家から出る煙が外気と混ざりあっていた。音も同様で、熱心な僧侶と信者の唱和が、そこここの丘で聞こえる鈴《りん》の音と溶けあい、そこに大鴉の騒々しいしわがれ声が重なったりする。そして、峠にこぼれる風のため息、祈祷旗のはためく音、はるか下方の峡谷を滝になって落ちる遠くの川の静けさ。

ネパールの空気は濃厚で豊かな肌理をもった存在であり、目には見えないが触覚、嗅覚、聴覚に訴える力に満ちていた。アメリカ合衆国では、空気は薄くて実体も力も抜き取られていた。ここでは空気は感応的媒体——私たちの息と他の動物、植物、土壌の息の母胎——ではなく、単なる欠如、あるいは実際によくそう言われるように単なる空っぽの空間にすぎない。それゆえ私はアメリカでは、山火事や——友人たちを愕然とさせたが——ゴミ捨て場の近くにたたずむことが多かった。強烈な臭いによって、自分の身体がそれを取り巻く媒体に浸っていることが思い起こされ、こうした力から成る世界に浸っているという経験に付随して、アジアの地方のシャーマンや村人たちと過ごした年月から身体記憶のホストが生じたのである。

私は、南西部の荒野や北西部の海岸沿いの先住民保留地で長期間暮らしたり、北米大陸の原生自然《ウィルダネス》を何週間も歩いて旅するなかで、「未発展世界」とよばれるところで習慣的に経験したあの異質な感情や知覚を引き出す別の方法があることに気づき始めた。他の動物や土地そのものには気づきがないと想定する自分の文化の考え方は、注意と思慮分別に基づいた推理によるものではなく、他の動物を明確に知覚できないという奇妙な無能状態——人間の技術領域の外部にあるものをはっきりと見たり、そこに焦点を合わせたりすることができず、また人間の語り以外のものは意味のあるものとして耳に入らないという、正真正銘の無能状態——によるものではないか、と折にふれて考えるようになった。自然との相互関係の悲しい結末——工業化された農業技術による表土の消耗、産業廃棄物による地下水の悪化、太古の森の急速な伐採、なかでも最悪なのは、同じ惑星に棲まう種の加速度的絶滅である——は、あらゆるニュースで報道されている。このような驚くべき不穏な出来事は元をたどればすべて「文明化」した人間による現在進行中の活動に行き着く。このことに示されているのは、自分の文化に知覚上の問題があるということ、そして近代の「文明化された」人間は、もし知覚できればの話だが、自分を取り巻く自然を明瞭に知覚することができないということにほかならない。

インドネシアやネパールの田舎で私が研究テーマを変えるきっかけとなった経験から、私は、西洋で一般的に考えられている何倍もの強度とニュアンスでもって非人間である自然の世界を知覚したり経験したりすることは可能だということを学んだ。人間の外部の現実に向けられた強い感情、他の種や地球への深遠なる関心を可能にしていたのは何だったのか。そうした感情や関心は数多の文化でみられるものであり、実際、私自身の気づきがそれによって大きく変化したために、現在の私の感覚は自文化の型《パターン》によって抑え込まれ飢餓状態におかれているほどだ。逆の問い方をすれば、近代西洋における注意の欠如を可能にしているものは何なのだろうか。土着文化に示されているような自然との調和がより根源的で参与的な知覚様式と結びついているのであれば、西洋文明がそうした知覚的相互交流から逸脱したのはどうしてなのか。言い換えれば、どうして私たちの耳や目は、他の種の生き生きとした存在に対して、そしてそれらが棲まう生命的風景に対して閉じ続け、そうした風景をよく考えもせずに破壊しようとしているのだろうか。

なるほど、非人間である自然に対する無自覚は、他の種や自然一般に知性を認めない話し方によって据え置かれている。もちろん、この無自覚には、私たちの文明化された存在——すなわち、鳥や風の声をかき消すモーターの絶えざる低いうなり、星だけでなく夜そのものを覆い隠すまぶしい電気、季節を隠蔽する空気調整器《エアーコンディショナー》、人間によってつくられた世界の外へ出る必要性をあらかじめ除去するオフィス、自動車、ショッピングモール——も関わっている。私たちが意識的に自然と出合うのは、何を自然と定めるかという境界が文明とその技術によって限定されている時だけ、すなわちペットやテレビや動物園（よくても、注意深く管理されている「自然保護区」）を介してである。私たちが消費する動植物は自分たちで採集したり獲ったりしたものではなく、工業化された巨大農場で飼育され収穫されたものにほかならない。「自然」は単に人間文明のための「資源」の蓄積になってしまったかのようだ。そう考えると、私たちの文明化された目や耳が人間とは完全に異質なパースペクティヴの存在にかなり無自覚だということや、西洋に移住する人や非工業文化から西洋に戻ってきた人が人間でないものの力の欠如に驚愕し困惑するのは、大して驚くべきことではない。

とはいえ、文明による昨今の「自然」の商品化は、動物（および大地＝地球）の対象《オブジェクト》への還元を可能にする知覚の変化についてほとんど何も説明していないし、私たちの感覚が〈他者〉の力――長い間、最も神聖な儀式や踊りや祈祷を誘導してきたヴィジョン――を放棄したプロセスについてもほとんど語っていない。

しかし、現在の私たちの思考そのものを構築している非常に多くの習慣や言語的偏見の根底にあるこのプロセスをひと目でも見ることはできないのだろうか。もちろん、そのプロセスが生み出した文明の内部からその起源に視線を向けても、それは無理であろう。だが、魔術師や、別の部族とともに過ごした後で自分の文化に完全には戻ることのできない人のように、文明の縁《エッヂ》に立ち位置を定めてはどうだろうか。こういう人は共同体の内でも外でもないところを彷徨い、都市の鏡張りの壁の向こうで地面を這い空を舞いながら変化する声や形に自分自身を開いている。そして、壁に沿って動きながら、この壁がどうやって作られたのか、どんなふうにして単なる境界線《バウンダリー》が障壁《バリア》になってしまったのかという謎を解くヒントを見つけたいと思うようになるかもしれない。ただし、時機がよければ――すなわち、よく訪れる周縁が時間的かつ空間的な縁であり、それが境界を定める時間的構造が溶解して別のものに変形するのであれば――の話だが。

第二章　エコロジーに至る哲学——学術的序論

I　エトムント・フッサールと現象学

土着の口承文化の経験世界と欧米の現代文明との奇異な相違を理解するために現象学の伝統に目を向けるのは、ごく自然なことである。というのも、現象学は、単一の完全に確定可能な客観的現実を想定する近代的思考に強く異議を唱える西洋の哲学的伝統であるからだ。

客観的現実の想定は、有名なルネ・デカルトの考える精神（主体）と物質世界（客体）の分離に始まる。実際、それ以前にガリレオが数学的測定値（大きさ、形、重量など）に従った物質の性質だけが現実のものであると主張していた。「自然という書物」は数学の言語でのみ書かれているのであるから、音、匂い、色といったより「主観的な」性質は錯覚に基づく印象にすぎない、というわけである。ガリレオの言葉を引用しよう。

宇宙という偉大な書物は……数学の言語で書かれており、そこで用いられる文字は三角形や円をはじめとする幾何学的図形にほかならない。このような図形なくしては一文字も人間の力では読みとることができず、暗い迷宮をさまよい歩くほかないのである。(1)

とはいえ、物質的現実が機械的領域として、すなわち、数学的分析を通してのみそのはたらきが認識されうる確定的な構造として一般に語られるようになったのは、デカルトの『省察』(一六四一年)刊行後のことである。物質的現実から主観的経験を一掃することにより、ガリレオが土地を整備し、デカルトが基礎を築いて、客観的ないし「公平無私な」科学の構築が目指された。そのような客観科学は、熱狂的で力のこもった研究を通して、現在ではごく当たり前のことのように思われている多くの知識と技術を生み出してきた。化学元素表、自動車、天然痘ワクチン、外惑星の「詳細な《クローズアップ》」イメージ——私たちが当たり前に思っていたり依存したりしているものの多くが、世界に関する客観科学の大胆な実験から生まれたのである。

しかし、このような科学は、私たちを取り巻く世界のごくありふれた日常の経験を見過ごしてきた。私たちの直接的な経験は主観的であるほかなく、必然的に、事象における自分の立ち位置や場所、また自分の欲望、好み、関心事と関連する。私たちが空腹を感じたり愛の行為をおこなったりする日常の世界は、科学が目を向け続けてきたような数学的に確定的な「対象《オブジェクト》」ではありえない。機械的な人工物があふれているとはいえ、計算したり測ったりする以前に私たちが自分の存在を認識する世界は、生気のない機械的な対象《オブジェクト》ではなく、生ける場であり、自らの気分や変化に左右されるダイナミックで開いた風景である。

私の生と世界の生は深く絡みあっている。一週間続いた病気が治り活力が戻った朝、外に出ると、世界もエネルギーと活気で光り輝いている。ツバメたちが鮮やかに舞い、舗装されてまもない強烈なタールの匂いを放つ道路からは熱が波のように立ちのぼり、野原の向こうにある赤色の古い納屋は鋭利な角度で空に突き出している。同じように、靄《もや》が私の暮らす谷へ下りてくると、私の気づきにも靄がかかり、思考が混乱し、筋肉が睡眠を欲する。世界と私は相互に関わりあっている。私が直に経験する風景は確定的な対象《オブジェクト》ではありえず、私の感情に反応し、それによって私の感覚を呼び起こすような、多義的な領域なのである。感情とは無縁にみえる冷静な科学者であっても、研究を開始し終了するのは経験という不確定な場であり、そこでは気候や気分の変化が実験や「データ」の解釈に影響を及ぼす。科学者も計測や分析から離れて、食事、排泄、友人との会話といった、理論や定義で限定されていない慣れ親しんだ世界と直接的に交流する時間が必要なのである。実際、まさにこの前概念的でそれゆえ多義的な世界における経験が出発点となって、科学者になりたいという気持ちが生じたり、科学者のコミュニティで適切だと思われている話し方やものの見方を身につけ、ある範囲の自然の出来事に関して適切とみなされる公平無私ないし客観的な態度をとりたいと思うようになるのである。科学者は研究分野や専門を無作為に選んでいるわけではなく、複雑に絡みあった主観的な経験や出合い——そのほとんどは、実験室や高尚な雰囲気から遠く離れたところで展開する——によってある特定の領域に引きつけられるのである。さらに、科学者は純粋に世界を捉える目を持てるわけではない。というのも、その人自身は人間として他の人間とともに、あるいは生物として他の生物とともに、この世界で生を営むことをやめることはできないわけで、その人の科学的概念や理論の特徴や構成には、自発的に生きられた、理論化されていない経験が必然的に関与しているからである。

生物学、物理学、化学の研究における表向きには「主観を交えない」結果は、社会政策に埋め込まれて甘受せざるをえなくなるにせよ、新技術に具体化されて取り組みを余儀なくされるにせよ、最終的には日常生活という不確定で開いた場で示されることになる。このように、生ける世界——私たちが喜怒哀楽をもって経験するこの多義的な領域——は、あらゆる科学が根を張っている土壌であると同時に、養分になるにせよ毒になるにせよ科学の成果が最終的に還る豊かな腐植土でもある。世界をめぐる私たちの自発的な経験は、主観と感情と直観に基づく内容で満たされ、あらゆる客観性を支える黒々とした活力ある地盤であり続けている。

けれども、この地盤は科学文化ではほとんど気づかれていないないし認識されてもいない。予測可能なものに優先権が与えられ、確実なものにプレミアムが付与される社会にあっては、前概念的で自発的な経験は、それが認識されたとしても、「単に主観的」なものとみなされるにすぎない。直接経験の流動的な領域は、二次的で派生的な次元にすぎず、数量化可能で測量可能な科学的「事実」に基づく「より現実的な」世界で展開している出来事の結果でしかないと考えられてきた。ここには、実際の明白な状況が奇妙な形で転倒している様子がうかがえる。いまや原子より小さい量子が、私たちが感覚に基づいて経験する世界よりも根源的で「現実的《リアル》」だと考えられている。生を営み、感覚を有し、思考する有機体は、どういうわけか、反射運動や「システム」を測ったり描いたりすることのできる機械的な身体から派生したと考えられているようだ。生を営む人間は、解剖された死体の付帯現象だと思われているらしい。得体の知れない感情や予測不可能な情動を伴った、感覚する生ける主体をしてはじめて、原子より小さなフィールドを想像したり死体を解剖したりすることができるという事実は、いともたやすく見過ごされるか、取るに足らないものとして無視されるようである。

それでもやはり、私たちの関心を引く現象には必ず経験の多義性が関与している。私たちが知覚するものには必ず私たちの主観が絡みあっており、生や感受性の力と混じりあっている。主観的な経験に息づく鼓動は私たちが（まったくの純然たる「対象」をあらわにするために）研究する事象から完全に取り除かれることはなく、もしそういうことがあるとすれば、研究対象の事象そのものが私たちから消えざるをえない。このような難題は通常、心理学という、まさにその主観的気づきや知覚を研究する科学に委ねられている。ということは、心理学に目を向けることにより、私たちが知っている現実というものを貫き支えている前客観的な次元をめぐる認識や言明に行き当たるのではないか。それはひいては、主観的経験がどのように実証科学の存続を支える一方でその限界を定めているのかということの理解につながるかもしれない。

しかし、心理学ではそのような発見は見込めない。その代わりに、「ハードな」科学の実証主義をモデルにした学問、心理が客観的な「対象」として物象化され、確定的な客観的世界の物と同じ様に研究される学問と出合う。認知科学の多くは、表面的には精神的経験の根底にあるようにみえる電算過程のモデルを作ることに励んでいる。ガリレオやデカルトにとって、色や味といった知覚的性質は錯覚であり、多義的で不確定な特徴ゆえに非現実的な性質にほかならなかったわけだが、まさにそのような性質に対応した数学的指数がついに発見されたのである。あるいはむしろ、いかなる翻訳の過程を経るにせよそのような性質が「量」に表されうる程度には研究が始まったのだ。それでもまだ他の場合と同様に、日常世界――私たちの直接的で自発的な経験に基づく世界――は、実験器具や方程式を通してのみ触れることのできる純粋な「事実」にまつわる一般的かつ客観的な次元から派生すると考えられている。

そのような考え方に、そして初期の心理学――それは、直接経験という流動的な場に関心を向けるどころか、二十世紀初頭の段階で既に「精神」を数式化された機械的な宇宙における「対象」へと固定化しつつあった――に苛立ちを覚えたために、エトムント・フッサールは現象学という哲学分野を創始したのであった。一九〇〇年代初頭にフッサール自身が述べたように、現象学は「事象それ自体」に、すなわち感じられる直接性において経験された世界に目を向ける。数学に基づく科学とは異なり、現象学は世界を説明しようとはせず、世界がその姿を気づきにあらわす様子、直接的で感覚的な経験において事象が立ち現れる様子を詳細に記述しようとする。[2] 主観的経験という自明とされてきた領域に立ち戻り、その領域を説明するのではなく、そのリズムや肌理《きめ》に愚直に関心を向けることによって、また世界を捕らえたり制御するのではなく、現象の多様なあらわれ方に馴染もうとすることによって――そして究極的には、常に変化し謎に満ちた世界のいくつもの型《パターン》に声を与えることによって――現象学は他の科学の根底を成すものを表現する。現象学が厳格な「経験の科学」として最終的に他の科学を堅固な足場の上に確立すること、それがフッサールの希望であった。それは、科学の根底を支えているようにみせかけている、固定され生を失った「対象」ほど頑丈ではないかもしれないが、私たちを取り巻く事象をめぐる生きられた経験から生まれる知識を支える唯一の基盤である。フランスの現象学者モーリス・メルロ＝ポンティの言葉では次のように説明されている。

世界についての私の知識は、たとえ科学による知識であろうと、どれもこれも、世界に関する私自身の観察、もしくは経験からして得られるのであって、このような経験がなければ、科学の記号には何の意味もないであろう。科学の宇宙の全体は、生きられた世界の上に打ち建てられており、もしわれわれが科学そのものを厳格に考え、正確にその意義と有効範囲とを測ろうと欲するならば、まず第一に世界についてもあの経験を呼びさまさなくてはならないのである。……事象そのものに帰るということは、認識に先だつ世界に帰ることである。認識はつねにこの世界について語るのであり、これに対してはいかなる科学的規定も、抽象的、記号的、依存的である。これは、森林や草原や河川がどのようなものであるかをわれわれに最初に教えた風景に対して、地理学が抽象的、記号的、依存的であるのと同様である。(3)

間主観性

フッサールの初期の研究においては、経験世界（「現象に関する＝驚くべき《フェノメナル》」世界）は完全に主観的な領域として語られている。彼は、この領域を哲学的に探究するためには、それをもっぱら精神的な次元として、すなわち外観の非物質的な領域としてみるべきだと主張し、同様に、この次元を経験するもの――経験する自己あるいは主体――を純粋な意識、「超越的な」精神ないし自我であるとした。

主観的現実を非物質的で超越的な領域とみなすことにより、フッサールはこのような質的領域を、物質的「事実」で構成された機械的世界と呼ばれるものから分離したいと考えたのであろう。当時、そのような物質的「事実」は客観的科学によって構築されていた（そうすることにより、質的領域を技術的調査方法の支配から護りたいと考えていたのだ）。しかし、現象的現実の精神的特徴を強調したために、フッサールの手法は本質的に独我論的――これは哲学者を自身の経験の内部に閉じ込めてしまうアプローチで、それによりその人の精神の外部に存在する人や事象が認識できなくなる――であると非難された。

フッサールは長い間この重大な批判に応えようと懸命に努力した。私たちはどのようにして主観的な経験によって他の自己――他の経験する存在――の現実を認知するのであろうか。この問いを解く鍵は、身体――自分自身だけではなく他者の身体も――と関係があるように思われた。現象的な場における最も重要な構造としての身体。身体は、常に自分の気づきが加わっているように思える神秘的で多面的な現象であり、現象の場における気づきの在り処《ロケーション》にほかならない。とはいえ、現象的な場には他の多くの身体、自分と同じように動いたり身ぶりをする他の形態も含まれている。自分自身の身体は内部からのみ経験されるのに対して、他の身体は外部から経験される。他の身体との距離を自由に変えたり、そのまわりを動きまわることができる一方で、自分の身体に関してはそのようなことは不可能なのである。

このような違いがあるにもかかわらず、フッサールは他者の身体と自分の身体には免れえない類似性ないし相同性があると考えた。外から見られた他者の身体の身ぶりや表現は、内から経験された自分の身体的な動きや身ぶりの反響や共振なのである、と。そして、連想を生む「共感」の力によって、肉体化した主体は、他者の身体を別の経験の中心、すなわち別の主体とみなすようになるのだ、と[4]。

このように、フッサールは、経験という主観的な場が身体を媒介にしていかに他の主観性に――自分だけではなく他の自己にも――開かれるかを注意深く記述することにより、彼の現象学が独我論的であるという非難に対抗しようとしたのであった。諸現象から成る場は、完全に主観的な世界ではあるが、複数の主観がすまうものとみなされるようになった。すなわち、現象的な場は孤独な自我の溜まり場ではなく、自分はもちろんのこと他者の経験する主体によっても構成されている集団的な風景とみなされるようになったのである。

とはいえ、集団的でない経験の場あるいは広く共有されていない経験の場における現象も多い。たとえば、空想している時などに私の関心を動かしているのは、私の意志で変えることのできる輪郭や動きを持つ現象であり、それは変幻きわまりない像《イメージ》の魔術幻灯であるが、やはり身体の堅固さを欠く。そのような形態が私のまなざしに対して抵抗を示すことはほとんどない。すなわち、それらが然るべき位置にあるのは私のまなざしにおいてのみであり、それらは私のイメージ、私の空想と不安、私の夢想なのである。そういうわけで、フッサール同様、私も、経験的ないし現象的な場には少なくとも二つの領域があると認識するに至った。ひとつは私だけに展開する現象で、私の身体のこちら側に生じるイメージ。もうひとつは、私だけでなく肉体を持った他の主体も反応し経験するような現象の領域である。後者の現象も主観的である——それらは私からみれば、私の気分や最近の関心事によって色どられた経験の場の内部に現れる——が、私以外にも多くが関わっていて補強されているために、私の意志で変えたり消したりすることができない。風を受けてたわんでいるあの樹木、この絶壁、頭上にたなびく雲——これらは単に主観的なのではなく、間主観的な現象、すなわち、多数の感覚する主体によって経験される現象なのである。

間主観性というフッサールの概念は、いわゆる「客観的世界」に関する注目すべき新しい解釈を示唆するものであった。従来、「主観的」現実と「客観的」現実との相違《コントラスト》と考えられていたものが、経験それ自体をめぐる主観的な場の内部における相違として――主観的現象と間主観的現象の、感じられる相違として――構成し直されたのである。

　科学というものは気づきや主観とはまったく無関係な客観的世界をめぐる明白な知識の獲得を目指していると一般に考えられている。けれども、経験的に考えると、科学的手法は間主観性を高め、他の多くの自己ないし主体によって経験されている、あるいは経験されうる知識の発展を可能にしていると言える。現象学的に考えれば、客観性に向けられた努力は、より強度の合意を目指す努力として、すなわち主観性を全面的に回避しようとするのではなく、複数の主体の同意や調和をより強度に形成しようという努力として理解できる。フッサールによれば、近代科学が仮定する純粋な「客観的現実」は、あらゆる経験の根底にある具体的な基礎であるどころか、理論的な構築物であり、間主観的経験を不当に理想化したものにすぎない[5]。

　私たちが自分自身を認識する「現実世界」――これがまさに科学が理解しようとしている世界にほかならない――は、全くの「対象」ではないし、主体や主観的性質が削り取られ、固定され、これ以上変化することのない「データ」でもない。そうではなく、感情と知覚が絡まりあった母胎《マトリックス》なのであり、様々な角度から生きられた集合的な経験の場であるのだ。私の経験に他者の経験が刻まれ、他者の経験に私の経験が刻まれる（と私は考えるほかないのだが）ことが、個々人の現象の場を絶えず変化するひとつの織物に、すなわちひとつの現象的世界ないし「現実」に織り込んでゆくのである。

　しかし、日々の経験から明らかなとおり、現象の世界は驚くほど安定し強固である。様々な意味で堅固な世界であり、私たちはその構造や特徴を当然のものと捉えているところが大きい。このような経験された堅固さは、他者、肉体化した他の主体、他の経験の中心との絶えざる出合いによって支えられている。

他の知覚者との出合いをとおして、事象や世界には自分の知覚では捉えられないものがあると教えられる。私が直に見ているオークの木や建物に加えて、私が見ている他の知覚者の目に見えているオークや建物の様相があるということを、私は直観で知っている。木は自分が直接的に見ている以上のものであると感じるわけだが、それは私が見ている他者が知覚しているものでもあるからだ。木は、知覚可能な存在として、私がそれに目を向ける前から既に在り、私がその場から離れてもかき消されてしまうものではない、と感じる。というのも、それは他者にとって――他の人々だけでなく、(後の章でみるように)感覚のある他の有機体にとって、すなわち木の枝に巣を作る鳥にとって、樹皮の上を動く虫にとって、そして葉を通して太陽の光を飲むように吸収しているそのオーク自身の敏感な細胞や組織にとってさえも――一つの経験であり続けるからだ。他の身体的存在の明らかな知覚や感覚によって私の知覚について教えられることで、私にとって比較的堅固で安定した世界が確立されるのである。

生活世界

フッサールは最初、経験された現実の非物質的で精神的な特徴について書いていたのだが、間主観的経験やそのような経験にとっての身体の重要性への認識を深めるにつれ、より根本的で身体的な次元に気づくに至った。言い換えれば、フッサールの初期の分析における超越的「意識」と自然科学が仮定する客観的「物質」との中間にある次元である。これが、生をめぐる間主観的な世界、すなわち「生活世界(*Lebenswelt*)」であった。

生活世界とは、私たちがその世界を生きる時に直接に生きられる経験の世界であり、その世界に関するあらゆる思考に先行している。それは、私たちの日常の仕事や快楽――すなわち、理論や科学によって分析される以前に私たちと深く関わっている現実――に存在している。生活世界は、私たちがさほど関心を払わないが実は頼りにしている世界であり、頭上の雲や足下の地面の世界であり、ベッドから起きて食事を準備し蛇口をひねって水を出す、そういう世界である。容易に見過ごされてはいるものの、この根源的世界は、私たちが省察したり哲学的に考察したりする際、常に既に在る。それは私的な次元ではなく集団的な次元――私たちの生とそれが絡みあっている他の生との共通の場――であるが、この場をめぐる私たちの経験が常にその内部における私たちの状態と関連しているため、著しく曖昧で不確定である。生活世界とは、それを「事実」という静的空間に概念的に凍結する前に――いやそれどころか、いかなる形であろうと完全に概念化する前に――その不思議な多様性と制限のない開放性において私たちが有機的に経験している世界のことである。科学的であろうとなかろうと、あらゆる概念と表象はこの不確定な領域から滋養を得ている。たとえば、データを分析している物理学者は、とくに意識してはいないけれども、彼女が吸っている空気や、彼女を支えている椅子の感じや、窓からあふれんばかりに射し込む光から滋養を与えられているのである。

生活世界は、私たちのいかなる思考や活動においても周縁的に存在する。けれども、この世界を概念的に説明しようと試みるや、私たちは世界の内部における自らの活動的な参与＝融即を忘れてしまうようである。世界を表象しようとすれば、その直接的な現前性を剥奪することは避けられない。フッサールの非凡な才能がなければ、客観性を仮定することで現代が生活世界という光を失い、私たちのあらゆる試みが根を下ろす生ける次元をほぼ完全に忘れているということは、認識されなかったであろう。世界の青写真の完成版を得ようとして、科学者たちは直接的な人間の経験からおそろしく遠ざかってしまった。科学の細分化した専門的言説は、私たちが日常的に関わっている感覚的世界との明白な関連性を喪失してしまった。その結果生じた言語の疲弊、生ける経験の質的ニュアンスと調和した共通の言説の喪失は、ヨーロッパ文明における明白な危機につながった、とフッサールは感じていた。西洋科学とそれに付随する技術は、自らの意味や存在が依存しているところの質を帯びた生活世界のことは気にとめず、盲目的に経験世界を蹂躙しつつあった――そして、自らの誤謬において、生の世界を徹底的に消し去ろうとさえしていた[6]。

当然のことだが、生活世界は文化によって大きく異なりうる。ある文化の人々が経験し拠り所とする世界は、その人たちの世界との関わり方や生き方に深く影響されている。そして、ある文化の構成員は、別の言語や生活様式を持つ文化とは異なる経験世界に暮らしている。科学的に明らかにされた現代西洋文明の「客観的な宇宙」ですら、十七世紀以降この社会に特有な制度、技術、生活様式と純粋に分離されることはない。

人間によって経験される世界がかくも多様なものであるのならば、他の動物――狼、梟、あるいは蜂のコミュニティ――の生活世界はどんなに多様であろうか！　けれども、こうした多様性にもかかわらず、共有されている生活世界の基本的構造というものがある。それは、異なる文化や、おそらくは異なる種においてさえも共通する要素である。フッサールの著作が示唆するところによれば、生活世界には様々な層があり、多様な文化的生活世界の層の下に、より深く、より統一された生活世界がある。それは、私たちが文化的に習得したあらゆるものの下に常に既に在り、広漠で絶えず看過されている経験の次元ではあるものの、私たちの多様で非連続的な世界観を支え維持しているのである。

フッサールは、一九三四年に記した一連の研究ノートにおいて、このような生活世界の最も根源的かつ濃密に間主観的な次元に光を当てている。研究ノートには、空間をめぐる当時の理解に関する一連の現象学的研究が記述されている。空間を数学的に無限で均一な虚空と捉える現代の科学的概念の下に、フッサールは大地それ自体をめぐる経験された空間性があることを明らかにした。大地は、空間をめぐる最も直接的で身体的な気づきを提供しており、その後の空間をめぐる構想はすべてこの気づきから得られるのだということをフッサールは示唆した。[7] 現代物理学によれば地球は宇宙における他の多くの天体的身体のひとつにすぎないが、現象学的に考えるとすべての身体（私たちの身体も含めて）はまず大地の地面との関連で位置づけられている。他方で、大地は最初から空間を提供しているのであるから、大地それ自体は空間にあるのではない。私たちの最も直接的な感覚的経験にとって、「身体は地上の身体であるという感覚を持つものとして与えられ、空間は大地の空間であるという感覚を持つものとして与えられる」[8]。さらに、現代科学が大地は「現実に」（それ自体の軸の周りや、太陽の周りを）動いていると主張する一方で、フッサールは、「動き」や「休み」というまさにその概念の意味が、「大地に基づいた」ものの「絶対的な」休みと関連して「動いている」とか「休んでいる」という状態を経験する根本的で身体的な経験から得られていると主張したのであった。

このような物事に関するフッサールの研究ノートはある封筒に入っていたのだが、その封筒に書かれた次の数語が内容を要約している。「コペルニクス説の転覆。……原-方舟、大地は、動かない」[9]。この見事な断言はフッサールの思想のラディカルな性質をよく物語っている。フッサールがこの数語で示唆しているのは、私たちの科学的確信と自発的経験との絶えざる衝突ゆえに、科学的世界観にきわめて大きな不安定性がうかがえるということだ。コペルニクス、ケプラー、ガリレオの研究を経て、太陽は現象世界の中心とみなされるようになった。しかし、そのような考え方は、相も変わらず安定した地球の空を斜めに移動する燦然たる天体をめぐる経験であり続ける、私たちの自発的で感覚的な知覚とはまったく折り合いがつかなかった。このように、知的確信と、感覚をめぐる最も基本的な確信とのあいだに、すなわち頭の中の概念と身体の知覚とのあいだに、重大な分裂がもたらされたのであった。(デカルトによる身体と精神の哲学的分断が、この既に存在していた問題に促されたことは間違いない。新たに出現したコペルニクス的世界観を維持するためには、合理的知性が経験する身体から分離している必要があったのだから。)それにもかかわらず、私たちが用いる言葉は知性を裏切り続け、コペルニクス的システムの当然の支配的立場を阻み続けている。農夫であれ物理学者であれ、私たちは「太陽が昇る」とか「太陽が沈む」と言い続けているではないか。経験する身体の観点から言えば、フッサールが大地は——「原‐方舟は」——動かないと主張することができるのは、まさにそのような意味においてである。

最終的にフッサールが示そうとしているのは、大地が私たちの時間と空間の考え方の中心にあるということではないだろうか。彼は大地が私たちの「原初の故郷」であり「原初の歴史」であると書いている。どの文化の歴史も、この大きな物語における一つのエピソードにすぎない。時間をめぐる文化的に構築された見解は、単一の地球に現前する肉体的諸存在として私たちのはるかな歴史《ディープヒストリー》を前提としている。[10]

このように、フッサールにとって大地は生活世界の秘密の奥行きであった。それは最も計り知れない経験の領域であり、いかなる文化や言語の組織構造をも超えた謎である。フッサールの言葉で言えば、大地は包羅する「世界の方舟」であり、すべての関係する生活世界に共通の「根本原理」である。すべての人間の認識にとって大地が重要であるというフッサールの晩年の洞察は、その後の現象学的哲学の展開にとって実に深い含意を有していた。

エトムント・フッサールの研究は決して科学を否定していたのではない。そうではなく、科学は自らの完全さと有意義性のために、私たちが日常生活において人体感覚で関与しているのと同じ世界に根を下ろしているということ――量的科学は私たちの共通の経験という質的世界の表現であり続け、それゆえ質的世界によって導かれるべきものだということ――を認めなければならない、と主張していたのである。フッサールが晩年に理解したように、現象学の真の課題は、理論的、科学的実践がそれぞれ、直接的に感覚され生きられた経験がなされる忘れられた地盤からどのように生じ、またその忘れられた地盤によってどのように維持されているのか、そして、どのようにしてこの根源的で開放的な領域との関わりにおいてのみ価値や意味を持つのかということを丁寧に示すことにあった。

初めは強固な足場に理論的認識を置くことによりそれを認定することを試みたフッサールの企図は、結果的に私たちの生気に溢れた感覚的経験の世界を活性化させるという現在でも進行中の試みに、ひいては、大地が私たちのあらゆる気づきの忘れられた根本原理であるという新たに生まれつつある認識の獲得に至った。

ここで現象学者モーリス・メルロ＝ポンティに目を向け、フッサールの遺産がどのような取り組みと変化を経て、この哲学に現在私たちが直面している生態学的問題への影響力や関連性が付与されたかを見ていきたい。

II　モーリス・メルロ＝ポンティと知覚の融即的特質

モーリス・メルロ＝ポンティは、次の二つの方法により、フッサールの現象学の根本的改革に着手した。ひとつは、フッサール自身のためらいによってこの哲学に留まり続けていた論理の矛盾を一掃すること。もうひとつはさらに踏み込んで、より雄弁な語り方を明らかにすること、すなわち、肉体的な共鳴や、抽象的な用語の回避によって言葉に流暢さが生まれ、生活世界の感応的奥行きに私たちを引き寄せるような言語様式を明らかにすることである。

身体のマインドフルな生

ここまで、物理的身体がフッサールの哲学において次第に重要な役割を果たしてきたことを見てきた。経験する自己の具体的な性質を認めることによってのみ、フッサールは独我論の陥穽を回避することができたわけである。他の自己や主体が私の主観的経験においてはっきりと現れるのは、目に見える生命ある身体としてであり、私が他者にとって可視的で他者を感じることができるのも身体としてのみである。身体は、共通のあるいは間主観的な経験の場への、私の挿入にほかならない。

とはいえ、フッサールの考えでは、身体はいかに特別で重要なものであっても単なる外観にとどまっていた。身体は、現象世界における——数多の現象における——経験する主体ないし自己の場所にほかならないのだが、フッサールの主張によれば自己は依然として超越的自我であり、究極的には、自らが身を置き思考するところの現象（身体を含む）から分離可能なものであった。あらゆる経験の中心に生ける身体があると強く認識していたにもかかわらず、また、前概念的世界の隅々まで具体化した間主観的領域を明らかにしたにもかかわらず、フッサールは彼の初期の哲学にみられた超越的で理想主義的な望みを払拭することができなかったのである。

メルロ＝ポンティが拒んだのは、まさにこの独立存在的で肉体から離脱した超越的自我を仮定する根強い考え方にほかならない。もしこの身体が世界における私の存在そのものなのであれば、もし身体によってのみ私が他の存在と関係を持つことができるのであれば、もしこの二つの目、この声、この両手なくして事物を見たり味わったり触れて感じたり、あるいは事物に触れられることがないのであれば――言い換えれば、身体なくして経験の可能性が望めないのならば――身体それ自体が経験の真の主体ということになる。かくして、メルロ＝ポンティはまず、主体――経験する「自己」――を身体的有機体とみなす。

これはじつにラディカルな展開である。ほとんどの人は習慣的に、自己という最も奥にある本質は肉体を持たないと思っている。しかし、考えてみてほしい。この身体がなければ、この舌や目がなければ、話すことも他の声を聞くこともできないのだ。何も話すことがなく、思索をめぐらせたり考えたりすることすらできない。というのも、接触や出合いがなく、微かな感覚的経験すらない状況では、問うべきことも知るべきこともないからだ。生ける身体は、他者だけではなく自らとの接触の可能性――反省、思考、知識の可能性――そのものなのである。一般に、経験する自己、あるいは精神は、究極的には身体と関係のない非物質的な幻影とみられているが、そのような考え方は空想でしかありえない。メルロ＝ポンティは、身体それ自体の感応的で感覚力のある生を、最も抽象的な認識作用の中心で理解するよう、私たちを誘っているのである。

呼吸する身体は、この世界を経験しこの世界に存在するのであるから、生理学の教科書に分離可能な「系統《システム》」（循環系統、消化器系統、呼吸器系統、等々）とならんで図示されているような客体化された身体とは異なる。ここで私が論じている身体は、見て触れさえするよう私たちが教えられてきた身体とは異なるもの、ある部分が壊れたりシステムが動かなくなったら医者に診断されて医療技術によって「修復」されるような複雑な機械とは異なるものである。いかなる概念化にも先立って思い描けるようになる、解剖された機械的身体の根底には、実際に事象を経験している身体が、すなわち私たちのあらゆる企図に着手しあらゆる情念を経験する、平衡を保った生命的な力が存在するのである。

注意を研ぎ澄ました生ける身体――メルロ＝ポンティの言葉でいえば「身体主体」――は、少し前にあれこれ考えていたが突然このペンをとってこのような思索を綴っているこの存在にほかならない。それは、私に備わっている、注意を向けたり物を見たり向きを変えたり他のところを見たりする力にほかならず、泣いたり笑ったり夜に狼と一緒に吠えたりする能力、森であろうと市場であろうと食べものをみつけて集める能力であり、地面を歩いたり渦を巻く空気を吸い込む力である。けれども、水先案内人の船長よろしく「私」がこのような力を展開しているのではない。というのも、私の深みにおいて、私はこのような力と区別がつかないからだ。私の悲しみは手足のだるさと区別がつかないし、私の喜びは、目を大きく見開いたり飛び跳ねたり皮膚の感度が上がったりすることとかろうじて人為的に切り離すことができる程度である。実際、顔の表情、身ぶり、そしてため息や泣き声といった自発的な発声は、感情や気分や欲望を即座に具体化しているように思われ、その際、どちらが先なのか――肉体的身ぶりなのか、その「非物質的」な対応物と言われるものなのか――を「私」が言い当てられなくても構わないようである。「私はこの身体である」と認めることは、私の切望や流動的な思考の神秘をメカニズム一式に単純化したり、私の「自己」を完全に分析可能なロボットに引き下げることではない。そうではなく、この物質的形態の不気味さを肯定することなのである。それは、有限の閉じた物体の稠密さの内に気づきを密閉することではない。後でみるように、生ける身体の境界は開いていて不確定であり、障壁というよりむしろ膜のようなもので、変化や交換が展開する外面を定めている。呼吸し感覚する身体は、滋養やそれ自体の実質そのものを、土壌、植物、そのほか身体を取り巻く自然力から得ていると同時に、今度は自らを空気や堆肥となる大地に与え、虫やオークの木やリスの養分となっているのである。こんなふうに身体は絶えず自らを広げながら世界を吸い込んでもいるので、生ける身体がどこから始まりどこで終わるのかということを正確に識別するのは大変難しい。現象学的にみれば――私たちが現実に身体を経験し生きているように――身体は創造的で形を変える存在である。もちろん、身体には有限の特質や様式があり、他の身体とは異なる独自の組成《テクスチャー》や気質があるのだが、このような現世的な限界は私を周囲の事象から切り離して閉じ込めることはできないし、事象との関係を完全に予測可能で明確なものにすることもできない。逆に、私の有限の身体的存在によってのみ、私は自分を取り巻く事象と自由に関わったり、ある人や場所と親しくなろうと思ったり、自分を他の生に植え付けたりすることができる。身体は、事象や世界へのアクセスを制限するどころか、あらゆる事象との関係に参入する際に私が持ちうる手段にほかならない。

なるほど、メルロ＝ポンティは身体それ自体が気づきの主体にほかならないと断じたことで、哲学がゆくゆくは完璧な現実像を提供しうるという希望を打ち砕いた（というのも、「何であるか」を完全に説明するためには、その説明を編集するためにせよ、あるいは最終的にそれを受け取って理解するためにせよ、存在の外部にある精神や意識が必要になるからだ）。そして、まさにこの同じ動きによって、メルロ＝ポンティは真正の現象学の可能性を開拓する。それは、世界を外部から説明しようとするのではなく、その内部における私たちの経験された状況から世界に声を与えようとする現象学であり、いま／ここへの参与＝融即をよみがえらせ、どこでも私たちを取り巻いている底知れない事象や出来事や力に対する驚異の感覚《センス・オブ・ワンダー》を活性化するのである。(11)

突き詰めていえば、身体の生を承認し、私たちがこの物理的な形態と結びついていると認めることは、私たちの存在を大地の動物のひとつと認めることにほかならず、ひいては、思考や知性が有機的な基礎の上に築かれていることを想起したり、そのような見解を活性化することにほかならない。西洋の哲学的伝統における中心的思潮によれば、古代アテネにおける始まりから現在に至るまで、人間だけが非物質的な知性、すなわち「合理主義的精神」――身体的世界の外部にある永遠ないし神聖な次元との親和性を理由に、私たちを他の生命の形態から分け隔てて上位におく精神――を所有する。たとえばアリストテレスの著作をみると、植物は植物性の精神（栄養、成長、再生産の提供元）を与えられ、動物は植物性精神に加えて、動物性精神（感情や運動の提供元）を所有しているわけだが、これらの精神はいずれも、生成と腐朽のもとにあるこの世から切り離すことができない。しかし、人間はこのような精神のほかに合理主義的精神ないし知性を有しており、それだけが堕落しにくい領域へのアクセスを提供し、神聖な「不動の動者」との親和性を有すると考えられた。それから二千年後、この「存在の大いなる連鎖」と一般に呼ばれる生ける形態の階層的連続は、デカルトの手によって機械的で思考しない物質（人間の身体のほか、鉱物、植物、動物を含む）と思考する純粋な精神（人間と神だけの領分）の徹底した二分法を通して両極化される。延長物体と思考する精神が混和しているのは人間だけなので、私たちだけが自分の身体の機械的感情を知覚したり経験することができる。同時に、延長物体だけで構成されている他の有機体はロボットにすぎず、実際に経験したり喜びや苦痛を感じることができない。そのようなわけで、私たちが適切だと思えばどのように他の動物を扱ったり搾取しても、あるいは動物で実験しても、良心の呵責を感じる必要はない、ということなのだ。

興味深いことに、人間が特別であるという議論は、人間集団による他の有機体の搾取のみならず、人間集団による他の人間（他の国民、他の人種、あるいは単純に「もう一方の」性）の搾取の正当化にも利用されている。このような理論武装のもとでは、他者が完全な人間ではないとか「動物に近い」ということを示すだけで支配権を確かなものにできる。アリストテレスによれば、女性は合理主義的精神に欠けるため、「男性と女性の関係が優れた者と劣った者の関係であるのは当然である」――すなわち両者は支配者と被支配者の関係にあるというわけである。[12] このような社会的搾取の正当化は、それ以前におこなわれた自然の風景の階層化――人間を、非物質的な知性を理由に他のあらゆる「単に物質的な」存在物から切り離して上位においた階層的序列――から説得力を得ている。

このような階層は、直接的感覚経験に真摯に向き合う現象学によって打ち砕かれている。私たちの感覚は、人間が完全に身を置いているところの、野生的に開花する存在や自然力の氾濫を私たちに開示している。感覚的な形態の多様性はある種の無謀な序列を開示しもするが、この序列の頂点ではなくそのただ中に自分がいることに気づく。視線を下に落とし、折れ曲がった草を這うノネズミや昆虫、足下の地面深くにある穴へ滑るように入ってゆく蛇に目を留める一方で、そういう私たちを、大きな羽を広げて舞う鷹たちは上から見ているのである。羽を持った音楽的な存在が高いところにある樹木の枝のあいだを幻のように軽やかに飛翔する一方、その軌跡によってのみ知りうる他の生命ある力が森の秘密の奥地で動いている。遠くの陸地に向かって波打つ水の流れにも奇妙な力がある。それは多彩で静かな力で、珊瑚や岩から成る異質な森のあいだを群れになって動いている……。人間の知性あるいは「理性」は、このような形態の氾濫への内属から本当に私たちを解き放っているのだろうか。あるいは逆に、人間の知性は、私たちを取り巻く非人間の多様な形との忘れられた接触に根付いていたり、そこからひっそりと生まれてきたりするのだろうか。

身体が事象と静かに交わす会話

メルロ＝ポンティにとって、これまでみてきたような人間の知性と関係のある創造性や奔放な運動性は、最も直接的な次元の感覚的知覚において既に進行している深遠な創造性の精緻化、ないし再現である。感覚する身体はプログラムされた機械ではなく、活動的で開いた形態であり、絶えず物や世界との関係をその場で作ってゆく。身体は、それ自体変化し続けている世界や周囲の環境に絶えず合わせなければならないので、その行動や関わりは確定的ではありえない。もし身体が実際に閉じたあるいは前もって定められたメカニズムであるのならば、その外部にあるものと真に接触することはできないし、新しいものを知覚したり、真に驚いたりすることもできない。身体のあらゆる経験や反応が最初から予測されていて、機械にプログラムされているのだったら、そういうことになる。けれども、それは経験と呼べるのだろうか。経験とは、より正確にいえば知覚とは、そのような閉鎖性を絶えず阻止することではないのだろうか。

たとえば、蜘蛛が巣を張ることに関して、科学的には、蜘蛛のような小型生物の行動は完全に「遺伝子にプログラムされている」と考えられている。たしかに蜘蛛はその親や先祖から遺伝的遺産を引き継いでいる。しかし、どんな「教え」がゲノムに展開していようとも、蜘蛛がある瞬間にそこにおいて確認する微地域の詳細をあらかじめ知ることはできない。洞窟の壁からあの新しい巣の足場となる木の枝までの正確な距離も、今夜の糸張りをいささか困難にするであろう豪雨の正確な威力も、あらかじめ知ることはできない。ということは、ゲノムは、蜘蛛が糸を張る際にどれくらい脚を曲げたり出したりすればよいかということをひとつひとつ命令することはできないわけだ。持って生まれた「プログラム」やパターンや性向がいかに精巧であっても、蜘蛛たちは依然として、自分のいるその場の状況に適応しなければならない。遺伝は、それがいかに確定的なものであろうとも、いわば現在に織り込まれねばならない。そのような行動には、その現在の特定の形や組成に対する受容性と、そのような外形に自ら（あるいは自らの遺伝的性質）を合わせる自発的創造性が必要となる。このような開いた行動こそが、言い換えれば、個々の生物が世界に適応する（そして、世界をそれぞれに適応させる）際に不可欠な受容性と創造性のダイナミックな混合こそが、私たちが「知覚」という用語で語るものなのである。

だがここで、私たちが経験し生きている知覚という出来事について考えてみたい。人それぞれに特別な好みを持つ人間の身体は、私たち自身が遺伝として譲り受けたものであり、進化の歴史や祖先に根を下ろしている。同時に、それは私たちの理解を超える世界に入り込むこと、すなわち私たちの周りで常に展開している開放的で不確定な事象や生命と接触する手段でもある。なるほど身体的感覚という観点からみれば、完全に確定的でこれ以上変化することのないようにみえるものはない。どんなものも、私の身体が視覚で捉える存在物のひとつひとつは、私のまなざしにそれ自身のある面や様相を提示しつつ、他の側面を視界から隠している。

目の前にあるテーブルの上に置かれた陶器のボウルは、曲線を描いたざらざらした表面を向けて私を正視している。だが、私が見ているのはそのボウルの表面の一部にすぎない——別の面は私に向き合っている面に隠れて見えない。反対側を見るためには、ボウルを手にとって回すか、この木のテーブルの向こう側にまわらなければならない。しかし、そうすれば今度は最初の面が見えなくなる。その面が存在していることはもちろんわかっているし、テーブルの向こうの隅におかれたランプの方に向いているボウルのその面の存在を実際に感じることもできる。けれども、このボウルの全体を一度に見ることは決してできない。

さらに、外面に目を沿わせていると、精巧に釉《うわぐすり》を施したボウルのなめらかな内側がほんの少し見えた。立った姿勢で内側を見下ろすと、頭上の天窓からの反射が曲線を描いて光っているのが見えるが、ざらざらした外側はもう見ることができない。このように、この陶器の容れ物は、ある側面を後の探究のために隠しておくという形で、その存在の諸側面を私に示すのである。私の知覚がボウルの存在を知り尽くす可能性はまったくない。というのも、ボウルとしての存在自体が私に接近不可能な次元——最も明らかなところでは、内側のなめらかな表面と外側のざらざらした表面のあいだに隠れているパターン、すなわちその陶器の土でできた身体の内的密度——があることを確実にしているからだ。内部のパターン、あるいは分子の次元の精密な構造を見たいと思い、陶器を割って粉々にすれば、ボウルとしての統一性を破壊することになる。陶器のことが完全にわかるようになるどころか、私とボウルの関係を砕けた破片同士の関係に交換することで、もっと陶器のことがわかるようになるかもしれないという可能性を単に破棄してしまうことになるのだ。

ボウルのたった一面でさえも、私のまなざしに理解されることを断乎として拒む。というのも、私と同じくボウルも現世的な存在であり、私よりは変化のリズムがかなり緩慢であるとはいえ、時間とともに移動したり変化したりするからである。ボウルの外側の表面に目を向けるたびに、私の目と身体はわずかであっても前とは異なる位置にある。先のボウルとの出合いから情報を得ているので、今回はその実体にもっと自分の感覚が合っており、予測していなかった新しい側面を引き続き発見する。しかし、その要因の一部にはボウル自体の変化がある——窓から射し込む光の変化、あるいは埃や陶器の使用具合の結果かもしれないし、先に私がじっと観察したことで変化したのかもしれない。釉のかかっていない表面を見ると、さっきは明るいグレーが均一に広がっていたところに、いくつかのしみがうっすらと見える。古いのもあれば新しいのもある。このボウルが多くの人の手に取られてきた記録であろう。しみのひとつひとつが私を誘い、もっとよく目を凝らして他のしみと区別し、どのしみが私の手の触れたところなのかを見分け、大きな手が触った箇所、繊細な手が触った箇所、あるいはこの実用的で見事なボウルを何年も前にろくろで作った陶工の手の形跡を探すよう促す。

このボウルが私の目や手のさらなる関与を待つように、この部屋の他の事物も私の感覚の参与を誘っている。引き出しにものがたくさん詰めこまれた木製のドレッサー、静かに太陽の方を向いている窓辺の植物、古いシンク——その奥にはカタカタ音をたてるパイプが配管されている——の上に仕舞ったグラスや皿、いま自分がこれを書いている古いパイン材のテーブル、そのゴツゴツした表面にあるコーヒーのしみや無数のナイフの跡、私の手を招き寄せているペンや鉛筆、本棚から呼びかけている本たち——もっと深く読んでくれと懇願する本もあれば、幼少期をうたう本もあり、また、冷淡ともいえる様相で単に図書館に返却されるのを待っている本もある。先ほどのボウルと同様、どの存在も私の目を引く面を持つと同時に、他の面は現在の私の立ち位置の地平の背後に隠れて見えず、どの存在もそれに感覚を集中させるよう私を誘い、そうやって私がある深みに入ると他の事物が背景に退いてゆく。このように私の身体が他の存在の無言の懇願に応答すると、今度はその存在が応答し、さらなる探究を誘うような新しい側面や次元を私の感覚に開示する。このようなプロセスによって、私の感覚する身体は少しずつ他の存在の様式に――この石や木やテーブルのあり方に――自らを合わせてゆき、他の存在もまた私の様式や感性にそれ自体を合わせてゆくように見受けられる。こうして事象や存在が私の世界に確固たる場所を持つにつれ、最も単純な事象が私にとっての世界になってゆくのかもしれない。

メルロ゠ポンティの著作では、知覚とはまさしくこのような相互交流、すなわち私の身体とそれを取り巻く存在との継続的なやりとりにほかならない。それは、私が事象と交わす無言の会話のようなものである。あるいは、言語的意識のはるか下方で展開している絶え間ない対話といえようか。いや、言語的意識とは関係なく展開している場合もある。たとえば、とくに思考することなく、目の前の文字の刻まれたページとテーブルの向こう側にあるコーヒーカップのあいだを手が勝手に動いたり、家の裏を山歩きしている時、言語的意識に命令されなくても、角度の異なる山の傾斜に脚が自然と自らを合わせてゆくといった場合がそうだ。自分の頭のなかの絶え間ないおしゃべりを黙らせると、こうした言葉を伴わない静かなダンスが常に進行していることに気づく。それは、私の動物的身体とそれが棲まう呼吸する流動的な風景との即興のデュエットにほかならない。

知覚世界の活生性

知覚はどこから始まっているのだろうか。ある野の花を、その色や香りとともに知覚する時、自分の知覚が必ずしもその花によって決定されているとか、それが「原因となって」生じたものであるとは言えない。他の人たちは、違った香りを経験しているのかもしれないし、私自身でさえも時間や雰囲気が異なれば花の色が違って見えるかもしれない。現に、花に降り立つマルハナバチの知覚は、私の知覚とは大きく異なる。とはいえ、私の知覚はただ私自身——私の生理組織や神経組織——が「原因となって」引き起こされているとも言えないし、知覚は「私の頭の中」にだけ存在するわけでもない。私の脳ではなく地面の土に根を下ろしている花という他者の存在がなければ、私にとっても、また人間であれ昆虫であれ誰にとっても、色彩に富みよい香りがすると知覚されるものはないであろう。

ということは、知覚するものも知覚されるものも、知覚という出来事においては完全に受け身ではないのである。

私のまなざしは色と組をなし、私の手は堅さや軟らかさと組をなしているのだ。そして感覚の主体と感覚的なものとの間のこのやりとりにおいて、一方が作用し他方が作用を受けるとか、一方が他方に意味を付与するなどとはいえないのである。私のまなざしや手の探査がなければ、そしてまた私の身体が同調する以前には、感覚的なものは、単に漠然とした促しにすぎない。(13)

このように、感覚的なものが私の身体を誘惑し、私の身体が感覚的なものに問いかけるという具合に、相互侵犯がみられる。

……［たとえば青色といった、感覚的な性質］は、私の身体に一種の不明瞭な問題を提起しているのだ。すなわち感覚的なものが自己を規定して青となることを、可能ならしめるであろうような態度を、私は見出さなくてはならないのであり、明確にはいい表わされていない一つの問題に対する答えを、私は発見しなくてはならないのだ。しかしながら私がそうするのもひたすら感覚的なものの促しに答えてである。私の態度だけでは、私自身にほんとうに青を見させ、堅い表面に触れた感じを起させるには決して十分ではない。確かに感覚的なものは私が与えたものを私に送り返すのであるが、私がもともとそれを得たのは、感覚的なものからである。空の青さを熟視する私は、……それに身を委ね、この神秘に身を沈める。空の青さが「私において自己を思惟する」のである。つまり、おのれを集中し統一し対自的に存在し始めるところの空、私はこの空そのものなのである。私の意識は、このはてしない青さに充たされる[14]。

言い換えれば、知覚という行為において、私は知覚されるものとの共感的関係に参入するのである。これが可能なのは、私の身体も感覚的なものも時間の流れの外部に存在しておらず、それぞれがそれぞれの力強さ、拍動、スタイルを持っているからにほかならない。この点で、知覚は、私のリズムと物それ自体のリズム——それ自体の調子《トーン》や肌理——との調和ないし同期であると言える。

……私の手が堅いものや軟らかいものを知り、私のまなざしが月の光を知るのは、私が現象と結びつき、それと交わるある仕方としてである。堅いものと軟らかいもの、ざらざらしたものと滑らかなもの、月と太陽の光は、われわれの追憶においては、なかんずく感覚的内容としてではなく、共生のある型として、つまり、外界がわれわれのなかに侵入するある仕方、われわれが外界を迎え入れるある仕方として、現われる。(15)

このような肉体を持った主体とその世界との絶えざる舞踏《ダンス》では、ある時は身体がリードし、またある時は物がリードする。メルロ＝ポンティは、身体と感覚的な物——あるいはそれを取り巻く力——の前概念的関係にみられる驚くべき親密さを示唆した聡明な一節において、身体によって実行されるほとんど魔術的な祈願と、知覚されるものによる身体のその後の「所有」という点から、知覚について記述している。

感覚するものと感覚されるものとの関係は、眠るひととその眠りとの関係になぞらえられる。ある有意的な態度が突如として、それが期待していた承認を外部から受ける。眠りはこのときにやってくる。私は眠りを差し招くためにゆっくりと深く呼吸するであろう。そうしているうちに突然、私の息を呼びよせたり抑えたりする外部の何か巨大な肺のようなものと私の口とが通じあっているかのような状態になる。先ほどまでは私によって意志されていたある呼吸のリズムが、今や私の存在そのものとなり、今までは……めざされていた眠りが、突然状況となる。これと同様に、私はある感覚を期待して耳を傾けたり見つめたりする。突如として感覚的なものが私の耳またはまなざしを捉え、私は私の身体の一部分を、いや身体の全体をさえ、青とか赤とかいわれる、この振動の仕方、空間を充たすこの

仕方に、委ねるのである。(16)

この奇妙な語り方をどのように理解すべきであろうか。この一節をはじめ、メルロ＝ポンティの主要著作である『知覚の現象学』の随所で、感覚されるもの――これは、現象学の伝統ではふつう、受け身で不活発であるとみなされる――が能動態で描かれている。たとえば、感覚されるものが「私に手招きする」とか、「私の身体が解くべき問題を用意する」とか、私の召喚に「応え」、「私の感覚を占有する」、はたまた「私の内部でそれ自身を思い描く」といった具合である。言い換えれば、感覚的な世界は、活動的で生命的で、ある種興味深い形で生きたものとして描かれているのである。睡眠中に呼吸しているのは私ではなく、「私の外部にある偉大な肺であり、それが私の呼吸運動を執り行っている」のであり、色は「空間を振動させ充たすひとつの方法」であり、物は「存在物」ないし「他者」であり、私たちから離れて超然としている時もあれば、積極的に私たちの感覚に直接「それ自体を表現する」時もある。このように、結局のところ、知覚は「われわれの身体と物との」相互作用であり、交渉《インターコース》であり、いわゆる「交合」であるといえるだろう。(17)

このようなアニミズム的言い回しは、メルロ＝ポンティが自身の哲学に導入したある種の詩的許容に由来するとみてよいのだろうか。批評家が言うように、それらは単に特異な書き方をあらわしているのだろうか。そうではないだろう。メルロ＝ポンティは、知覚される物を存在物として、知覚できる特質を力として、そして感覚されるものそれ自体を生命的現前の場《フィールド》として書き記すことで、知覚的経験におけるそれらの活動的でダイナミックな貢献を認識し強調しようとした。ある物の生き生きとした生命を描くことは、あらゆる概念化や定義に先立って、私たちが自発的に経験する物を表現する、最も正確かつ飾らない方法にほかならない。

メルロ＝ポンティによれば、物をめぐる最も直接的な経験は、必然的に、相互交流的な出合い——緊張、コミュニケーション、絡みあい——の経験である。このような遭遇の深みの内部から、私たちは、物や現象を私たちの対話者——私たちに対峙したり、私たちに関係を結ぶよう促す力強い現前——としてのみ知る。心の中でこのような関係から自分自身を遠ざけることによってのみ、すなわち、私たちの感覚的な関与を忘却したり抑圧することによってのみ、概念的に現象を固定したり対象化することが可能になる。他の存在を不活発で受け身な物体と捉えることは、それが活発に私たちと関わったり、私たちの感覚を刺戟する能力を否定することにほかならない。そうすることで、私たちは、その存在との知覚的相互交流を遮断する。私たちを取り巻く世界を、確定的な一連の物体として言語的に定義することにより、私たちは、感覚する身体の自発的な生から、意識し語る自己を切り離すのである。

一方で、直接経験を抑圧することなく現象を描こうとするならば、その現象を、私たちが関与している活動的で生命ある存在として語ることは避けられない。まさにこの理由により、メルロ＝ポンティは、物や性質や世界それ自体を描く際に常に能動態を用いた。感覚する身体にとって、完全に受け身で不活発なものとして自身を提示するものは何もない。知覚されたものの活生性を認めてはじめて、私たちは、世界との絶えざる相互交流の深みから直接、言葉を生ましめることができるのである。

融即としての知覚

現象学的注意によって明らかにされているような形で知覚という出来事を一言で表そうとするなら、フランスの人類学者リュシアン・レヴィ＝ブリュールが初期に使った「融即（participation）」という言葉を選ぶとよいだろう。今日の人類学の「認知」派や「象徴」派の先駆者であるレヴィ＝ブリュールは、「融即」という言葉を用いて、土着的口承文化の人々のアニミズム的論理の特徴を記述することを試みた。口承文化の人々にとって、石や山といった表面的には「生命のない」ようにみえる物体は生きていると考えられ、また、ある名前を大声で口に出すと、遠く離れていてもその名前をつけられた事物や存在に影響が及ぶと感じられ、さらに、植物、動物、場所や人や力はすべて互いの存在に融即し、相互に影響を及ぼしたり受けたりしている、と感じられているようである。[18]

このように、レヴィ＝ブリュールにとって、融即とは様々な現象のあいだにおける知覚された関係であった。しかし、メルロ＝ポンティの著作では、融即が知覚それ自体を定義する特性であることが示唆されている。現象学的にみて知覚は本来融即的であると主張することは、最も親密な次元において、融即が常に、知覚する身体とそれが知覚するものとの活動的な相互作用あるいは連結《カップリング》をめぐる経験であることを意味している。あらゆる言語的反省以前の、世界との自発的で感覚的な関わりの次元において、私たちはみなアニミストなのである。

知覚の融即的本質をめぐる洞察は、手品師の技を考えることで得られるかもしれない。というのも、手品師が技を生み出せるか否かは、身体と世界の活動的な融即にかかっているからだ。たとえば、一ドル銀貨を使って手品をする時、手品師は銀貨を生き生きと見せるために、銀貨の動きにわざと切れ目や空白を作る。観客の目は、既に手品師の指を流れるように動く銀貨の舞踏にひきつけられているので、そうした空白をありえない出来事で自発的に埋める。このような観客の感覚の自発的な関与があるからこそ、銀貨が消えたり再び現れたりすることや、手品師の手を通り抜けたりすることが可能になる。

たとえば、銀貨を波打つように右手にすべらせ、二、三度回転させて観客をひきつけた後、観客から見えないように二本の指のあいだに挟み、次の瞬間、左手を宙に伸ばしてその手に隠していた別の銀貨を見せると、観客は普通、なにかすごいことが起きたと感じる。一つの銀貨が隠されて別の銀貨が別の場所で視界にあらわれたと考えるのが最も明白で理性的な解釈の仕方なのだが、観客はそうは思わない。観客からすれば、銀貨は私の右手から消えた後に、目には見えない形で空中を伝って左手にその姿をあらわしたのだ！　知覚する身体は、論理的確率を計算したりなどせず、世界の活動に惜しみなく融即し、想像力を使って物をより完全に理解しようとする。銀貨の目にみえない旅は、感覚に基づく雑多な創造性にかなり自然にもたらされたものなのだ。魔術師に誘われて、私たちは彼の事物の変化に手を貸し、自らが生み出したものに驚いているのだ！

魔術師の見方、あるいは現象学者の見方からすれば、私たちが「想像力」と呼ぶものはそもそも感覚の属性にほかならない。すなわち、想像力は、独立した心的機能（と考えられることが多いが）ではなく、その場で与えられているものの向こう側に自らを投入する方法であり、それは感覚それ自体に備わっている。この方法により、想像力は、直接的には感じとることのできない物の裏側や、感覚されるものの隠れた面や目に見えない面などと、一時的な接触を試みる。けれども、このような感覚的な予想や見通しは、恣意的なものではなく、感覚されるもの自らによって示される提案に定期的に応えているのである。魔術師の例で説明しよう。魔術師が、例の銀貨の手品を観客が感じられるようにしているのは、魔術師が目に見えない銀貨の旅を目で追ったり、銀貨が一方の手を離れてもう一方の手の平に移される瞬間を想像的に「感じ」たりするからだといえる。観客の感覚は、手品師の身体の微かな動きや銀貨に反応しながら、その効果に抗しがたくなる。言い換えれば、魔術師が自らを魔術に取り込んではじめて、観客は進んで魔術師の側につくようになるのだ。

　無論、パフォーマンスであれ世界一般においてであれ、魔術《マジック》をまったく信じない人もいる。このタイプの人たちは、説明や分析で全面武装しているので、手品がどのようになされたかということしか見ない。彼らは口を揃えて、「ワイヤーが見えた」とか、私自身はそんなことはしていないのに私がこっそり「銀貨をもう一方の手に投げる」のを見たと言ったりする。このような人々は、予測不可能なものに価値をおかず、独立した客観性を重んじる文化的言説に促され、自分の感覚を現象に融即させないでおこうとする。けれども、それが可能になるのは、想像力を用いて他の現象（ワイヤー、糸、鏡など）を投影するか、目を逸らすかした時だけである。

　実際は、知覚行為は常に制限なく開いており未完結であるため、ある特定の融即の状況に私たちが完全に固定《ロック》されることはない。観客が魔術師の手品から目を逸らすことができるように、私たちはかなり自由に現象への融即を中断することができる。そういうわけで、草の葉をじっと眺めていたかと思えば、近くの木立に関心が向いたり、鼻に止まった蠅に焦点が移ったりするのである。これと同じように、私たちは、テレビのコマーシャルが私たちの感情や欲望にどのようにはたらきかけるかということを知るために、コマーシャルに踊らされずに冷静な観察者になることができる。しかし、融即を一時停止の状態にするのは、既に進行している他の融即――同じ部屋にいる他の人たちとの融即であったり、自分たちが座っている固くて座り心地の悪い椅子との融即であったり、あるいは自分自身の思考や分析との融即であったり――のためにほかならない。私たちは常に、融即に変更を加えたりそれを一次的に停止したりする能力を持っている。とはいえ、融即それ自体の流れを止めることは決してできないのである。

共感覚——感覚の融合

これまで、主に視覚的な用語を使って知覚について論じてきた。しかし、知覚には触覚も聴覚も嗅覚も味覚も関わる。「知覚」という語が意味するのは、すべての身体的感覚がともにはたらき活発化しながら協調しておこなう活動にほかならない。実際、刻々と変化する周りの風景をめぐる非言語的経験に注意を払うと、いわゆる別々の感覚といわれるものが融合していることがわかる。距離をおいて目や耳や肌の関わりを個別に考えることができるのは、経験の後でしかない。ある感覚の役割を他の感覚の役割と区別しようとしたとたん、私の感覚する身体の感応的世界への全的な融即を断たざるをえなくなる。

たとえば、風がアスペンの木の枝から押し寄せてくるとき、最初は、風に揺れる葉と、風のか細いささやきを区別することはできない。風に押されて枝が微かにたわむと、私の筋肉もそのゆがみを感じる。このようにして、感覚的な緊張をともなった出合いが生まれる。このような出合いは、秋の風のさわやかな匂いによって、あるいは、舌に残るりんごの味によってさえも影響を受ける。

諸感覚の役割を簡単に確認してきたわけだが、もう既に、私は「諸感官の分化に先だつ感覚作用の原初的層」から自分自身を引き離さざるをえない状態にある。[19] 現代の神経科学者は、「共感覚」——諸感覚の部分的重複あるいは融合——が特定の人（すなわち、「音を見た」り、「色を聞いた」りしたという人たち）だけに当てはまる稀なあるいは病理学的な経験であるかのように研究しているが、メルロ＝ポンティが明らかにしているように、根源的で前概念的な経験は本来、共感覚的である。様々な種類の感覚のもつれあいが奇異に映るとすれば、それは、私たちが直接経験から（したがって、私たちを取り巻く存在物や自然力との根源的接触から）疎外されているからにほかならない。

……共感覚的知覚はむしろふつうのことなのだ。われわれがこれに気づかないのは、科学的知識が経験に取って替わり、見、聞き、一般に感覚することを忘れはてて、逆にわれわれの身体組織と物理学者の理解するような世界から、われわれが何を見、何を聞き、何を感ずるべきかを演繹しているからなのである。[20]

とはいえ、私たちは依然として、色が「冷たい」、「あたたかい」、服が「うるさい」、音が「硬い」、「もろい」という言い方をする。語る身体は、その才能をある感覚界から別の感覚界へ難なく移すのだが、そこにはたらいている論理は容易に理解できる一方で説明することが難しい。

多くの西洋人がこのような感覚の重複に意識的になるのは、公平だと思われている彼らの文化の分析的論理への忠誠が一次的に打破された場合に限られる。メキシコと北米の先住民族による儀式で伝統的に用いられている植物であるペヨーテ（ウバタマサボテン）の精神活性要素であるメスカリンが、ヨーロッパの研究者にどのような影響を及ぼすかということに関して、メルロ＝ポンティは次のように述べている。

メスカリンの中毒は公平無私な態度を妨げ、患者をその生命衝動に委ねるから、共感覚の発生を助長するはずである。じじつメスカリンの影響のもとでは、フルートの音は緑青色に見え、メトロノームのチクタクいう音は暗やみのなかで灰色のしみとなって現われる。しみとしみとの間の空間的な間隙は音と音との間の時間的間隔に対応し、しみの大きさは音の強さに、しみの空間的な高さは音の高さに対応する。メスカリンの影響下のある被験者は一片の鉄を見つけ、それで窓の手摺りを打ち、「まるで魔術だ」と叫ぶ。それというのも樹木がいっそう緑になるからである。犬のほえ声は名状しがたい仕方で光をひきつけ、右足に反響する。あたかも「進化の過程にできた諸感官間の障壁が、時としてくずれさる」のを見るかのような具合である。もろもろの不透明な性質からなる客観的世界と、互いに分離した諸器官をそなえた客観的身体という観点から見れば、共感覚の現象は逆説的である(21)。

しかし、生活世界の観点から——すなわち、前理論的な気づきの観点から——みると、そのような経験は、常に展開しているごく日常的現象が拡大されたり増強されたりしたものとみなされる。

これは、感覚が別々の様相《モダリティ》であることを否定するものではない。ここで主張したいのは、感覚が、単一の統一された生ける身体の様々な様相であり、それらの複合的な相互依存において展開する相補的な力であるということである。それぞれの感覚はこの身体の存在の独特の様相なのだが、知覚という活動においては、様々な種類の感覚が相交わり重なり合う。そういうわけで、遠くの空を舞っている大鴉は、私にとって単なる視覚的イメージではない。目でその姿を追いながら、私は大鴉が羽を伸ばしたり曲げたりするのを自分の筋肉で感じるし、すぐ近くの木に向かって舞い降りてくれば、それは視覚に訴えると同時に内臓にも訴える経験にほかならない。大鴉の大きなしわがれ声は、頭上で方向転換する時も厳密な意味で聴域内に限定されているわけではない。その声は、見えるものを通して響いているのであり、その漆黒の姿にふさわしい向こうみずなスタイルや気分で、目に見える風景を生き生きとさせているのである。単一の統一した身体から様々な感覚が分岐するように、私の様々な感覚は、分岐しながらも、知覚されている物において統一的に一点に集まる。ちょうど、両目の視点が大鴉に注がれて焦点を結ぶように。私の諸感覚は、私が知覚している物において互いに接続しているのである。あるいはこう言ったほうがよいかもしれない。知覚されている物が私の諸感覚を統一的に召喚しており、そうであるからこそ、私は物それ自体を力の中心として、経験のもうひとつの連結項《ネクサス》として、そして〈他者〉として、経験することができるのだ、と。

知覚が身体と物のダイナミックな融即であるとことは既に述べたが、同様に、知覚行為の内部において、身体それ自体の様々な感覚器のあいだでおこなわれている融即を識別することができる。実際、この二つの出来事は切り離すことができない。というのも、私の身体とそれが知覚している物との絡みあいは、私の諸感覚の絡みあいを通してのみ可能であり、その逆も真であるからだ。私の身体的感覚の相対的な分岐(たとえば、頭部前部にある両目、その後方にある両耳、など)に加え、それらが二つに分かれているということ(目は一つではなく、各サイドに一つずつ、全部で二つあり、同様に耳も鼻孔も二つある)は、この身体が世界に運命づけられた形態であることを意味している。ここから確実に言えるのは、私の身体が、物、他者、あるいは私たちを取り巻く大地においてのみ完結するような、開いた回路であるということにほかならない。

感応の回復、すなわち大地の再発見

一九八五年秋、当時学生だった私が住んでいたロングアイランド郊外は、強烈なハリケーンに見舞われ、住人の大半が数日間の停電を強いられた。電線も電話線も機能せず、道路には倒木が散乱していた。住人たちは職場や開いている店に歩いていくほかなかった。電話で話すのではなく、住人が通りで「顔を合わせる」ようになった。車が通らず、うるさいエンジン音も聞こえないので、コオロギのリズムや鳥の鳴き声がよく聞こえるようになった。冬に向けて、鳥の群れが南へと移動していた。私たちの多くは、強風に耐えた木々や野原で奏でられている歌の波に、子どものような新しい好奇心をもって無心に耳を傾けていた。夜は空一面の星！　家の明かりや街灯で邪魔されないので、多くの子どもたちがこの時はじめて天の川を見た。この二、三日の間に街は、包羅的な宇宙の一部であることに気づいたコミュニティとなった。私たちの嗅覚も目覚め、海の匂いが以前よりも力強く塩気があるように感じられた。テクノロジーが機能しなくなったために私たちは感覚にかえり、ひいては、感覚が深く埋め込まれている自然の風景にかえらざるをえなくなった。私たちは突如として、感覚的世界に自分たちが暮らしていることに気づいたのである。それは、何年間も私たちの意識の周辺部で私たちを待っていた世界であり、鳥の鳴き声、潮のしぶき、星々の明かりによって活力が吹き込まれる親密な場にほかならない。

自分自身の呼吸する身体と再びうちとけるようになると、知覚された世界は変化し変質しはじめる。感覚的融即＝参与には言葉を使わない次元があるが、そこに意識的に頻繁に身を置くようになると、これまで当然のように私たちの注目を集めていた現象がその魅力を失って背景に退き、代わって、それまで気づかれなかったり看過されていたような存在が周辺から前景に姿をあらわし、私たちの気づきにはたらきかけてくる。通常私たちが関わっている無数の人工物――アスファルトの道路、金網のフェンス、電話線、建物、白熱電球、ボールペン、自動車、街頭のサイン、プラスチックの容器、新聞、ラジオ、テレビのスクリーンなど――が、ある共通のスタイルを示しはじめ、それぞれの特殊性をいくらか失ってゆく。同時に、有機的な存在物――鳥、リス、家の周りの樹木や野草、ブンブンうなっている虫たち、河床、雲、降雨――は新たな生命力を示し始め、呼吸する身体をうまく扱って独特のダンスへと導く。巨石や岩でさえも、身ぶりや影から成る謎めいた言語を話し、静かなコミュニケーションへと身体を誘う。大地本来の形態との接触を通して、私たちの感覚は徐々に活気を得て覚醒し、絶えず変化している型《パターン》のなかで結合と再結合を繰り返すのである。

私たちと同様、こうした他の形態や種は変化する大地とともに発達しているので、それらのリズムや形態は、それ以前のリズムが作ってきた何層ものリズムからできており、それらとの関わりのなかで、私たちの感覚は私たちの肉の深みを反映する無尽蔵の深みへと導かれる。岩の上をさらさらと流れる小川の表面や、楡の樹皮や、ひとかたまりの草にみられるパターンは、ある模様の繰り返しから成っているが、それらは必ずしも同じ模様を繰り返しているのではなく、そうした形のゆるやかな移動や変化が私たちの気づきを予期せぬ方向にひきつける時でも私たちの感覚がその模様に同調するような、そういう模様の繰り返しなのである。

対照的に、牛乳パックから洗濯機やコンピュータに至る文明社会の大量生産品は、変化なく無限に繰り返されるダンスに私たちの感覚を向かわせる。感覚する身体にとって、こうした人工物は、あらゆる現象がそうであるように、生命的で、生きてさえいるわけだが、その生命はその製品に負わされた「機能」によって限定されている。いったん身体がこのような機能を体得してしまうと、機械製品はどれも私たちの感覚にその機能以上のものがないと告げるのだ。機械製品は私たちを驚かせることができない。だから、刺戟を得たいと思えば、私たちは絶えず新しい製品、新しいテクノロジー、あれやこれやの新モデルを必要とするのである。

もちろん、人間が作った人工物は必然的に人間以上の他者性の要素を保持している。この不可知性、この他者性は、大抵その物が作られた材料である物質に宿っている。電柱の木の幹、建築材料のブロックの土、私たちが寄りかかっている車のドアの滑らかな合金――これらはどれも私たちの身体と同じように、私たちが発明したのではない型《パターン》の肌理やリズムを有しており、また、それらの静かなダイナミズムは私たちの感覚に直に反応する。しかし、このダイナミズムは大抵、大地から遮断された大量生産による構造物の内部で変化させられ、生ける土地を略奪する技術の中に幽閉されている。例えば、オフィス建築のまっすぐな直線や直角は、抽象的な知性を支えると同時に、私たちの動物的感覚を衰えさせる。物質――建物に使われる木、土、金属、石――に備わる野生の大地から生まれた性質は、抽象的で計算可能な形態に隠れてすぐに忘れ去られてしまうのである。[22]

したがって、私たちが自分の身体と一体感を持ち動物的感覚で世界を味わう時、きわめて多くの人工的環境やそこを占める人工物が悲しくなるほど不必要でつまらないものに見えてくるのである。（もちろん人工物が無害だというわけではない。人工物の多くは過度にうるさく、騒々しいものさえあるが、それは、変化《バリエーション》やニュアンスの点で欠けているものを喧々たる主張で補おうとし、その結果、知覚領域を独占しているからである。）人間という動物――メルロ＝ポンティのいう身体主体――の姿勢《ポジション》と平衡を思い描くと必ず、物質界全体が目覚め語り始めるように思われるが、有機的で大地から生まれた存在ははるかに雄弁に語る。ハリケーン一過の郊外居住者のように、私たちは、日頃慣れ親しんでいる人間界よりも表情豊かで多様な力に満ちた生ける世界で自分が生を営んでいることに気づくのである。

そういうわけで、経験の受肉した感覚的次元の回復は、私たちが肉体的に埋め込まれた生ける風景の回復を伴う。感覚に立ち返るにつれ、感覚的知覚が知覚と感情から成る巨大で相互浸透的な網状組織の一部に過ぎないことがわかってくる。その知覚や感情は、数え切れない他者の身体から生まれるものであり、言い換えれば、自分だけではなく、花崗岩の斜面を勢いよく落ちてくる冷たい水、梟の羽や苔、目に見えない静かな風によって支えられたものなのである。

このように織りあわされた経験の網の目は、フッサールが最後の作品で仄めかした「生活世界」にちがいないのだが、現在では、「生活世界」が大いに肉的な領域であることが、言い換えれば、嗅覚、味覚、そして太陽で温められ種とともに震えている、鳥のさえずりのリズムの次元であることが、明らかにされている。これは生物圏《バイオスフィア》——私たちが埋め込まれている大地の生の母胎——にほかならない。けれども、これは、抽象的で対象化する科学によって考え出されたような生物圏、すなわち遠隔探査衛星によってマッピングされ計測されるような惑星メカニズムの複雑な集合体ではない。そうではなく、知的身体によって——完全に自らが経験している世界の一部である注意深い人間という動物によって——内部から経験され生きられた生物圏なのである。

肉としての物質

メルロ＝ポンティは、最後の著作『見えるものと見えざるもの』（一九六一年の彼の突然の死によって中断された著作）において、人間という動物とその居住する世界との血族関係を表現しうる語り方を得ようと必死であった。この著作では、「身体」（それ以前の著述では人間の身体と記されることが多かった）についての記述は減り、私たちの肉体と「世界の肉」の両方を示す集合的な「肉《フレッシュ》」についての文章がみられる。[23]「肉」という言葉でメルロ＝ポンティが示そうとしているのは、西洋思想の歴史において未だかつて名付けられたことのない根本的な力である。肉とは、それぞれの内発的で無意識的な行動の相互依存的な様相としてある、知覚するものと知覚されるもの双方の基礎やもととなる神秘的な組織あるいは母胎をいう。それは、感覚されるものにおける感覚するものと、感覚するものにおける感覚されるものとの相互交流的存在であり、誰もがこの神秘に少なくとも暗に気づいている。というのも、知覚される世界や知覚する自己といった現象は、絶対的に相手の存在を肯定することなくしては一つとして肯定することができないからである。感覚されることと両立しえない感覚的な風景を思い描くことすらできない（というのも、いかなる風景であってもそれを思い描く場合は、ある特定の見地から眺めることが不可欠であり、したがってその土地における私たち自身の感覚、あるいは私たち自身の感受性を含むからである）。同様に、感覚される現象の領域に位置付けられない感覚する自己ないし感受性を十全に思い描くこともできない。

それにもかかわらず、従来の科学的言説は、抽象化された感覚的領域から感覚経験を取り除き、主観的経験は機械的に決定された感覚されるものの領域における対象化可能な一連のプロセスによって「引き起こされる」と一様に主張している。一方、ニューエイジの精神主義《スピリチュアリズム》は、感じられる物質から分離した形で、純粋な感受性ないし主観性を特権化し、物質的現実は非物質的精神や霊によって引き起こされる錯覚のなせる技だと主張している。科学的言説とニューエイジは一般的に正反対の世界観を表していると思われているが、いずれも感覚するものとされるものの質的な相違を措定している。どちらの世界観も、優先順位をつけて人間という「主体」と自然という「客体」の相違を堅持しているため、感覚される自然は人間に操作され利用されるにふさわしい受動的な次元であるという広く共有されている考え方を揺すことがない。どちらの見解も不安定であるが、互いに支えあっている。一方から他方へ——科学的決定論から精神的観念論へ——飛び移り、また戻ってくることによって、現代の言説は、知覚するものと知覚されるものが同じものであるという可能性を妨げ、知覚するものと知覚されるものが相互依存的であり、知覚されると同時に感受性のある、ある意味で共通の生命的要素——あるいは〈肉〉——の可逆的側面ですらあるという可能性を遠ざけている。

このような逆説は、他の人との関係ではよく経験することである。私の前に立ち私の視線の対象となっているこの見知らぬ人物は、突如として口を開けて私に話し始め、彼が私と同じように感覚力のある存在であること、そして私もまた彼の視線の対象であることを分からせようとする。相手との関係において、私たちはどちらも主体であり客体であり、感覚するものであり感覚されるものである。そうであれば、なぜこのようなことは非人間である存在物——例えば、北の森で偶然遭遇したマウンテンライオンなど——との関係には当てはまらないのだろうか。実際、マウンテンライオンと出合った時、私はより強烈に自分が感覚する主体であるだけでなく、他者の目（と鼻）からすれば感覚される客体であり食べられる対象ですらあることを思い知らされる。私の腕を這っている蟻、目と肌が知覚しているこの蟻でさえ、私の動きや気分の化学変化に即座に反応して蟻自身の感受性を示している。蟻との関係において私は自分自身が高密度で物質的なものであり、うねる大地と同じように自分の行動が気まぐれなものだと感じる。最後に問うが、なぜこの主体と客体の「可逆性」は私が経験するすべての存在に及ばないのだろうか。私の感受性ないし主観性が、他者にとって目に見えて肌で感じられる私の客観的存在を妨げるものではないと納得するや、私は、自分の視線と合った目に見えて肌で感じられる形態はどれも、周りの存在そして私に対しても敏感で反応の早い、経験する主体であると考えるほかないと思うに至った。

触れることと触れられること——感応の相互交流

メルロ＝ポンティは〈肉〉という考えを経験的に示すために、私たちが「融即＝参与」と呼ぶものの最も直接的な説明と思われるものを与えている。彼が注意を促したのは、手が物に触れることができるのは手それ自体が触れられる物だからであり、したがって手はそれが探究する触覚的世界の一部であるという、明白だがよく見落とされている事実である。同じように、私が物を見る目はそれ自体見られるものでもある。微かに光る表面、色や色調とともに、目はそれが見ている可視領域のなかに含まれている。杉の樹皮、一個の砂岩、青空のように、目はそれ自体が見えるものの一部なのだ。

　したがって、硬い木肌に触れることは、自分自身の触覚の感度を経験すること、木によって触れられていると感じることなのである。世界を見るということも、自分自身を見られるものとして経験すること、自分が見られていると感じることにほかならない。非物質的な精神は事物を見ることもそれに触れることもできないし、実際に何も経験することができない。私たちが物を経験することが——触れて、聞いて、味わうことが――できるのは、私たち自身が、身体として、感覚可能な領域に含まれており、自らの肌理や音や味わいを持っているからにほかならない。私たちが物を知覚することができるのは、自分たちが知覚している感覚可能な世界の一部だからという理由に尽きる。こうも言えるだろう――私たちはこの世界の臓器であり、世界の肉の肉であり、世界は私たちを通して自らを知覚していると！

森の中を歩きながら、私たちはその様々な緑や陰翳のある奥行きに目を凝らし、葉の静けさに耳を澄まし、ひんやりとした芳しい空気を味わう。けれども、知覚の移行性や肉の可逆性というのは、突如として木が私たちを見ていると感じること――自分が剥き出しにされ、視線にさらされ、観察されているように感じること――なのである。何カ月も何年間も森の中で暮らしていると、自分の経験が一層変化し、自分たちは森の一部で森と血族関係にあると感じたり、森をめぐる自分の経験が森の森による経験と変わらないと思えるようになるかもしれない。

このようなやりとりや変化が生まれるのは、私たちの感覚する身体が大地の大きな身体とひと続きであり、「世界の現前はまさに世界の肉の私の肉への現前であ」るという素朴な事実による。[24]

世界の肉というメルロ＝ポンティの考え方は、知覚の相互交流に関する彼の別の発見と相まって、彼の研究が土着の口承文化の世界観と驚くほど一致していることを物語っている。アラスカ中央北部の先住民コユコン族のエコロジーについて余すところなく研究した文化人類学者のリチャード・ネルソンは次のように語っている。

伝統的なコユコン族は、見ている世界、目を持つ森に生きている。人跡未踏で人里から遠く荒涼とした場所であっても、自然の中を移動している人は決して独りではない。その人を取り囲んでいるものには気づきと感覚があり、人格が与えられている。それらは感じるし、感情を害されもする。だから、常に適切な敬意をもって待遇される必要がある。(25)

このような経験の様式は、私たちの文明化された考え方にとっては奇妙で支離滅裂にみえるかもしれないが、私たちの慣習的な想定の下層に直接知覚の相互交流的本質がある――触れることは触れられていると感じることであり、見ることは見られていると感じることである――ということを了解するや理解可能なものとなる。ネルソンの記述はまた、そのような知覚的相互交流が意識的に了解されると、人間の行動にも大きく影響することを示唆している。自分を取り巻く世界が、感覚があり注意深く油断のないものとして経験されると、自分の行動が注意深く礼儀をわきまえたものであるよう気をつけねばならない。それは、他の人間から遠く離れている場合も同じである。そうでないと、用心深い大地の気分を損ねてしまいかねない。

実に多くの環境思想家が熱望している新しい「環境倫理」――同じ人間だけではなく他の自然の生命にも敬意と注意を促す倫理――の具体化は、新しい哲学原理や法的拘束の論理的解明を通してではなく、上述したような私たちのすべての論理の根底にある知覚的次元への注意を一新することによって、そして、私たちを支えている生ける大地への肉体的、感覚的共感の回復を通して、実現するのではないだろうか。そのような回復はおそらく既に進んでいる。現在多くの人が甚大な苦痛を経験しており、その苦痛は、古代の森のさらなる伐採や原油流出や加速度的な種の絶滅といったニュースとともに深まる一方である。これは大地そのものに由来する苦しみであり、私たち自身の感覚する肉体が埋め込まれている巨大な肉から来ている苦痛であろう。コユコン族の古老の言葉を借りると、「土地《カントリー》は知っている。人間が土地に対して誤ったことをすれば、土地全体がそれを知る。土地は何が起こっているかを感じているのだ[26]」。

知覚的相互交流といったものが人やその人の行動に及ぼす影響は、創世の話の前に語られたナバホ族のトーリノ古老の言葉に明らかである。

私は恥じる、大地の前で
私は恥じる、天空の前で
私は恥じる、夜明けの前で
私は恥じる、夕方の薄暮の前で
私は恥じる、青空の前で
私は恥じる、太陽の前で。
私は恥じる、私の内に立ち私とともに話しているものの前で。
こうしたもののいくつかはいつも私のことをじっと見ている。
私は視界の外に出ることがない。

だから私は真実を語らなければならない。
私は自分の言葉を胸にしっかりと抱いている。(27)

この祈りないし呪文の最後の数行からは、語ることそれ自体が言動の一つの形であり、それは感覚する宇宙の前では注意深くも冷淡にもなりうるし、誠実にも不誠実にもなりうることがわかる。ここでは話された言葉は真の諸現前であり、「胸にしっかりと抱かれ」て大切にされもすればぞんざいに投げ飛ばされたりもするような存在物なのである。このようなナバホ族の言葉づかいは、先のコユコン族の言葉と同じく、異なるものの見方があるということだけでなく、私たちが普通だと考えるものとは違う話し方があることを証明している。先住民族にみられる言語実践は現代西洋でのそれとは大いに異なる意味を持つのではないだろうか。口承文化の人々の間で主に歌、祈り、物語において果たされる言語のはたらきは、他の人々との対話だけでなく、人間以上の宇宙との会話、私たちを取り巻く大地と空の力との相互交流の刷新、そして文明化された精神にとってはまったく感覚がなく鈍いと思われている存在物との近しい関係の想起にまで及ぶ。そういうわけで、ラコタ族の呪術師は石を「おじいさん」という意味の「ツンカシラ」(Tunkashila)という敬称で呼ぶ。同じように、オマハ族の間では、石は、古代の古老に向けられるのと同じ尊敬と敬愛をもって話しかけられる。

動かずに
終わりのない
時代から

あなたは休んでいる
いくつもの道の真ん中で
いく筋もの風の真ん中で
あなたは休んでいる
鳥の糞にまみれて
足元から伸びている草に覆われて
あなたの頭は鳥の綿毛で飾られている
あなたは休んでいる
いく筋もの風の真ん中で
あなたは待っている
老いた方よ。(28)

ここでは言葉は世界についていて語ってはいない。そうではなく、世界に語りかけている。私たちとともにこの世界に棲む表情豊かな諸存在に。数多の多様な方法で、(後に見るように)それぞれの先住民文化で独自の形をとりながら、話された言語は人間と大地の感覚的親近性に声を与え、それを高めて際立たせているように見える。

このことは、少なくとも最初は、「発展し」「文明化された」世界の言語的言説の特徴と直に矛盾しているように見えるかもしれない。そうした世界では、言語は自然との相互交流を否定する——自然を不活発で機械的で確定的なものと定義することによって——はたらきを持ち、その結果、周りの大地との感覚的融即は、無言で不完全で大体においてまったく無意識な状態であり続けねばならない。言い換えれば、先住民の口承文化では、言語は感覚の融即的な生を促し増大させるが、西洋文明では、言語はそのような生を否定し弱め、感覚的現象の背後やそれを超えたところにある抽象界に価値をおいて感覚的経験に対する強い不信を助長するのである。

このような分岐をどのように説明すればよいのだろうか。言語の性質や言語と知覚の関係におけるこうした相違はどのような形で意味を成すのだろうか。この問いへの回答を試みる前に、こうした文脈において「言語」が何を意味するのかを明確に理解しなければならない。

第三章　言語の肉

雨が小屋を取り巻いている……意味と秘密とうわさ話で満たされた世界。考えてみてほしい。この、空から降ってきて、何を売り込むでもなく、誰を裁くでもなく、厚く積もった腐葉土を濡らし、木々を湿らせ、森の雨裂や割れ目を水で満たし、人間が丸裸にした山肌を押し流す、雨の語り《スピーチ》……。誰が始めたのでもなく、誰も止めようとしない。どれだけでも好きなだけ語っている、雨。その語りに私は耳を傾ける。

——トマス・マートン

言語とは何かを定義的に言い表そうとする試みは、すべて奇異な限界に基づいている。というのも、言語を定義する際の唯一の媒体が言語自体にほかならないからだ。したがって、言語の全体を包括するような言語の定義を得ることは不可能である。そう考えると、言語に定義を与えようとせず、その多様な解釈に開かれたありかた、その不可思議なありかたをそのまま受け入れるのが最もよいのかもしれない。とはいえ、そのような言語の不可思議に留意することによって、私たちは言語との自覚的な親密さや、言語の織地の向き、言語の習性、言語の滋養源を見いだすことができるかもしれない。

既に見た通り、メルロ＝ポンティは生涯の大半を通して、知覚という出来事が、生ける身体とその身体を取り巻いている生命的世界との相互交流的交換として繰り広げられるものであることを論証した。彼はまた、この交換は、その開放性ならびに不確定性にもかかわらず、高度に分節構造化されたものであることを示している（このことは、私たちが知覚に押しつけようとする因果的論理を面喰らわせるものだが、知覚的経験はそれ固有の一貫した構造を有しているのである。すなわち、知覚的経験とは、多義性をはらんだ論理を折り込み組織化したものであって、私たちはその内部においてまた内部から行為に移るのであって、抽象的な論理によって種々の行動を開始するのではないと考えられる）。言語化以前の知覚は既に交換という形を呈しているということ、この交換がそれ自身の一貫性と分節的整合性を有していることを考えあわせると、知覚すなわちこの途切れることのない相互交流が、私たちが言語と呼ぶ意識的な交換を根底から支えていることがわかる。

人間の知覚が感覚的経験に基づいたきわめて受肉的現象であるというメルロ゠ポンティの見解は、『知覚の現象学』において既に円熟している。よく知られている一章「表現としての身体と言葉」では、言語が身ぶり《ジェスチャー》に由来するということ、すなわち、伝達指向的な意味はまず身ぶりに宿り、この身ぶりによって身体が自発的に感情を表したり情感の変化に対応する過程を詳細に論じている。身ぶりは自発的かつ直接的であり、心の中で特定の感情と結びつけられてしまうような恣意的な記号ではない。むしろ、身ぶりこそ私たちの感情が具体化したもの、明確に見て取れる形をとった喜びや怒りという感情なのである。そうした自発的な身ぶりに遭遇したとき、私たちはまずその身ぶりを意味のない態度として受け取り、次に心の中で特定の内容や意味と結びつけて理解するということはしない。身体的身ぶりは私たち自身の身体に直接話しかけるのであり、内的にあれこれ考えることなく理解されるものなのである。

怒りの身振りにせよ、おどしの身振りにせよ、私はそれを了解するために、私みずから同じ身振りをしたときに体験した感情を想起する必要はない。……私は怒りやおどしを、身振りの背後にかくれた心的事実として知覚するのではない。私は身振りのなかに怒りを読むのである。身振りは私に怒りを思わせるのではない。身振りが怒りそのものなのである(1)。

活動的な生きた語り《スピーチ》はまさに身ぶりであり、言葉の意味をその言葉の音、形、リズムと切り離すことのできないような音声的身ぶりである。伝達指向的な意味は根底において常に感情に訴える。すなわち、他の身体ないし風景全体と共鳴することができるという元来身体に備わっている能力から生み出され、経験をめぐる感覚的な次元に根ざしているのである。言語的意味は、物理的な音や言葉に恣意的に当てはめられて「外的」世界に投げ出されるような観念や身体のない本質といったものではなく、感覚的な世界の深奥から、すなわち出合い、遭遇、参与＝融即という行為のさなかから生まれてくるのである。

子どもの頃は誰も、言語の世界に入り込んでゆくときに統語論や文法を意識的に勉強したり辞書の定義を記憶したりはしない。音を出すことによって——苦痛で泣いたり、うれしくて笑ったり、キャーキャー騒いだり、バブバブ言ったり、身のまわりの音の風景《サウンドスケープ》を懸命に真似たりしながら——そうした真似る行為を通して、次第に周囲の環境で話されている言語のメロディを体得してゆく。そのようにして、私たちの共鳴する身体は、それぞれが暮らしている場所やコミュニティで用いられている言語の抑揚やメロディに響きあうようになる。

精神ではなく身体を通して私たちはそれぞれの土地の言語を学ぶ。新しい言葉やフレーズを理解する時には、まずその音が口の中でどんな感じを与えるか、舌をどういうふうに曲げて発音するか、といった音の調子や肌理《テクスチャー》が感情に与える作用が重要になる。こうした直接的に感じることのできる意味——言葉やフレーズの味覚なるもの、それが身体に影響したり調節を加えるあり様——こそが、より洗練され深遠な意味にとっての豊壌で多価な源を供給しているのである。

……語の意味が結局、語そのものによって誘い出される、いやもっと正確にいうと、語の概念的な意義が、言葉《パロール》に内在する身振り的意義から汲みとられ、それに基づいて形成されるのでなければならない(2)。

このようなわけで、活動的な語りに備わる感覚的反響および共鳴から切り離して、言語を新に研究したり理解することはできない。こうしたメルロ＝ポンティの議論を、ジェームズ・M・エディは次のように要約している。

……メルロ＝ポンティの核心は、言葉が指示的そして究極的には概念的レベルにおける意味を担う能力を得た場合でさえも、それらが決して、概念的な定義に翻訳されえないような原初的できわめて音声的なレベルにおける「情緒的」意味を失わないという見解にある。彼が主張するところでは、思考のレベルの下層、言葉それ自体のレベルの下層には、情緒的な音の調子ないし意味を伝達する様式があり、それらは、かたどられた音である限りにおいてのみ、すなわちこの特定の歴史的言語がそれ独自の方法で用いる音、また完全に翻訳可能で概念的な思考というよりはメロディ――「世界を歌うこと」――に近い音である限りにおいてのみ、言葉に内包されているのである。意味のレベルをめぐるこのような感受性を持ったメルロ＝ポンティは、言語を研究する思想家のなかでほとんど孤立していた(3)。

ここでエディが強調しているのは、言語をめぐるメルロ＝ポンティの独創性であり、彼は、メルロ＝ポンティが「プラトンから現在に至るまでどの思想家も興味を持たなかったこと」（すなわち話された音に備わる身ぶり的意義）に特別の注意を払っている点を高く評価している。しかし、この評価はきわめて限られた視角から思想的伝統を捉えた場合にのみ当てはまる。言語が表現に富み身ぶり的であるという理論は、既に十八世紀前半、イタリアの思想家ジャンバッティスタ・ヴィーコ（一六六八―一七四四）によって力説されていた。ヴィーコは『新しい科学』において、言語が表情に富む身ぶりから生じていると論じ、最も初期の基本的な語は、自然における強烈な出来事に反応して発せられる間投詞的な語句や、恐れつつどもりながらそうした出来事――空一面に響きわたる雷の炸裂音や、低くゴロゴロ鳴る音など――を真似る行為に由来するのではないかと述べている[4]。その後まもなくフランスでは、ジャン＝ジャック・ルソー（一七一二―一七七八）が感情から生ずる身ぶり的かつ自発的な表現が最も初期の言語であると論じ、ドイツではヨハン・ゴットフリート・ヘルダー（一七四四―一八〇三）が、言語は、自然環境の音や形をめぐる私たち人間の感覚的理解から生まれたと論じている[5]。

このようにみてくると、言語をめぐる具体的な思想を提唱しているメルロ＝ポンティは、異端的にみえなくもない長年にわたる系統を受け継いでいることがわかる。メルロ＝ポンティにとって、言語の意味は特定の音や音の形から誘い出されるような、感じとることのできる経験に根ざしている。音と音が互いに響きあい対照を成すとき、言語はある種の歌であり、ある特定の「世界を歌う」方法にほかならない。

言語のエコロジーのほうへ

少なくとも科学革命以降に一般化し、また今日でもほとんどの言語学者が最も一般的なものと仮定している言語観によれば、あらゆる言語は恣意的ではあるが慣習的に合意を得ている言葉ないし「記号」の連なりであり、統語的および文法的規則に備わる純粋に形式的なシステムによってつながっている。このような見解のもとでは、言語はコードの様相を呈する。言い換えれば、言語は知覚世界における現実の物や出来事の表象＝再現前の方法であって、世界との内在的で非恣意的な結合がなく、したがって世界から切り離すことが可能だということになる。

言語が生まれる核には活動的な語り《スピーチ》があるというメルロ＝ポンティの主張に同意した場合、言語を語りという身体的行為から切り離されうる概念や形式的システムとして捉える言語観の驚くべき普及は、どのように説明されうるのだろうか。メルロ＝ポンティが示唆するところでは、そうした言語観は、意味を新たに創造してゆく行為が廃れ、「われわれから真の表現の努力といえるものを少しも要求せず、聞き手がそれを了解するためにも何ら努力を必要としないような」慣習的かつ既成の様式にならって人びとが話をする時、すなわち意味というものが貧弱になってゆく時にのみ生じうる。[6]

しかし、言語が恣意的できわめて慣習的な一連の記号であるという見解が支配的であるのには別のより明白な理由がある。先に見たように、ヨーロッパ思想は一貫して人間の特別さをめぐる議論に取り憑かれてきた。アリストテレス以降、今日に至るまで、思想家はこれ以上説得力のある方法はないという形で、人間が他の生命形態とまったく異なることを論証しようとしてきた。その際、種はいずれも各々独特なのであるから人間が独特であるということを証明するだけでは不十分で、人間という形態が独特のなかの独特であること、私たちは高貴な天賦の才によって他の動物世界とは異なり優位に立つことを示さなければならなかった。このような証明は、(文明化した)人間による(文明化した)人間のための自然操作と搾取を正当化するために必要とされたのである。この思想的正当化は、科学革命の最中、他の有機体を操作する能力が百倍に膨れ上がった時に強く必要とされた。デカルトが提唱した非物質的な人間の精神と機械的な自然界との徹底的な分離によって、こうした必要性はかなり充たされ、また新世界や他のヨーロッパ植民地において衰えることなく繰り返された自然環境の略奪はもとより、急増しつつあった生体解剖実験を合理的に解釈することも可能となった。

しかし、十九世紀後半にダーウィンの『種の起原』と『人間の由来』が出版されると、ヨーロッパ思想と科学における人間中心的な軌跡に大きな緊張がもたらされた。もし人間が他の動物と同じように進化した動物であり、実のところ「自然選択」によって霊長類の系統を引き、魚を遠く離れた祖先とし、ネズミをいとこととするのならば、私たち自身の性質と能力は自然環境に見いだされるものとある程度つながっていることになるからである。

だが、ほとんどの科学者はダーウィンの理論を受け入れながらも人間は特別であるという見解――現在の私たちには自明のものとして映っている文化的実践や調査のかなりの部分をそれ自身だけで正当化している見解――を捨てることを潔しとしなかった。かつては、人間の優位性を神の施しとし、神が地上における代表者として人間を「創造」し、意識と知性を行使することができる神聖な力を人間にのみ譲り与えたものと考えられていたが、ダーウィン以降、天上の摂理を頼りにすることはなくなり、人間の優位性を証明するためにはより自然主義的な新たな証拠が必要とされはじめたのである。

今日、他の種と比較した人間の卓越を証明するために用いられているのは言語であり、言語は人間だけの所有物であるとみなされている。複雑な住居をつくる動物、また道具を使用しさえする動物は人間以外にもいるが、言語はヒトに起源を持つと一般に考えられている。ほとんどの動物は数多くの身ぶりを使い分けて互いに意思疎通することができ、そうした現象は、化学的分泌物を用いたなわばりマーキングから多くの哺乳動物にみられるような顔の表情の変化、鳥はもちろんのことシャチやザトウクジラといった海洋性哺乳動物も奏でる美しい複雑なメロディの歌はいうまでもなく、野原や森に響きわたるガラガラという音、鳴き声、遠吠え、うなり声に至るまで広くみられる。また、今世紀初頭に動物行動学を誕生せしめた要因のひとつとされているミツバチの「尻振りダンス」の発見によって、個々のミツバチが新たに見つけた食料源を巣の他の箇所に運ぶ方向と距離をこの尻振りダンスをとおして正確に知らせていることがわかった。だが、こうしたコミュニケーションのための装備——「ダンス」、「歌」、音声的および視覚的身ぶり——は、いずれも感じとることのできる身体的表現の領域にとどまっていると言われるかもしれない。というのも、このような場合における意味は、表情に富む身ぶりそれ自体の本質やこうした動きによって誘い出される直接感覚——すなわち本能ないし身体的要求の直接性——に結びつけられると考えられているからである。

だが、私たちは、日々の人間同士の会話において、意義の次元を語の単なる表現力を超えたところに、すなわち慣習によってのみ固定されているようにみえる抽象的な意味の層にあると考えている。たとえば、「ワォ!」という語はまずは単なる驚きの表現であるかもしれないが、私たちがそう決めれば、ある特定のヘアスタイルや青色の微妙な変化、あるいは漁師と議論する際の特定の戦略を意味するようになるかもしれない。合意によって定められた意味というこの二番目の層こそ、啓蒙時代以来思想家や科学者が「最も適切な意味での言語」とみなしているものである。慣習的な意味から成るこの二番目の層を、口頭の表現に備わる音の調子、リズム、共鳴によって成立している意義、感じとることのできる意義から切り離してはじめて、言語をコードとして――純粋に形式的な規則によって結びつけられている恣意的な記号から成る確定的で写像可能な構造として――捉えることが可能になる。そして、言語を真に抽象的な現象であると考えることによってのみ、言語が人間だけの所有物であると言えるのである。人間の談話における感応的で喚起的な次元を看過し、言葉によるコミュニケーションの指示的で慣習的な側面にだけ注意を払うことによってのみ、私たちは生命ある自然から切り離され、その外部にとどまり続けることができるのである。

しかし、メルロ＝ポンティが正しければ、言語の指示的かつ慣習的な次元は、直接的で情緒的な意味から成る感覚的次元から完全には切り離されえない。私たちが単にこの世の身体に宿る非物質的な精神ではなく、元来、物質的で身体的な存在であるならば、言葉によるコミュニケーションを可能にしているのは話された音――直接的な身体的共鳴――が生み出す感応的で身ぶり的な意義にほかならない。この表情に富む潜在力――話された言葉が感覚する身体に及ぼす音的影響力――こそが、言葉が発していると私たちが考えているより抽象的で慣習的な意味を支えているのである。(7)厳密な辞書の定義や特殊化した用語法の抽象的精密さを追うばかりに、私たちの言語の身ぶり的で身体的な次元を抑圧してしまい、そうした次元に気づいていないかもしれないが、この次元は現在でも話すことや書くことにおいてわずかながら作用している――言葉が現在でも意義なるものを備えていればの話だが。というのも、既に見たように、意味は身体の感覚的な生に根ざしているからだ――だから、意味が涸れてなくなるのは、直接的、知覚的経験という土壌から完全に切り取られてしまう時なのである。(8)

しかし、言葉の意味が本来表情に富み、身ぶり的かつ詩的であり、慣習的で指示的な意味が本質的に二次的で派生的だと断言することは、「言語」が人間だけの所有物であるという主張を放棄することである。言語は、常にその根底において身体的、感覚的に共鳴するのであれば、鳥が奏でる歌の疑いようもない表現の豊かさや深夜響きわたる狼の遠吠えから完全には分け隔てられえない。池のほとりの蛙の合唱、獲物に飛びつこうとするヤマネコのうなり声、遠くの方で聞こえる南下途中のカナダガモの鳴き声、これらはすべて情緒的で身ぶり的な意義に共振しているのであり、同じ意義が私たちの会話や独り言のなかで共振し、ときには私たちの涙を、ときには怒りを、またときには思ってもみなかった知的洞察を誘うのである。身体的現象としての言語は、単に人間にだけでなく表現する身体すべてに備わっている。そうであれば、私たち自身の語る行為は、生命的風景の外部に私たちを位置づけるのではなく、私たちが気づいているか否かにかかわらず、より十全に私たち自身をその風景の話し声やささやきといった音のある深みに刻み込むのである。

たとえば、友人同士の二人が何カ月かぶりに予期せず再会した場面に遭遇したとしよう。よく注意を払っていれば、その人たちが最初に発する驚き、喜びの声、挨拶に、二人が発する言葉の指示的な意味の背後にある別の層、すなわち音と調子の美しいコミュニケーションの層があることに気づくであろう。それはある種の二重唱《デュエット》におけるさざ波のような声の抑揚、いやむしろ互いに歌いあっている二羽の鳥を思わせる。それぞれの声、二重唱の互いの声部が、自身のパートに音の調節とスタイルを加えつつ相手のメロディを少しまねてゆくと、今度は相手からエコーが返ってくる——二つの歌う身体はこうして互いに音を合わせたり外したりしながら、共通の音域を再発見し、互いを記憶してゆくのである。このようにものの見方の中心を少しずらせば、この美しい調べが友人同士の二人の出逢いにおいてコミュニケーションの大部分を成立させているということ、また実際の言葉の明白な意味は、海原にさざめく波のように深遠なコミュニケーションの表面を進んでゆくのだということがわかる。

注意を向ける方向を相補的に変えることによって、聞き慣れたクロウタドリやツグミの鳴き声が不意に驚くほど新鮮に聞こえるようになることがある——音響機器から聞こえるような機械的に繰り返される心地よいメロディとしてではなく、活動的で意味ありげな語り《スピーチ》として聞こえてくるのだ。突然、鳥が奏でるフレーズの音の調子やリズムにおける微かな変化が表情に富んだ意図を持っているように感じられ、野原をはさんで互いに歌いあっている二羽の鳥が、私たちが関わりあう世界と同じ世界に忠実に、とはいえ驚くほど異なる別の角度とパースペクティヴから、関わっている注意深く意識的な存在にみえてくる。

さらに、語られた意味が現在でも依然として身ぶりや身体的表現に根ざしていることを認めるならば、言語をめぐるこの新たな経験を動物だけにあてはめることはできない。既に見た通り、直接的感覚経験という飼いならされていない世界では、完全に受け身ないし不活発な現象は皆無である。感覚する身体にとってはすべての現象が生命的であり、私たちの感覚の参与＝融即を積極的に誘っている。そうでなければ私たちの関心から引き下がり、私たちの関与を拒むであろう。私たちの直接知覚に映る事物は、ベクトルとして、表明のスタイルとして——すなわち、今後変化することのない完結した一塊の物質としてではなく、感覚との関わりを持ち身体を調整するダイナミックな在り方として——自らを明らかにする。物や現象はどれひとつとってみても、すべて私たちに影響を及ぼしている。換言すれば、あらゆる現象は潜在的に表情に富んでいるのである。「表現としての身体と言葉」の最後でメルロ＝ポンティは次のように記している。

ほかならぬ身体そのものが表示するのであり、語るのである。……生ける身体に内在する、あるいはそこで生れる意味のこの発見は、やがてわかるように、感覚的世界の全体に及ぶのである。そして自己の身体の経験によって教えられたわれわれの瞳は、あらゆる他の「対象」のなかにも表現の奇蹟を発見するであろう。(9)

このように最も根源的なレベルにおける感応的、身体的経験では、私たちは表情に富み身ぶりで表わす風景すなわち語る世界に存在している。

私たちはよく、風の唸りとか小川のよどみないおしゃべりなどと言うが、これは単なる隠喩《メタファー》以上のものである。こうした他の声――滝のとどろきやコオロギの単調な鳴き声も含めて――によって私たち自身の言葉は絶えず育まれている。山を歩いている時、そばをうねりながら流れている川を描写する際、〝rush〟〔猛進する〕、〝splash〟〔音をたてて流れる〕、〝gush〟〔ほとばしる〕、〝wash〟〔押し寄せる〕といった言葉が無意識のうちに用いられるのは偶然ではない。というのも、これらすべての言葉を結びつけている〔〝sh〟という〕音は、川自らが両岸のあいだを流れながら歌っている音であるからだ。もし言語が純粋に精神的な現象ではなく、肉的相互交流と参与＝融即から生まれる感覚的で身体的な現象であるならば、私たちの言葉《ディスコース》は人間という種以外のものの身ぶり、音、リズムからも影響を受けているといえる。実際、もし人間の言語が身体と世界との絶えざる相互作用から生ずるのであれば、この言語は私たちに「属して」いるように生命的風景にも「属して」いる。

一九四五年、メルロ＝ポンティは、二十世紀科学言語学の誕生を標した『一般言語学講義』の死後出版で知られるスイスの言語学者フェルディナン・ド・ソシュールの著作を読み始め(10)、ソシュールが提唱する〈ラング〉——一連の用語的、統語的、意味論的規則としての言語——と〈パロール〉——語るという具体的な行為——の理論的識別に興味をそそられた。

規則と慣習を備えた形式的システムとみなされている言語は、言語の一側面であり、客観的、科学的研究の対象とされうる唯一の側面である。こうした言語の側面を孤立させることによって、ソシュールは効果的に言語システムをめぐる厳密な科学的分析のための道を整備した。しかし、言語の形式的構造と語るという表現に満ちた行為との関係（つまり〈ラング〉と〈パロール〉の関係）を理解する最良の方法は不可解なままであり、この不可解さこそがメルロ＝ポンティを魅了したのである。

ソシュールにとって〈ラング〉——純粋に構造的なシステムとしての言語——とは、分解可能な部位から成る機械的な構造ではなく、各々の部位が他のすべての部位と内的関係を有する、より有機的な生けるシステムであった。ソシュールは、言語の構造はいずれも相互依存関係にある母胎《マトリックス》であり、項の意味がシステム内部における他の項との関係によってのみ成立する網状組織《ネットワーク》であると論じた。英語を例にとると、〝red〟と発音される語の正確な意味は、〝read〟、〝rod〟、〝reed〟、〝raid〟という似たような音の項の網状組織や、〝orange〟、〝yellow〟、〝purple〟、〝brown〟といった色の項の複合的ネットワークにおける語の位置から来ている。それだけではなく、〝blood〟、〝rose〟、〝sunset〟、〝fire〟、〝blush〟、〝angry〟、〝hot〟といった関連語から成る広い連鎖への参与からも意味が生まれ、またそうした各々の語がその言語内のあらゆる項へと広がりながら他の言葉の布置との関係においてのみ意味を有しているのである。あらゆる言語を差異のシステムとして描写することによって、ソシュールは、意味が言葉それ自体の内部に見いだされるのではなく、項と項のあいだの隔たり、対比、関与において見いだされることを示した。この点に関してメルロ＝ポンティは次のように述べている。

われわれがソシュールから学んだのは、記号というものは、ひとつずつでは何ごとも意味せず、それらはいずれも、或る意味を表現するというよりも、その記号自体と、他の諸記号とのあいだの、意味のへだたりを示しているということである。[11]

この一節は、言語を話すためにはその言語全体をすべて明確に知る必要があるということを意味しているのではない。そうではなく、言語の網状的本質によって、すべての文章やフレーズに言語システムの全体が暗示されているということを意味している。メルロ＝ポンティが示唆するところでは、あるコミュニティで用いられている言語を習得するためには、まず話すこと、身体から言語のなかに入ってゆくこと、言語のなかを動いてゆくことから始める必要がある。言語の全体は、話し始めたばかりの子どもによって呼び出されている。「［それゆえ］彼のまわりで話される言語の全体は、まるで渦のように彼をとらえ、その内部の様々な分節によって彼をさそい、そのいっさいの物音が何かを意味するようになるほとんどそのときまで、彼を導いていくことになる[12]……。」

不可解なもの、すなわち音と同程度に沈黙によって構成されている言語は、静的で不活性な構造ではなく、変化の絶えない身体的フィールドである。それはまるで、語る者たちによって脈々と織られ続けている一枚の巨大な生きた織物のようだ。メルロ＝ポンティは、表情に富む本物の語り《スピーチ》と既成の定式を単に繰り返しているにすぎない語りとを明確に識別している。後者は到底「語り《スピーチ》」とはいえない。というのも、それが発する言葉の織物は意味を担っているとはいえず、かつてそこに生を持っていた意味の記憶に依存しているだけだからである。すなわち、それは既に存在している言語の諸構造を変えることはなく、むしろ言語を完結した制度とみなしている。とはいえ、既存の諸構造もかつては創造されねばならなったのであり、これは活動的で表情に富む語り《スピーチ》によって遂げられるしかなかったはずである。実際、真に意味のある語り《スピーチ》は本来創造的であり、既成の語をそれまでにない方法で用い、かくしてきわめて微かに言語の網状組織全体を変容させる。野生的な生ける語り《スピーチ》は、言語とそれにともなう身ぶりが形成する相互連結的な母胎をその内部から支え、その構造全体を「整合変形」に従わせているのである。

このようにみてくると、どの言語においても中核を成すのは表情に富む語り《スピーチ》に備わる詩的な生産性であることがわかる。生ける言語は絶えず作られ、作り直され、語る者たちによって沈黙から織られてゆく——そしてこの沈黙とは、言葉のない融即の状態、表情に富む生命的世界の深みに浸りきっている知覚をいうのである。

こうして、ソシュールによる言語構造と語る行為の識別はメルロ＝ポンティによって最終的に壊され、この二つの次元は絶えず変化する単一の母胎へと再び融合する。個々の語り《スピーチ》はたしかに言語の構造化された網状格子によって導かれており、その網状格子というのはそれ以前のすべての語り《スピーチ》の堆積以外の何ものでもないので、いまその網状格子が導いているきわめて表情に富む活動によってそれ自身が変えられてゆく。言語は固定されたり理想化された形式ではなく、私たちが集団的に存在しているところの絶えず変化する媒介なのであり、語る身体を発生の場とする巨大な位相的《トポロジカル》母胎《マトリクス》であり、この母胎自体が感覚的経験という沈黙のなかから紡ぎ出されているところの渦なのである。

　メルロ＝ポンティがソシュールから引き継いだのは、あらゆる言語を相互依存的な関係の網状システムとみなす見解である。しかし、私たちのこの表情に富んだ語る身体はメルロ＝ポンティにとってそのシステムに不可欠なものであるため――つまり、彼にとって言語の網の目とは、私たちを取り巻いている事物や存在への知覚的融即の根底に織り込まれている受肉的媒介であるため――メルロ＝ポンティは晩年の研究において、性質上関係に基づき網の目のようになっているものは何をおいてもまず感応的で知覚的な世界であり、したがって、どの言語にもみられる有機的で相互連結的な構造は、感覚的現実それ自体の相互連結的な母胎が拡大したもの、あるいはその名残《エコー》であることを強く主張するようになる[13]。つまり、根本にあるのは人間の言語ではなく、むしろ感応的で知覚的な生活世界なのである。この生活世界における野生的で参与＝融即的な論理が言語において自らを分岐させ、より精巧に自らを作り上げてゆく。

　十九世紀中期以降、私たちが住まうこの地球環境をめぐる研究は、自然を複雑に織りあわさった関係から成る領域として捉える見方、ジョン・ミューアの言葉を借りれば、「他のどんなものにもひっかからずに」ひとつの現象だけを取り上げることが不可能な、複雑な相互依存に貫かれたフィールドとして自然を捉える見方をますます生み出している。ある一本の果樹の性質は、他の同種の木々、受精に欠かせない昆虫、果実を消費することによって種子を拡散する動物たちを指示することなくしては理解されえないというわけだ。しかし、そうした動物たちの個々の存在も、一年を通してその動物が食べる他の植物や動物、またその動物を捕食する動物を知ることなくしては――つまり、その動物が依存し依存されている他の多くの有機体の存在を認めることなくしては――到底理解できない。こうして、土壌、海洋、大気を理解するためには、苔類や砕石、有機堆積物を分解する細菌類から、呼吸によって生命維持に必要な気体を空気と交換するあらゆる動植物に至るまで、数知れぬ有機体の関与を考慮に入れなければならないことが明らかになる。この地上の自然を、緻密な相互関連的有機的ネットワーク——直接的であれ間接的であれ、あらゆる存在物が他のすべての存在物との関係において自らに特有の性質を得ているとする「生命球体の網の目」——とみなす見解は、今日では一般的である。また、この見解は、織り込まれつつ活発に織り込んでいる、私たちの感覚する身体がその一部を成しているところの相互依存的な、感覚的、知覚的現象における網状格子であると晩年のメルロ＝ポンティがみなした、感応的現実すなわち「肉《フレッシュ》」の描写に見事に収斂しているのである。

　このダイナミックで相互連結的な現実こそ、私たちのあらゆる語りを喚起し支え、その構造の重要な部分を多くの様々な言語に付与しているのである。こうした言語の不思議な性質は、感じることのできる風景そのものの野生的、相互浸透的、相互依存的な性質を響かせ、それを「見えざるものへと引き延ばす」。

　それゆえ究極的には、人間の身体だけではなく感覚的世界全体が言語の深層構造を供給しているのである。私たちと同様、他の動物たちやこの世界の生命ある事物たちも言語の内部に棲まい、そのなかを動いている。かれらを言語の内部に見つけることができないとしたら、それは言語がその表情に富む奥行きを忘れてしまっているからにほかならない。「言語とは、一つの生命であり、われわれの生命と事物の生命である(14)」。私たちが語るのと同じように、事物および生命的世界は私たちの内部で語る。すなわち——

　物がわれわれをもつのであって、われわれが物をもつのではないということだ。……存在がわれわれのうちで語るのであって、われわれが存在について語るのではない、ということなのだ(15)。

このように考えてみると、人間の言語の複雑さはこの地上の生態系の複雑さに関連しているのであって、そうした母胎からの切断を前提とする人間という種の複雑さに関連しているのではないと考えられる。言語は「物や波や木々の声そのもの」である、とメルロ＝ポンティは記している[16]。

科学技術文明の発展とともに地球生物多様性が減少するにつれ、言語それ自体も減少しつつある。森林や湿地の破壊にともない空に舞う鳴鳥が減るにつれ、人間の語りもその喚起力を失ってきている。アメリカムシクイやミソサザイの歌声を聞くことができなくなれば、私たち自身の語りは鳥たちが奏でる音楽によって育まれることもなくなる。ダムの増設によって川の浴びせかけるような語りが沈黙を強いられるにつれ、そして私たちが土地の野生の声を絶滅に追いやりその声を忘却するにつれ、私たち自身の言語は地上に響いている野生の声の余韻を抜き取られ、貧弱で中身が空っぽなものになる[17]。

言葉の魔術

言語をめぐるメルロ＝ポンティの著作は、実は彼の突然の死により断片的で未完結な状態にある。それでもなお現在のところ、彼の著作は、言語をめぐる生ける経験——表情に富む媒介が、私たちがその外部にいるふりをせずにその内部に属していることを認める時に、私たちの前に自らをあらわす道筋——に関する最も詳細な研究を提供している。私たちは、触れることのできない精神としてではなく、響き語る身体として自らの経験に積極的に関与する時、私たちを取り巻く数知れぬ他の身体に私たち自身が聞かれているような、あるいは注意深く耳を傾けられてさえいるような、そんな感じを持ち始める。私たちの感覚する身体は、ある建物や石の雄弁な語り、トンボの意味深げな動きに応答する。そして私たちは、熱心に耳を傾け語っている世界の中に生きていることを知る。

ここで（先に知覚に関してみたように）メルロ＝ポンティの研究は、多くの口承先住民族にみられる語られた信念を響かせ、そこへと我々を導いてゆく。先住民社会においては言語と生命的風景との一致は触知的で明白だ。アフリカ西部マリのドゴン族の古老オゴテメリによれば、元来音声言語は、全生命を取り巻く大地が自ら吐き出した息と蒸気でできた渦状の衣服であった。後に、このうねうねと波立つ衣服はジャッカルに盗まれ、それ以来この動物の一挙手一投足は、予言者の前に世界の今後を予言するような語りを明らかにすると伝えられている。(18) カナダ中西部マニトバのスワンピークリー族をはじめとする多くの部族は、動物たちから音声言語を与えられたと信じている。(19) 他の数多くの部族と同様、イヌイット（エスキモー）族が信ずるところでは、人間と動物は元来同じ言葉を話していた。二十世紀初頭、民族学者クヌド・ラスムッセンがインタビューしたイヌイットの女性、ナルンジアクによれば——

原初の時代
人間と動物が大地に暮らしていたとき
人間はなろうと思えば動物になることができ
動物は人間になることができた。
みんな人間になるときもあり
みんな動物になるときもあり
境目などなかった。

みんな同じ言葉を話し
言葉が魔術をもっていた時代だった。
人間の心は不可思議な力をもっていた。
偶然口から出た言葉が
意外な結果をもたらすこともあった。
言葉が突然生きたものになると
人間の願いはかなえられた――
私たちがすべきことはただひとつ、願いを口に出すこと
このことは誰にも説明できない――
ただそういうふうになっていたのだ[20]。

こうした原初の言語は人間と動物に共通のものであったにもかかわらず、現在では、様々な動物や他の自然の形態は各々に特有の言語を話している。しかし、それでもなお、あらゆるものが語り、言語の力を有しているのである。さらに、根源的な共通言語は痕跡としていまでも残っている。私たちが、あるとき不意に、それとない鹿の身ぶりやしわがれ声の鳥の語りを理解することがあるように、他の存在物も私たちの語りを耳にし、理解することがある。

梟《フクロウ》とクリー語で話すのは骨が折れる。というのも梟は人をどもらすことができるからだ。どもりが続くとかれらはそれにひきつけられる。梟にとってどもりは可笑《おか》しなものらしい。だが、これはクリ

ー族にとっては利点としてもはたらく。というのも、梟が村で面倒なことを引き起こしたら、森へ行ってどもり声を発すればよいからだ。梟はきっとやってくるだろう。そうしたら梟と向かい合って事を質し、議論し、問題の解決をはかることができるかもしれない(21)。

ほとんどの狩猟先住民族は、狩りに出かける前、耳をそばだてている動物たちの気を損ねないよう、狩りについて話したり狩ろうとしている動物に直接言及することを注意深く避ける。しかし狩りを終えた後は、死にゆく動物たちに直接話しかけ、かれらを讃え、敬意を表し、自らを捧げてくれたことに感謝する(22)。とはいえ、根源的で神聖な言語を最もよく覚えており、純粋に人間の言葉《ディスコース》から随意に離れて、他の力と直接話すことができるのは、シャーマンや呪術師とみなされる人たちである。ミルチャ・エリアーデは次のように記している。

特別の秘密言語の存在はラップ人、オスチャーク人、チュクチ人、ヤクート人、およびトゥングース人の間に見られる。そのトランスの間、トゥングースのシャーマンはあらゆる性質の言語を理解すると信じられている。……

この秘密言語が実際に「動物言語」か、動物の啼き声に由来することが非常に多い。南米では、新米のシャーマンはそのイニシエーションで動物たちの声をまねることを習得しなければならない。これと同じことは北米でも見られる。ポモ人とメノミニ人のシャーマンは鳥の啼き声を模倣する。ヤクート人、ユカギール人、チュクチ人、ゴルディ人、エスキモー人などでは、巫儀の間中、野獣の叫びや鳥のさえずりが聞かれる。……

巫儀の間に使われる多くの言葉は鳥の啼き声や、他の動物の叫び声にその起源を持っている。……「呪術」と「歌」――特に鳥の啼き声――はしばしば同じ言葉であらわされる。呪文に対するドイツ語は **galdr** で、これは **galan**（歌うという動詞）から出た。この後は特に鳥のさえずりに適用される。(23)

こうした言語と生命的風景の親和性は、神話や呪術的な営みだけでなく、現代の先住民族の日常の言葉《ディスコース》に埋め込まれているので、後の章で具体的な事例について詳しく論じることとし、ここでは次のことに言及するに留めたい。言語が徹底的に肉化した媒体であり、リズムと表情に富む身ぶりとしての語り《スピーチ》であり、したがって（感応的な世界を表象として提示するがそこに属してはいないような理念形態としてでなく）物質的な風景のなかを動いている活動的で感覚的な諸存在としての話された言葉であるとするメルロ＝ポンティの見解は、先住民族における変化、変身、治癒の儀式における言語の第一義性および言葉の魔術を理解するための大きな助けとなる、と。言葉がエコーや滝といった身体的現前であるように感じられる時にのみ、私たちは、知覚世界に影響を及ぼし、それを部分的にあるいはまるごと変えてしまうような音声言語の力を理解することができるのである。このことは、次のモドク族の歌によくあらわれている。

わたしは
歌
ここをわたしは歩く(24)

このような次元を無視すること――すなわち、言葉や話されたフレーズが身体に影響を及ぼしたり、それによって私たちを取り巻く世界をめぐる感覚的経験を調節する力を看過すること――は、とりもなおさず、言語に備わる最も日常的で伝達思考的な能力を理解不可能なものにすることなのである。

メルロ＝ポンティの現象学的探究の成果、あるいは少なくともそうした成果に関する私たちの解釈を簡潔に要約すると、次のようになるだろう。(1)知覚という出来事は、経験的に考えると、本来相互作用的で参与＝融即的な出来事であり、言い換えれば、知覚するものとされるものの相互交流にほかならない。(2)知覚される事物は知覚する身体との遭遇において、生命ある生ける力となって積極的に私たちを関係の中へ引き入れる。自発的で前概念的な経験は、現象を二元論的に、生命あるものと「無生命」のものに分け隔てることはせず、せいぜい生命あるものの多様な形における相関的区別を認める程度である。(3)感覚する身体と、表情に富む生ける風景との知覚的相互交流は、他者とのより意識的で言語的な相互交流を生みもし支えもする。私たちが「言語」と呼ぶ複雑な相互作用用は、私たちの肉体と世界の肉との間で常に既に展開している非言語的な交換に根ざしているのである。(4)したがって、人間の言語は、人間の身体や共同体の構造によってのみ特徴づけられているのではなく、人間以上の大地の喚起力に富む地形や型《パターン》の影響も受けている。経験的に考えれば、言語が人間という有機体の特別な所有物でないことは、言語が私たちを包み込む生命ある大地の表現であるということと同じである。

いずれにせよ、こうしたことは、自分たちが直接的に経験している知覚や言語に常に注意しているとわかる。

しかし、ここでこの思想は行き詰まり、ようやく得た結論が消えてしまったり努力が無効になる危険性がある。つまりこういうことだ。もし感覚的知覚が本来融即的であり、メルロ＝ポンティが言うように（広義の）知覚があらゆる経験の不可避の源であるならば、現代世界における融即の明白な不在をどのように説明できるのであろうか。メルロ＝ポンティはこう問うている。「それほどまでに忘れ去られることのあるこの本質的なものを直接的なものと呼ぶ、いったいどのような権利が私にはあるのだろうか。[25]」根源的経験が本来アニミズム的なのであれば、そして、「直接的」な気づきが、あらゆるものが潜在的に生命的で表情に富む現象の領域を開示するのであれば、そのような生命性が私たちを取り巻く世界から消失したことはどう説明できるのだろうか。私たちの文化が他の動物を感覚のない自動人形とみなしたり、木々を製材所に送られる受動的な素材としてしか捉えないということをどのように説明できるのだろうか。知覚がその深みにおいて融即的であるならば、どうやってそうした深みを壊し、現在誰もが知覚しているような生気のない確定的な世界にしてしまったのだろうか。

まず考えられるのは、融即の消失の原因が言語と関係があるということだ。というのも、言語は、知覚に根ざしているとはいえ、絶大な力で私たちの感覚的経験に背を向けたり影響を及ぼしたりすることができるからだ。知覚の相互交流は語りや言語においてより明確な相互交流を生むわけだが、母親が子供の一挙手一投足に特に敏感であるように、知覚は常に言語の決定力ある影響に対して無防備なのである。この影響に着目したアメリカの言語学者エドワード・サピアは言語的決定論の仮説を立て、知覚は主にその人の話す言語によって決定されるという見解を示した。

私たちが大きな範囲で見たり聞いたり他の経験をしたりするのは、共同体の言語習慣が解釈の選択を前もって規定しているからである(26)。

たしかにどのような共同体も知覚の様式はその共同体の共通言語のうちに映し出され、それによって形作られている。しかし、融即的世界から非融即的世界への移行を言語の影響だけで説明することはできない。実際、本章で素描したような現象学的立場を受け入れるならば、解決を求めて言語に目を向けても、知覚に関して直面したのと同じような問題にぶつかるだけである。人間の言葉《ディスコース》が土着の口承文化の人々に鳥や狼の語りや風の語りとさえ関わる形で経験されているのであれば、そうした広がりのある世界からどのようにして私たちは切り離されてしまったのだろうか。かくも他者の声が聞こえなくなり、非人間である自然が無言で何も言わず、私たちが与えようとする以外の意味を抜き取られてしまったのはどうしてなのか。

知覚がその深みにおいて真に融即的なのであれば、私たちが世界を生命ある生きたものとして経験しないのは何故なのか。私たちの言語が非人間の声の存在に真に依存しているのであれば、現在私たちが言語を人間だけの所有物として経験しているのは何故なのか。この二つの問いは同じ問題を違う角度からたずねたものにほかならない。さらに、この問いは第一章の最後で生じた問いとまったく同じもの、すなわちアジアの田舎の旅から西洋に戻った時に自然をめぐる自分の経験に感じた変化に関する問いと同じものである。しかしながら、今回は問いがより秩序立った文脈に置かれ、哲学的探究という伝統に支えられた形になっている。既に明らかだと思うが、この問いは純粋に私的なことに関連するというのではなく、それ以上のものである。自然は私たちの語りと感覚の両方から撤退したように見受けられるが、どのような出来事がこの二重の撤退を促し、耳を塞いで目にベールをかけて私たちの話し方を制限してきたのであろうか。

第四章　アニミズムとアルファベット

筆や彫刻刀やペンや尖筆を置くこと、それは、獲物を口から離したり喰い込んだ鉤爪を離すようなものだ。

——ゲーリー・スナイダー

生態学的危機、すなわち自然界の要求に関する現代文明の明らかな無関心は、何から生じたのか。この問いは思想家から様々な反応を引き出してきた。一方で、搾取的な自然との関係は人間であることの本質であるがゆえに、人間ははじめから他の有機体や大地と不和状態にあるとする見方がある。他方で、それとは逆に、長い歴史を持つ土着文化が大地との驚くべき結束に加え、その同じ大地に棲まう他の種に基本的な敬意や崇敬さえも示しているという認識も広まりつつある。土着文化は、現代西洋文明よりもかなり小規模で（そしてさほど集権化されてもおらず）、長い時間にわたって地元の生態系と比較的恒常《ホメオスタティック》的で平衡的な関係を維持し、大地の補給力を妨害することなく大地から必要物資を得てきたのであろう。北米大陸の肥沃さと豊かな多様性を目の当たりにしたヨーロッパの初期探検家は、この地が原初的で人の住んでいない原生自然《ウィルダネス》であると言ったが、この大陸には少なくとも一万年にわたって人間文化があった。かくも長い間、大陸の野生的健全さを損なうことなく先住民が狩猟採集をおこない定住してきたという事実を考えると、人間が生来的に大地を略奪するようにできているという見方は疑わしい。ヨーロッパから人が移住して二、三世紀の間に、北米大陸の豊かさの大半が失われた。すなわち、多様な動物の数が減り、多くの声が響く森が過度に伐採され、大草原《プレーリー》が過放牧で荒れ、豊かな土壌が痩せ、ほとばしる澄んだ水が飲めなくなったのである。

自然界とその要求に対するヨーロッパ文明の無頓着さを助長しているのは、感覚的現実を蔑む気づきの様式にほかならない。これは、身体的世界を超えたところやその外部に存在すると仮定されるある絶対的な源のために、見て触ることのできる秩序を軽視するものである。歴史家や思想家のなかには、大地への文明の無関心の原因は、あの世に絶対神を措定するユダヤ教やキリスト教の伝統にあるという者もいる。その際、証拠として言及されるのが創世記におけるヘブライの神による人間への命令――「産めよ、増えよ、地に満ちて地を従わせよ。海の魚、空の鳥、地の上を這う生き物をすべて支配せよ」(1)――である。

しかし、思想家のなかには、自然軽視の根源を探究する上で、ソクラテスやプラトンのアテネにおける西洋思想のギリシャ的起源に目を向ける者もいる。フリードリッヒ・ニーチェから現在に至る多くの思想家が示すところによれば、プラトンが感覚的で変化する世界の形態――これらは、プラトンによれば、目に見える世界を超えたところの非感覚的領域にある永遠で純粋なイデアの幻影《シミュラークラ》にすぎない――を哲学的に軽んじたことが、身体的で感覚的な経験に関する文明の不信を増大させ、その結果、人間と大地の隔たりが大きくなったという。

このように、一方で古代ヘブライ語が、他方で古代ギリシャ語が、自然をめぐる文明の過ちを助長する精神的文脈をもたらしたとして非難されている。この二つの古代文化はいずれも現代の疎遠の種を播いたように見受けられる――ある種は自然に対する人類の精神的ないし宗教的優位を確立し、もうひとつの種は有機的世界からの人間の知性の思想的ないし理性的分離をもたらしたように見える。ヘブライの宗教とヘレニズムの思想がキリスト教の新約聖書に融合するかなり前、この二つの信条母体は、自然環境から知的距離を有していたという点で共通している――あるいは共通していたように見える。

この二つの伝統は、他の点では大きく異なっており、それぞれ生まれた起源も場所も時期も違う。ただ、一つだけ共通することがある。それは、最初から文字によって特徴づけられているということだ。どちらの伝統も、後に「アルファベット」と呼ばれることになる新奇で影響力のある技術を利用したのである。

人間の言語と同じく、文字は、人間の共同体内部だけでなく人間の共同体と生ける風景のあいだで発生したもの、すなわち人間と人間以上《モア・ザン・ヒューマン》の世界との交流や接触から生まれたものである。自分のいる大地、私たちが必要とする滋養のすべてをそこに依存している大地は、地面を蛇行しながら流れる川のしなやかな筆さばきから、荒野の乾いた大地を彫る涸れ谷《アロヨ》や峡谷、そして楡《にれ》の古木の落雷による黒焦げの傷に至るまで、意味ありげな走り書きや筆跡に貫かれている。鳥の急降下は風に書かれたある種の筆記体だ。このような筆跡こそ、古代の「卜占官《ぼくせん》」がそこに未来を読みとろうと研究したものであった。潜葉虫は葉っぱを食べながらそこに面白い象形文字のタブロイドを作る。狼は特定の切り株や石に排尿し自分の縄張りを明示する。かつて部族の狩人が林床に刻まれた鹿やヘラジカや熊の足跡を読んだように、今あなた方読者はこの活字を読んでいる。考古学的な物証が示唆するところでは、一〇〇万年以上もの間、人類の生存はこのような狩人の鋭敏さに、すなわち動物という他者の痕跡――ここに糞があるとか、あそこの枝が折れているとか——を読む能力に基づいていた。この本に私が記している文字、あなたが今注意を向けている掻き跡や殴り書きは、この白い紙の表面を横切って消えてゆくが、それらは雪に残された獲物の足跡とほとんど変わらない。何千年にもわたって部族の祖先によって磨かれた器官を使って痕跡を読み、ひとつまたひとつと本能的に追い、見えなくなったら別の新しい痕跡を見つけて追いながら、**意味**《ミーニング》を探しているのである。それは他者との**出合い**《ミーティング》であるとも言えよう[2]。

文字を意味する中国語の「文（wen）」という言葉には様々な意味があるが、それが人間の筆跡と非人間の筆跡の相互浸透をよく物語っている。

「wen［文］という語は、書かれたもの《エクリチュール》の単純な特徴である様々な線をひっくるめて意味している。それは次のものを示すために用いられる。すなわち、木目、石目、星々を結び合せる線によって表わされる星座、鳥や四足獣の地上の足跡（支那の伝承では、こういった足跡の観察が文字《エクリチュール》の発明を示唆したのだろうという）、入墨、あるいはさらに、たとえば亀の甲を飾っている図模様《デッサン》（古い文書は言う、亀は賢い、つまり魔術＝宗教的な力を授かっている。なぜなら亀は背中に図模様《デッサン》をもっているからだ、と）。Wenという言葉は、さらに拡大されて、文学や礼儀作法をあらわした[3]……。

私たち人間の最初の筆記は、自分自身の痕跡、足跡、岩の上の泥や灰に押された手形にほかならない。その後になって、他の動物たちのつけた痕やひっかき傷を真似ることで新たな力が得られることに気づいたのだろう。ここに、他の動物と一体化し、その動物がどこにいるかを突き止めて引き寄せ出現させるために、その動物の表情に富む魔術を身につける方法が見出されたのであった。雪上に押された鹿の身体の跡をたどること、あるいはその輪郭を洞窟の壁に写すこと。それは、他者の影響を喚起するためであれ、自らの力を行使するためであれ、自らを他者とのはるかな接触におく試みであった。洞窟の影に鹿の像を何体も描くことにより、鹿が実際に増えて次の季節にたくさん来ることを求めていたのかもしれない。

　人類の初期の書記体系は人間以上の神秘と結びついていた。コロンブスのアメリカ到達以前の北米には、捕食動物、雨雲と雷、鷲と蛇、熊の足跡など様々な像《イメージ》が豊富にみられた。岩、峡谷の壁、洞窟といった場所で、こうしたものの姿は人間の形ないし半人半他者（昆虫だったり梟だったりヘラジカだったり）の形と混じりあった。

　学者のなかには、北米先住民の絵文字は、岩窟に刻まれた文字がそうであるように（暦に関するプレーンズインディアンの「冬かぞえ」も同様である）連続して絵がつながっている場合でも、「本物の」文字ではないと主張する人がいる。今までのところ、像《イメージ》と発話の間に厳密な関係がないように見えるからだ。

　エジプトのヒエログリフ（これが最初に現れたのはおよそ紀元前三千年の第一王朝期であり、二世紀頃まで使用されていた[4]）のような、より慣例化した象形文字のシステムでは、人間や人間の道具の様式化された像が、蛇やネコ科や他の動物は言うに及ばず、植物や様々な種類の鳥の像とも一緒に描かれている。そのような象形文字のシステムは、紀元前五世紀には中国で、紀元前六世紀半ばにはメソアメリカで発見されることになるのだが、後に学者が「表意文字」と呼ぶものの特徴を含むのが一般的である。表意文字は、絵のような文字――それが描く目に見える存在物ではなくて、その存在物の性質やそれと結びついた現象を指す――である場合が多い。簡単な例をでっち上げると、足を地面から離したジャガーの様式化された像は「スピード」を意味するようになる、という具合である。中国人にとっては現在でも、太陽（日）と月が一緒になって様式化された像は「明るさ」を意味する。同じように、「東」を意味する語は、木の背後から昇る太陽（日）の様式化された像から喚起されたものである(5)。

このように絵から派生したシステムには、必然的に、感覚的参与が周りの風景の声や身ぶりから遠ざかり人間自身の作った像へ向かうという変化が伴う。しかしながら、古代の書記体系の大部分を占める象形文字は、それが意味をめぐる人間以上の領域に内在するということを、常に、読む身体に気づかせる。人間の形態だけでなく他の動物、樹木、太陽、月、地形の署名として、象形文字は私たちの感覚を人間だけの圏域を超えたところに向ける(6)。

とはいえ、象形文字や表意文字だけでは、地域特有の言葉《ディスコース》に存在する特定の用語を表すことはできない。視覚的連想と関わりのない現象を指す用語がそれに当たるだろう。たとえば、〝belief〟（信条）という英語の単語を考えてみよう。どのようにしてこの語を象形文字や表意文字の形で表せるだろうか。変幻自在の怪物の像がよいかもしれないし、祈っている人の像でもよいかもしれない。しかし、マルハナバチ（bee）に葉っぱ（leaf）が一枚描かれるといった単純な像ほど〝belief〟を容易く正確に伝えることのできる表意文字はない。それは視覚的な語呂合わせという手段であり、信条という意味とは何の関係もないが、〝belief〟と口に出された語と同じ音（〝bee leaf〟）を持つ像にはたらきかける。そのような絵文字的語呂合わせ、もしくは「判じ絵」は、古代中国、メソアメリカ、中東の書記官に用いられ、明確な形を欠いた語や視覚表象に抵抗する語を記録する際に使われた。そういうわけで、たとえばシュメール語で「生命」を表す〝ti〟という語は、シュメール語で *ti* と発音する「矢」を表す絵の記号を用いた楔形文字で書かれたのであった(7)。

ここで重要な進展がみられる。判じ絵の登場とともに、絵の記号が、人間の声の音の外的指示物ではなく、声の音を直接的に呼び起こすために使われたのである。名付けられた事物ではなく名前の音に焦点を当てていることから、判じ絵は表音（phonetic）文字の遠い未来の可能性を告げるものであった（「音声的」の英語〝phonetic〟は、ギリシャ語で「音がする、音を出す」という意味の〝phonein〟に由来する）。この表音文字というのは、話す声の外面的な意図や意味ではなく、声をそのまま書き写すものであった(8)。

しかしながら、多くの要因により判じ絵の原理は一般化せず、完全に音声的な書記体系は発展しなかった。そうした要因の一つとして、絵と結びついた文字が異なる方言を話す（したがってお互いの言葉が理解できない）人たちのコミュニケーションに使われたということが挙げられる。同じ像や表意文字は、方言の違いによって異なる音を喚起するが、絵と結びついた文字は、言語的に近い共同体のみならず言語的に遠い共同体との交易も可能にした。この大きな発展は、判じ絵的記号だけを用いて共同体の言葉の音が書き写されるような場合は望めない。（このことから、多くの方言を有する巨大な社会である中国が、なぜ完全に音声的な文字を持つに至らなかったかがわかる(9)。）

完全に音声的な文字の発展を妨げた別の要因として、書記官がエリート的地位にあったということが挙げられる。表意文字の書記には非常に多くの様式化されたシンボルや文字が使われる。というのも、いかなる語も、少なくとも原理上は文字を有するからだ。（一七一六年の中国語の辞書には――極端な例だとは思うが――四〇、五四五もの文字が登録されていた！　現在使われているのはほんの八、〇〇〇字である(10)。）したがって、絵文字システムを完全に熟知しているのは高度に訓練された一握りの人たちに限られていたのであろう。そのような文化の内部では、読み書き能力《リテラシー》とは階級《カースト》もしくは教団《カルト》の読み書き能力にほかならず、そうした階級の聖なる知が社会の他の人々に重んじられていた。文字が新しい技術を単純化するような革新の発展に貢献し、それによって読み書き能力が社会の他の人々にも広がるようになることはなかった。なぜなら、それは既得の地位と社会的重みが軽んじられることを意味していたからだ。

……古代の文字は読み書きができる少数のエリートすなわち書記官の手中にあった。かれらは職業実践においてきわめて保守的で、単純化することに関心を持つどころか、記号と価値を増やして自らの練達を示そうとしていた[11]……。

それにもかかわらず、古代中東では判じ絵の原理が――おそらく、文明の中心となっているいくつかの富める場所から離れたところで仕事に従事していた書記官によって――一般化されることになり、所定の言語の一般的な音がすべて対象になった。こうして「音節表」が生まれ、基本的な音‐音節はどれも独自の慣習的な表記ないし書かれた記号（始まりは判じ絵のようなものであることが多かった）を持つことになった。このような書記体系は、自らが由来する絵文字の書記に比べて使用する記号が格段に少なかった。とはいえ、その記号の数は、現在の私たちには当たり前になっているアルファベット文字よりはるかに多かった。

アルファベットを生んだ改革は紀元前一五〇〇年頃にセム族の書記官によって発展したものである[12]。その改革の本質を成していたのは、自分たちの言語では、ほぼどの音節も一つないしそれ以上の無音の子音的要素に有音の息――母音と呼ばれるようになるもの――が加わってできている、という認識であった。無音の子音がいわば身体的枠組となり、有音の息がそこを通って流れる形を用意した。最初のセム語系アレフベートは、セム語の言語の子音ひとつひとつに対応した文字を確立したのである。書かれた文字としての子音が生き生きとした状態で発せられるためには、そこに有音の息が加わらねばならず、その母音は読み手によって選ばれねばならず、読み手は書かれた文脈に応じて有音の息を変えたのであった。

このような革新によって、アレフベートは書記に必要な文字を二十二にまで減らすことができた。この簡易な記号のセットは、子どもも含めて機会さえあれば誰もが短期間のうちに容易に練習して習得できるものであった。この技術革新の簡易性は驚くべきもので、初期セム語アレフベート——それを用いて、後にヘブライ語聖書に集められることになる物語や歴史が書かれた——は、ヘブライ人だけでなくフェニキア人（地中海を越えて新しい技術をギリシャへもたらしたと思われている人々）、アルメニア人、ギリシャ人、ローマ人にも採用され、今私が書いている文字も含めて事実上すべてのアルファベットの元となった。

アレフベートの出現とともに人間文化と自然とのあいだに新たな距離が生まれた。無論、象形文字や表意文字による書記において、私達の感覚的参与は既に生命的環境から壁や土の書字版やパピルス紙に置き換えられていた。しかし、先に見たように、書かれた像それ自体は他の動物や大地に私たちを再び関係づけるものであった。間接的にではあれ、象形的シンボルや文字は、静的な像として生命的現象に言及していたのである。そうした地上の現象が私たちからその名前を呼び起こした。感覚される現象とそれが口に出される名前は、ある意味で互いに関わりあっていた——その名前は、感覚される存在物が生み出したものでもある。しかしながら、音声的アレフベートとともに、書かれた文字は、地上で感覚される現象やその現象をめぐる言葉（判じ絵のような）すら示さなくなり、ただ人間の口によってつくられる身ぶりだけを指し示すようになった。様々な変化が一気に生じ、人々の関心は、絵と結びついた像の外的ないし世俗的な言及や、かつて話されることを求めていた感覚される現象から離れ、文字によって直接喚起される発話それ自体の形に向けられていった。ここにおいてはじめて、絵と結びついた記号と声による身ぶりが、絵で表された事物を飛び越えて直接結合したのである。喚情的現象——心に描かれた存在物——はもはや同一化に必要なものではなくなった。人間の発話は、人間がつくった記号によってそのまま顕現する。より大きな人間以上の生活世界は記号論の一部でなくなり、システムに不可欠なものでなくなったのである。

だが本当にそうだろうか？　初期セム語アレフベートについて考えると、それが象形的なものを受け継いでいることは容易にわかる。最初の文字であるアレフ（Aleph）は次のように書く――。アレフはまた、「雄牛」を意味する古ヘブライ語でもある。この文字の形は、雄牛の角のある頭部と同じだったのであり、それを逆さにすると「A」という文字になる。[13] セム語の〝mem〟という文字は、ヘブライ語の「水」であり、この文字が後に私たちが使う「M」になったのだが、これは一連の波――――として描かれたものだ。〝Ayin〟と言う文字は、ヘブライ語で「目」を意味し、単純な丸すなわち目を表す絵として描かれ、これがギリシャ人書記官によって母音に変えられて私たちが使う「O」という文字になった。ヘブライ語の〝qoph〟という文字の名前は、「猿」を意味するヘブライ語の用語であり、垂れ下がった長い尻尾のある丸「」として描かれている。私たちが使っている「Q」という文字はそうした素朴な絵の意味を保持しているのである。[14]

以上はほんの一例であるが、文字の名前とその形を比較することにより、初期アレフベートの文字が人間以上の現象領域と暗に結びついていたことがわかる。しかし、それ以前の非音声的な文字の時代に比べれば、他の動物、あるいは水や波といった自然の要素、さらには身体それ自体との結びつきは格段に弱い。感覚される自然の痕跡は、旧きものの名残としてのみ新しい文字にとどまる――これらはもはや言語的知識の伝達に必要なものではないのだ。人間以外の動物、植物、自然の要素――太陽、月、星、波――は声を失い始める。ヘブライ語の創世記では、動物は自分の名前をアダムに語らない。逆に、動物たちはこの最初の人間から名前を与えられる。ヘブライ人にとって、言語は純粋に人間の才能、人間の力になっていったのである。

しかしながら、表音文字がギリシャに入りセム語アレフベートがギリシャ語の「アルファベット」に変わってはじめて、言語的意味の生活世界からの斬新な抽象化がある種の完成形に達した。ギリシャの書記官は、セム語の文字の形とそれぞれの名前を少しだけ変えて使用した。こうして「アレフ」――最初の文字の名前であり、ヘブライ語の「雄牛」――は「アルファ」となり、「ベート」――二番目の文字の名前であり「家」を意味する語――は「ベータ」となり、「ギメル」――三番目の文字で「ラクダ」の意味――は「ガンマ」となった。しかし、セム語の名前がその言語を話す人たちにとって、それ以前の非書記学的な意味を有していたのに対し、ギリシャ語の方はギリシャ人にとって何の非書記学的意味も持たなかった。すなわち、ある文字のセム語の名前が、その文字によって想像や連想が喚起されるような、感覚と結びついた存在物の名前でもあったのに対し、ギリシャ語の名前には感覚と結びつく指示物がなかったのである。[15] セム語の名前が文字をめぐる日常世界の起源を思い出させるのに対し、ギリシャ語の名前は人間がつくった文字を指し示すだけであった。セム語の多くの文字にある絵(ないし像《イコン》)で表される意味は、その口頭の名前に記憶されていたのだが、すぐに失われていった。人間の言語の人間以上の知覚領域への負債、セム語の文字の名前と形に保存されていた負債は、今や完全に忘れ去られてしまったのである。

ラッパーのリズム

「……ぼくは、ものを学びたくてたまらぬ男なのだ。ところが、土地や樹木は、ぼくに何も教えてくれようとはしないが、町の人たちは何かを教えてくれる。」これは、賢明で伝説的な西洋哲学の父と呼ばれるソクラテスが『パイドロス』――プラトンの対話のなかで最も雄弁で甘美なものの一つであることは間違いない――の最初の方で述べた言葉である。[16] ソクラテスの弟子のなかで抜きん出ていたプラトンによって書かれたこの言葉は、ヨーロッパの哲学的伝統の始まりにおける新たな興味深い考えを刻んでいる。

　土地や樹木は何も教えてくれないというソクラテスの主張は、私たちがホメロスの叙事詩を通して知るギリシャ人とは相容れないものである。ホメロス風の詩《うた》では、自然の風景それ自体が予兆や気配を生み、人間の行動に指示を与える。雲や波や鳥の飛行のパターンを通して神々が直接話しかけるのだ。ゼウスは嵐を喚び起こし、雷鳴を送り、遣いの鷲を人間の頭上めがけて急降下させ、集会を中断させる。アテナはオオトウゾクカモメの姿になったり風を起こして船の帆をはらませたりする。ポセイドンに仕えた海神プロテウスは、いかなる野獣にでも、燃える炎にでも、あるいは水にでも姿を変えることができる。実際、神々はそれぞれの力を表す自然の力と区別がつかない。たとえば、「島々を震わす青いたてがみの神」ポセイドンは海そのものの生命と怒りであり、「真昼の支配者」ヘリオスは太陽と区別がつかない（この燃え盛る太陽は子をもうけることさえできる故意の知性を指す。魔女のキルケーはヘリオスの娘）。「薔薇色の指先を広げた美しいドーン〔暁の意〕」さえも生きている力なのである。人間の出来事と感情は生命ある大地の気分の変化と区別することができない。したがって、軍の安堵が厚い雲が陸から消えてゆく描写に表されたり、ネストルの苦悩が嵐の前に海が暗くなる様子になぞらえられたりする。そのほか、夫の消息を聞くことについてペネロペの気持ちが開示される時、春一番が吹いて高山の雪が融け始め斜面を滝となって流れる様子が——まるで自然の風景が感情の落ち着く場《ホーム》であるかのように、あるいは、人間と雲と木々のあいだを同じ精神が動いているかのように——描かれたりする。オデュッセウスは、ポセイドンの怒りを買って半分溺れそうになりながらパイアキアの岩だらけの海岸に漂着し、崖のあいだから穏やかな河口を目にした時、庇護を求めてその川の精霊に直接祈りを捧げる——すると、潮の流れが変わり、川が彼を安全なところに導いたのであった。ここでもまた、大地は活発で目覚めており、執念深い時も優しい時もあるが、常に人間の置かれた状況に反応を示す、気まぐれだが意志の強い多くの力によって生き生きとしている。大地の多様な形態は、私たちがすぐに理解できるとは限らない身ぶりを通してではあるが、依然として人間に話しかけ、人間を導いている。(17)

このように参与的で生命ある大地は、『パイドロス』でソクラテスによって支持された高慢な自然観とはまったく対照的である。この違いを理解するためには、紀元前七世紀に書かれたと考えられているホメロスの叙事詩が、本質的に口承的に進化したものだということを知っておく必要がある。それは、文字で書かれ現在のように精密な形で凍結されてしまうずっと前に、歌われ、歌われ直しては、形を変えて複雑化していった口誦詩である。(18) 他方、紀元前四世紀の前半に書かれたプラトンの対話は、徹頭徹尾文字による構築物であり、明らかに文字に通じた著述家が文字に通じた文脈において作ったものである。実際、現在私たちが当たり前だと思っているような精神的パターンや思考様式が、このときはじめて記されたのであった。

ギリシャ語のアルファベットがはじめて発明されたのは——あるいはむしろ、セム語アレフベートから採用されたのは、というべきか――プラトンより数世紀前、おそらく紀元前八世紀のことであった[19]。この新しいテクノロジーはすぐにはギリシャ中に広まらず、逆に、口承文化の高度の発達と儀式化という注目すべき抵抗にあった[20]。すなわち、前アルファベット的ギリシャの伝統は、ギリシャの吟唱詩人ないし「吟遊詩人」によって定期的に歌われ世代から世代へと継承された数多の口誦物語に意欲的に保存されたのである。こうして歌われた話は、その入れ子構造の物語の内に、文化をめぐって蓄積された知の多くを保持する。文字で書かれていないので、完全に固定されることはないが、状況や聴衆の要求に応じて語りとともに変化することはよくあるし、時代遅れになった知識を捨てては新しい実践的な知識を徐々に組み込んでいったりもする。歌われる物語は、それらが関係している多くの儀式とともに、文化の生きた百科事典という趣があった――共同体の集団的知識や慣習化した風習を保存しているという意味で。また、そうした物語は、絶えず繰り返され儀式で再現されることで、それ自体が保存されてもきた。読み書きという新しい技術を公然と必要とする動きはほとんどなかった。文学史家エリック・ハヴロックによれば、アルファベットは、ギリシャに出現した最初の二、三世紀は「社会的地位もそれといった使用法もなく、単なる出しゃばりのようなものであった。社会のエリートたちは皆、朗吟し演ずる人たちであった[21]」。

地中海の向こう側とは異なり、ここではアルファベットは一連の初期の文字から徐々に発達するということはなかった。したがって、関係する碑文やその前提となる書記実践をめぐる状況も存在していなかった。さらに、知識を保存したり伝えたりする口承の技術や、そうした技術と関連した感覚の習慣は、後に見るように、アルファベットの読み書きが必要とする感覚の型《パターン》とは相容れないものであった。

この時代のギリシャのように複雑かつ徹底的に口承性を有している文化では、アルファベットはまず口承伝統と結びつくことによってのみ根をおろすことができた。ギリシャにおける最初の大きな書かれたテクスト――『イリアス』と『オデュッセイア』――は、逆説的にも「口承テクスト」にほかならない。言い換えると、それらは長くそう考えられてきたように書記によって作られたものではなく、口頭で歌われた詩をアルファベットで書き写したものなのである。ホメロスは、口誦の吟唱詩人ないし吟遊詩人（これを指す英語〝rhapsode〟は、ギリシャ語で「歌を縫いあわせる」という意味の〝*rhapsoidein*〟に由来する）であり、トロイ戦争以降他の吟唱詩人によって歌われたり「縫いあわ」されたりしていた一連の物語に装飾や彫琢を施しながら、暗記された形容辞や定式化されたフレーズの豊かな蓄えを使って口頭のタペストリーを「縫いあわせる」ことにより、精緻な形式の詩を即興で作ったのである[22]。

ホメロスの叙事詩の口承的本質が理解されるようになったのは、ハーバードの古典学者ミルマン・パリーとその助手アルバート・ロードが一九三〇年代に行った先駆的調査のおかげである[23]。パリーは、繰り返しよく使われるフレーズのレパートリー――「深い葡萄酒色の海」、「賢いオデッセウスが言った」、「ドーンが薔薇色の指先を広げる時」など――があることに気づいた。彼らの入念な研究により、ホメロスの叙事詩は全面的にこのような表現（二七、〇〇〇のヘクサメトロス〔六歩格〕に、二つないしそれ以上の語から成るフレーズの繰り返しが二九、〇〇〇ある）に基づいていることが明らかになった[24]。他にもわかったこととして、ホメロスがある特定の形容辞やフレーズを意図的に使ったのは、往々にしてフレーズの正確な意味よりも韻律上の急な要請にとらわれていたからではないかということ、特定の定式を使ったのは律動的な即興詩作の恍惚状態において韻律にあわせるためだったということがある。こうした発見はホメロスの非凡な才を小さく見積もるものではなく、ホメロスの詩的才能が創造的であるのと同様に遂行的でもあることを示している――ホメロスは偉大な小説を書く天才というより、聴衆に訴えるラップアーティストに近いと言える。

ホメロスのテクストが言語的定式の繰り返しや形容辞のレパートリーを頼みにしていたということ――言い換えれば、現在私たちが軽蔑的に「きまり文句《クリシエ》」と呼ぶものに全面的に依存していたということ――から、パリーとその後の研究者たちは、文字のないヨーロッパ文化というきわめて異質な世界に考えが及び始めた。私たちのように文字を使う社会では、言葉による発見や理解は文字に書かれることで保存される。ある課題を成し遂げる方法を知りたければ、それが書いてある本を探せばよいし、ある歴史的遭遇について考えたければ、それが記録されているテクストを見つければよい。しかしながら、口承文化には、このように私たちがあてにするような固定され永遠に存在する記録がない。言語による知は絶えず繰り返されることによってのみ保存されるのである。実践的な知識は容易に思い出せる口頭の慣用表現――祈りや格言、継続的に歌われる伝説や神話――に埋め込まれねばならないのである。そうした口頭の慣用表現に備わる律動性は記憶を助けるという価値を持つ。呼吸し躍動する身体にとっては、躍動的なフレーズは思い出しやすいものだが、読み書きの到来後に出現した活気のない散文的な言い方だとそうはいかない。（たとえば、「リンゴ一個で医者いらず」という表現は、「健康を保つために果物を食べましょう」という言い方よりもはるかに覚えやすい。）無文字文化の言説は必然的に、こうした定式的で律動的な言い回しから成ることが多く、適切な状況下で自然と口から出る。[25]

　ホメロスの叙事詩が口頭で作られたものだということに関するパリーの洞察は、東欧に依然として存在していた吟遊詩人の代表的伝統と出合い考察を始めるまでは、推論の域を出なかった。一九三〇年代、パリーと彼に師事するアルバート・ロードはセルビアへ行き、依然としてバルカン諸国の古い口承伝統に根付いた芸を体現する、文字を持たないスラブ人の歌い手たちと親しくなった。この歌い手たち（*guslars*〔クロアチア語で「吟遊詩人」を意味する〕）は、〝*gusla*〟とよばれる単純な弦楽器による伴奏で、文字テクストの存在しない長い物語をコーヒーハウスや結婚式で歌う。パリーとロードはこうした多くの叙事詩的な歌を初期の音盤に記録[26]し、後になって、このように歌われた物語の韻律構造をホメロスの詩の構造や言い回しと比較することができた。両者の類似性は明らかで、注目すべきものであった。[27]

> 南部スラブ人が彼らの物語を歌っているのを聴くと、ホメロスを聴いているような感覚にとらわれる。これは、馴染みのない暮らしの流儀や思考の形を目の当たりにしたことから生ずる感傷的な感情とは違う。……なぜホメロスを聴いているような感じを覚えるのかということをさらに見ていくと、その理由が明らかになる――聴いているのはホメロスが表現した考えではなく、同じ律動を持ち同じ順序で分類されている言い回しで表現されているものなのである。[28]

このような強い類似点をパリーは注意深く記録し、彼の早世後、聴覚的作文様式に関する彼の研究はアルバート・ロードに引き継がれた。そのロードの研究には、読み書きの習得が口誦詩人を無能にし即吟能力を破壊したことが示されていた。[29]

ホメロス風の叙事詩が文字で記録されると、吟遊詩人の技巧《アート》は保存と教育に関わる機能を失っていった。叙事詩的物語や神話に埋め込まれていた知は、目に見える固定化された形で捕獲されたので、人が繰り返し戻り、検討し、問うことすら可能になった。実際、その時になって初めて、アルファベットのテクノロジーの影響がゆっくりと浸透していたこともあり、「言語」は世界の活発な流れから自らを切り離し、それ自体で思考されるものとなったのである。

言語が書かれるようになってはじめて、言語について考えることができるようになった。聴覚的媒体は、視覚化することができないため、認識している人から完全に切り離した現象として認識を実現することはなかった。しかし、アルファベット化された文書では媒介は具体化されている。そこにあるのは、アルファベットで見事に再生産された……、「私」という話し手の機能など必要ない、独立した存在の文書なのである。[30]

書記官あるいは著述家は、自らが記した目に見える文字と対話することが可能になり、文字を記しながらでも自分の文字を見たりそれに応えたりすることができるようになった。こうして反省という新たな力が、書記官と書かれたテクストとの関係によって生まれたのである。

この新たな力が徐々に浸透する様子は、紀元前六世紀と五世紀にソクラテス以前の哲学者が記した断片を見れば明らかだ。この時代の哲学者たちは依然として口承詩的な言説様式の揺らぎを経験している——すなわち、彼らの教えは格言的ないし詩的な形式で表され、その関心は依然として感応的な周りの世界に向けられている。そうであるにもかかわらず、哲学者たちは新たな自然の秩序から距離をとり、自然の流れとは異なる時間の様式に思考を宿し、自然の流れを問い理解しようとしているように見受けられる。ヘラクレイトスやエンペドクレスの書いた断片には、依然として意味ありげに生気を放ち生きていると実感されていた感応的自然に魅了された伝統的な口承文化と結びついた、根本的に新しい文字文化の内省が現れている。ソクラテス以前の哲学者タレスの言葉を借りれば、「すべてのものは神々で満たされている」[31]。紀元前四世紀初頭になってはじめて、そのような神聖な力ないし神々が自然界から追放された。この時期にギリシャでアルファベットの読み書きが集合的現実となったのである。実際、プラトンの存命中（紀元前四二八―三四八年）、アテネのギリシャが「文字の」文化と呼びうる程度にまでアルファベットがアテネ人の生活に組み込まれるようになった。

紀元前四世紀初頭、プラトンはギリシャの口承文化と文字文化の境目に立っていた。少年たちが書くことを教えられたということを記す最初の図画や図像は、プラトンの幼少期に遡る。彼の時代では、既に何世紀にもわたってテクストからホメロスが暗唱されていたのだが、文字を書くことの技巧《アート》は依然として手仕事の領域にあった……紀元前五世紀には、職人たちがアルファベットの文字を彫ったり彫り刻んだりする技術を獲得し始めた。しかし、文字を書くことはまだ教える内容として認知されておらず、名前を書いたり綴ることができれば良いと考えられている程度だった[32]……。

そのようなわけで、プラトンが教えていた時代というのは、読み書きという新しいテクノロジーが専門的な「手仕事」の地位を捨て、ギリシャのカリキュラムを通して文化全体に広まった時期なのである。こうした出来事の結びつきの意味は、程度の差はあれ誰もがプラトンの系統にある西洋の哲学者には十分に理解されていない。プラトンは――あるいはむしろ読み書きのできるプラトン的人物とそうではなかったソクラテス的人物の交流というべきかもしれないが――蝶番のようなものと考えられるだろう。すなわち、そこにおいて、口承文化にみられた感覚的で模倣的《ミメティック》で完全に具体化された意識の様式が、アルファベットの読み書きによって生まれた抽象的でよそよそしい思考様式に道を譲ったのである。そして、この新しいテクノロジーにふさわしい集団的思考構造を入念に開発して認めさせたのは、ほかならぬプラトンであった。

不変のイデアの永遠性

ソクラテスは、自分の名前を書くことができる程度であったかもしれないが、アルファベットによって導入された新たな再帰的能力を見事に使いこなした。エリック・ハヴロックの見解によれば、有名な「ソクラテス式弁証法」——最も単純な形は、話し手にその人が言ったことを説明するように求めること——は、基本的に、口承文化の模倣的な思考の型《パターン》に混乱をもたらす手法であった。話し手の陳述は、それが重要な道徳性や社会的慣習に関わるものである場合は、必然的に暗記されたきまり文句や詩的ないし格言的フレーズであり、そうした表現を用いて議論されている事柄に関する具体的な例が示される。その話し手に話の内容の説明を求めたり、最初に言ったことを別の言葉で言うように要求することで、ソクラテスは初めて対話者を自らの言葉から切り離したのであった。すなわち、伝統的な教えの物語が繰り返されることで習慣となっていたフレーズやきまり文句から、その使い手を切り離したのである。それ以前は、話された言葉《ディスコース》は、永遠に繰り返される物語や伝説や神話——日々の行動やふれあいで必要なフレーズの多くの供給源——と不可分であった。話すことは物語に語られた宇宙の内部で生きることであった。だから、人は話の主人公や古代の英雄を身近に感じ、そうした人物の言葉を自分の口を通して語ったのであろう。文字記録のない状況では、そのようにして文化が保存される。しかし、ここにソクラテスの妨害が入った。

対話者に絶えず自分の発言を繰り返させたり別の言葉で説明させることにより、すなわち自分の語りに耳を傾けそれについて考えさせることにより、ソクラテスは対話者を動転させ、口誦に必要であった記憶の恍惚を途絶えさせ、その結果、これまで馴染んできた物語に語られた感覚的世界からその人を引き離したのである。ソクラテスの会話にはアカエイ〔尾に猛毒のトゲがある〕の電気ショックのような麻痺させる力がある、とアテネ人が言ったのも頷ける。

文字が広まる前、「徳」「正義」「節制」といった倫理的な性質は、それらが示される具体的な状況と完全に絡みあっていた。そのような性質を表す言葉は、ある特定の社会的状況に呼び起される口頭の言葉であり、そうした状況から独立して存在するものではなかったのである。発話であるという性質上、その言葉は話された途端に再び沈黙へと消え、感覚に示す永続的な姿というものを持っていなかった。このように、「正義」や「節制」は生ける出来事として経験されたのである。そうした言葉は、特定の状況から生じたがゆえに、その言葉にその時だけ具体的な形を与える特定の人や行動と不可分であった。

しかし、そうした発話は文字で記録されるようになると、これまで知られていなかった自律性と永遠性を獲得した。いったん「徳」と文字に書かれると、それは話し手から独立した――そして、その言葉を示す具体的な状況や個人からも独立した――不変で目に見える形を持っているように思えてくるのであった。

ソクラテスの方法は知覚領域におけるこのような変化と同調するものであった。プラトンの対話篇においてソクラテスが、「徳」とは、「正義」とは、「勇気」とは何かということを説明するよう対話者に求め、彼らの話の中では想像のつかない質的用語の真の意味を訊ねると、彼らは自信たっぷりに答えるのだが、その答え方は問題となっている性質に関する具体例を述べるというもので、「正義」をめぐる具体例は列挙するのだが「正義」それ自体を定義するには至らない。ソクラテスがメノンに「徳」とは何か聞かせてくれと言うと、メノンがあまりにも多くの例を挙げるので、ソクラテスは茶化すようにこう言った――「ずいぶんぼくも運がいいようだね、メノン、徳は一つしかないというつもりでさがしていたのに、徳がまるで蜜蜂のように、わんさと群れをなして君のところにあるのを発見したのだから」[33]。ソクラテスと同時代のアテネ人は、以前の口承の言説様式に従っているので、話で表される性質を、その用語を具体的に表し呼び起こすところの生きられた状況から引き離して抽象化することができないのである。しかしながら、ソクラテスは多数の「徳」の形には関心がない。無論、それらに何か共通する不変の要素がある場合は、抽象化と思索の対象とするのだが。どのような場合でも、ソクラテスは、特定の状況から独立した、それ自体で存在する性質を熟考させようとする。私たちが物質界で出合うような具体的な「正義」は変わりやすく、はかない。本物の知は永遠で不変であるとソクラテスは言う。

このように、ソクラテスは、正義の例すべてを統一する固定的で不変の「正義」の本質があると考えている。そして、「徳」「美」「善」「勇気」などすべてにおいて永遠の本質があると。しかし、このソクラテスの確信はアルファベットなしでは不可能であった。というのも、質的用語は文字で書かれてはじめて、話し手や状況から独立した固定された形を持つ思索の対象になるからである[34]。

話で表される性質を身体的状況に埋め込まれているものから完全に抽象化するということは、どの書記体系でも促されているわけではない。先に見たように、中国の表意文字は感覚的経験と関わる現象的世界と絵を通してつながっている。たとえば、「赤」という中国語の表意文字は、薔薇、さくらんぼ、鉄錆、フラミンゴの絵のイメージの省略形から構成されるという具合に、それ自体が生きられた例を並べたものである。実際、中国で教養のある人に「赤」とか「忠誠」とか「幸福」といった一般的な性質の説明を求めると、ソクラテスの対話者と同じように、その性質に関する具体例を述べる形で返答があるそうだ[35]。

「善」とか「正義」といった従来はかないとされていた性質を、流動する日常の経験から独立した新たな領域に格上げし、状況への内属から引き離して抽象化することを可能にしたのは、文字それ自体ではなく、表音文字とりわけギリシャのアルファベットであった。というのも、ギリシャのアルファベットは、書き言葉と、それが由来する感覚される世界をつなぐすべての結びつきを効率良く断ち切ったからである。それは、ほとんどどのような人間の発話も固定され永続する形式で表すことのできる最初の書記体系であった。

　ソクラテスの教えが道徳的性質に関心を向けていたのに対し、弟子であるプラトンは、はかない性質だけでなく、「テーブル」から「雲」に至るありとあらゆる用語が、永続する不変の形式を持つ思索の対象になると考えた。振り返ってみると、アルファベットはそうしたすべての用語に新たな自律性と永続性を与えていたことがわかる。たとえば、人が眺める川、歩いて渡る川など、感覚的世界における様々な蛇行する川に加えて、「川」という単一のイデアが存在し、それが今や目に見えるようになった。「川」それ自体が、流れを変えたり季節ごとに涸れたりするような物質的な川とは別の形で思索されうるものになったのである。彼の師と同じく、プラトンにとっても、真正の知は不変で永続的なものでなければならなかった――「本物の」知は、具体的な川には存在せず、「川」という純粋なイデア（あるいはエイドス）に関してのみ存在する。そのような不変の本質を示すためにプラトンがギリシャ語の「エイドス」（「目に見えるすがたかたち」を意味する）という用語を使ったということ自体、永遠の本質と不変で目に見えるアルファベットの形との結びつきを示唆しているように思われる。

　というのも、アルファベット文字は、プラトン的イデアと同様、通常の視覚の世界には存在しない。文字および文字で書かれた語は、成長と衰退の絶え間ない変化や、他の目に見える事物に共通する混乱や循環的変化の影響を受けず、奇妙にも時間の欠落した別の次元に漂っているかのようである。さらに、文字は、どの文字にも共通する可視性を長引かせて隠し持ち、私たちが目を向ける時ですら、音に溶け込んで目と耳の交替をもたらすので、何かを見ているというよりは聞いているように思える。アルファベット文字は、文字の可視的側面から私たちの注意を逸らし、その文字が喚起する人間の話の背後に巧みにすがたを消すのである。(36)

既に見たように、アルファベットで読み書きを習得する過程で、きわめて再帰的な新たな自己の感覚が生じた。文字にした後で、あるいは書いている途中でさえも、その文字を見たり対話することさえできる能力は、他者からの——さらに、かつては常に対話者を有していた感応的環境からの——自律と独立という新しい感覚をもたらした。最初にいつどこで書かれたかということと関係なく、自由に自分の書いた言葉に戻ったりそれを思索したりすることができるという事実は、時間の欠落した＝時間を超越した《タイムレス》性質を、新たな反省的自己——要求の移り変わりに合わせて呼吸する身体から比較的独立した、言葉を用いて話す自己——に付与する。読み書きのできる自己は、身体的経験を育む流動的な世界に関して、自らの超越性と無時間性を感じずにはいられない。

自律的で反省的に見えるこの新たな気づきを、ソクラテスは「プシュケー」とよんだ。この用語は、かつてのホメロス的意味をひねったもので、生きている身体に生気を与え身体の死後も——死霊や幽霊のように——留まり続ける不可視の息を指す。(プシュケーという用語は「呼吸する」「息を吹く」という意味の古代ギリシャ語から派生した語である。)ソクラテスと同じくプラトンにとって、プシュケーは、日常的な感覚世界から離れて知性によって知ることのできるイデアに思いを至らせることで洗練され強化されるような自己の側面の謂いであった。言い換えれば、ソクラテス－プラトン的プシュケーとは、文字文化の知性であり、書かれた文字との関係から生まれ強化されるような自己の側面にほかならない。[37]

プラトン自身は『パイドロス』で文字の影響をめぐる力強い批評を展開している。本章で先に引用した対話がそうだ。その対話において、ソクラテスは若きパイドロスをエジプト王タモスに関する興味深い伝説と関連づけている。この物語によれば、タモス王のもとにテウト神――幾何学、数学、天文学、文字の神聖なる発明者――が直接会いに来て、文字を授けようと王に言った。そうすれば、タモスがエジプトの人々に文字を広めるだろうと考えたのだ。しかし、タモスは、この神の発明の有益性と有害性の両方を考えた後、人々は文字のない方が幸せであろうという結論に至り、神からの贈物を断った。文字によって人は賢くなり記憶力も増すというテウトの主張に対し、実際はその逆であろうと王は言うのであった――

人々がこの文字というものを学ぶと、記憶力の訓練がなおざりにされるため、その人たちの魂の中には、忘れっぽい性質が植えつけられることだろう……彼らは、書いたものを信頼して、ものを思い出すのに、自分以外のものを彫りつけられたしるしによって外から思い出すようになり、自分で自分の力によって内から思い出すことをしないようになる[38]……。

さらに王が言うには、口頭で話された教えは、いったん文字で書かれると、自分では理解していると思っていながらもその教えを誤解している人の手に落ちてしまいがちであるという。書かれた文字がもたらすのは知恵ではなく「知恵の外見」にすぎず、実際は知識が減っているのに増えているかのように感じさせるのである。[39]

プラトンのソクラテスは明らかに王の判断に同意する。プラトンが文字をめぐるこの批評について読者に真剣に考えてほしいと思っているのは明白である。同じ対話の後の方で、このような一節がある——「書かれた言葉の中には、その主題が何であるにせよ、かならずや多分に慰みの要素が含まれていて」、どのような場合でも、「韻文にせよ、散文にせよ、たいした真剣な熱意に値するものとして話が書かれたということは、いついかなるときにもけっしてない」[40]。西洋で最も広く読まれ崇められているテクストを書いた人のものを読んで、文字に対するこのような強い反対意見を知るのは、いかにも奇妙である。実質的にすべての西洋の哲学者の祖先であるプラトンが、書くことは趣味に過ぎないと見下しているのだ！ 私たちはこうした主張をどう考えればよいのだろうか。

アルファベットに関する懐疑、そしてアルファベットが人を弱らせるという主張は、プラトンが執筆していた時代かその直前のアテネでは優勢だったにちがいない。注目すべきは、常にアルファベットの宇宙に身をおいていたプラトンがそのような批判を保持していたということである。数多の多様な著作——単一の著述家による散文としては、アルファベット史上おそらく最大の集成——を考えると、プラトンが自分のおこなった批評を用いて、彼の弟子や読者にものを書かないように、あるいは彼の書物をこれ以上読まないように仕向けようとしたのでないことは明らかである。プラトンは、自分の書いたものがあまり大きな重要性を付与されないようにという注意を書物という身体に埋め込もうとした。自分の哲学の真正性や価値に確信が持てなかったからではなく、単に、文字およびそれが哲学の意味を十分に伝える能力に懸念を持っていたからである。哲学というのは、静的な定式化や反省であるのと同じくらい実践——それは直接的で私的な相互作用や教育に関わる——であり、ソクラテスによれば、文字はせいぜいこうしたことを文章で読んで知っている読者に思い出させるものにすぎない(41)。プラトンがこのような限られた機能を実行するためだけに様々な対話篇を書いたということは十分に考えられる。言い換えれば、もともと師と直に向き合っておこなわれた対話で学んだ方法や洞察を思い出させるものとして、アカデミーの弟子たちに向けて、プラトンは対話篇を書いたのではないだろうか。

それにもかかわらずプラトンは、自分でも注意していたのだが、自分の教えの内容が——純粋に合理的なプシュケーと永続的で不変のイデアという一対の見解への依存とともに——既にどれほど深くアルファベット文字の影響を受けているかということに考えが及ばなかった。紀元前四世紀初頭、読み書きがアテネ社会に徐々に浸透していった時、文字が特定の教えの普及に影響力を持つことは明らかであっただろう。機敏な人であれば、文字が記憶という集団的実践を弱める力を持つことにも気づいたのではないだろうか。それまで記憶された繰り返しや儀式的な詩、歌、物語を通して成し遂げられてきたものが、外面的で固定された人工物に変えられたのだから。しかし、一般的に知覚や思索のパターンに文字がどのように影響力を広げているかを見分けるのはほとんど不可能である。同様に、私たちの知覚と思考が、電子テクノロジーへの感覚的関与によってどのように変化しているかということも、明確に識別することができない。そのような変化を見分けようとする思考それ自体が、それが主題化しようとしている力の影響下にあるのだから。そうはいっても、私たちの意識の形がテクノロジーと横並びで現在も変化しているということは確信できるだろう——過去を振り返り、西洋哲学の独特の形がいかにして古代ギリシャにおける人間の感覚とアルファベットの遭遇から生まれたかを見分けることができてきた限りにおいて。

舌をもった木の言葉

『パイドロス』におけるソクラテスの文字批評は、対話の冒頭、ソクラテスが町から出る途中で若きパイドロスに出会った時にパイドロスが持っていた文書が引き金となって生じた。パイドロスは、友人のリュシアスが恋というテーマについて書いたばかりの話《スピーチ》について熱弁をふるっているのを聞いたところであった。リュシアスの話に感銘を受けたパイドロスは、その話の写しを手に入れ、その文書について考えるために城壁の外へ散歩に出るところだった。常に哲学的言説を熱望していたソクラテスは、パイドロスと一緒に田舎の広々とした場所へ行き、リュシアスのテクストについて一緒に考え、その利点について議論した。時は夏。二人の男がイリソス川に沿って歩き、川を歩いて渡り、枝を伸ばした高い木の陰の草地に腰を下ろす。ソクラテスは、この気持ちのよい峡谷《グレン》に連れてきてくれたパイドロスを褒めた。パイドロスはいささか疑い深い様子で、ソクラテスが、城壁の外に出たことのない人のように全くこの土地を知らないようだと応える。その時だ、ソクラテスがこう言ったのは――「ぼくは、ものを学びたくてたまらぬ男なのだ。ところが、土地や樹木は、ぼくに何も教えてくれようとはしないが、町の人たちは何かを教えてくれる[42]」。

この言葉がホメロス的な詩の世界との関係でいかに奇妙に映るか、ということは既に見た通りである。文字文化の交易商人の影響をホメロスのギリシャよりも受けていない口承文化の人々にとっては――すなわち、軽い髪のポセイドンや爆発しやすいヘパイトスのようには擬人化されていない神々を擁する文化にとっては――ソクラテスの言葉はもっと奇怪に見えるだろう。「土地や樹木は何も教えてくれない」という主張は、土着の狩猟共同体の内部ではほとんど首尾一貫性をもたない。というのも、そのような共同体は必然的に、意味深い教えを人間以上の大地から直接得ているのだから。北米のプレーンズインディアンにせよ、カラハリ砂漠のブッシュマンにせよ、オーストラリア奥地の先住民ピンツピにせよ、古老や狩猟共同体内の「位の高い人」は、周りの風景の生命ある力——彼らが最も深遠な霊感を引き出している源である非人間《ノンヒューマン》の力——に常に従っている。

どのような状況であれ、そのような文化の内部で将来の予言者や呪術師となる若者が選ばれると、その人は部族の年長の予言者による訓練を受けるのであろう。だが、最も博識で力のある呪術師は、人間社会の境界を超えて長い旅に出ると、技能をまず土地から——あるいは特定の動物や植物、川や嵐から——直接学ぶのではないだろうか。実際、かつて北米に住みついていた部族の多くでは、少年が成人男性社会に仲間入りするために必要な洞察を得るには、ヴィジョンを求めて一人で探求の旅に出なければならなかった。土地の野生の力に身をまかせ、必要ならそうした力にすがってヴィジョンを得ることが求められたのである。(43) オーストラリア先住民の「放浪生活(Walkabout)」という通過儀礼もまた、人間の共同体を活気づけ支えてくれる教えを求めて口承の部族が人間以上の大地に向かう行為にほかならない。

土着の口承文化では、自然そのものが自らを表現する——自然は語るのだ。口承文化では、人間の声は常に狼や風や波の声を伴っている。すべての人に当てはまるわけではないが、生命ある大地のすべてを包み込むような言葉と関わっている人にとってはそうだ。風景を構成するものには、表情に富む響きや力が完全に欠落したものはない。どんな動きも身ぶりであり、どんな音も声であり、意味ありげな発話なのである。

樹木は何も教えてくれないというソクラテスの主張には、当時のアテネにおいて、人間の感覚が既に自然の風景への直接的参与から遠のいていたことを鮮明に示している。現象を直接的に知覚するということは、その現象と関係を持つということ、すなわち他の存在との生ける相互作用のなかにいると感じることにほかならない。現象を活気のない物と定義し、それによってたとえば樹木が何かを教えたり気づきを導くことすらできるということを否定するのは、自分の感覚をその現象から逸らすことを意味する。それはすなわち、外部の世界から、あるいはこういった方がよいかもしれないが、自分も樹木も積極的に参与している世界の外部から、樹木について思いをめぐらせるということなのである。

しかし、ここにおいてさえ、プラトンはためらい揺れているように見える。『パイドロス』には、書記実践に関するプラトンの曖昧さと同時に、自然やその表情に富む力に関する彼の曖昧さも示されている。対話篇はソクラテスの樹木や田舎に対する軽視で始まるが、その対話自体がまさにその田舎で起きているということは重要である。プラトンの他の対話篇と異なり、『パイドロス』だけが城壁の外で、すなわち人間を人間以上の大地から囲い込み孤絶させる法律や形式的行為を超えたところで起きている。ソクラテスとパイドロスはある種のヴィジョンの探求に旅立ち、都市の規範の外に出て、大地に埋め込まれた昔からの知に照らして自らの都市化された知識を試そうとした。プラトンはここで、長い間人間の畏怖と関心を集めていた非人間の力に哲学を開いてあらわにすることで、哲学を試そうとしている。『共和国』では、プラトンは古代の神々を中傷し、彼が思い描くユートピア都市から口誦詩人や語り部を追放するが、『パイドロス』ではそれと対照的な形で、哲学を都市の外部へ持ち出し、都市からは消失したかもしれないが都市を取り巻く田舎にはまだ残っている可能性のある、昔からの口承的な知のあり方と折り合いをつけさせようとする。都市の壁の外でのみ、プラトンは、自分自身が（そして後の哲学者も）永遠に結びつけられている書記実践を問い、批評することができたのだ。壁の外でのみ、衰えかけている口承文化のアニミズム的宇宙を十全に理解し、それに敬意を表することができるのである。

ソクラテスは、樹木は何も教えてくれないと断言した直後、二人が座っている場所の頭上の木の霊にかけてパイドロスが誓いの言葉を発したことから、即興で話をした。(44) このことから察するに、樹木には多少の効力が残っているようである。後の対話でソクラテスは、伝統に則って、「最初の予言は一本のオークの木が告げた」とパイドロスに伝えている。(45)

『パイドロス』では、植物だけでなく動物も魔術的な力を持つ。ソクラテスは、文字に関する議論を始める際、頭上で歌ったり「お互いに話し合ったりしている」蝉たちは自分とパイドロスのことを見てもいるのだろうと思いめぐらし、自分とパイドロスが哲学的な事柄について話を続けるならば、蝉たちはムゥサに取り合ってくれるだろうと述べる。(46) そして、ソクラテスの話は、もともと人間であった蝉たちがいかに現在の形に変化したかということに及ぶ。


こういう話があるのだ。むかし、あの蟬たちは人間だった。ムゥサの女神たちがまだ生まれない前の時代に生きていた人間どもの仲間だったのだ。ところが、ムゥサたちが生まれて、この世に歌というものがあらわれるや、当時の人間たちの中のある人々は、たのしさに我を忘れるあまり、食べることも飲むことも忘れてただうたいつづけ、そして、自分でそれと気がつく間もなく死んで行ってしまった。その後、蟬たちの種族が生まれたのは、この人々からであって、彼らはムゥサたちから、つぎのような贈りものを受け取って来たのだ。すなわち、彼ら蟬たちの種族は、この世に生をうけると、何ひとつ身を養う糧を必要とせずに、生まれたすぐその時から死んで行くその日まで、食わず、飲まず、ただひたすらうたいつづけ、そして、死んでからのちは、ムゥサたちのもとへ行って、この世に住む人間どもの中の誰が、どのムゥサの女神を敬っているかを、報告するということになったのである。[47]

土着の口承文化について学んだ人であれば、これと類似した話を聞いたことがあるだろう。蝉の話は、その性質において、現在アラスカのコユコン族によって語られている〈はるかな時代《ディスタント・タイム》〉の話や、イヌイット（東部エスキモー）によって語られている「はるかむかしの未来における」神秘的な世界に由来する話や、オーストラリアのアボリジニによって話されている「ドリームタイム」とよく似ている。この文脈では、前章の最後の方で引用されているイヌイットの人たちの言葉が思い起こされる――「原初の時代、人間と動物が大地に暮らしていた時、人間はなろうと思えば動物になることができ、動物は人間になることができた」。以下は、典型的な〈はるかな時代〉の話である。

カワメンタ（アイナメ科の魚）が人間だった頃、彼は陸地を離れて水生動物になろうと思った。それで、熊の脂肪を一切れ持って河岸へ行った。けれども、他の動物たちは彼に人間のままでいてほしかったので、体を引っ張って行かせないようにした。こうしてカワメンタは長く伸びた形になり、その肝臓は、大昔に祖先が水辺へ持って行った熊の脂肪のように、脂肪分が多い。[48]

〈はるかな時代〉やドリームタイムの口承物語がどれもそうであるように、ソクラテスの蝉の神話は機能的神話である。話を通して、終わりのない鳴き声や食物を必要としない様子（「この世に歌というものがあらわれるや、当時の人間たちの中のある人々は、たのしさに我を忘れるあまり、食べることも飲むことも忘れてただうたいつづけ」た）といった、蝉に見られる性質が説明される。人類学者は、ドリームタイムや〈はるかな時代〉に由来する物語を、原始的精神が因果関係を説明しようとして混乱したものとみなす傾向がある。しかしながら、口承文化と文字文化に関する本書の議論に照らすと、こうした物語にはきわめて実践的な機能があることがわかる。

汎用性のある書記体系がなければ、特定の植物について（どこで見つけられるか、どの部分が食べられるか、どれが有毒か、下ごしらえはどうすべきか、病気の治癒や悪化にどう関わるか、など）、特定の動物について（どう見分けるか、それらが何を食べているか、跡をつけたり狩ったりするにはどうすれば良いか）、あるいは大地それ自体についてさえも（周囲の土地に自分をどう適応させるか、どんな地形を避けるべきか、水や燃料をどこで見つけるか）、蓄積された知を一定の外部媒体で保存する方法はない。このような実践的な知は、誰もがすぐに覚え口に出すことができ、新しい事実を学ぶたびに更新され、世代から世代へと語り継がれるような、きまり文句に保存されねばならない。しかし、きまり文句だからといって、すべてが覚えやすいようにできているわけではない。現在の私たちが精通している言葉の形式は文字を書くという状況に依存したものであり、そういう私たちにとっては、ある植物や動物の特徴を心の中でリスト化することが最も容易でわかりやすい形式化であるように思われる。しかし、そのようなリストは口承文化では何の価値もない。心に届き精神の目で調べることのできる可視化された対応物がなければ、口に出されたリストは容易に思い起こされたり繰り返されたりすることがない[49]。文字がない場合、動物や植物や場所の多様な特性に関する知は、物語に織り込まれることによってのみ保存されうる。すなわち、植物の特性をめぐる知は、物語に語られる出来事や相互作用を通してその植物の特徴が明らかにされるような生き生きとした話に織り込まれることによってのみ、保存されうるのである。韻を踏んだ詩や歌と同じく、物語は感応的経験に難なく組み込まれる。行動の変化は私たち自身の出合いと呼応し響きあう――話を聞いたり語ったりするなかで、私たちはそれを自分のことのように生き、話に登場するものの苦しみを自分の肉体に埋め込む。感応的な呼吸する身体は、展開し続けるダイナミックな形態であり、固定化された不変の物というよりは過程《プロセス》である。かくして、生ける身体は、活気のない「事実」や「データ」（その源であるところの生きられた状況から抽象化された「情報」の静的な塊）を容易に占有することができない。しかし、ダイナミックないし出来事に富んだ過程《プロセス》には難なく同化し、物語の展開と同じく、エピソードや出来事をそれ自身の展開のバリエーションとして占有することができる。

そして、物語が生き生きとすればするほど、言い換えれば、物語内での出合いが活気と興奮をもたらせばもたらすほど、物語は組み入れられやすくなる(50)。口頭による記憶は躍動的でダイナミックで往々にして暴力的な性格（を有する人物）や出合いを要する。物語がある特定の植物や自然の要素に関する知を伝えるのであれば、その植物なり自然の要素なりは、他の登場物と同じく、生命ある形態をとり、人間のような冒険や経験をすることができ、私たちが人生で知っているような挫折や困難に影響されるものであることが多いだろう。このようにして、ある薬草の性質や個性は容易に覚えられ、有毒な特性は回避され、下準備の正確な手順はその下準備中に歌っているまさにその伝説に語られている一連の出来事の順番にわかりやすく示されている。〈はるかな時代〉からの、特定の植物なり動物なり要素なりに関する適切な物語を歌いさえすれば、そのものならびにそれと人間の共同体との関係について蓄積された文化的な知を思い出すことができるのである。

この見地からすると、読み書きを知っている私たちが因果関係をめぐるナイーブな試みと誤解しているものは、正確な知が保存され世代から世代へと受け継がれることを可能にする洗練された記憶法だと考えられるのではないだろうか。そのような物語に適した唯一の因果関係は、円環的なもので、これは近代的思考にとって馴染みのないものである。円環的因果関係によれば、人は自然の秩序における出来事に影響力を持つ一方で彼ら自身がそうした出来事の影響下にある。すべての存在物が人間の形をとっていた、あるいは人間が他の動物や植物の形をとっていた次元や時代を喚起することにより、こうした物語は周りの土地の多様な形態と人間との近似性を主張していたのである。このようにして、物語は、維持されるべき節度ある自然との相互関係を示す。それは、他の動物、植物、大地との関係において実践されねばならない相互交流で、それを実践することで人は自分の健康を保ち、人間の共同体の安寧を保存しようとしたのだった。

このような敬意ある配慮と、それに伴う円環的因果関係は、蝉に関するソクラテスの話にも見てとれる。蝉の話をパイドロスと結びつけることで、ソクラテスは、皮肉を込めないわけではなかったにせよ、蝉に向けられるべき敬意を示し、そのお返しに蝉は二人に恩恵を施したのである。後にソクラテスは、この対話における自分のうるさいほどの雄弁さは蝉――「ムゥサの代弁者《マウスピース》」――に刺激されたものだと言った。[51]『パイドロス』においてプラトンは、他の対話篇でみられるよりも多くの考察を口承の詩的宇宙に与えており、その非合理的で感覚的でアニミズム的な力に関して検討を進めている。『パイドロス』は、これと他の対話篇で提案されているような、永遠のイデアという超越的で身体を持たない世界と、プラトンの時代に一般的であった言語に残っていた情熱的で感情の色合いを帯びた自然の魔術の世界との和解を試みているように見える。このことは、恋ないし「エロス」に関してソクラテスが説明する時の対話の核心を成す寓話《アレゴリー》に明らかである。ソクラテスによれば、恋という神聖なる狂気は崇められ讃えられるべきものであるという。というのも、身体的世界でまどろんでいる霊魂を目覚めさせることができるのは恋だからである。愛するものの霊魂は愛されしものの感応的な美によって撹乱され、微かにではあっても、かつて知っていた実体のない永遠のイデアの純粋で真正なる美を思い出させる。こうして、それまで休眠状態だった霊魂は、自らの超越的本質に気づき、羽を生やし、飛翔したいと熱望するようになる。絶えざる「生成(becoming)」の世界から、星々の向こうにある不変で永遠の世界へ――

　それは、真の意味においてあるところの存在――色なく、形なく、触れることもできず、ただ、魂のみちびき手である知性のみが観ることのできる、かの《実有》である。真実なる知識とはみな、この《実有》についての知識なのだ(52)。

　この対話では、他の身体および大地の身体との感応的接触やコミュニケーションを求める身体的欲求が賞賛されているが、それは刺激としてであって、目指されているのは、もっと真正な、理性ある霊魂と「正義」、「節制」、「徳」といったものの永遠の形――プラトンによればこれらは感覚的世界を完全に超えたところにある――の結合なのである。

　先にみたように、理性ある霊魂ないしプシュケーと不変のイデアの類似性は、新たな文字文化の知力とアルファベットという可視化された文字の関係と不可分である(アルファベットは、感覚的世界の外部ではないけれども、現象をめぐる安定した新たな秩序を示すもので、それと比較すると他の現象的形態はいかにもはかなく、曖昧で、独創性のないものにみえる)。『パイドロス』において、アルファベット文字に関するプラトンの批評が、文字によって生まれた超然とした(あるいは肉体から分離された)反省の包括的擁護という状況の内部で生じているのと同じように、同じ対話におけるプラトンの口承的‐アニミズム的経験様式の肯定は、包括的誹謗という状況においてのみ果たされる。プラトンによれば、感覚する身体の官能的で参与＝融即的な世界は、それが目指す実体のない霊的世界に従うためだけに呼び出される。ここにおいて文字文化の知力は、自然の中の身体に宿る感応的な生を掌握したと主張することで、その支配を証明する。かつては文字文化の精神のまぎれもない支配権を脅かしていたものが、超越という大きな企図の内部で場所を与えられたことにより、無害になったのである。こうして、対話篇の最も牧歌的なもの――そこでは、理性的知性が欲望する身体と釣り合いを保ち、「何も教えることができない」樹木が注意深い蝉と釣り合いを保っている――においてさえ、あるいは特にそういう対話において、文字と数字とテクストの世界の背後で最終的に自然が失墜してゆく、その始まりがうかがえる。

共感覚および他者との出合い

読み書きがもたらした変化に関心を向けた二十世紀の主要な研究者は、誰一人として、文字――とりわけ表音文字――が自然をめぐる人間の経験に及ぼした影響を真剣に考えなかった。これは注目すべきことである。研究者たちの関心の中心は、表音文字が人間の言語の構造と配置に及ぼす影響[53]、認知と思考のパターンに及ぼす影響[54]、人間社会の内的構造に及ぼす影響にあった[55]。言い換えると、主要な研究の関心は、人間社会の内部で生じている過程あるいは人間の精神の「内部」で生じていると思われている過程に、アルファベットがどのような影響を及ぼしているのか、という点に向けられている。しかし、このような研究の限界――人間の社会的相互関係や個人の内面の範囲内という制約――は、それ自体が、アルファベット文化に固有の人間中心主義的バイアスを反映している。表音文字文化のないところでは、社会も言語も「思考」の経験や意識さえも、私たちの活動すべてに作用している非人間の形や力（これは、足元の大地、身体の周りを渦巻く空気、私たちが消費する植物や動物、日々感じる太陽の温かさ、月の循環的引力を考えてみればすぐにわかることだ）から孤立した状態では、思索の対象になりえない。形式的書記体系のないところでは、人間共同体は、それが直接関与している動物や生命的風景からの反応によって自らを知る。このような認識論的依存はどの大陸にも見られ、「トーテミズム」という語で一般に分類される帰属意識の様式によって明らかになっている。

読み書きを知る私たちには、土着の口承文化のコミュニティの人たちに自然が自ずとそれ自身を現すところの鮮明さや強度と似通ったものを経験することは、きわめて難しい。しかし、前章でみたように、知覚経験をめぐるメルロ＝ポンティの慎重な現象学は、文字文化の抽象的観念の下層に、物や大地との濃密に融即的な関係があることを明らかにした。それは、土着の口承文化の人々に見られるアニミズム的な気づきと奇妙にも相似した、感じとることのできる相互交流である。表音文字の出現および普及とともに自然をめぐる人間の経験に生じた顕著な変化をもっと理解したければ、メルロ＝ポンティが着手した感覚的知覚に関する入念な分析に立ち返るとよい。というのも、読んだり書いたりすることは最も即時的で身体的な経験のレベルで考えると結局どういうことなのかという問題に確実に気づいていないと、読み書きの影響に関するどのような「理論」も暫定的で推論の域を出ないからである。

メルロ＝ポンティ自身は、決して読んだり書いたりすることの現象学を試みていたわけではないが、共感覚——感覚の重なりと絡みあい——の重要性に関する彼の認識は、読むことの現象学に直接関連する数多くの経験的分析に行き着いた。というのも、感覚に訴えるテクストに向き合うや否や、読むことはきわめて共感覚的な出合いとして自らを開示するからである。目は、可視化された印、あるいは一連の印に置かれるが、その時に目が見つけるのは像ではなく音であり聞こえるものである。先に述べたように、目と耳の交替が生じるのだ。あるいは、目と耳がテクストの表面に一緒にあらわれる、という方がよいかもしれない。新たな結合が視覚と聴覚のあいだにつくられ、確実に、一つの感覚によって認識された現象が即座にもう一つの感覚に運ばれるようになった。さらに、この感覚的転置は人間の口と舌＝言葉に媒介されている。つまり、読書中に経験される音は、どんな音をも指すというわけではなく、正確には声の音――人間の口から出される音なのである。ここで留意すべきは、現在では習慣化している「黙読」がアルファベットの歴史の後期に発達したということである。黙読は中世になって出現したのだが、この時にはじめて、書かれた文章の語と語の間に空白《スペース》が挿入され（他の様々な句読の形もこの時に使われ始めた）、読者はいちいち声に出さなくても文中の語の区別がつくようになった。空白《スペース》挿入が発明される前は、読むことは必然的に音読であり、少なくとも口の中で静かにボソボソ言うのが常であった。十二世紀以降、音の内面化が可能になり、幻影の言葉を自分の内面で聴くことができるようになったのである(56)。

このように、アルファベットを読むということは、それまでになかった目と耳、視覚と聴覚の共感覚的協調を通して進展した。この新たな共感覚の重要性を認識するには、共感覚がいかに他者や大地をめぐる私たちの知覚の中心にあるかということに目を向ける必要がある。

経験する身体（第二章でみたように）は、自ら世界との関係を断った物体ではなく、開いた不完全な存在物である。この開放性は感覚の取り合わせに明らかだ。世界との出合いを探究する方法は、耳で聞いたり、肌で触ったり、目で見たり、鼻で嗅いだりするという具合にいくつもあるが、こうした様々な力や経路はどれも、森から何本もの分かれ道が伸びているように、知覚する身体から外に向かって開かれている。とはいえ、世界をめぐる経験は断片化されてはいない。目で見た世界のすがたは、耳で聞いたときのものと切り離されているわけではないし、触って感じる無数の肌理《テクスチャー》と別個のものでもない。近所の野良猫が私のそばに来るとき、私はそれを目で見ることのできる猫、耳で聞くことのできる猫、鼻で嗅ぐことのできる猫として別々に経験しているのではなく、個別の感覚的様相が合わさって融合し、ある種の毛深い触り心地と混ぜあわさった場所として、その野良猫を経験するのである。このようにして、分岐した感覚は囲繞する世界で互いに出合い、私が知覚する物に収束し混じりあって一つになる。感覚する身体は、物や世界の内で完結する開回路《オープンサーキット》のようなものなのかもしれない。諸感覚の分化は、それらが世界において自ずから混じりあうということとともに、私が関係を求められるようにできている存在であることを保証している。私でないものとの関わりを通して、私は諸感覚の統合をもたらし、それによって私自身の統一性と一貫性を経験するのである。(57)

実際、異なる感覚がともに共感覚的に流れて一つのダイナミックな経験になるということが、視覚という単一システムの内部で既に生じている。そもそも平常の視野は、それぞれ固有の二つの眺め、二つのパースペクティヴ、二つの目が混じりあったものだ。この単一の感覚システムにおいてすら、平常の開放性ないし分岐――この場合は、身体の右側と左側を指し、それぞれが目に見えるものへの固有のアクセスを有している――があり、こうした二つのパースペクティヴが私の身体の前で収束し出合ってはじめて、目に見える世界はその奥行きを現し始める。焦点が合っていないとものが二重に見えることがよくあるが、そこには脆い現実しかない。部屋の向こうにある棚に焦点を合わせようとする時、同時に人差し指を顔の前に持ってくると、指が二つに見えてきて、その像が実体のない幻影のように揺れ、遠くにあるにもかかわらず棚の方が実体をもって感じられ、私の気づきに現れるのである。焦点を棚から指に移してはじめて、この繊細な毛とゴツゴツした指関節のある付属体が明確に現れてくる。

平常の視覚では、二つの眺めが一つのダイナミックな視野に収束する。それはこういうことだ。私自身の様々な部分が、対象物によって一つに引き寄せられる。そして、私は、焦点を合わせているそこの樹木とか蜘蛛といった外部で、私自身と出合う。言い換えれば、視覚それ自体が既にある種の共感覚であり、異なる感覚経路《チャンネル》や器官の協調なのである。[58]

知覚的経験に注意を向けていると、両目の収束が他の感覚の協調を促すことに気づく。たとえば、家のそばの茂みにいるムクドリモドキを窓からじっと見ていると——赤い実を枝からもぎ取る時にグイッと動く鳥の身体によって目の焦点が合ってきて——他の感覚がその焦点に自然と引き寄せられてくる。触覚的な感覚がムクドリモドキの動きに加わったり、もっとよく鳥を見ている場合は、それが嘴で新しい実をついばむたびに、目を細めてしまうほど自分の口に酸っぱい味が広がるのを感じるだろう。あるいは、不思議なことだが、この酸味の広がりをそこにいる鳥自身の口で——といっても、その鳥の口は私自身の口でしか感じられないのだが——感じているような気になる。

同じように、知らない人がはじめて自転車に乗る練習をしているのを見ていると、地面にしっかり立っているのに、私自身の体がその初心者の姿勢のぐらつきを思いがけず経験し、自転車がよろめいて倒れると私自身がアスファルトに足や肩を打って受ける衝撃を感じる。私の触覚的で固有受容的な感覚は、私が焦点を合わせて見ているところに巻き込まれている。私は一時的な衝撃とその後にくる手足の痛みを感じ、しかめ面をする。聴覚も自転車の転倒に焦点を合わせ、転倒前に聞いていた他の音（鳥の鳴き声や子供の遊ぶ声）は消えてしまい、自転車を脇にやり私の差し伸べた手を握って立ち上がろうとするこの見知らぬ初心者の苦しそうな呼吸だけが存在する。彼は頭を振ってちょっと笑い、大きな笑顔を見せ——そうやって彼が大丈夫だということを私の身体にわかりやすく伝えてくれる——自転車を調べに行く。

感覚器の分岐、およびそれらが私の出合う物に自ずと収束するということは、私の身体と他者の身体が相互に浸透したり織りあわさったりするということなのである――これは、他者の感じるものを私が感じさせてもらえるという魔術的な融即にほかならない。別の存在の身ぶり、その声のリズム、その脊椎の硬直やはずみが、私の感覚をある固有の相互関係へ、変化を伴うとはいえ首尾一貫した秩序へと引きつける。そして、その他なる存在とさらに一緒にいるならばその関係は統一性を増し、私はより完全な形で、別の知性、別の経験の中心と対面するのである。

先に見た自転車乗りとの出会いでは、ムクドリモドキをめぐる経験と同じように、視覚の焦点が他の感覚を誘い融即を可能にした。別の状況では、視覚以外の感覚が共感覚を起こす場合もあるだろう――オーケストラのコンサートでは耳が、落ち葉の焚き火の匂いで幼少期の秋を思い出す時には鼻が、恋人と触れあうときには肌が、そういう役目をする。それでも、目のダイナミックな連結はとりわけ遍在的《ユビキタス》な魔術を持ち、焦点を合わせたものは何であれその震える奥行きを開示し、石やリスや駐めてある車や人や冠雪した山頂や雲や白アリのたかった丸太との濃密なやり取りに他の感覚を誘ってやまない。

未完に終わったメルロ＝ポンティの最後の著作の最も重要な章は「交叉配列――キアスム」と題されている。「交叉」という語は、「十文字」を意味する古代ギリシャ語に由来し、今日では神経生物学の分野でのみ広く用いられている。「視交叉」は、脳の右半球と左半球のあいだの構造的領域で、そこにおいて右目と左目の神経線維が交わり絡まりあっている。二つの目には交叉があり異なるパースペクティヴが一つのヴィジョンに結合するのであるから、異なる感覚的様相にも交叉があり互いにつながったり協調したりする、とメルロ＝ポンティは考えたのである。そして、こうした異なる感覚の相互作用があるから、身体と大地の交叉《キアスム》、すなわち私たち自身の身体とそれを取り巻く世界の肉との相互交流的融即――通常、知覚と呼ばれるもの――が成り立つのだと。[59]

音声読みは、もちろん、特定の――すなわち視覚と聴覚の――感覚的収束を用いる。人間の身体に共通の様々な共感覚のなかでも、視覚と聴覚の合流（ないしキアスム）はとりわけ鋭い。というのも、視覚と聴覚は人間の器官の二つの「距離」の感覚であるからだ。触覚や固有受容（身体内部の感覚）とは対照的に、また味覚や嗅覚といった化学的感覚とは異なり、視覚と聴覚は、いつも私たちを視覚的、聴覚的身体からかなり離れたところで展開している物や出来事と接触させるのである。

物をじっと見る私の目は、光を反射している物の表面や外側の色や輪郭を丹念に見る。光と影の戯れ、色彩の踊り、反復的なパターンの勾配などを追いながら、目は――それ自体が輝きを放つ表面だ――私が自分の前に配置された事物の外側の数多くの面あるいは顔と接触を保つようにしている。一方、耳はより内的な器官であり、花や漏斗のように、頭蓋の奥深くから現れる。耳の参与は、物の外的表面よりも、それらの内的実体について教えてくれる。というのも、存在の聴覚的な響きは、ちょうど動物の呼び声がその動物の内部の空洞やくぼみに応じて違うように、物質的構成によって異なるからである。動物たちの表情に富む叫び声は私の頭蓋や胸に反響し、その心地よい響きが私自身の物質性と呼応し、そうすることで私は動物たちの内的相違について自分自身から学ぶのである。見ることと聴くことはそれぞれ物の外的表面と内的質感との接触を促し、そこにおいて私は、私自身の自己経験を特徴づけている内と外の複合的な相互作用を経験する。このように、私が、自分と同じような力に、すなわち他の生命に最も出合いやすいのは、目と耳が収斂する風景の接合点においてである。

先住民の狩人が獲物を求めて一人で森を歩いている時、ウォーウォーと鳴く声が耳に入ったら、猟師は歩みを止めて息を殺し、耳をすますであろう。目は焦点を定めずに頭上の林冠を見やり、知覚領域の周縁の小さな動きを見逃さないように神経を研ぎすます。枝が少しでも音を立てると、彼の目はよりはっきりと焦点を定め、林冠の特定の範囲に注意を向けるが、それでも依然として開いており、問い、耳をすます。再び鳴き声がすると、両目は耳に導かれて素早くその音源に集まる。すると突然、木の枝葉に半分姿を隠し、尻尾を枝に巻きつけて静止し、目を凝らしている猿の形がはっきりしてくる。こうして部族の狩人の探査する目が彼の耳と共通の焦点に引き寄せられると、この接合点、このキアスムは、彼自身の触覚的で固有受容的な感覚に跳ね返ってくる――狩人は、別の存在物、別の受肉化した知性とのダイナミックな交流に突如として直面し、それに巻き込まれるのである。

　実際、人間の目と耳の共感覚は、他の動物との関係においてとりわけ強い。何百万年もの間、この「距離」を有する感覚が最も緊密に結びついてきたのは、獲物に近づいたり敵の動物から逃げている時など、非常に興奮した場面であったからだ。仔熊を護っている母熊からゆっくりと後ずさりしている時、気の立ったガラガラヘビに噛まれないようにその動きを注意深く見ている時――こういった場面では視覚的焦点と聴覚的焦点は区別がつかない。というのも、これらの感覚は、過度に慎重な一つの器官として機能しているからである。そのような時私たちは、まるで目で聞いているかのような、あるいは耳で見ているかのような感じを覚え、他者の言動のどのような変化にも身体全部で即座に反応できるように思える。

　とはいえ、動物だけが私たちの目と耳を引き寄せるわけではない。風景内部の他の数多の現象も然りである。不思議なことに、この二つの感覚が一点に集まるところでは常に、突如として自分が、表情に富む別の力、別の経験の中心との関係にあるような感じを覚える。たとえば、風に揺さぶられている樹木が私たちに話しかけているように感じられる、という具合に。木の葉の形の違いに応じて、木の声もそれぞれ異なるので、それらに日常的に接している人は、松の様々な方言とトウヒやベイマツの語り《スピーチ》を聞き分けることができる。トウモロコシ畑の中を歩いたことのある人なら、カサカサと囁いている茎にじっと見られたり話しかけられたりするような気持ち悪さがわかるだろう。岩石の露出面や大岩はある種の聴覚的注意を求め、それらを見ていると耳も引き込まれるし、触っている時もそうだ——耳を傾けるという方法でしか、岩の内部の大きさやそれ特有の密度や深みを感じ取ることができないからである。石であれ川であれ打ち捨てられた家であれ、私たちは何かに耳を傾けている時、耳が他の感覚に粘り強い感受性を与えてくれることを期待する。樹木や山が話をするということを多くの先住民族がほのめかしているが、それは、口承文化において、物の意味深長な性質との生ける関係に入るために聴覚的注意が視覚的焦点と結びつくということを示唆しているのではないだろうか。

口承文化の先住民のアニミズム的言説《ディスコース》は、事実に基づいた世界との関係を歪曲しているどころか、自らが居住している土地との直接的で共感覚的な関与に必然的に対応している。角ばった岩（その表面にさっと影がさすと）を意味のある身ぶりとして知覚したり、雲や梟と感覚的にわかる会話を始めたりするアニミズム的傾向——こうした傾向は、次のような場合、想像的歪曲や幻覚的空想として一掃されうる。すなわち、そうした活動的な融即が知覚の本質的な構造でない場合、また、人が経験している物における感覚の創造的相互作用が、その人と物とをつないだり物が人の経験に自らを織り込ませる唯一の方法でない場合である。直接的で前反省的な知覚はもともと共感覚的、融即的、アニミズム的であり、私たちを取り巻く物や要素を活気のない対象《オブジェクト》としてではなく、表情豊かな主体、存在物、力、潜在力として開示するのである。

しかし、今日、私たちのほとんどはそうした経験からとても遠いところにいるのではないだろうか。樹木が私たちに話しかけることは、あるにしてもごく稀である。動物たちが、知性を持つ異国からの使者として私たちに接近することは、もうなくなった。太陽と月はもはや私たちから祈りを引き出しはしないが、それに構う様子もなくあいかわらず空を横切っている。こうした現象がもう私たちに接近しないのは、私たちの関与を促したり注意に報いたりしなくなったのは、なぜなのか。参与＝融即が知覚の本質的構造であるならば、どうしてそれが止められてしまったのだろうか。生き生きとした活気を硬直させ、五感とそれが関与している物との野生的交換を妨害することは、身体を麻痺させ急死させるようなものだ。とはいえ、私たちの身体は依然として動き、生き、呼吸している。私たちが、自らを取り巻く大地を表現力と生命力に富むものとして経験しなくなったのだとしたら、その意味するところは、五感の生き生きとした相互作用が融即をめぐる別の媒体や別の場所に移されたということ以外にない。

その別の新しい場所を提供したのが書かれたテクストであった。というのも、読むことは、ページ上にインクで書かれたしるしとの深い融即ないしキアスムに入っていくことであるからだ。読めるようになるには、ページという平坦な表面で感覚を再連結させることが必要であり、そのためには周囲の地形（そこでの動物や植物や水の流れとの共感覚的経験において目と耳はいつも一点に集まっていた）への目と耳の自発的な参与を断たなければならない。ズニ族の古老がサボテンをじっと見ているとサボテンが話し始めるように、私たちは印刷されたしるしに目を合わせた瞬間にその声を聞く。私たちは話された言葉を聞き、不思議な場面やヴィジョンに立ち会い、他の生命を経験しさえする。かつては非人間である動物や植物、あるいは「無生命の」川すらも部族の先祖たちに語りかけていたが、それと同じように、ページ上の「活気のない」文字が私たちに話しかけてくる！　これはアニミズムの一形態にほかならない。私たちは当たり前だと思っているが、語る石と同じように不可思議なアニミズムなのである。

実際、文化がその参与＝融即を印刷された文字に移してはじめて、石が沈黙する。五感がその生き生きとした魔術を文字に委譲した時に樹木が沈黙し、他の動物が話さなくなる。

しかし、ここで正確を期すために、本章の最初で論じた異なる文字形態の区別を思い起こそう。そこで見たように、象形文字、表意文字、そして判じ絵的な文字でさえも依然として、自然界との感覚的参与を用いたり、それに依存したりしているという状況がある。ヘラジカや熊の足跡が、それ自らを超えてそれらが痕跡であるところの存在物を指示しているように、初期の書記体系における像《イメージ》は、それら自体だけではなく、太陽や月やハゲワシやジャガーや蛇や稲妻――人間の力とは言い切れない、感覚に訴えるもので、書かれた像はそれらの痕跡だ――から意味を引き出している。もちろん、こうした記号は、鹿の蹄や熊の足ではなく人間の手によって刻まれたのだが、熊の足跡や雲や太陽や蛇の像を示している限りにおいて、このような筆跡は人間を人間以上の言説世界との関係につなぎとめる。書かれた文字が目に見える自然現象との明確な関係を失ってはじめて、人間は新たな参与の秩序に移行した。そうした像が純粋に人工的な音とアルファベットで結びつけられ、文字の名前すらあらゆる地上的、人間外の意味を失ってはじめて、話《スピーチ》や言語はひとえに人間の力として経験されるようになった。その時になってはじめて、文明は、完全に再帰的なアニミズムの様態ないし魔術の状態に入り、その呪文は今も私たちに効いているのである。

私たちは、動物が何をするか、ビーバーや熊や鮭や他の動物が何を必要としているかを知っている。

なぜなら、はるか昔、男は動物と結婚し、動物である妻からそうした知識を得ていたからだ。現在、聖職者たちは私たちが嘘をついていると言うが、私たちの知識は増しているのだ。白人はこの土地に来て間もないし動物のことをほとんど知らない。私たちは何千年も住んでいて動物たちから直々に教えてもらった。白人は忘れないためになんでも本に書く。しかし、私たちの先祖は動物と結婚し、動物たちのあり方を学び、その知識を世代から世代へと伝えていったのだ。(60)

アルファベットを用いた読み書きがひとつの魔術の形として経験されていたということは、何の前触れもなく表音文字と接触するようになった文化の反応を見れば明らかである。全く異なるいくつかの大陸で書かれた人類学的記述によれば、土着の口承文化の部族は、ヨーロッパ人が本やメモからところどころ読み上げているのを見て、文字で書かれたページは「話をする葉っぱ」だと言うようになったという。葉のような平らなページ上の黒いしるしが、その秘密を知る者に直接話しかけているように思えたのである。

ヘブライの書記官は、文字が生命ある生ける力であるという感覚を失うことはなかった。ユダヤ神秘主義の秘教的基幹であるカバラの大部分は、ヘブライ語のアレフベート二十二文字それぞれが存在の全領域への魔法の入口ないし道標であるという考えに向けられている。実際、カバラの記述によれば、神聖なる主(the Holy One, Blessed Be He)が現在も進行中の宇宙を創造したのは文字の組み合わせによるものであるという。ユダヤのカバリストが発見したところでは、こうした文字は、それについて深く考える者に絶えず新しい秘密を開示する。ツェルフ(*tzeruf*)すなわち文字の神秘的な順列を通して、ユダヤの書記官は神聖なるものとの忘我的合一に至ることができた。言い換えれば、ここにはきわめて凝縮されたアニミズムの形があったのだ——それは、もはや他の部族に崇拝されている彫刻の偶像や像《イメージ》では無理で、アレフベートの目に見える文字を用いてしかおこなえない融即であった。

おそらく、書かれた文字の強力な魔術が最も明快に示されているのは、英語の〝spell〟という語の多義的な意味においてであろう。ローマのアルファベットが口承の時代のヨーロッパに広まるにつれ、物語の朗誦を意味した古英語の〝spell〟は新たに二重の意味を持つようになった——一方で物や人の名前を構成する書かれた文字を正しい順序に並べることを意味し、他方で魔術の定式ないし呪文を表したのである。とはいえ、この二つの意味は現在の私たちが思うような別々のものではなかった。というのも、物の名前を構成する文字を正しい順序で集めることは、まさしく魔法をかけること、その存在物に影響する新たな力を確立すること、その力を呼び出すことにほかならないからである。このように、言葉を綴る《スペル》こと、文字を正しく配列して名前やフレーズを形づくることは、**魔法《スペル》をかける**こと、すなわち文字で綴られた事物を新たな力の下におくことでもあったようだ。とはいえ、現在の私たちにはわかることだが、語の綴りを書けるようになるということはさらに深い意味を持ち、書かれた文字の影響下に入ること、すなわち私たち自身の感覚に魔法をかけることでもあった。それは、知性を持つ自然界の野生的で多様な魔法を、書かれた語の凝縮され洗練された魔法と交換するということであった。

ブルガリアの学者ツベタン・トドロフは、ヨーロッパ文化と南北アメリカの先住民文化との接触初期の記録を徹底的に調査し、スペイン人によるアメリカ大陸征服に関する啓発的な研究を書き記した[61]。稲妻のように速かったコルテスのメキシコ征服は歴史家にとって謎である。数百人しか率いていなかったコルテスが、数万人を指揮していたモクテスマの王国を制圧することができたのだから。トドロフの考えでは、コルテスがかくも迅速に成功を収めたのは、この二つの社会の参与形態の違いによる。アステカ人は、きわめて絵に近い文字を使用しており、生命ある人間以上の環境と直接的コミュニケーションをとっていた。「アステカ人にとって、あたかも記号は他者を操るための武器ではなく、それが指示する世界から記号が自動的に、必然的に流れ出すかのようにすべては展開する」。アステカ人は自分たちが話す言葉を、あるいは文字もそうかもしれないが、本当の意図を隠すために使うことができなかった。なぜなら、こうした記号が、それを使う人にも記号それ自体にも等しく属していたからである[62]。アステカ人にとっては、記号に対する二枚舌は自然の秩序に逆らうことにほかならなかった。それは、部族の言葉《ディスコース》が埋め込まれている生命ある世界の語りやロゴスに逆らうことであった。

しかし、スペイン人はそのような制限に悩むことがなかった。アルファベットの書記体系を持つ彼らは人間同士だけでコミュニケーションをおこない、世界の感応的諸形態とは関わりを持たなかった。アステカ人は、自分たちの行動と発言において、彼らを取り巻く感応的自然界に応えなければならなかったが、スペイン人は自分自身にだけ応えればよかったのである。

この新しい強力な魔術とは対照的に、そして、自分が生み出した記号にだけ関わり、周りの風景とは関係ない宙に浮いたような話をし、太陽や月や森の前でさえ二枚舌を使って嘘をつくことができる人たちとは対照的に、インディオは感応的な力ないし神々との親密な関係が衰え始めるのを感じていた。

インディオの物語によるその解答とは、説明というよりも描写なのだが、一切はマヤ人とアステカ人がコミュニケーションを支配する力を喪失したために起こったということである。神々の言葉は理解不可能と化したのだ。そうでなければ、神々は黙り込んでしまったのである。「理解することができなくなって、知恵が見失われた」（『チラム・バラム』、二二）。……アステカ人の方は、彼ら自身の破滅への第一歩を沈黙の訪れとして描いている。神々は彼らに語りかけることをもう止めてしまったのである。[63]

この新しい再帰的な魔術の形態の侵略に直面して、南北アメリカの先住民たちは――それはアフリカでも、後にはオーストラリアでも言えることだが――自分たちの魔術が衰え、役に立たなくなり、自分たちを護る力を失ったと感じたのであった。

第五章　言語の風景のなかで

言葉に付随するすべてのものにうんざりする、言語ではなく言葉に
一面雪で真っ白の島へ行った。
野生は言葉を持たない。
見渡す限り白紙のページ！
雪に残されたノロジカの蹄の跡に出くわした。
言葉ではなく、言語に。
――トーマス・トランストロンメル

本書前半で提起した問いは次のようなものであった。すなわち、西洋文明はいかにして非人間である自然からこれほどまで疎遠になり、これほどまで他の動物や大地に無頓着になり、その結果、現代の私たちの生活様式や活動が日常的に生態系全体――森や川や海全体――を破壊するようになってしまったのか、という問いである。より具体的に言えば次のようになる。文明化した人類はいかにして生命ある自然界との相互交流の感覚を喪失し、大半の先住民の活動に影響する（あるいはそれを制限する）親密な関係を失ったのだろうか。どのようにして文明社会は、先住民や場所に根づいた文化に浸透しているアニミズム的ないし融即的な経験の様式を断ち切り、忘れてしまったのだろうか。

しかし前章でみたとおり、アニミズムは実のところ忘れられてなどいない。諸感覚の融即的傾向が、囲繞する生活世界の奥行きから目に見えるアルファベット文字に移されただけなのである。共感覚の魔術

を文字に集結させることによってのみ、文字は命を与えられ、語り始める。ソクラテス曰く、「書かれた言葉」は、「まるで知性をもっているかのように語りかけてくるように思われる……」[1]。たしかに今日では、目で見ることなしに——あるいは聞くことなしにという方がよいかもしれないが——文字が言っていることを知るのは不可能だ。というのも、私たちの感覚は、かつて杉や大鴉や月に結びついていたのと同じくらいの深淵さをともなって共感覚的に文字と結ばれているからである。かつて山々や風に揺れる草木が私たちの祖先に語りかけたように、今日では文字が私たちに語りかけてくる。

これも先に見たが、図像的な筆記体系——象形文字、表意文字、そして判じ絵的な文字——は、ある程度、私たちに本来備わっている包羅的自然への感応的融即に依存している。表音文字が出現し、それを古代ギリシャ人が使用し発展させてはじめて、書かれた像《イメージ》は、意味ありげな諸存在の広い世界と結びついていた証拠を失ってしまった。現在では、それぞれの像は、完全に人間に関係する指示対象を持つようになった。すなわち、ひとつひとつの文字が人間の口の動きや音とだけ結びついているのである。そのような像はもはや力を喚起する人間以上《モア・ザン・ヒューマン》の世界に開かれた窓としては機能せず、ただその文字が意味する人間の形を映し出すのみである。このような新しい文字と関わる諸感覚は、人間化した言葉《ディスコース》に閉じ込められてしまった。こうして、表音文字が出現し普及するにつれ、自然は声を失い始めたのである。

アルファベット文化に特有なきわめて人類中心的（人間中心的）な経験様式は、二千年かけてヨーロッパ全域に広まった。そこには、カール大帝の統治下でイギリス人修道士アルクイン（七三二—八〇四）によって修道院の写字室に導入された、書体の刷新による後押しと、十五世紀のヨハン・グーテンベルグ（一三九四頃—一四六八）による可動活字の発明に由来する大きな推進力が関わっていた。印刷機と、それによって可能になった均一な印刷文書の普及は、啓蒙主義や、現代社会に流布することとなるよそよそしい「自然」観を導くことになる。[2] ここ数世紀、この新しい自然界との距離によって可能になった工業的、科学技術的実践は、地球の隅々にアルファベット的な気づきをもたらし、かつて像《イコン》的な表意文字を保持していた文化にも忍び込んでいる。

しかし、際限なく拡大を続けるこの単一文化の周縁ないしその中心にさえ、小規模の地域文化や地域共同体が残っている。そこでは、伝統的な土着の口承的経験様式が今なお優勢であり、感覚的参与＝融即が完全に文字へと移行したことはない。そのような文化は、人間に限定された意味の世界に未だ閉ざされておらず、生き生きとして気づきと表情に富む風景の内部に根を下ろしている。そのような文化の部族にとっては今も昔と変わらず、私たちが「言語」と称するものはその土地で暮らし話をする人間だけのものではなく、生命的風景の特性なのである。このような文化の言語的言説《ディスコース》は、どれも感覚的に明らかな方法で、表情に富む大地と結びついている。

本章では、ごく一部ではあるが、口承文化に共通する言語世界《ディスコース》が、囲繞する生態系の喚起力に富む音や形や身ぶりに直に開かれている多様なあり方を見ることとする。

鳥たちの言語

文字文化に属する私たちが口承文化の言説に関心を寄せ、理解しようと試みる時は常に、言語を図解可能なもしくは順序づけられた一連の規則といった静的構造として可視化させたいという習慣的衝動から自由になる努力をしなければならない。形式的筆記体系がないため、口承文化の言語は、分離可能な存在としてその話者に対象化されることはない。このような対象化の欠如は、口承文化が言説的意味領域を経験するあり方のみならず、まさにその領域の性質や構造にまで影響を及ぼす。文字に発話《スピーチ》にあたるものがない状態では、感覚される自然環境は、発話の主たる視覚的対応物ないし話される意味に付随する視覚的付随物となる。言い換えれば、大地は、感覚される場所であり、その内部において意味が生まれ増殖する母胎《マトリックス》なのである。文字のない世界では、私たちは、自然の風景に埋め込まれているのと同じように言葉《ディスコース》の場に身を置いている。実際、この二つの母胎は切り離すことができない。私たちはもはや言語を固定化させることも、その意味を確定させることもできない。それは、運動や変化《メタモーフォシス》を大地の内部に凍結しておけないのと同じである。

口頭言語の音——口承文化の発話が奏でるリズムや音程、抑揚——を聞くと、これらの要素がその土地の風景の輪郭や規模、谷の深さやその谷の広がり具合、その地形の視覚的律動に、複雑かつ繊細に調和していることに気が付くだろう。しかし、同様に、人間の発話は、その土地の環境に息吹を与える多種多様な非人間の呼びかけや鳴き声に合わせて調律される必要がある。このような調律は、いまでも生活の糧を狩猟採集に頼る文化では必須である。天候の些細な変化、獲物となる動物の移動傾向の変化、捕食動物の注意のわずかな変化——このような微妙な変化に対する敏感さは口承文化に不可欠な要素であり、人間の語り《ディスコース》の内容のみならず、その形や型《パターン》それ自体に必然的に表出する。(3)

土着の口承共同体にとって、狩りに必要な能力や敏感さは、技術文明における狩猟のそれとは大きく異なる。銃や火薬を使用しない先住民の狩人は、野生の獲物にかなり接近しないとそれを完全に仕留めることはできない。接近とはこの場合、物理的に近づくことだけではなく、感情移入してその動物の感じ方や経験の仕方を感じ取ろうとすることを指す。要するに、先住民の狩人は、これから殺す動物の徒弟として動物から学ばなければならないのだ。儀式的な同一視や模倣により幾度となく高められた、長期にわたる注意深い観察を通して、狩人は獲物の習性や恐怖、喜び、そして好物やねぐらに関する本能的知識を徐々に深めていくのである。この鍛錬に何よりも欠かすことができないのは、その土地の動物がコミュニケーションをとるために出すサイン、身ぶり、鳴き声を学ぶことである。猿が群れの仲間に食べものの在り処を知らせる音や、特定の鳥が出す警告サインや異性をひきつける鳴き声に関する知識を得ることで、狩人はあらゆる動物の大きな動きと小さな動きをともに予測することができる。動物の呼びかけや鳴き声に精通することで、狩人は感覚範囲を拡張させ、森の葉の陰や夜の暗闇に隠されてしまうような視野外で起こる出来事を察知することもできる。さらには、精錬された狩人の多くは、こうした音を真似ることができる。そうすることにより、狩人は他の動物の社会にきわめて直接的に入っていくことができる。

比較的文明の影響を免れた土着の共同体について二十世紀に書かれた報告で最も意味深いものの一つに、F・ブルース・ラムによって記録された、ペルー人医師マニュエル・コルドバ＝リオスが語った回想がある。(4) 一九〇七年、十五歳だったコルドバ＝リオスは少数部族のアマワカ族に捕らえられた。彼らは、アマゾン熱帯雨林の奥地（ジュルアー川、プルス川、マドレ＝デ＝ディオス、イヌヤ川の上流地域）を居住地域としていた――もともとは大きな部族だったのだろうが、ゴム樹液採取産業の侵入により大半が虐殺され、現在の数になったのだろう。コルドバ＝リオスはその少数部族の酋長から後継者になるために入念に教育され、六年間にわたって、狩りの仕方や熱帯林の植物が持つ薬効や魔力、そして、周りのジャングルの生態系との明敏な融合状態を実現するために必要なアイアワースカのツタの抽出物の調合の仕方や使い方について、入念な指導を受けた。
不思議なことに、その部族の言語は、コルドバ＝リオスには六カ月かそれ以上にわたってほとんど意味を成さないものだったが、部族文化が埋め込まれた熱帯林の生態系の繊細さに感覚が順応するにつれ、耳で理解できるものになっていった。最終的にコルドバ＝リオスは酋長の座に就いたのだが、近隣部族から幾度も命を狙われ、就任の翌年に密林から逃亡することとなった。
自分が関わった様々な狩りをめぐるコルドバ＝リオスの描写には、どれほどまでに部族の人々の感覚が周りの森に直接的に結びついていたかということが鮮明に示されている。

ちょっとした音や匂いにも反応し、直観的に森の諸条件と結びつけ、その意味を解釈して、できる限り多くの獲物を捕えるのだ……狩りの達人の多くは、探している獲物がどこにいるか、特別な第六感で察知するように思われた。いろいろな状況下で、動物の群れが伝えあう合図を利用したり、まねしたりするのは、獲物の居場所を特定し、機敏な狩人の視野に獲物を引き寄せるのに役立つ。(5)

コルドバ＝リオスの話には、高い果樹の葉陰に身をひそめた狩人が、豊富な食糧を見つけたときの鳥の鳴き声を真似してヤマウズラをおびき寄せる様子や、猿の群れが頭上を覆う密林を移動するのを聞きつけた狩人が、地面に落下した時に子猿が出す鳴き声を発する様子が細やかに語られている。この鳴き声に、うろつきまわっていた猿たちが鬱蒼と茂る枝葉の下、狩人の弓の射程内に降りてくる。そして、狩人は家族を養うために、群れの中の二匹に弓を射る。(6) 後の場面では、部族の仲間はコルドバ＝リオスに彼らの狙う種類の猪が出す主な音声合図をまねして教えている。

祖先の物語や近年の狩りに関する話を通して、狩人たちは常に、様々な生き物が発する特定の呼びかけの微妙な意味合いに関する知識を交換してきた。このような知識は、経験するたびに新しい野生動物との出合いから学ぶ類のものである。多くの場合、鳥や他の動物が出すある警告音に関して知識を得ることで、狩人はジャガーをはじめ絶対に回避しなければならない危険な捕食動物の存在を察知することができる。

このような異種間の言語的理解の典型例として、ラチという名の男がコルドバ＝リオスをはじめとする狩りの旅仲間に報告した、ある遭遇の話がある。夜になると彼らは、各々のハンモックの中で、その日の各々の成果を詳細に語り合う。

何の獲物もなしに野営地に戻りかけたちょうどそのとき、わしが居たすぐ側の地面で眠っていた小さなティナモウが悲しげな鳴き声をたてた。すると別の一羽がその声に応じて鳴いた。やつらの夕暮れどきの鳴き声がなぜあんなにもの悲しげなのか、わかるか。独りぼっちで眠りたくないのさ。日没に、めいめいが必死に鳴きながらあてどなくさまよい歩いていると、ついにはどこかから応答が返ってくるのさ。呼び交わした二羽のティナモウは、鳴き声を頼りにだんだん近づいていく。そうやって一緒に眠る相手を見つけるのさ。わしはその鳴き声に答えてやった。すると自分が二羽の間に居ることが分かった。そこで、わしは前方が遠くまで見渡せる大きな木の板根の間に退いた。そこでわしの方へ鳥を呼び寄せはじめた。大きな木に隠れないでティナモウを呼ぶのは危険だからね。ときどきあのジャガーさえも呼び声に応じてやってくるからな。ティナモウはジャガーの好物でもあるからな。

一羽は近くにいた。すぐにわしの矢にあたり、翼をバタバタさせ、二、三回宙を蹴ったが、すぐにわしの手に落ち、木の根元に運ばれた。わしは鳥の足を折り、幸運をもたらしてくれるように、やつの血で目の下に長い線を引いた(7)。

集団で行われる狩りの旅の前に、入念な儀式的準備がそのつど行われる。その準備期間中、狩人は特定の食べ物だけを口にし、人間の臭いを消すために様々な香草風呂に浸かり、木の葉を燃やした煙で自らを燻す。そして、遠征本番は、森の精霊を敬う歌とともに進められる。コルドバ＝リオスによれば、部族の様々な慣例は、ある動物をこれ以上狩ってはならないという上限に関する明確な知識を形にしたものである。一種類の動物や鳥を過剰に狩ることは、狩人の身のみならず、その部族全体にさえ悪運をもたらすと考えられている。たとえば、コルドバ＝リオスが教わったのは、もし猪の群れのリーダーを殺したら（残りの猪たちは統率が乱れ、新しいリーダーが群れをまとめるまではあまりにも容易に捕らえることができるため）、二度と同じ群れのリーダーを殺してはいけない、ということである。

一方、一族の酋長であるクシュムは集団全体の狩りに関する取り決めをまとめる。狩人は各々の狩りの範囲を酋長によって割り当てられ、毎日みな、猿、猪、ジャガー、その他の森の生き物の群れがどこに移動していたかについてクシュムに報告する。（村からは何日もかかるような場所に位置する）森の中で繰り広げられる組織的な出来事をこのように常に把握しておくことで、酋長は、命令を下し、小さな部族の狩りを適切に調節したり、森自体の生ける身ぶりに応じて活動を変更したりすることができる。

コルドバ＝リオスの語りは、アマゾンの熱帯林において人間の生活世界と非人間の生活世界がどれほど相互浸透性を持ち、知識を与え合っているかということをはっきりと証明している。このような相互作用はすべての狩猟採集文化にみられるであろう。というのも、狩りでは、先に述べた通り、人間が他の動物との深い感覚的交流を必然的に伴うからである。そして、コルドバ＝リオスが証明したように、この参与

＝融即は必然的に発声的側面にも関わる。そこにおいて、動物の鳴き声やコミュニケーションをはかる呼び声は、狩人の思考と模倣と応答を経て、部族の語彙の一部になっていくのである。部族の人々は、互いに一定の距離をとって森を歩きながら、意思の疎通をはかるために彼ら同士で動物や鳥の鳴き声を用いる。そうやって、ある種の動物や、近くにいるかもしれない敵の部族の注意をひかないようにしているのである。絶えず使われている鳴き声、叫び声、ホーという鳴き声、リフ、口笛が、部族全体の日常会話にまったく影響を及ぼさなかったとしたら驚きである。逆に、土地の言葉を固定化し、生命的風景の変化する音を不動にする形式的文字体系が欠如しているので、口承の狩猟採集民の音声言説は、非人間の環境の多彩な音やリズムへの敏感さを保っていられるのであり、とりわけ土地の動物の声の身ぶりや呼び声に調和している。

先に見たように、私たちはソシュールから、人間の言語の構造はそれぞれ定まった意味を持つ単語の集合体というよりも目の細かい複雑な網であり、その網の結び目あるいは語は、その言語におけるその他すべての語との直接的または間接的関係によってのみ特定の場所あるいは意味を持つということを学んだ。そうであるならば、他の動物の発声をそのまま借用したわずかな単語や句であっても、言語全体に微妙な影響を及ぼし、その言語をある特定の生態系や地勢に根付かせうる。繰り返しになるが、いかなる土着の口承言語も、それを支えてきた人間以上の大地から切り離しては真に理解することはできない。

しかし、ソシュール自身はそのような言語と大地の親密性を否定している。彼は、断固として発音とその意味するものとの関係は恣意的であると主張し、そのため模倣やオノマトペ、言語の生命の内にある音の象徴的意味を軽視していた。だが、発話の音の反響や身ぶりの意義に関する最近の研究では、わずかながらある種のオノマトペが言語において作用していることが示されている。すなわち、ある特定の意味が特定の音に必然的に引きつけられており、その逆も然り、ということだ。[8]（詩人はみな、言語におけるこの根源的奥行きに気づいている。そこにおいて、ある種の感覚が音それ自体に喚起され、それによってあるフレーズの形やリズム、質感の魔法で、現象の表現に富んだ特徴が表れてくる。）

人間の発話《スピーチ》がその土地の呼び声や鳴き声と絡みあっているということは、熱帯地域に限られるものではなく、アラスカ北西部のコユコン族のようなはるか北方の口承文化にもみられる。コユコン族は北極圏に広がる広大な野生の地に住み、ユーコン川やカイヤカック川に沿って村や集落を持つ。彼らの言語は、北米大陸北西部の大部分および南はアリゾナにまで散在する先住民の話すアサパスカ語族に属する。考古学者はアサパスカ語族が北米に出現した時期を正確に特定できていないが、コユコン族の祖先は一万年前からアラスカに住んでいた可能性がある。[9] コユコン族は、十九世紀半ばに初めてヨーロッパ人と遭遇し、二十世紀になって、伝統的におこなってきた散在型半遊牧生活を捨て、交易所やカトリックの福祉施設のそばにいくつかの定住地をつくって移り住むようになった。しかし、彼らは依然として遠くまで旅をし、魚（食料にも衣服の原料にもなる）や動物、ベリー類、その他野生の食料を探し求める狩猟採集の旅の本拠地として村を使っていた。

文化人類学者で民族生物学者リチャード・ネルソンは、コユコン族と密接に関わりながら生活と仕事をしていたが、そのネルソンによれば、彼らにとって言語は人間の領域であるのと同様にその他の動物の領域でもあるという。コユコン族の見方によると、非人間である動物は――

互いにコミュニケーションをとり、人間の行動や言葉を理解している。動物たちは人間の言うことにもすることにも常に気づいている……。けれども、動物たちは自分たちの間では人間の言葉を使わない。コユコン族の見方では、動物たちは音でコミュニケーションをとり、その音が動物たちの言語なのである。(10)

コユコン族の信じるところでは、かつて他の動物や植物は同じ言語を人間と共有していた。これは、〈はるかな時代《ディスタント・タイム》（*Kk'adonts'idnee*）〉、すなわち、生きとし生けるものすべてが「一つの社会に属し、動植物から人間へ、時にはまたその逆へと、夢のような変身を遂げられる」時代のことである。(11) コユコンの人々が語る〈はるかな時代〉をめぐる物語が、起源となっている時代のことを「大昔」——カトリックの伝道師によってはじめてコユコン族にもたらされた直線的な歴史的時間感覚によってしばしば解釈されるように——として描いているのか、もしくはより首尾一貫した形で、〈はるかな時代〉は時間の独特な側面や様相、つまり歴史的な過去よりもいま生きている現在の一部として理解されるのか、という疑問は次章で取り上げることとする。いずれにせよ、〈はるかな時代〉以降、あるいはその外部において、動物と人間の言語は明確に区別されているにも関わらず、コユコン族の日常的経験のなかでは人間と動物の様々な言葉《ディスコース》は重なり浸透しあっている。

たとえば、カリブーは人間が近くにいると人間を歌いながら通り抜け、そうやって部族の民に歌を授けたと言われている。その歌は、ある特定の人が眠りから覚めた時に思い出す類のもので、彼らが後にそれを歌うと必ずカリブーが見つかり狩りが成功するという。(12) その一方、部族の古老たちは、自分たちの歌や詠唱をつくるためのインスピレーションの源泉としてアビのさざめくような鳴き声や嘆き声にじっと耳を傾ける。敬愛されているコユコン族の古老が死の床にある時、他の村から訪ねて来た老女が湖の岸辺に歩み寄り、そこにたたずむアビのつがいへ送るコユコンの「春の歌」を歌い始めた。その様子を見ていたネルソンは次のように記している。

ほどなくしてアビは老女のいる方へ泳ぎ、五〇ヤードほど手前で止まり、老女の歌に応えて、この世のものとは思えない不思議で素晴らしい声を大気中に響かせた。後で老婆と話したときに彼女が言うには、アビはそんなふうに春の歌に応えるものなのだそうだ。あの朝の歌の美しさについて、人々は何日間も話していた(13)。

ハシグロアビの軽快な鳴き声はコユコン族にとって言語的に意味のあるものだ。ある人によれば、「アビを獲る人はいるが、自分は殺したくない。アビの声を聞いて、知っている言葉を拾うのが好きなんだ(14)」。希少なハシジロアビの言語は、コユコン族にとって、ハシグロオオハムのそれよりもさらに力強い――「……言っている言葉は同じだが、声がほんの少し違う(15)」。

コユコン族は、自然は完全に覚醒しており動物がたてる音は少なくとも人間の音と同様に意味があると考えているので、地元の鳥の鳴き声のわずかな変化やニュアンスに注意深く耳を傾ける。コユコンの鳥の名前はしばしば非常に擬音的で、そのため鳥の名を呼ぶことはその鳴き声を真似することでもある。キョクアジサシ（*k'idagaas'*）、アカエリヒレアシシギ（*tiyee*）、クロムクドリモドキ（*ts'uhutlts'eegga*）、ズグロアメリカムシクイ（*k'oot'anh*）、ユキヒメドリ（*k'it'otlt'ahga*）――それぞれがこのような名前を持っている。しかし、文字で書かれると、こうした名前の見事なまでのふさわしさ、その名前をコユコン族が口にした時の快活で口笛のような音色は伝わらない。人間と非人間の発声の相互透過性は、数多くの鳥の歌声がコユコン語のフレーズや文章を話しているように聞こえる時、とりわけ鮮明になる。

多くの鳥の鳴き声がコユコン語の言葉として解釈されている。……こうした言葉に関して驚くのは、それらが鳥の鳴き声の型《パターン》を完璧に再現しているので、その鳥の歌を知っている（部族の外の）人には、言葉がコユコン語で話されるとどの鳥の種かがすぐにわかるくらいだ、ということである。リズムだけでなく、ある種のトーンというか「感じ」が伝わってくるのだ。[16]

このような交感＝相応関係をとくと考えると、コユコン語の音やリズムが非人間の声によって豊かに育まれてきたことがわかってくる。

そのようなわけで、黄昏時に森の茂みから聴こえてくるチャイロコツグミのヒューというフルートのようなフレーズの音は、*sook'eeyis deeyo*——「素敵な夜だ」——というコユコンの言葉を話しているのである。ツグミ類も時々、*nahutl-eeyh*——文字通り、「精霊のお告げを受けた」——という語を発する。ツグミがこの語を初めて発したのは〈はるかな時代〉のことで、その時に亡霊を近くに感じたのであった。それで、今なおこの鳴き声は警告として聞かれている。[17]

実際のところ、鳥が話すフレーズの多くは〈はるかな時代〉に起きた出来事を参照すると理解できる。そして、そうした出来事を、現代のコユコンの人たちは、代々語り継がれてきた無数の〈はるかな時代〉の物語を通して知っているのである。

むかし、〈はるかな時代〉に、飢えた男が"Ts'eetee Tlot"という集落を目指して春の深い雪の中を必死で進んでいた。男は、海岸から交易によって北の大地に運ばれた長い象牙色のツノガイをあしらったヘッドバンドをしていた。とても厳しい春だった。男は次第に衰弱し、とうとう雪の中に倒れて死んでしまった。その時、男は白い冠飾のある雀になり、目指していた目的地へ飛んでいった。集落に着くと、彼はこう歌った——"*Dzo do'o sik'its'eetee tlot*"「ここがTse'eetee Tlotだ。だが遅すぎた。」今でも、白い冠飾のある雀に耳を傾ける者は、そこにこうしたもの悲しい言葉を聞き取る。そして、注意深く見る人には、男が死ぬまで持っていたツノガイのバンドの名残である雀の頭の白い縞が見えるだろう(18)。

そのほかに北方林で見られる鳥にキレンジャクがいる。この鳥は小さな群れをつくり木から木へと忙しなく飛び、かぼそく高い声で鳴く。コユコンはキレンジャクを*diltsooga*——キーキー鳴くもの——と呼ぶ。

〈はるかな時代〉の物語によれば、キレンジャクには大変嫉妬深い妻がいて、この妻は髪をつかんで夫を引きずりまわし、それで彼には王冠を引き立たせているトサカができ、大声で叫んでいたので声がかぼそくなってしまったのだそうだ(19)。

一方、水辺に生息するコキアシシギは、まっすぐに飛び上がると、下降しながらつんざくような"*Siyeets, siyeets, siyeets*"という鳴き声を上げることがある。これは、コユコンの言葉で「わたしの息、わ

たしの息、わたしの息」という意味だ。時折、人はこれに応えて、〝Siyeets!〟と叫ぶ――残された時間（息＝生命の長さ）を鳥が予言してくれるのを期待して。

多くの鳥がこのような声による予言をコユコン族に与えている。ネルソンが学んだコユコン族の師は、かつて彼女の祖父とともに、カナダカケスがめずらしく人の声で鳴いたのを聞いたことがあるという。

雨の中、その鳥は濡れてボサボサのすがたで頭上の木の枝にとまっていた。突然、その鳥ははっきりと言葉にしてこう言った。「弟よ、……わたしの弟よ、これから何が起きるだろうか。」古老の呪術師はその声に驚き、お告げで心配になった。その後、激しい雨が九日間続き、熊の巣が浸水し、大災害となった。その時、あの鳥が言ったことの意味を人々は知ったのである。[20]

鳥のなかでもとりわけ抜きんでた予言師はアメリカワシミミズクで、コユコンの人々には *nigoodzagha*（小さな耳）または *nodneeya*（ものを伝える）と呼ばれている。アメリカワシミミズクは一年中北部に生息しており、めったにすがたを見せないが、鳴き声はよく聞く鳥で、食用として狩られることもある。コユコン族によれば、*nodneeya* が人間に話しかける時は確かなことしか言わない。

この鳥は、何かを告げるときにはまず、こもったギーギーという音を立てる。その後、ホーホーと鳴き、その調子と型《パターン》が解釈される。鳥から発せられる最も恐ろしい言葉は「まもなくあなたは泣く」（〝*Adakk'ut daa'tohtsah*〟）というもので、これは近しい人が死ぬという意味である。鳥は予言を名前で封印することもあり、そうするとほどなくこの予言が実現する。[21]

数年前のこと、ミミズクがコユコンの言葉で「黒熊たちが泣くだろう」とはっきり唱えるのを人間たちが聞いたことがあった。それから二つの季節にわたり、野生のベリー類が実らず、多くの熊が厳しい生存状況に置かれた[22]。

ミミズクの予示は常に凶兆を知らせるわけではない。コユコン語で「お前は何かの腹を食うだろう」と繰り返しているように思われる時もあり、それはその者の狩りがうまくいくことを予言しているとされる。嵐の接近を知らせることもあるという。コユコン族の古老によれば「ミミズクがムームーというような唸り声を出すのは、荒天が近づいているという意味だ。ミミズクの鳴き声、昔はあれが唯一の天気予報だった[23]!」

また、コマドリの軽快な歌声は、〝*Dodo Silinh k'oolkkoy ts'eega, tilizoot tilzoot silnee silnee*〟――「降りておいで、義理の兄弟がカワマスの内臓を食べろというんだ」――とコユコン族には聞こえる。ところが部族の人々は周りの環境の変化に常に敏感なので、コマドリの歌の変化にも気づく。そのうちの一人がネルソンに言う。「鳥さえ変わっていくんだ。コマドリはもうはっきりとは歌わない――途中までしか歌わなくなった。学習中の子どもみたいにね[24]。」

そのほかにコユコンの生態域で人目を引く鳥はゴマフスズメである。しばしば聞かれるゴマフスズメの〝*Sitsoo sidziy huldaghudla gheeyits*〟という大きな鳴き声は悲しみに満ちた哀歌であり、〈はるかな時代〉の生き生きとした物語に関連させることでのみ理解される。

〈はるかな時代〉のこと、美しい女が夫と祖母と一緒に暮らしていた。ある日、夫が出かけている間に、老女は、孫娘の髪にシラミがいないか探すふりをしながら、骨でできた突き錐《ぎり》を耳に突っ込んで孫娘を殺した。それから老女は孫娘の頭皮をはいで自分の頭にかぶせ、男の妻に扮装した。また、女は、骨の針をヘソのところに当てて回し、たるんだ腹周りを引き締めようとした。そして最後に孫娘の衣服を身につけた。こうすれば男は自分が妻だと思うだろうと考えたのだ。

けれども、男のカヌーから獲物を運ぶ時、女はきびきびと動くことができなかった。それで、こういった作業をすると身体が硬くなると言い訳をしなければならなかった。しかしながら、床につくと男は女が何者であるかわかった。男は何も言わず、翌朝になって老女を殺し、死体を引きずって森へ運び、そこで自分の妻が死んで横たわっているのを見た。

若い女の死体は小さな鳥になり、空中で舞いながら次のように歌う――"*sitsoo sidziy huldaghudla gheeyits*"「おばあさんが私の耳に骨でできた突き錐を刺した」。今でもゴマフスズメはそんなふうに歌う(25)……。

〈はるかな時代〉の物語を語ることは、コユコンの生活様式の中心を成す。いくつかの物語群は長く、幾夜にもわたって語られ、何週間もの夜を費やすことさえある(26)。世界の現出《エマージエンス》を明確に描きだすことによって、そして、包羅的な宇宙の様々な存在（人間やほかの陸上生物、鳥、魚、様々な樹木や植物、目を引く地形や水域、気候――これらすべては、時間を超えた始まりの時に、共通の社会を分け持ち、共通の言葉を話していた）の礼儀にかなった関係を明らかにすることによって、〈はるかな時代〉の物語はコユコン族が守るべき不文律《エチケット》を明示していた。こうした不文律は、人々を取り巻く様々な存在、祝われるべき親密さ、人間の共同体が大地と支えあってお互いを維持していくために尊重されるべきタブーを扱う際に不可欠なのである。
〈はるかな時代〉の物語が語られるのは、晩秋および長い北の冬の前半に限られる。先住民の民話の研究者には、これが大陸全土に共通してみられる慣習であることが知られている。北米全域において、少なくとも一九〇〇年以前は、先住民の共同体が最も神聖な物語を聞くのは夜だけで、それも冬の間に限られていた。というのも、語られた物語は魔術を持ち、人だけでなく生ける大地にも影響を及ぼすからだ。闇の濃い冬の夜に物語が上手に語られると、春の訪れが早くなる。（だから、コユコン族の語り手はこんな言葉で物語を締めくくる。「冬はまだ始まったばかりだと思ったが、今、私はその一部を噛みとった[27]」。）暗い冬は、強い動物たちが冬眠し、他の動物たちも南へ行ってしまい、大地そのものも眠っている。だから、物語を語るには最も安全な時期なのである。夏の間はほとんどの動物たちが方々《ほうぼう》うろついているので、動物たちやそのほかの自然の強い存在は人々の話や〈はるかな時代〉の狩りが露骨に語られるのを聞いて腹を立てる可能性がある[28]。

　動物たちは、言葉を話すのだから当然私たちの話を聞くことも理解することもできる。とりわけ動物たちが近くにいる時は、かれらについて話すことに注意しなければならない。コユコンの人々は、細心の注意を払って特定の動物に関する直接的な言葉を避け、手の込んだ婉曲表現を使って動物の感情を害さないようにする。そういうわけで、夜間はアメリカアカリスは決して通常の名前で呼ばれず、間接的な呼び名 *dikink k'alyee*――木のそばにいるもの――で表される[29]。女性は、過剰な霊力を持つため、カワウソを怯えさせないように本当の名で呼ぶのを避け、*biziya*――輝く黒――という遠回しな言葉を使う[30]。オオヤマネコもまたコユコン族にとって大きな影響力を持つ動物であり、女性からは「動き回るもの」を意味する *nodooya* という曖昧で婉曲的な言葉で呼ばれる[31]。無配慮な話しぶりや、森の動物たちの多くに関するタブーの軽視は、その人間や家族に不運をもたらすことになる。

このような遠回しな話し方がとりわけ重要になるのは狩りの最中で、仕留めた動物に対する敬意を少しでも欠くと、現在のみならず将来の狩りの失敗をも引き起こしうる。「巣穴にいる黒熊の狩りには敬意を示す多くの身ぶりを要し、その手始めは言葉の不文律である。[32]」こうした遭遇にそなえて、狩人は自分のねらいを口には出さず、狩りの後も、成功した時でさえ自分が為したことを話さない。その後、おそらく夜になってから、彼は間接的に「穴の中で何かを見つけたんだ」と誰かに言うかもしれない。それ以上はっきりと話してしまうと、彼が殺した強い力を持つ存在を怒らせてしまう。[33]

人類学者のリチャード・ネルソンは多くの時間をコユコン族と過ごすにつれ、こうした口頭で語られる不文律の効果が、独りでいるときにも影響を及ぼすようになった。アラスカの海岸にある自宅でコユコンの土地に戻る旅支度をしながら、ネルソンはオヒョウを捕まえてコユコンの友人へ持って行こうと決めた。不漁の可能性など少しも考えずに、魚をまるごと村に持って行きオヒョウがどんなものか見せてあげようと友人に話した。

そう言いながらも、コユコンの人たちなら決して魚が確実に釣れると口にしたりしないと思った。その日、夏じゅう大いに釣果を上げたいろいろな場所で粘ってみたが、釣れたのはキセベレメヌケとアイナメが一匹ずつで、小さすぎて持ち帰る気にもならなかった。村に着いてサラ・スティーヴンスにそのことを話すと、彼女は子どもをやさしくたしなめる母親のようにかぶりを振ってこう言った。

「せいぜい口にしていいのは、魚を釣ってみる、という言葉ぐらいまでで、本当は何も言わないほうがもっといいのよ。でないと法螺を吹くことになって、動物はそういう口のきき方をする連中には絶対近付かないからね。[34]」

もちろん、動物について話しているときだけでなく、森の木々や川、風や天気について暗に語っている時も、注意を怠ってはならない。ネルソンは、凍てつく冬の寒さの中でコユコンの老人の言葉を思い出した。「天気をありのままに受け入れ、怒らせるような発言は控えなさい。これは特に寒さに言えることだ。寒さはすさまじい力を持っているし、癇癪を起させるのは簡単なことだ。[35]」

すべてのものが私たちの話を聞き、理解することができる。なぜなら、すべてのものは話すことができるのだから。湖面に張ったばかりの氷がミシミシと割れる音でさえ、ある種の大地の発話であり、意味に満ちている。

秋になって湖が凍ったら、大きな音を立てて割れる音がするだろう。それは、湖面を覆って寒さから守ってくれと雪に言っているのだよ。[36]

自然の力に相対したときのこうした敬意——生命ある地形は私たちに語りかけるだけでなく、私たちの言葉を聞いているという確かな感覚——はメルロ＝ポンティの論じた知覚の相互交流と符合する。メルロ＝ポンティの理論では、森に耳を傾けることは、そもそも森によって聞かれている自分を感じることであり、周りの森に視線を投げかけることは、自分が剥き出しの見られる対象であり、実際に森に見られていると感じることにほかならない。

人間の意思疎通が、聴覚的な発話だけでなく、視覚的な動作や身ぶりによってなされるのと同じように、大地は、視覚的な身ぶりやサインを使ってコユコンの人々に語りかける。大鴉が風の中を飛んだり、カーブしたり、滑空したりするそのやり方は、狩りの成功や失敗を暗示しているのかもしれない。他の動物の動きは、危険の存在や嵐の接近を告げたり、今年は春の雪解けが早いかもしれないと示唆しているのかもしれない。「虫の知らせ」は迷信で馬鹿げたものだという考えは、アルファベット文化に共通することだが、こうした仮定が妨げとなり、狩猟採集民が周囲の自然のふるまいに向けている細やかな注意の実践的重要性を認識できていない。このように世界の身ぶりを、まるでいかなる動きも意味を孕んでいるかのごとく観察し解釈することは、純粋に無意味という概念の存在しない世界観と一致する。コユコン族にとってまったく偶然の出来事など存在しないが、完全にあらかじめ決められている出来事もない。むしろ、トリックスターである大鴉——大地に最初に現在の形を与えたもの——のように、感応的世界は自発的で、陽気で、それでいて危険な神秘であり、わたしたちはそこに参与＝融即している。生命的で自らを表現することのできる、強い力を持つ存在の場は、人間の行動や話に常に応答しているのである。

物語として語られる大地

ここまでの取り組みで、先住民の口承文化では言語は人間だけの所有物ではなく、感応的な生活世界のものである、という論題の証拠をいくつか調べてきた。換言すると、先住民の口承共同体内での人間の言葉《ディスコース》が、他の種に、力に、そして知性と生命ある大地に備わる、実感としてわかる表現の豊かさに対して、直接的に応えているそのあり方について考えてきた次第である。そして、それに関する明らかな例が、アマゾンの熱帯林の一部となっている赤道付近の文化と、亜北極の針葉樹林帯《タイガ》ないし北方林帯の社会から、等しく得られた。ここで、赤道付近と亜北極を問わず森から離れて、アメリカ南西部の乾燥した荒野の生態系に——とりわけ、アリゾナのウェスタンアパッチ族の住む大地に——関心を向けてみたい(37)。

アパッチの諸言語は、コユコンの場合と同じく、巨大なアサパスカ語族に属するが、アパッチの諸部族は約一〇〇〇年前に北アサパスカ族から分かれ、最終的にアメリカ南西部に落ち着いた。コユコンの文化からアパッチの文化に目を向けるということは、亜北極に位置していたおかげでヨーロッパ文明の影響を真正面から受けずに最近まで独自の文化を保っていた先住民共同体から離れて、少なくとも一八七二年のフォートアパッチ保留地に閉じ込められて以来ずっとヨーロッパからの移住者に囲まれてきた先住民社会に関心を移すということを意味する。しかし、何世代にもわたる衝突、抑留、強制的同化にもかかわらず、アパッチ族は独自の暮らし方と言語実践の多くを保ち続けてきた。言語人類学者のキース・バッソは、一九五九年から現在に至るまでウェスタンアパッチ族と仕事をし、断続的にシベッキュー(「細長い赤い絶壁」を意味するアパッチのフレーズ *deeschii'bikoh* に由来する)に暮らしている。人口およそ一一、〇〇〇のこの村は、アパッチ族が何世紀にもわたって暮らしてきた場所である。

アパッチの言語に精通し、村の生活のリズムに慣れるにつれ、バッソは、ウェスタンアパッチ族の言葉《ディスコース》に地名が頻出することに気づいた(38)。シベッキューの谷にある様々な場所の地元固有の地名を口に出すだけで、アパッチ族の人々は大変満足しているようなのである。たとえば、バッソは、二人のアパッチのカウボーイとフェンスを結わえながら、そのうちの一人が独り言を言っているのに気づいた。注意深く聴いていると、長い地名の連続を——「タバコの汁を吐き出すときだけ中断しながら」——一〇分間続けて暗唱していたのである。あの時何をしていたのかと後でバッソが訊ねると、「名前を語る」ことはよくあると男は答え、「そうするのが好きなんだ」と言って、この人類学者にこう続けたという。「心の中であんな風にして馬で走るんだ。」別のアパッチ族の男は、地名を発音するのが好きなのは「口に出すと良い名前だから」だとバッソに言ったという[39]。

このような、地名を口に出すことから生まれる喜びは、アパッチの地名が、それが指す実際の場所を精緻に描写していることと関係している。バッソは、シベッキューとその近隣の一〇四平方キロメートルを地図にし、その地域内で二九六のアパッチの地名を記録した。二、三の例外を除いて、すべての地名が文章の形をとっており、どの地名も、簡潔だが正確な視覚的描写を通してその場所を呼び出していることがわかった。いくつか例を挙げると、「大きなポプラの木々があちこちに広がっている」、「組成《きめ》の粗い岩が密集して上の方にある」、「水が平らな岩の連なりの上を流れている」といった具合である[40]。このような地名を口に出したり聞いたりした瞬間に、アパッチ族の人々はその場所に実際にいるような感覚を持つ。それゆえ、一連の地名を口ずさんでいるとき、アパッチ族は「心の中で旅をしている」のである。口に出された地名は、その正確さゆえに、アパッチの人々と地名が指す場所との間に感覚的絆をもたらすと言えるだろう。そうした地名を口に出すことから得られる恩恵は、地名そのものではなく、地名がそれを口に出す人をひきつけるところの、実際の場所がもつ育む力に由来するものと考えられる。すなわち、地名の力と魔術は、その地名が示す実際の場所から得られたものなのである。

ウェスタンアパッチ族にとっての地理的な場所の経験的重要性と、それにより個々の場所が人々の日々の言葉にもたらす影響は、現代アパッチ社会の倫理と不文律にとりわけ明確にうかがえる。というのも、アルファベット文明では馴染みのないものだが、土地それ自体が、伝統的なアパッチ文化の内部で正しい言動がなされているかどうかを注意深く監視しているのである。七七歳のアパッチの女性、アニー・ピーチズ夫人によれば——

土地はいつも人間のあとをつけているのだよ。土地は人間が正しく生きるようにしているのだよ。土地は人間の世話をしているのだよ。(41)

風景の道徳的効力――共同体での配慮と敬意のある言動を確実にする土地の力――は、村で定期的に語られるあらゆる部類の物語に媒介される。このような物語は、正しい言動に関するアパッチの規範を破ったがために不運に陥った人物について語ったり、衝動的行動やアパッチの慣習への大胆な抵抗ゆえに軽蔑や病気や死に至った人について語る。このような物語――*'agodzaahi*（字義通りの意味は「実際に生じたこと」）と呼ばれる――は、呪術師によって語られる長い宇宙的な神話とは異なり、また主に娯楽目的で語られる現代のサーガとも異なり、その短さを特徴とする。通常、五分もかからない。さらに重要なのは、*'agodzaahi* の話の始まりと終わりに地名に関する陳述があり、この話の出来事が実際にどこで起きたのかが語られるということだ。一例を挙げよう。

「白さが広まって水に流れていく」で起きたことである。

むかし、一人の少年が鹿を狩りに出かけた。馬に乗って行った。まもなく少年は（鹿を）一頭見つけ、峡谷の一方に立った。そして近づいていって鹿を撃った。少年は鹿を殺した。鹿は峡谷を転がり谷底へ落ちていった。

少年は谷底へ行った。太って筋骨たくましい雄鹿だった。少年はその場で鹿を解体した。肉は重かったので、少しずつ運び上げた。苦労しながら一回一回峡谷のてっぺんへ運び上げた。暗くなってきた。峡谷の底にはまだ後躯が残っていた。「もう肉は十分だろう」と少年は思った。それで、後躯をそのままにしておいた。そこに置いていったのだ。

少年は馬に荷を載せ家路についた。するとめまいがして馬から落ちそうになった。それから、鼻が勝手ににピクピクした。まるで**鹿**の鼻のように。それから、目の後ろに痛みが走った。少年は怖くなった。

少年は峡谷に戻った。暗くなっていた。後躯のある場所まで歩いて降りていくと――なくなっていた！　少年は馬のところへ戻った。急いで馬を走らせ、親戚と一緒に住んでいるところへ行った。少年は長い間病気になった。人々は、四回にわたって少年のために祈った。少年は少しずつ快くなっていった。

それからしばらく経ち一人前に成長した少年は、狩りではいつも運に恵まれなかった。男に自らを贈る鹿は一頭もいなかったのだ。男は子どもたちに言った。「少年の時に注意を怠ったから、今、お前たちが食べる肉を得るのに苦労しているのだよ。」

「白さが広まって水に流れていく」で起きたことである。(42)

この「起きたこと」の話は、狩人に降りかかる可能性のある不運を描出したものである。それは、狩人が、獲物の動物に常に払うべき敬意をおろそかにしたり、あるいはもっと大胆に、自然との相互作用における適切な不文律への注意を怠った者を待ち構えている困難な状況を無視したりする場合にもたらされうる不運である。だが、多くの *'agodzaahi* の話が扱っているのは、もっぱら個人と部族共同体との間で持続されねばならない正しい関係である。

「男たちがあちこちで立っている」で起きたことである。

むかし、一人の男が保留地の外で牛を一頭殺した。その牛は白人のものだった。男は「男たちがあちこちで立っている」で、シベッキューに住んでいる警官に逮捕された。警官はアパッチの人間だった。警官はフォートアパッチの軍の署長のところに男を連行した。「何か用か？」と署長が言った。「カートリッジと食べ物が必要です」と警官が言った。警官は、白人の牛を殺した男のことは何も言わなかった。その晩、何人かが警官に言った。「あの男のことを報告するに越したことはない」と彼らは言った。翌日、警官は軍の署長のところへ戻った。「また何か用か？」と署長が言った。警官は言った、「昨日、私は『こんにちは』と『さようなら』を言おうと思っていたのですが、言い忘れました」と。今度も逮捕した男のことには触れなかった。誰かが彼の心に言葉ではたらきかけているのだ。警官は逮捕した男とともにシベッキューに帰った。そして、「男たちがあちこちで立っている」で男を釈放した。

「男たちがあちこちで立っている」で起きたことである。(43)

この話は、白人のようにふるまうアパッチ族の人間に生ずる混乱を描いたものである。保留地ができた初期の頃は、多くの部族の人々が病気と栄養失調で命を落とした。それゆえ、部族の人間が食べものを求めて白人の牛を殺すというのは、アパッチの人々にはよくわかる。しかし、牛を殺した部族の人間を別のアパッチの人間が捕まえて収監しようとするのは、受け入れられないことであった。言い換えれば、外部の者たちに加わって共同体の人間に背いたり、白人男性や白人女性の態度や独特の様式を真似て部族に対する無礼をひけらかすのは間違ったことなのである。そのようなわけで、この話における警官は、二度試みはするのだが、自分が逮捕した男を引き渡すことができない。自分の目的を話すことができないため、この男は恥をかき、所長の前で馬鹿のように映ってしまったわけだ。最後に、警官は、自分が男を逮捕したのと同じ場所で男を釈放したのであった。

　では、この出来事が起きた実際の場所が *'agodzaahi* の話の影響力にどのように関わっているかを見てみよう。こうした類の話は、共同体の人間が犯した悪行をきっかけに語られる。*'agodzaahi* の話は、正確に語られると、悪行を矯正する作用を持つ[44]。それゆえ、アパッチ族の人間が何らかの行動によって部族共同体に不快感を与えた場合、部族の古老の一人が時機が来るの待ち——おそらくは共同体の集会で——適切な *'agodzaahi* の話を語ることによってその違反者を「射る」のである。違反者の身元も名前も声高に言われはしないが、適切な「矢」(すなわち物語)が選ばれ、焦点がしっかり定められていれば、違反者は自分が的になっていることがわかる。そして、話が皮膚の下深くに浸透し、力を吸い取り、病気で弱らせてしまうのである[45]。その後、この物語は男にその内部から作用し始め、男は自分を変え、「自分を入れ替えて」正しく生きたいと思うようになる。こうして男の言動は変化してゆく。だが、物語は男から離れない。というのも、男はその話が起きた場所と絶えず接触を持つからだ。その場所が家の近くであれば、男は毎日その場所を見ることになるだろう。言うなれば、場所が男のあとをつけているのである[46]。

バッソ自身もこうした類の話が人に「作用する」例を語っている。一九七七年七月、バッソはシベッキューで開かれた誕生日パーティにいた。パーティの参加者の一人である若い女性は、その二週間前に初潮の儀式を受けたのだが、その時彼女は大きなピンク色のプラスチックのカーラーで髪を巻いて儀式に臨んでいた。この少女は保留地の外の寄宿学校に住んでおり、外の社会ではそういう髪型が流行していたが、伝統的な儀式にそのような格好で参加するのは明らかにアパッチの慣習を侮辱するものであった。その二週間後に誕生日パーティがあったわけだが、バッソがその少女の母方の祖母と話していた時、その人が突然、上述した *'agodzaahi* の話――過度に白人のようにふるまった警官の話――を始めた。その物語を聴いてまもなく、少女は立ち上がってそっとパーティ会場を後にした。バッソは何が起きたのかわからず、少女は気分が悪くなったのかと彼女の祖母に訊くと、祖母はこう言った――「いいえ、私があの子を矢で射ったのですよ(47)」。

二つの夏が過ぎ、バッソは再びあの若い女性に会った。買い物袋を家に運ぶのを手伝いながら、あのパーティのことを覚えているか、あの時どうして急に部屋を出たのか、と訊ねた。女性は、あの警官の話を聞いてすぐにカーラーを投げ捨てたと言った。あの話の出来事が起きた場所（「男たちがあちこちに立っている」）を通り過ぎる時、バッソがその場所を示すと、女性は「しばらく何も言わなかった。それから微笑み、自分の言語で穏やかにこう言った――『あの場所のことなら知ってるわ。毎日私のあとをつけてくるもの(48)』」。

このように共同体の咎めに関する独特の口承形式において、地理的な場所は言動の更生を保証するものとなり、過去の欠点を思い出させ注意させる視覚的存在となる。*'agodzaahi* の話を語ることで、物語が向けられた人と自然の風景の特定の場所や特徴とのあいだに、ほとんど家族的な絆ができる。アパッチの古老によれば——

年をとっても関係ない。場所はずっとあとをつけてくる、話の矢で射った人のようにな。話をした人は死んでも、場所はずっとあとをつけてくる。まるでその人がまだ生きているかのようにな。[49]

そういうわけで、アパッチの人々は場所を特定の祖先と関連づけることがよくある。実際、地上の場所は、ある人たちにとっては、話の矢で自分たちを射った祖父母の声で話をしている、ように見える。あるいは、その愚行や偉業を *'agodzaahi* の話に語られている大昔に死んだ祖先の声で話しているようにさえ見える。[50] 共同体に関する祖先の知恵はいわば物語に宿っているのであるが、その物語は——あるいは祖先自身も——土地に宿っているのである。

かつては土地に頼って生きてきた。もうそういう生活はしなくなった。今はお金で生きている。だから仕事が必要だ。だが、土地は今でも私たちの世話をしてくれる。私たちは、あらゆることが起きた場所の名前をひとつひとつ知っている。だから悪に近寄らない。[51]

しかし、土地から離れることは究極的には、地名が喚起する現実の場所との接触を失うことであり、したがって、場所に宿る物語に触れられなくなるということなのである。

むかし、機械工になるためにＬＡに行った。いいことは全然なかったよ、さっぱりだった。酒を覚え、いつもバーでぶらぶらしていた。妻ともめるようになり、喧嘩をすることもあった。最悪だったよ。シベッキューのこのあたりのことは忘れていた。地名も物語も忘れていた。そういうものを心の中で聴くことがなくなった。どうすれば正しく生きられるのかを忘れ、どうすれば強くなれるかを忘れているんだ。[52]

人類学者であるバッソは、先住民が道徳的な教えを地理的な場所に関係付けることに対して主に機能的な説明を与えている。「山や涸れ谷《アロヨ》が祖父母や伯父の代わりに象徴的に介入する」とバッソは記している。[53]人々は正しい言動を維持することに常に気を配らねばならない。とりわけ、かつて不注意ないし衝動的だった状況で、その時にそういう言動を正してくれた祖父母や伯父が年をとって亡くなっているような場合には。地上の場所は人間の古老よりも長く存在し、何世代にもわたってその基本的特徴を維持するので、そうした場所が、過去に学んだ道徳的教訓を象徴的に思い出させるものとして「介入」するのは実に適切である。[54]

けれども、場所が「象徴的な」機能を持つ（場所が道徳的教訓を「象徴」するようになる）というバッソの見解は、道徳的教訓と自然の風景との連想が概念的で実用的であるというよりも有機的で不可避であると捉えていることから、その連想が不当に恣意的になりうることを示唆している。彼の見解は、場所それ自体がこうした困難な教訓を煽動するものとして、すなわち出来事や物語の究極の創り手として感覚されうる可能性を覆い隠している。ここで、ウェスタンアパッチ族のストーリーテリングにおいて場所が何よりも重要であることをバッソ自身が強調している一節を見てみよう。

ウェスタンアパッチ族の「話《ストーリー》」や「物語《ナラティブ》」を効果的に語る際に最も基本的なことは……、その話の出来事が展開する地理的な位置が明確に示されることをおいてほかにない。アパッチの聴き手たちは、語られている出来事の物理的設定を思い描くことができないと（私の相談者の一人の言葉を使えば、「心がその場所を旅して実際にそれを見ないと」）、出来事それ自体を想像することが難しい。物語における出来事が「どこでも起きていない」（*dohwaa'agodzaa da*）ような場合、それはアパッチにとって不合理で不安になるようなものだからである。場所をもたない出来事《プレイスレス》というのは不可能で、何かが生じるときには常にどこかで生じなければならない。出来事の生じる場所は出来事それ自体に組み込まれており、それゆえ、出来事がどこで起きたかを知ることは、その出来事を適切に描く――さらに心に描いて想像する――ために不可欠である。(55)

バッソはここで、ウェスタンアパッチ族の経験における場所の重要性を明確に示している。しかし、なぜアパッチ族が地理的な位置をかくも強調するのかという点には触れていない。もちろん先住民でなくても、「何かが生じるとき、それは必ずどこかで生じなければならない」。けれども、私たちのほとんどは、自分が聞く出来事がいちいちどこで生じたかを知る必要があるとは思っていない。では、なぜアパッチ族ないし先住民文化一般では、場所がかくも重要視されるのであろうか。

答えはもはや明らかだ。無文字文化の人々にとって、場所は単なる受け身の背景的場面ではない。口承文化では、人間の目と耳は生命的世界に共感覚的に参与しており、文字に書かれた世界に移行していない、ということを思い起こそう。ある具体的な山、峡谷、川、岩だらけの野原、木立といったものは、表現力やダイナミズムを失っておらず、自らを自然と感覚に現す。口承文化では、場所は、人間の出来事が生じる単なる受け身ないし活気のない背景的場面であったことなど一度もない。場所は、そうした出来事に活動的に関わっているのである。実際、場所は、そのすがたが出来事の基底を成すと同時に出来事を包み込んでいるので、そこで展開している様々な出来事を通して自らを表現する主要な力ないし源として感じられることさえある。

まさにこのような理由により、物語で語られる出来事が生じた場所を特定することなく物語が語られることはない。他の伝統的口承部族と同様、ウェスタンアパッチ族にとって、人間界の出来事や出合いはそれらを生み出す場所から切り離されえないのである。人類学者のハリー・ホイジャーは、別のアサパスカ語族であるディネ（ナバホ）に触れて次のように記している。

> ナバホ族の間では、実に些細な出来事も物理的な場所と連結して語られる。ここに示唆されているのは、錨を下ろして空間的に固定されない限り、語られた出来事はその意味を減じられ適切に評価されえないということである[56]。

だが、ここでもまた、なぜ連結が必要なのかということの主な理由には触れられていない。人類学の専門家でさえも、語られた出来事が「錨を下ろして空間的に固定」されねばならないと述べることで、出来事とその地理的場所との関係を純粋に外部にあるものと考えている。言い換えれば、出来事は特定の場所に縛られずに自由に浮遊しており、ある時、錨を下ろして大地に自らを固定する、という考えがうかがえるのである。しかし、もし場所それ自体が出来事の発生に有効な要素であるならば、根のメタファーの方が錨よりもはるかに正確だ。口承文化にとって、経験された出来事は、それが生じたある具体的な大地に、ある具体的なエコロジーに、ある具体的な場所に根を張っているのだから。

コユコン族の〈はるかな時代〉の物語や、ウェスタンアパッチ族の 'agodzaahi 物語を見てわかってきたのは、ストーリーテリングが人間の話《スピーキング》の原初の形、すなわち、人間の共同体を大地と結びつける言説様式であるということである。コユコン族にとって〈はるかな時代〉の物語は人間の話と他の種の発話の連結《リンク》を保持する役割を持ち、ウェスタンアパッチ族にとって 'agodzaahi の物語は道徳的言動と大地との深い結合を表すものであり、話を聴いた者に場所との永遠に緊密な関係をもたらす。

歌や祈りと同様、物語を語るということは、ほとんど儀式的な行為、すなわち、人間の言語が大地に根を持つことにつながる古代の必然的な話の様式であるように見える。というのも、バッソが気づかせてくれるように、語られた出来事は常にどこかで生じているのだ。そして、口承文化においては、その場所は出来事にとって副次的なものでは決してない。出来事はいわば場所に属しており、そうした出来事をめぐる物語を語ることは、語りを通して場所それ自体に話をさせることにほかならないのである。

だが、ストーリーテリングと人間以上の環境との深遠な結びつきにはもう一つ理由がある。それは、話の中で活動したり動いたりする登場（人）物を包み込むような物語の全体性に宿っている。私たちが周囲の環境に包み込まれているように、物語は主人公を包み込む。言い換えれば、主人公が物語に位置づけられているのと同じように、私たちは大地に位置づけられているのである。実際、口承文化の人々にとって、このような関係はアナロジー以上のものとして経験されているのではないだろうか。すなわち、他の動物、石、樹木、雲に加えて、私たち自身が、私たちの周りで目に見える形で展開している巨大な物語の登場物であり、世界をめぐる想像力ないし夢《ドリーミング》見の内部の参加者なのである。

夢見の時間《ドリームタイム》

このような考えは、オートラリアのアボリジニに共通するドリームタイムという信条ときわめて似ている。アボリジニの多様な文化――ピンツピ、ピチャンチャチャラ、アランダ、カイチジ、ワルムング、ワルビリ、等々――は、現存している人間文化で最も古いものであろう。それは、何千年、何万年もの間、最も過酷な人間環境で進化してきた文化にほかならないが（オーストラリアで発掘された最古のアボリジニの遺跡は四〇、〇〇〇年から六〇〇、〇〇〇年の間と推定されている）、私たちの時代にアルファベット文明との接触を通して破壊され衰退した。アボリジニの部族の驚くべき忍耐力は、少なくとも部分的には、彼らがほとんど科学技術に関わっていなかったということに起因する。彼らと風景の関係は直接的で親密であり、不必要な仲介によって妨げられることがなかった。道具もきわめて単純なもの――主として、ブーメラン、狩りで使う槍、土を掘る棒――だけに頼っていたので、特殊化した資源への依存が回避され、気候変動に直面しても高い移動性を維持していた。同時に、彼らの住む大陸が孤立しており、外からは住むのに不適切な場所に見えたことも、野心に満ちた拡張主義的国家から部族を守ってきた要因である――最もこれは、一七八八年にイギリスが海岸に到着するまでの話だが。

では、アボリジニのオーストラリアの神話できわめて重要な役割を果たしているドリームタイム――〈チュクルパ〉や〈アルケリンガ〉とも呼ばれる――とは、一体何なのだろうか。

それはある種の時間を超えた時間であり、出来事を超えたところに――あるいは、その内部にとさえ言えるが――隠されている時間、大地の明白な現前である。それは、魔術的な時間性であり、そこにおいて周りの世界の様々な力は互いとの関係で現在の位置を定め、私たちが知っているすがたや形を得ている。それは、世界それ自体が完全に目覚める前の時間（眠れない覚醒状態という表面のすぐ下に今でも存在している時間）である――眠りから覚めたトーテムの〝先祖〟が地面の下からすがたを現し、食べ物やシェルターや仲間を求めて土地を横断しながら歌い始めた、あの夜明けなのである。

大地は今でも半分目覚めた順応性のある状態にあり、カンガルードリーミング人（カンガルーだけでなくカンガルードリーミングから生まれたすべての人間の古代の祖先）、エリマキトカゲ男、亀女、リトルワラビー男、エミュー女、その他数え切れないほどの他の〝先祖〟たちは、歌い逍遥しながら、自分たちが歩いている地表を自らの行動によって成形し、身を横たえる平原、排尿するための小川や水たまり、埃を蹴り上げる森などをこしらえた。

リトルワラビーのガビディィ（Gabidji）が西部からウールディィーア沼地にやってきた。男は、広大な西部の砂のうねりを越えて、黒っぽい荒野のオークの木に近づいてきた。男は、水がいっぱい入ったマルメリあるいはブダの皮の水入れ袋を持っていた。うねりを超えてユルディィにやってきた。到着すると、南の大きな砂丘のふもとにブダを置き、くぼ地に排尿した。そのくぼ地が現在のウールディィーア沼地である（「いま飲んでいる水がそうさ！」と、一九四一年に部族の人たちが話していた）。男はそこにしばらくいた後、北の方の砂丘へ行き、そこから東の方を見た。その砂丘はビンバリと名付けられた。ブバを取りに戻った時、水を少しこぼしてしまい、それが湖になった。しかし、男はもっと先へ進むべきかどうか決めかねて、結局ウールディーアに戻ることにした。その場に置いておかれたブバは南方に広がる砂丘に形を変えた。「そういうわけでそこにはいつも水があるのだよ」。男はしばらく野営して、東へ向かうことにした[57]……。

最終的に〝先祖〟はそれぞれ、適当な場所を見つけたか、世界の成形という仕事に単に疲れ果てたかして、元いたところに戻り（グンウィング語の用語では「djang になる」[58]）、自らを大地の物理的な一面に変えたり、名前の由来であるところの植物や動物にすがたを変えたりしたのであった。

「ヒル男」はやって来る時にこっちを見たりあっちを見たりしていた。良い場所があったのだ。「良い場所だからこうしているのだ。ここに落ち着くことにしよう。ずっとここにいるぞ」と男は言った。魚を食べている男、ナバーグ・ガイドゥミ（Naberg-gaidmi）が男に「お前は何者だ」と訊いた。男は「おれはヒルに変わるのだ。ひとところに落ち着くつもりだ。岩になって、小さな岩になって、平たい岩になって、ここに落ち着くんだ。おれはヒル *djang*、ヒル・ドリーミングなのさ！」といった。「おれはヒルだ！」と男は言った。「ここに腰を下ろすぞ。これはおれの小川、おれのもの、ここに落ち着くのだ。おれは *djang*、ドリーミングだ[59]！」

このようにして、〝先祖〟はそれぞれ、いくつもの場所に蛇行する道の跡を残してゆくわけだが、この跡は、〝先祖〟の旅における出来事や出合いに由来する知覚可能な特徴を有し、最終的には、〝先祖〟が現在の私たちが経験するような世界の様相へと完全に形を変えて、元いたところに戻った場所に行き着く。

蛇行するいくつもの道は、ドリーミングの跡とも呼ばれ、見て触れるだけでなく耳で聴くこともできる。というのも、〝先祖〟は道に沿って歩きながら物や場所の名前を大地に歌い込んでいるからである。実際、〝先祖〟の道はそれぞれ、大陸を蛇行しながら横断する楽譜のようなものである。その楽譜で奏でられる広大な叙事詩が語るのは、〝先祖〟の数多の冒険であり、道沿いの様々な場所がいかにして存在するに至ったか（ということは、間接的に、その場所でどういう食用植物や水やシェルターとなる岩が見つかるか）といったことである。〝先祖〟の道沿いにある二つの場所の距離は、歌の長さとして測ることが――あるいは話すことが――できる。というのも、歌は大地を横断するカプレットの連続という形で展開し、一つのカプレットが「一対の〝先祖〟の足取り」に対応している。[60] したがって、歌は土地を横断する聴覚的ルートマップのようなものなのだ。大地を横断するためには、先住民の人々は、適切なドリーミングすなわち適切な〝先祖〟の歌のうち地域に関わるスタンザを歌いさえすればよいのである。

オーストラリア大陸にはこういう曲がりくねった「ソングライン」ないし「通り抜ける道（way through）」が何千も交差し、そのほとんどがいくつもの部族の地域を通っている。ある歌は、〝先祖〟が「元いたところ」へ行った場所に到着するまでに、二〇かそれ以上の言語を通してその道を歌う。だが、言語は変わっても基本的なメロディは同じなので、〈吠えるトカゲ〉族は〈吠えるトカゲ〉のソングラインを耳にすれば遠く離れたものでもわかるし、その歌のスタンザが聞いたことのない言語で歌われた場合であってもわかる[61]……。歌のサイクルの遠く離れた箇所を知っていることで――自分の言語でではあるが――その場所に実際に行く前にそこまでの範囲の土地を生き生きと経験することができる。夜、戸外で火を囲んで座り、歌のサイクルを一緒に歌いながら、アボリジニの人たちは集団的想像力において土地を横断する旅に出ているような感じを経験しているのである――ちょうどアパッチ族が「名前を語る」ことで

「心の中で馬に乗っていた」ように。[62]
どの〝先祖〟も、ドリームタイムに土地を横切りながら歌っている時に、足跡のライン沿いに「魂の子どもたち」の道をおいていた。この「命の細胞」はまだ生まれていない子どもたちであり、土の中で待ちながら育っている状態にある。伝統的なアボリジニの人々の間では、女と男のセックスは女が受胎する準備だと考えられており、実際の受胎はもっと後になってから、既に妊娠している女が、日課である植物の根や食用幼虫の採集に出かけ、歌のカプレットを（あるいはそのそばを）足で踏んだ時に生じる。その地点の地面の下に横たわっていた「魂の子ども」が、その瞬間に女の中に滑り込み、「子宮の中に入っていき、胎児に歌を吹き込み受精を完了させる[63]」。どこであれ、女が胎動――子宮内の最初のキック――を感じたと思った場所で、魂の子どもが大地から女の体に飛び込んでくる。そして、女は胎動が生じた正確な場所を心に留めておき、部族の古老たちに伝える。古老たちはその場所を入念に調べ、どの〝先祖〟のソングラインが関わっているか、〝先祖〟の歌のどのスタンザがその子に属するかということを見定める。

このようにして、アボリジニの人々は生まれた時から一定範囲の歌を個人の所有物として授かる。その歌の範囲は、いわば土地の範囲、すなわちその人の受胎の地に対してその人が持つ権利証書のようなものだ。この土地は、その人の命が由来するドリーミングの箇所である――その人がほぼ全面的に属する地上の場所であり、その人の本質、その人の最も深遠なる自己がその地域と不可分な、そういう場所なのである。

ニュニマヌ
ディンゴ（野生の犬）のドリーミングの場所

パディ・アナタリのくに

年老いた男が広大な赤い土地で
皺の間から目を細めて笑っている。
子どもになりきって、その砂の上を一歩一歩歩いた。

「そこにある岩が見えるか?」

(その岩のてっぺんは擦られて、滑らかで
平らで柔らかくなっていて、まるでダイヤモンドで削られたかのようだったが
実際は何百もの手で握られた別の岩で
そうなったのだった
ディンゴの仔犬の誕生のための繁殖の地
そして
パディ・アナタリはもう一度岩を打つ、

さらにもう一度。彼は言う、
「この岩が見えるか?

この岩は私だ[64]！」

こうして歌われる歌は、部族の者の相続権であり、その人が現在の主たる世話人であるわけだが、これは、同じドリーミングで交わる他の土地や領地へのある種のパスポートとなる。すなわち、〝先祖〟のソングラインの一部を持つ子孫として、その神聖なる生命と力が依然として土地に宿っているドリームタイムの〈存在〉の末裔として、認知されるのである。たとえば、そこを歩いていた〝先祖〟がワラビー男だったのであれば、その人はワラビードリーミングを持ち、ワラビー一族（ワラビーは小型のカンガルーと似た有袋動物である）の一員ということになる。その人は、自分の部族の内部であろうと外部であろうと、他のワラビードリーミングの人たち全員に対して忠誠の義務を持つ。そして、ワラビーそれ自体に責任を持ち、ワラビーは兄弟姉妹であるからそれを食用に狩ることはできない。さらに、ワラビードリーミングの跡ないしソングラインに沿った土地に対して大きな責任を持つ。土地をあるべきすがたに――初めて歌われて存在を現した時のすがたに――保つ責任があるのだ。

伝統に従い、以上のことをするにあたって、男は定期的に「放浪生活（Walkabout）」に出て、ドリーミングの跡に沿って儀式の旅を行い、一族の〝先祖〟の足跡を自分の足で歩いてたどる。歩きながら〝先祖〟の歌を一言も変えることなく口ずさみ、歌を通して土地を見える形にしてゆく――このようにして「創造を再創造」するのである[65]。

そして、ドリーミングの〝先祖〟がそれぞれ旅の最後で、現在の風景の一面にすがたを変えるのと同じように、アボリジニの人々はそれぞれ人生の最後で、歌を歌って自らを土地に戻そうとする。伝統的なピチャンチャチャラやピンツッピの男は、自分が胎児だった場所に――〝先祖〟のソングラインのうち彼が関わっているところに——戻って死を迎えようとする。そうすることで、男の生命力はその場所で夢《ドリーミング》を見ている大地と再び一緒になるからだ。(66)

ドリームタイムは、西洋の聖書的創世のような完結した出来事ではなく、また、「ビッグバン」の科学的解釈に見られるような遠い過去に一度だけ生じた出来事でもない。ドリームタイムは進行中のプロセスなのである——原初の不確定な状態から目覚めた完全な現実へ、見えない状態から見える状態へ、沈黙の秘密の深みから明瞭な歌と話へ、という知覚された世界の現出なのである。オーストラリア先住民はこの宇宙的見解の訳語として英語の「ドリーミング」という語を選んだわけだが、そこに示されているのは、夢を見る《ドリーミング》という日常的行為が一族の〝先祖〟の時間に直に参与するということ、それゆえその時間は完全に別のところにあるわけでも、知覚可能な現在から完全に隔離されているわけでもないということである。(67)ドリーミングが私たちを取り巻く開かれた現在に対して持つ関わりは、私たちが過ごす夢の世界が目覚めている時の意識的な経験に対して持つ関わりと同じである。それはある種の奥行きなのだ——曖昧で、変形的な奥行き。

［そこを見てごらん］その木が土を掘る棒さ
ミツツボアリを探していた大女が
おいていったんだ、
その岩、ディンゴの鼻、
ほら、その山の上の足跡
これはチャンガラがウラムブラに行く途中に残していったものさ

ここ、ワーナンピの岩穴――とても危険
ニーニ女たちがマラプルパ――蜘蛛――の怒りから
逃げてきた洞窟。
ワチ・クジャラ――二人の兄弟――がこっちへ旅していた。
ほらそこだよ、一人は性交しすぎて
疲れていた――その男のペニスが
地面に引きずられた跡さ
ここ、ミツツボアリ男たちの死体
ここで男たちは砂から這ってきたんだ
いや違う、男たちは死んでいない――今でも
地面からやってきて、ワルンピの水辺に向かって移動している
もう何年もそうだ
ドリーミングは終わらない、白人のやり方とは違うんだ。
一度起きたことは何度も繰り返し起こる。
これがおきてなのだよ
これが〈歌〉の力なのだよ
歌を通して私たちはすべてのもののいのちをつなぐ
歌を通して……魂が私たちのいのちをつなぐ。[68]

一度起きたことは何度も繰り返し起こる。ドリーミング、すなわち大地それ自体の想像的な生は、絶えず一新されねばならないものなのだ。アボリジニの男は、〝先祖〟のドリーミングの跡に沿って歩き、その土地を歌って見える形にしながら、彼自身が旅する〝先祖〟になっており、そうやって、語られた大地は新たに生まれ変わる。

このような同一化、あるいはいま・ここへのドリームタイムの浸出は、独りで〈放浪生活〉に出ている時にだけ起きるのではなく、とくにドリーミングの特定の場所で行われる集団的儀式において生じる。その儀式では、その場所での〝先祖〟の出合いや冒険が歌われるだけでなく古老たちによって演じられもする。かなり省略された「オープンでゆるい」バージョンであっても、動物の〝先祖〟との深い関わりが見られる（この「オープンな」バージョンないし寸劇は外部者のために演じられるそうだ）。作家のブルース・チャトウィンは奥地での夜更け、焚き火のそばでそうした寸劇の一つを目の当たりにした。チャトウィンの研究仲間が近くの丘の意味について訊ねたのに応えて、アボリジニの男たちの一人が――

立ち上がって、パントマイムで（ピジン語を喋りながら）トカゲ族の先祖の旅を演じはじめた。それは、トカゲの先祖とその美しく若い妻が北オーストラリアから南の海岸まで歩いた様子を、そして南部人が妻を誘惑し、トカゲには代わりの妻を与えて故郷に返した様子を歌ったものだった。

彼がどの種類のトカゲだったのか、アゴヒゲトカゲか、ロードランナーか、それとも首のまわりにひだ飾りをつけた、怒り顔の、しわくちゃのトカゲだったのか、わからない。私に分かることは、青シャツが想像し得るかぎりの真に迫ったトカゲを演じてみせたことだけである。

彼は男であり、女であり、誘惑者であり、誘惑される者だった。大食漢であり、妻を寝取られた男であり、疲れた旅人だった。トカゲの足を模して斜めに手を掻き、それからふと小首をかしげて硬直した。下まぶたを持ち上げて虹彩を隠し、トカゲの舌をチョロチョロと出し入れした。怒りに、甲状腺腫のように喉を膨らませ、そしてついに死の時がくると、のたうちまわり、身をくねらせ、瀕死の白鳥さながら、少しずつ、少しずつ動かなくなっていった。

彼のあごが閉じると、それが結末だった。

青シャツは丘に向かって手を振り上げ、物語を最高の出来で語り終えたときの意気揚々とした抑揚で、「あれが……あれが彼のいるところだ！」と叫んだ。(69)

つまり、近くの丘は、トカゲ一族の〝先祖〟がすがたを変えて大地に戻った場所なのである――〝先祖〟の霊の力、生命が、丘それ自体の生命と不可分である場所。

物語や歌や儀式は、人間のためというよりも、土地それ自体のために演じられる。その土地が人間のよりどころになっている。人類学者ヘレン・ペインの言葉を借りると――

場所の維持管理には、物理的管理――岩をこすって磨いたり、岩屑を取り除いたりするなどして――と、そこに棲む魂の保護を目的とする［儀式的］事柄の実行の両方が必要とされる。こうした維持管理のプロセスがないと、場所はそこに宿る魂を失ってしまうと言われる。そうすると土地は死に、それと物理的なすがたや霊的結びつきを共有しているすべてのものも死ぬと考えられている。したがって、生命の幸福を保つには、場所への配慮と管理が必要であり、儀式を営むことで場所に閉じ込められている夢見《ドリーミング》の力を維持しなければならない。(70)

あるいは、ブルース・チャトウィンが記しているように、「歌われない土地は死んだ土地だ[71]」。

伝統的に、ある一族の古老たちが自分たちの歌のサイクルを複雑な形のまま最初から最後まで歌う時期が来たと決める時がある。ドリーミングの跡を上に下にメッセージが送られ、ドリーミング沿いの重要な水たまりの一つに歌の所有者が全員招集される。全員集まったら、一族の一員それぞれが順番に〝先祖〟の足跡のうち自分の持ち分を歌う。正確な順序で歌われることは大変重要で、歌うスタンザの順番が狂うと大地それ自体の結合性を裂いてしまうと考えられていた。

ここで重要なのは、アボリジニのオーストラリアでは（先住民の北米と同じように）、女の知識と男の知識、女の儀式と男の儀式がきわめて分化しているということである。オーストラリア先住民文化における女性の儀式の力や重要性は、最近になってようやく非先住民の研究者に認識され始めたのだが、それはおそらく初期の民族学者の大半が男性であり、女性の神聖な知に接することがなかったからであろう。これも今では明らかなことだが、アボリジニの女性の歌の知識は男性のものよりも厳重に保護されている。近年では、女性による歌にも男性による歌にもある程度の刷新がみられ、とりわけ工業文明によってもたらされた風景やアボリジニ社会における変化に対応する形で新しくなっている。たとえば、歌のサイクルの失われた部分は適任者によって再度夢見されるという。それにもかかわらず、女性の歌の知識は（少なくとも中央オーストラリアでは）男性のそれに比べると保守的で変化に抵抗する傾向がある[72]。また、次のような別の相違もある。男たちの秘密の儀式ではほぼ常に、儀式の中心をなす特定の場所や種の生命の回復に焦点が当てられるが、女たちの閉じた儀式では歌を用いてその場所の魔術的な力を軽くトンと叩く——そんなふうに、様々な実用的な目的のために土地の力をあてにしているのである。その実用的な目的には、病気の治癒（病気にかかった人が女性であれ男性であれ）や「愛の魔法」――女古老がこれを使って、共同体全体にとって良くなるように、ある人たちの間の欲求の流れに働きかける[73]――がある。

場所と記憶

オーストラリアには、最も科学技術と関係のない人間文化に、土地と人間の言語との考えられうる限り最も親密な関係がみられる。そこでは、言語は歌や物語と不可分であり、歌と物語は大地のすがたや形と不可分である。どの部分であっても歌のサイクルのある箇所を歌うことで、歌い手の人間は、風景の内なる動物や植物や力――ワニ男かもしれないし、パンダーヌス女かもしれないし、雷雨男かもしれないが、いずれにせよ、その人が夢見る大地を放浪しながら最初に歌った人間以上の存在――のいずれかと結合する。しかし、それは同時に、人間の歌い手を土地それ自体に、すなわち歌われたスタンザの目に見える相関物であるところの特定の丘や岩や河床に、結びつけることでもある。

言語と土地の生きられた親近性は、アメリカの詩人ゲーリー・スナイダーが一九八一年の秋にオーストラリアを訪れた時の逸話に鮮やかに説明されている。スナイダーはピックアップトラックの荷台に座って中央砂漠を旅しており、ピンツピ族の古老ジミー・チュングライが同行していた。トラックがスピードを上げて道を走るにつれ、アボリジニの古老はスナイダーに非常に早口で話し始め、ワラビー族に関するドリームタイムの物語について、道路から見える山で彼らがトカゲ族の娘と出会ったことについて、語ったと言う。物語を話し終えるや否や――

休む間もなく今度は向こうに見える丘の話が始まり、それからそのまた向こうの丘の話が続くという具合だ。私はあまりのスピードについてゆけなかった。小半時ほどしてから、ようやく私は気がついた。これは本来、歩きながら語られるものであって、おそらくは何日にもわたる徒歩旅行のあいだに、ゆっくりと語られるはずのものを、私は超スピードで体験してしまった[74]。

似たような話はチャトウィンも語っている。何人かの友人とランドクルーザーで旅をしていて、そのうちの一人でリンピーというニックネームのアボリジニの男を彼のソングライン上のある場所へ連れていった時の話だ。リンピーの〝先祖〟はチルパ（小型の有袋動物で長い縞模様の尻尾がある）と呼ばれるフクロネコ一族で、リンピーはフクロネコソングライン沿いのこの場所には来たことがなかったのだが、遠い親戚たちが逝ってしまう前に彼らに会いに来たかったのである。奥地を七時間かけて車で走り、ガタガタと揺れながら浅い川を何本も渡ったりゴムの木の下を通ったりしている間、このアボリジニの男は前の座席で運転手とアルカディともう一人に挟まれて身じろぎもせずに座っていたが、トラックが彼のソングラインの一部を横切ると突然体を起こした。

われわれはふたつの流れの合流地点にさしかかった。さっき川上の幹線道路上で渡った川に、また出会ったのだ。この小さい方の川がチルパ族のたどった道だった。われわれは正しい角度でそこに合流したのだ。

アルカディがハンドルを左に切ると、リンピーははじかれたように動いた。もう一度彼は両側の窓から頭を突き出した。彼の両目が、岩や崖、ヤシの木や水面にせわしなく注がれた。唇が腹話術師のようにすばやく動き、そのすきまから、ヒューッという、風が木の枝を吹き抜けるような音がもれた。

アルカディは即座になにが起こっているのかを悟った。リンピーは〝フクロネコの先祖〟の歌を、歩く速さ、つまり一時間に四マイルのペースで覚えていた。なのにわれわれは時速二五マイルでそこを走っていたのである。

アルカディはギアをローに入れ替えた。車は歩く人と同じくらいの速さでノロノロと進んだ。すぐにもリンピーは歌のテンポを新しいスピードに合わせることができた。彼は微笑んでいた。彼の頭が前にうしろに揺れ動いた。彼の声はメロディアスな風のような音に変わり――そうして彼はフクロネコになっていった。(75)


このような逸話に明らかなのは、口頭言語と風景のあいだに、感じとることのできる交感＝相応関係があるということだ。両者の関連は徹底しているので、話し手は、物語や歌を自分が土地を移動する速さに合わせなければならない。それはあたかも、大地の特定の場所が、特定の物語やスタンザを、それを携えて旅しているアボリジニの人たちに放っているかのようである。あるいは、話しているのが先住民ではなく、その人が旅をしている大地がその人を通して語っているかのようだ、とも言えよう。

語る声と生命的風景の交感は、感じとることのできる結合関係であり、部族の生存にとって計り知れない重要性を持つ結びつきである。オーストラリアの奥地のような乾燥した大地では、降雨は不確かであるため、気候変動に応じて移動する能力が不可欠である。口承のドリーミングのサイクルは、土地を移動する際の、すなわち乾燥した風景を安全に進むための詳細な指示や教えとして実用視されている。人類学者のヘレン・ペインは、ある一つのソングライン沿いにあるドリーミングの一連の重要な場所を分析し、どの場所にも水源、シェルターになりそうなもの、周囲の土地を眺望できる有利な地点のいずれか、ないしそれらの組み合わせがあることを突き止めた。実際、ドリーミングの場所は、そうした強みを持つ場所だけに限られ、他の点ではただの乾燥した荒野と変わらない[76]。

ペインはまた、何かが豊富にある地理的な地点は、複数のドリーミングが交差する——すなわち、複数のドリームタイムの〝先祖〟の冒険に描かれた——場所であり、いくつかのトーテムの一族にとって神聖であったことも突き止めた。あるドリーミングの地点と関連する儀式の数や複雑さは、その場所で見つかる食料、水、シェルターがどれくらい豊富かということに応じて様々である[77]。

一人ひとりが、自分や他の人のドリーミングの跡の範囲を歌う権利を借りたり取引したりすることによって、可能なルートに関する知識を絶えず広げながら、不作の年に田舎を旅するのであろう。どのアボリジニの集団も、異なるトーテムの一族ないしドリーミング出身の人たちから成るので、複数のソングラインへのアクセスを有し、水や食料が不足して移動が必要な時には複数の移動方法にアクセスすることができる。

別言すれば、ドリーミングの歌は、聴覚的な記憶術（あるいは記憶の道具）、すなわち、往々にして過酷な土地を通るのに成功しそうなルートを思い出すための口頭手段なのである。

だが、ドリーミングにはまた別の記憶を助ける構造が関与している。先述した二つの逸話——いずれも移動中の車での話だ——が示しているように、ある話をしたり、歌を歌ったりすることは、それ自体、ある場所との感覚的出合いによって促される。歌の構造が土地での自分の位置の定め方に関する記憶をもたらすように、土地のある特徴が目に入ると特定の歌や物語の記憶が活発化するのだ。風景それ自体が、視覚的記憶術を用意し、ドリームタイムの物語を思い出させる視覚的ヒントを与えているのである。

この二番目の記憶術的関連の重要性は、土地を移動する際に歌や物語が一連の指示以上のものを伝えていることが認識されれば明らかであろう。歌の持つ地誌的機能は明らかに計り知れないほど重要であるが、それだけでなく、歌や物語はコミュニティに言動の規則をあてがい、いくつもの例を示して、特定の状況でどのように行動すべきか、あるいはすべきでないか、ということを示している。物語に描かれるドリームタイムの〝先祖〟は、現代の人間の子孫より道徳的に劣っても優れてもいないが、〝先祖〟が自分の力を見出す状況や、ある行動の後に起こる困難な結果は、そうした物語を今日歌ったり語ったりする人たちにとってすぐに役立つ適切な言動のガイドラインを提供しているのである。社会的タブー、習慣、異種間の不文律――ある動物を狩ったり、食べ物や薬を採る正しい方法――は、すべてドリームタイムの歌や物語に入っている。そして、風景の特徴のひとつひとつが特定の物語や一群の物語の記憶を活性化するのであるから、こうした教えを最もよく思い出させてくれるのは、土地それ自体にほかならない。

似たような交感は、先にウェスタンアパッチ族の例でも見た。彼らにとって、教えの物語に関わる聴覚的な記憶は、そうした物語が展開している場所との接触によって促されていた[78]。本書で主張したいことの一つは、視覚的地形と聴覚的想起の共感覚的結合――大地に存在する場所と言語的記憶が織りあわされること――が、ほぼすべての土着の口承文化に見られるということである。それは人間という有機体に備わる無意識の傾向ではないのだろうか――アルファベット文字によって、根絶されてはいないにせよ、徹底的に変えられてしまったが。

実際、こうした傾向に関する名高い例は、完全に形が変わっているとはいえ、ヨーロッパ文化の内部にも見受けられる。名著『記憶術』で、著者のフランセス・イエイツはギリシャやローマの古典的雄弁家が通長い演説を覚えるために使う記憶術的技巧（後期ルネサンスに印刷テクストが普及する前まで修辞家が通常実践していた技巧）について述べている。演説家は、まず、様々なホールや部屋や手の込んだ構造的細部で満たされた精巧な宮殿を思い描く。次に、彼はその宮殿の中を歩いている自分を思い描き、部屋の中の様々な場所に演説の一部分と関連する想像上のものを置く[79]。その後、順番と詳細ともに正しい形で演説全体を思い起こす時には、先に歩いた記憶の宮殿のホールや部屋を通るルートをたどり直せばすむ。歩いている時に出合う一つひとつの場所が、講話の特定のポイントに関わるフレーズやトピックを思い起こさせてくれるというわけだ。構成された演説全体を記憶しようとするよりも、演説の様々な部分を、想像上の構造の内部すなわち想像上の散策を通して思い描く位相の内部にある様々な場所と対応させる方が、演説家にとっては容易であるし、実際にその方が安全であると考えられていた[80]。古典的演説家が個人の想像力でそうしたいくつもの位相的《トポロジカル》母胎《マトリクス》を構成したりそこを通って移動したりしなければならなかった一方で、オーストラリアの先住民はそのような言語的、位相的な場に身体的に身を置き、特徴のひとつひとつが既に話や歌と共鳴していた物質的風景を歩いていたのである。

　アボリジニのオーストラリアでは、ドリームタイムの物語と大地の風景との間に二つの基本的な記憶術的関係がある。ひとつは、語られたり歌われたりするドリーミングが、往々にして困難な地形を通り抜ける現実的なルートを思い起こさせてくれるということ。もうひとつは、周りの風景の様々な特徴と絶えず出合うことで、そうした場所に関連するドリーミングの記憶が呼び起こされるということである。歌を歌うことが大地における位置を示す聴覚的記憶術をあてがうのに対し、大地それ自体はドリーミングの物語を思い出させる視覚的記憶術を示す。このように、アボリジニの人々にとって、ドリームタイムの物語と囲繞する地形は相互交流的に記憶を助け、相互に呼び合う過程で経験的に対になっている。大地と言語は――言語が先祖伝来のドリーミングに埋め込まれている限りにおいて――不可分であるのだ。

語られる物語と感覚される風景との徹底的な相互依存関係を考えると、民族誌学に見られるような、口承物語を文字で書き出版して広める行為は、ある種の暴力にほかならず、物語を物質的に具体化し喚起している視覚的な地形や地誌的特徴から物語を引き裂いている。たとえば、ロナルド&キャサリン・バーントが四十年にわたって収集し出版したアボリジニの物語は、細心の注意が払われた尊敬すべき研究であるが、心を躍らされる冒険や生き生きとした物語を期待している読者は失望を免れえない。印刷された物語はせいぜい好奇心をくすぐる程度のもので、最悪の場合は筋の組み立てもまともではない。何か決定的なものが、そうした物語に隠された秘密の論理を解く鍵が、欠けているのだ。そして、その鍵とは、生ける大地それ自体、地元の大地の表情に富んだ外形にほかならない。欠けているのはもの言わぬ地形であり、感応的な丘の斜面や川床であり、それらが投げかける特定の場所にだけ関わる質問に物語が答えているのである。物語は大地に直接応え、大地は語られたり歌われたりする物語に直接応える。感覚に訴える指示物から切り離されて、ページという平坦で特徴のない地形に書き換えられてしまうと、古代の物語はそのドリーミングの力を失い始める。

本章では、伝統的に口承的な部族文化の口頭言説が、表情に富む音、すがた、身ぶりに従っているいくつかのあり様について考えてきた。形式的筆記体系のないところでは、人間の言葉は、それが参与している表情に富む意味を備えたより大きな場から孤立しえない。それゆえに、口承文化の言語的パターンは、その文化が埋め込まれている人間以上の生活世界ないし生態地域に独自に反応《レスポンス》し、責任《レスポンシビリティ》を負う。

土着の口承文化の人々が、伝統的な場所から強制的に引き離されると窮乏に陥るということはもう容易に分かるであろう。彼らにとって地元の大地は言説に関する意味の母胎《マトリックス》にほかならない。したがって、(どのような政治的、経済的目的があるにせよ)彼らを生まれた場所の生態系から引き離すことは、話ができない状態にする——あるいは話を意味のないものにする——ことを意味する。それは、結合力の地盤そのものから人々を追い出すことにほかならない。単純に言えば、彼らを気の狂った状態にするということなのだ。今日、「進歩」という名のもとで、大規模な「再配置」や「移住」のプロジェクトが世界中の数多くの場所で行われているが(たとえば、インドネシアやマレーシアでは、商業的森林伐採を進めるために口承部族の強制的「再配置」が行われている)、こうしたことは文化的大虐殺として理解されねばならない。

だが、そうした文明の「進歩」が低い唸りを立てて進む一方で、口承の感覚や気づきの様式への新たな敬意が部分的に刺激となって、技術文明それ自体の内部で大きな抵抗が出現し始めている。本章で用いた類の研究——口承の部族と彼らの生き方が、彼らの住む大地の具体的詳細に本質的に依存しているということを記録する研究——は有効に利用され、部族の土地の工業的搾取を法的に止める上で効果を発揮している。キース・バッソがおこなった、ウェスタンアパッチ族の教えの物語と知覚される風景との緊密な関係をめぐる記録は、ウェスタンアパッチ族の土地と水の権利を守るための訴訟で功を奏している(81)。同時に、アボリジニのドリーミングの跡に関する記録は、オーストラリアの法廷で、神聖で重要な場所をさらなる「発展」から守るために、ますます用いられている。

アマフアカ族、コユコン族、ウェスタンアパッチ族、オーストラリアの様々なアボリジニの部族にとって、そして数多の土着の口承文化にとって、人間の言語の結合力は周りの生態系の結合力と、すなわち人間以上の地形の表情に富む生命力と不可分である。話しているのは生命ある大地にほかならない。人間の話《スピーチ》は、そうした広大な言説の一部に過ぎないのである。

第六章　時間、空間、そして地蝕

私たちは、歴史という約束事から離れて超然としていなければならない。過去の記録を用いる場合でも、そうしなければならない。というのも、歴史という考え方は、生息地の棄却を中心的主題とする西洋の発明品であるからだ。歴史は、経験を公式化するにあたって自然を除外し、場所というものを人間のドラマが繰り広げられる単なる舞台にしてしまいがちである。歴史は、主に伝記や諸国民の観点から過去を理解する。それは、人間の意識的で精神的で野心的な性質に因果性を探し出し、それを書き表わしてて記念するのである。

——ポール・シェパード

地面には言いたいことがあるのではないだろうか？　地面には私たちの言っていることが聞こえているのではないだろうか？

——カイユース族の若い酋長（一八五五年、合衆国連邦政府に部族の土地を譲り渡す署名に際して）

I　抽象化

物語は、その幾重もの語りの層に、先祖が積み上げてきた知の堆積を有している。物語が語られ語り直されるのを幼少期に聴き、順番が回ってきて自分がそうする権利を得た時にその話を（自分の経験の型や声のリズムで抑揚をつけて）語ることは、その文化の一貫性を積極的に保存することにほかならない。無文字文化では、実用的な知識、道徳の型や社会的禁忌、また言語や話し方そのものも、語り口調《ナラティブソング》の歌や神話、伝説、トリックスターの話を通して、すなわち物語を語ることを通して維持される。

だが、既に見たように、口承文化で語られる物語は往々にして、その文化が宿っている大地の風景と深く結びついている。すなわち、物語は深遠かつ堅固に場所固有のものなのである。コユコン族の〈はるかな時代〉の物語、ウェスタンアパッチ族の*'agodzaahi* の話、ピンツピ族やピチャンチャチャラ族のドリーミングの物語は、部族の物語が、それを語る人々を地元のエコロジーに織り込む、それぞれ独特な三つの方法を提示している。いや、むしろ、より正確には、大地の特定の場所がそこに棲まう人間を通して語る三つの方法というべきかもしれない。というのも、意味のある語り《スピーチ》は――口承文化では――人間だけに可能なものとしてではなく、人間が参与＝融即している、囲繞する大地それ自体の力として経験されるからである。

そのような文化の物語は、生態地域ごとに特有の力があるということ、すなわちエコロジーごとに異なる人間の共同体への訴え方があるということを証言している。さらに、こうした物語は、そういう大きな地域のなかの特定の場所についての証言にもなっている。口承の先住民の世界では、物語を語る際にどこで出来事が起きたかということを正確に言わないと（あるいは、ヴィジョンや夢について語る際に、そのヴィジョンが「授けられた」時にどこにいたかを言わないと）、語りが無力にそして無効になりかねない。

ある場所に特定の魔術があることは、そこで生じることや、その近くで自分や他者に起きることから気づかれる。そうした出来事を語ることは、その場所特有の力を婉曲的に語ることであり、それどころかその奥深い効能に融即することにほかならない。ある場所に固有の歌は、その場所に共通するスタイルや場所の鼓動にあったリズムを有し、そこで物事が生じるあり様に――影の鮮やかさや地面から湧き出る水のさざめく語りに――調和している。アイルランドでは伝統的に、田舎の人は不眠症を治すために遠く離れた泉へ、弱った視力の回復のために別の泉へ、また洞察力を授かるためや盗人除けのためにさらに別の泉へ旅するという。というのも、泉それぞれには、特有の力、特有の恩恵、特有の呪いがあるからだ。場所が違えばそこに棲まう神も悪魔も異なる。場所にはそれぞれ独自のダイナミズム、独自の律動の型《パターン》があり、そうした型が特定の方法で官能に作用し、関連させ、ある気分や気づきの様式を染み込ませるのである。それゆえ、ためらいなく、場所には心も個性も知性もある、と文字を持たない口承文化の人々は言う。

時間と空間の抽象化

文字のテクノロジーが口承文化と出合い、そこで広く普及すると、感じとられる場所の力や個性は色あせてゆく。というのも、そういった力を表し具現している物語が徐々に文字で記録されるようになるからだ。口承の物語を文字で書くことは、物語の出来事が生じている現実の場所から物語をはじめて分離可能なものにする。話は持ち運び可能になり、遠く離れた都市ででも異国ででも読むことができるようになる。そのうち、物語は特定の場所から独立しているようにみえてくる。

かつて、話の力は、語られる出来事が展開する場所の力そのものであった。物語は特定の社会状況に促されて語られる場合もあるが、物語の教育的価値や道徳的効力は（ウェスタンアパッチ族の例で見たように）、多くの場合そうした物語が生じた実際の場所との視覚的ないし感覚的な接触に依存していた。他には、物語のなかでお手柄が顕著に描かれている鳥や動物や、ちょうど開花しようとしている植物と直に遭遇することで触発されたり、地元の天気や季節の変化によって喚起されたりする物語もある。そのような場合、地域の風景との接触——そしてその風景のなかの多様な地形や場所——は口承物語の記憶の主要な引き金となっていた。それゆえ、これらの物語の保存ならびに文化それ自体の保存に欠かすことができないのであった。

　しかしながら、いったん物語が文字で書かれてしまうと、視覚的なテクストが、口頭で話される物語の主たる記憶の触媒となる——ページを横切るペンのインク痕が、動物や先祖が大地との相互関係のなかで大地に残した痕に置き換わるのである。場所は物語を思い出すのに必要でなくなり、話にとって全く偶然のもの、場所を問わずに起こりうる人間の出来事の恣意的な背景とみなされるようになる。元来口承的であった物語に備わる人間を超え《トランスヒューマン》たエコロジカルな決定要素はもはや強調されることがなく、文字で記述される時に完全に省かれてしまうこともよくある。このように、物語や神話は、口承の遂行《パフォーマティブ》的な特質を失うにつれ、人間以上《モア・ザン・ヒューマン》の大地との親密な結びつきも手放すことになる。そして、大地それ自体も、かつてはどの洞窟や河床や一群の樹木からも芽生えていた具体的な物語を剥ぎ取られ、その多様な力を喪失する。人間の感覚は、書かれた文字に遮られ、もはや具体的な場所の表情豊かなすがたや音に魅了されることがない。精霊は沈黙した。次第に、感じとられる場所の重要性というものが忘れ去られ、均質で場所のない虚空を意味する「空間」という新たな抽象概念に取って代わられる。

　無論、それぞれに異なる円熟した場所の感覚の喪失には、文字以外の、だがそれと結びついた、多くの要因が関わっている。中東における文字の発展は、中国やメソアメリカの場合と同じように、人間の定住の規模の拡大、ならびにそれに伴って生じた、大地を操り耕す能力や意欲の増大とともに生じた。狩猟採集の暮らしから定住型農耕生活への最初の移行はかなり昔のことで、おそらく最後の氷河期の終わりの気候変動が原因だったと考えられているが、[1] いったん農業革命が加速すると、新しい定住的経済の強化と普及に文字が重要な役割を持ち始めた。正確に計測したり余剰農産物の一覧を作ったりする能力――それ自体、数字的で言語的な表記法によるものだが――により、高度に集権化された新たな都市が、とりわけ過酷な気候に見舞われた場合に永く存続することが可能になり、究極的には余剰物の商業取引を可能にし国民国家の出現を導いた。永続する町や都市に人が集中し内発的な自然のプロセスの規制と操作への依存度が高まるという、この新たな現象は、野生的で生命ある多様性――そこにおいて人間の感覚が進化してきたわけだが――から人間の感覚が疎外されるにつれ強まっていった。しかし、本書における私の関心は、農業や都市化――その多大な影響は数多の本で説明されている――にあるのではなく、文字をめぐる興味深い問いにある。それは、文字が人間の感覚ならびに大地をめぐる直接的な感覚的経験に与えた影響に関することである。

　既に見たように、アルファベット文字は、口承文化に備わる、場所の一部となり場所ごとに固有な性質を、二つの互いに関係する方法で蝕むはたらきを持つ。一つは主に知覚に、もう一つは主に言語に関わる。一つ目として、読むことと書くことは、きわめて凝縮した参与の形として、それ以前の人間の感覚と大地との融即的関係に取って代わる（そして完全に人間の志向を土地の指図から解放する）。二つ目として、先祖の物語を文字で書くことは、物語を特定の場所から引き離す。こうして、口頭で語られる物語と感覚の双方が多様な場所――かつては感覚や物語を捕えて離さなかった場所――から後退し、純粋で特徴のない「空間」という考え方に道が明け渡されたのである。空間、それは抽象概念ではあるけれども、今日では、私たちが肉体的に埋め込まれている大地の場所よりも根源的で現実的《リアル》になっているようである。

しかし、アルファベット文字が抽象的で均質な「空間」の出現の重要な要因だったのであれば、それは抽象的で直線的な「時間」の出現にとっても中心的なものであったはずだ。土着の口承文化にとって、私たちが「時間」と呼ぶ絶え間ない流れはきわめて円環的である。口承文化の人々の感覚は依然として、囲繞する大地に同調し、森の鳥や風の表情豊かな語りに精通し、感応的宇宙に融即している。そのような世界では、時間は太陽や月の循環する生や季節の循環から、また動物の死と再生から、すなわち緑なす大地の永遠の回帰から切り離されえない。人類学者のオーケ・フルツクランツによれば――

> 西洋の時間概念には始まりと終わりがある。アメリカ先住民は時間を、永遠に繰り返す出来事や年月の循環として理解している。先住民の言語には、過去や未来を表す用語のないものもある。その場合、すべては現在に属している。(2)

読み書きが普及した科学技術文明時代の、絶えず変化する構造物に囲まれて生きている今日の私たちは、感応的な土地で繰り返される季節の移り変わりの背後に、直線的で不可逆な時間という避けがたい力を容易に思い浮かべることができるし、それを感じることさえできる。しかし、文字を持たない文化には、自然の終わりなき循環におけるわずかな変化や変動を検分し記録に取ったりする、別個の優位な視点というものはない。そうした変化は往々にして、より大きな他の循環の一部とみなされる。というのも、見て触ることのできる世界の軌跡——補助なしの感覚によって私たちに開示される世界——は円環を成しているからだ。そのようなわけで、オグララ・スー族のヘハカ・サパ（ブラック・エルク）の言葉で言うと——

> **世界の力**がなすことはすべて円環状になされる。……風は、最も威力を発揮する時、旋回する。鳥がつくる巣は輪の形、かれらの信仰は私たちのと同じ。太陽は昇っては沈み、ここでも円環の動き。月も同じで、両方とも丸い……。季節でさえも、変化する時に大きな円を作り、もといた場所に必ず戻ってくる。人間の生命は幼少期から幼少期への円環運動で、力が動いているもののすべてに宿っている……。[3]

口承文化における時間の屈曲は、印刷されたラインの直線性を受け付けないため、紙のページに表現することが大変難しい。だが、感覚を通して地上の環境にしっかりと関われば、自分が円環の中の円環の中の円環の世界にいることがわかる。口承文化の先祖から伝わる物語は何度も繰り返し語られ、そうしてはじめて保存される。そして、この頻繁な、あるいは周期的な繰り返しが、人間の共同体を宇宙の絶えざる円環の踊りにつなぎとめるはたらきをする。こうした文化の神話的創世の物語は、西洋の聖書の創世記述のように、大昔に一度だけ起きたとされる出来事を記してはいない。そうではなく、創世の物語を語ることそれ自体が、今まさに起きていると感覚が捉えている創造的なプロセスに自発的に融即しているのである。その創造的なプロセスとは、周期的な更新がそのような融即を実際に必要とするような現在進行形の現出にほかならない。ミルチャ・エリアーデは、重要で謎めいた著書『永遠回帰の神話』で、他の研究者に劣らず、神話的出来事の儀式的繰り返しを通して周期的に再生される円環の時間をいかに先住民が生きているかということを示している。[4]「アルカイック」な文化（エリアーデの言葉）の内部では、効力のある活動――狩り、釣り、植物採集から、性的パートナーの獲得、家の建築、あるいは出産に至るまで――は、神話的時間における先祖やトーテムの力によって生じる原型的出来事の再現なのである。

神話は、人間が関わる責任ある活動すべてにとってのパラダイムすなわち典型的モデルを保存し伝える。神話的時間において人間に開示されるパラダイム的モデルのおかげで、**コスモス**と社会は周期的に再生されるのである。[5]

こうした活動を丁寧に行い、〈神話の時間〉に開示されるフレーズや身ぶりを用いることにより、人は実際、先祖に連なる存在になり、世界の現出状態を更新させるのである（ちょうど、ピンツピ族の人が自分のトーテム祖先の足跡を辿る「放浪生活」で、世界そのものを歌って蘇らせるように）。きわめて特異で非日常的な出来事さえも、周期的に現れる神話の原型に自ずから同化する。そういうわけで、コルテスのメキシコの海岸への到着は、小神クツァルコアトルの王国への帰還としてアステカの人々に解釈された（この解釈は即座に悪賢いコルテスに利用された）。[6]同様に、キャプテン・クックのハワイ到着は、ハワイの先住民によってロノ神の帰還であると説明された。[7]口承文化にとって、またアステカのような部分的文字社会の人々にとってさえ（アステカの象形文字は知覚的に周りの自然の視覚的な形と結びついていた）、人間の出来事が意味を持つのは、自らを絶えず語り直す物語的宇宙の内部に位置づけられる限りにおいてである。かつて起きたことのない出来事や、循環する物語に位置づけられない出合いは、変化する季節においても大地と空の循環においても、場所を持つことができない。複数の儀式的な行為、イニシエーションの儀式、毎年の狩りと収穫を祝う歌や踊り——これらはすべて、土着の〈場所に属する部族〉(peoples-of-place) が人間以上の宇宙に積極的に関わり、そうやって、より巨大な循環のリズムに自分のリズムを埋め込んでゆく方法なのである。

アルファベットがこれらすべてを変える。発音どおりに読むためには、五感と大地との共感覚的融即を断ち切らねばならない。アルファベット文字は、ひとつひとつが特定の音や口がつくる音の身ぶりとつながっており、自分自身を映し出す鏡のように作用し始める。こうしてアルファベット文字は、人間という有機体と大地との感覚的相互関係を省き、その有機体とそれ自身の記号とのあいだに新たな再帰的反省を確立する(「反省的知性」はまさしくこの新しい反射的ループ、すなわち私たちと文字記号とのあいだの「反射」にほかならない)。人間同士の出会いや人間に関する出来事は、自然の循環との関わりとは関係なく、それ自体で興味深いものとなり始める。

神話的出来事を文字で記録することは、出来事の永続性、不変性、反復不可能な性質をめぐる新たな経験も確立した。文字で書かれた表面に固定されるや、神話的出来事はその時の状況に応じて形を変えることができなくなる。こうして、その時に生じていることは、物語に語られる神話的な響きを奪われる。すなわち、神話が文字で書かれると、現在の出来事はこれまで知られていなかった裸の特定性と独自性を獲得するのである。こうした裸の出来事は、抽出=描写 (de-scribe) されたり文字に書き留められるにつれ、各々の特殊性に固定され、徐々に増大する一連の出来事の記録の内部に位置付けられてゆく。このようにして口承の物語が文字に書かれた歴史へと道を譲る。大地の時間の円環形は次第に消え失せ、新たに、仕分可能な出来事の不可逆的で直線的な継起についての気づきが前景化する。そして、歴史的な、線形時間が顕在化してくる。

しかし、少し戻って考えてみよう。というのも、アルファベット文字が均質「空間」と線形「時間」の現出に及ぼす影響について性急に議論を進めると、空間と時間が常に——口承文化の人々にとっても私たちにとっても——区別可能な経験次元であるという印象を与え、読み書きの革命が、既に個別化している二つの現象をめぐる経験的特徴を単に変化させたと思われかねないからだ。実際は、「空間」の「時間」からの分化そのものが、いま議論しているこの知覚的で言語的な変化から生じたのである。循環的ないし円環的な時間は、時間的であると同様に空間的でもあるのだ。

口承の宇宙における未分化な空間と時間

ここで、近代西洋のアルファベット文化と土着の口承文化の真の相互理解を妨げている最も頑強な障壁の一つに触れたい。線形時間とは異なり、環とみなされる時間は、それを具現化する空間的現象から——たとえば、太陽や月や星の環状の軌跡から——容易に抽象化されうるものではない。直線とは異なり、円環は空間的な広がりに境界を定め、空間を囲い込む。実際、外に出た時に一般に経験する目に見える広がりは、私たちが「地平」と呼ぶようになった環状の謎に囲まれている。地平の正確な輪郭は地形によって様々だが、見晴らしの良い高い場所へ登れば目に見える世界が環状であることが明らかにわかる。このように、環状の時間すなわち口承文化の経験的時間は、知覚できる空間と同じ形状を有する。二つの環は実際のところ一つなのである――

ラコタ族は一年を世界の境界をめぐる環と定義している。環は、大地(その円環状の地平線とともに)と時間の象徴である。一年を通して地平で生じる日の出と日の入の変化は、時間の輪郭を描いている。時間は空間の一部なのである。(8)

ロッキー山脈の高原《プラトー》では、とりわけ地平の大きさと広がりが際立っているが、ある場所を中心にしてその周りにいくつもの円環を描くように石が並べられている。これは「メディスンの輪(medicine wheel)」と言われるもので、今でも北米の様々な部族に用いられており、昔は暦の機能を有していた。あるいは、むしろこの環は人が純粋に空間的でも時間的でもない次元に自分の場所を定めることを可能にした。同様の統合――空間的なるものと時間的なるものという、私たちにとっては二つの異なる次元の統合――は征服当時のアステカ族にも存在した、と十六世紀前半にメキシコに到着したスペインの修道士ディエゴ・ドウランは語る――

ドウランは、アステカ族の場合、一年一年は東西南北の基本方位にしたがって配置されているために、「もっとも恐れられている年は北の年と西の年であった。この徴《シーニュ》の下で起こった大きな災いを彼らが経験していたからである」と伝えている。(9)

このように、円環状の時間様式は、口承の人々が経験的に嵌め込まれている空間的な場と容易に区別できるものではない。しかしながら、このような経験的な空間は、アルファベット文明が「空間」と呼ぶようになる静的で均質な空白ときわめて異なるものだということを、ここで思い起こさねばならない。上述したように、口承文化にとって空間は、場所として、あるいはいくつもの場所として、直接的に経験されるものにほかならない――それぞれが多くの地点から成り、そのひとつひとつの地点が固有の力を持ち、固有の方法で私たちの感覚を組織し気づきに影響を及ぼすものとして。無限で均質な「空間」という抽象概念とは異なり、場所は最初から質的な母胎であり、鼓動を打ち力が高められる経験の場であり、動きがない状態の時でも私たちを動かすことができる。したがって、それは常に既に時間的である空間の様式であり、口承の人々が私たちにとっては純粋に空間的な現象に思えることを生命的な現出のプロセスとして語っても、空間それ自体をある種のダイナミズムすなわち絶えざる展開として語っても、驚くべきではない。たとえば、ナバホ族（ディネ）の空間概念を分析した本は次のような結論を示している。

空間は、その内部にある存在物や物体と同じくダイナミックである。すなわち、あらゆる「存在物」、「物体」、動きや知覚に関する同様の構成単位は、絶えざる連続的なプロセスに関わる単位とみなされねばならない。同様に、空間的単位と空間的関係はこの同じ意味で「質的」であり、明確な定義づけが可能で容易な数量化や本質の固定を許すものとみなされてはならない。[10]

この本の著者たちの主張するところでは、空－時（space-time）（あるいは、彼らの言葉で言えば「時－空（time-space）」）という複雑な考え方は、「一次元的な時間と三次元的な空間という明確に区別された概念よりも」、ナバホ族の経験をより適切に翻訳しうるという。[11]

同様の状況は、一九三〇年代と一九四〇年代初頭にホピ族の言語を大規模に分析したアメリカの言語学者ベンジャミン・リー・ウォーフによって見出された。ウォーフが調査したところでは、西洋文明が自明とみなす直線的で連続的で一様に流れる時間に対応するものは、ホピ族の言語にはなかった。実際、ウォーフは、経験をめぐる独立した時間的次元も、「空間を指す場合にわれわれなら時間と呼ぶところの延長ないし存在を有する要素は除外しておき、その結果、時間という名称で指されうるような余剰部分を暗に残しておくというような」用語や表現も見つけられなかった。(12) 言い換えれば、私たちが時間と呼ぶものは、空間をめぐるホピ族の経験から切り離しえないのである。

このホピ族の見方では、時間（とわれわれが呼ぶもの）が消失し、空間（とわれわれが呼ぶもの）も変貌し、その結果、われわれのいわゆる直観、ないしは古典的なニュートン力学に基づいた均質的で同時的な、無時間的空間というようなものではもはやなくなるのである。(13)

ウォーフの素晴らしい発見は、別の学問分野の研究者に極端に単純化して受け取られ、ホピ族には時間的気づきというものが何もないと思われたり、ホピの言語は完全に静的で、先に起きたことと後に起きたことの区別や、私たちが時間と呼ぶものにおいて話し手からいくらか離れた複数の出来事の区別がつけられないと思われている。このような誤解は、迫力に満ちた誇張的表現を使うウォーフ自身の傾向によって促されたものであろうが、様々な研究者によってウォーフの発見が非難されるという事態を招いている。ホピ族の言語を詳細に研究している研究者たちの中には、ウォーフの結論の誤りを徹底的に指摘したと言う者もいる。(14) しかしながら、そのような反駁は、ウォーフの結論を極度に単純化して読んでいるという事実に拠っている。反駁する研究者たちは、ウォーフが主張しているのが、ホピ族における時間的気づきの欠落ではなく、空間性をめぐるダイナミックな気づきから切り離しうる、彼らの言説でいうところの時間をめぐる形而上的概念の欠落であるということを意地でも認めない。

ウォーフは、ホピ族には空間と時間という別々の概念はないが、ホピの言語には存在をめぐる二つの基本的な様相《モダリティ》があると主張し、それらを「顕現された（the manifested）」と「顕現されつつある（the manifesting）」とした。「顕現された」は、おおよそ私たちの言う「客観的」存在にあたり、それを構成するのは「感覚によって知りうるもの」であり、「……そこでは現在と過去という区別の試みは適用されていず、われわれが未来と呼ぶところのものはいっさい含まれていない(15)」。一方、「顕現されつつある」は――

> われわれが未来と呼ぶところのものをすべて含んでいるが、決してそれだけではない。そこには、われわれが心的と呼ぶところのもの、つまり、心（mind）の中に現われたり存在したりするところのものすべて、が一様に区別なく含まれる。ホピ族の人たちに言わせれば、それは魂（heart）の中に現われたり存在したりするものであり、しかも人間の魂の中だけでなく、動物、植物、無生物の魂の中、そして自然のあらゆる形、姿の裏や内部にあって自然の魂の中にも現われ存在するものである(16)。

換言すれば、「顕現された」とは、私たちの感覚にとって既に明らかな現象の側面であり、「顕現されつつある」はまだ明示的ではなく感覚にも示されていないが、心理的に自らを集めて感覚的現象の深みの内部で顕現に向かっているのである。人間の感情や思考や欲求はいずれも、こうした集合的欲求や準備――

トウモロコシの発芽や結実から雲の形成や恵みの雨に至るまで、あらゆる事象における——の一部であり、したがってそれに関わっている。実際、人間の意図は、とりわけ共同体の儀式や祈りによって集結した時には、直接そのような現象の生成 - 顕現の一因となる。

ホピ族の言語はユト - アステカ語族に属するが、近隣のナバホ族（ディネ）はアサパスカ語を話す——これはコユコン族をはじめとする北米大陸の北西部の部族も同じであり、そこからアパッチ族とナバホ族の祖先が何世紀も前に南へ向かったのである。（移動生活を営むナバホ族は、まず、約六〇〇年前にリオ・グランデのプエブロ族と接触し、最終的に二〇〇年足らず前にアリゾナの荒野を住処とした。）それにもかかわらず、ナバホ族の言語も、人間の欲求と想像力が、絶えず現出する世界に影響を及ぼしているという、ウォーフがホピ族に見出したのと非常によく似た考えを保持しているように見受けられる。先に言及した、ナバホの意味論に関する一九八三年の研究で、著者たちは、ナバホ族にとって「実存」は「連続する絶えざる顕現として、……一連の出来事として理解されるべきで、時間を通した状態ないし状況に左右される持続性ではない」と主張した。[17] 続けて著者たちは、西洋人が「未来」と呼ぶものに関するナバホ族の経験について次のように述べる。

「それは」可能性の貯蔵、完全に実現されていない出来事や状況の貯蔵のようなものである。「これらの状況」は何よりも（在ること＝存在ではなく）「生成（becoming）」であり、自らを「顕現しつつある」というプロセスに関わっている。人間は、自らの思考や欲求を通して、こうした「可能性」に影響を及ぼす(18)。

ユト－アステカ語族とアサパスカ語族の例でわかるのは、空間と時間の明確な区別の代わりに、顕現した空間性と顕現していない空間性という微かな差異があるということである。それは、場所を潜在的な実存から明示的な実存への絶えざる現出として捉える感覚であり、人間の意図を、こうした包羅的な現出への融即と捉える感覚にほかならない。

空間と時間の区別のなさは、オーストラリアのアボリジニの〈アルケリンガ〉ないしドリームタイムという考え方をめぐる前章での議論においても明らかであった。コユコン族の〈はるかな時間〉と同じように、ドリームタイムが指し示すのは定義通りの意味での過去（すなわち終わってしまった、終えてしまった時間）でなく、包羅的な風景に宿る時間的、心理的潜在である。現在の地形を通る様々な道が、ドリームタイムから生まれる様々な物語を響かせており、実際、どの水たまりにも、どの森にも、どの一まとまりの巨石にも涸れた川底にも、それぞれドリームタイムがあり、それぞれの暗黙の生がある。さらに、各々の場所の生命力は、物語に語られてその場所に身を屈めている出来事を人間が演じること（enactment）によって、そして魔法をかけること（en-*chant*-ment）によって、活性化する。このように、ドリームタイムは空間的環境に欠かすことができない。それは、完了した過去に位置づけられる一連の終わった出来事ではなく、経験的現在の奥行きそのものなのである――それは、大地の眠りあるいは夢であり、そこから目に見える風景が絶えず現出する。そして、繰り返すが、人間のドリーミング、人間の意図、人間の行動や歌は、この現出に活発に参与しているのである。

このような例は他にも数多くある。それぞれ地球の反対側にある二つの場所の例を見たわけだが、少なくとも、分離可能な「時間」と「空間」が人間の経験における絶対的既知事項でないことは明らかになったであろう。数字表記法と言語表記法という形式的体系がなければ、直進的「時間」という均一の感覚を、生命ある現出的環境をめぐる直接的経験から抽象することは――あるいは、同じことだが、この大地の場所をめぐるダイナミックな経験を静的で均質な「空間」という直観に凍結することは――不可能であるように思われる。これが本当なら、文字は、空間と時間を完全に別のものとみる考え方にとって不可欠な条件とみなされねばならない。

言葉への亡命

ミルチャ・エリアーデによれば、古代ヘブライ人は直線的で再生不可能な時間の様式を「発見」した最初の人々であったという。

かくてはじめて予言者たちは歴史に価値を置き、周期循環の伝統的視野（この周期循環とはすべての事物は永遠に反復されるに違いないとする観念である）を超越するに成功し、そして一方に流れる時間を発見した。この発見は直ちに、そして十分に全ユダヤ人の意識にうけ入れられたのではなく、古い観念もいぜん長く残存しつづけた。(19)

古代ヘブライ人、あるいは私たちがヘブライ語聖書というレンズを通して知っている人々にとっては、季節の出来事の循環は、稀で前例のない事件（自然災害、包囲攻撃、戦い等）に比べれば、まったく注意を向けるに値しなかった。というのも、再生不可能な出来事こそが、ヘブライ人にとって、ヤハウェ（YHWH）ないし神の意志を示していたからである。エリアーデの言葉で言えば、しばしば（ヘブライ人にとって、あるいは敵にとって）破壊的な結果に至るこうした稀な出来事は、預言者によって「悲観的な神の顕現《テオファニー》」すなわちヤハウェの怒りの表明と解釈された。そのような解釈により、この非反復的で不調和な出来事は、それまで知られていなかった一貫性を獲得し、自然現象の循環的展開とは明確に異なり始める。そして、ヘブライの民はこの非反復的で新たな時間の様相との関係で――すなわち、歴史との関係で――自らを理解するようになった。

われわれは始めて、歴史的出来事が神の意志によって決定される限り、それ自らの価値を持つとする思想が肯定され、漸次人々にうけ入れられてきたことを知るのである。[20]

だが、エリアーデがここで言及していないことを認識することはきわめて重要である――それは、ヘブライ人は私たちが知るなかで最初の本物のアルファベット文化を体現した、最初の「啓典の民」だということである。ユダヤ国家――シナイ山の頂上における偉大なる神の顕現――の設立において、モーセは、ヤハウェ（神の名のなかで最も神聖なるもの）の指令による掟を、二つの石板におそらくはアルファベット文字で刻む。[21]（現代の研究者はエジプトからの脱出を紀元前一二五〇年頃としている。それは、二十二の子音から成るアレフベートがカナンの地あるいはパレスチナで使われ始めた時期と重なる。）

実のところ、ヘブライ人書記官による、この非神話的で非反復的な時間をめぐる新たな認識は、アルフアベット文字と関連してはじめて理解可能なものとなる。これまで見てきたように、文化の物語を文字で記録することは、語られた出来事をそれ自身の特殊性に固定し、着実に増えてゆく同じように特有の出来事の連続に刻みながら、その出来事に新たな不変の永続性を与える。非反復的な連続という新たな時間の感覚は、宇宙の絶えざる循環を超えて、そしてその循環を背景に、感じられ始める。ヘブライ語聖書に刻まれている多様な層は、この新たな感性をめぐる現存する最初の記録なのである。

　これも既に見たように、古代アレフベートは、最初の完全に音声的文字体系として、人間の声を優位においた。古代イスラエル王国民は識字率が上がるにつれ、表情豊かな周りの自然でも、象形文字や表意文字の文化に見られる静的な像《イメージ》や偶像でもなく、全能の人間の声との核心的な結びつきを持つようになった。それは、いかなる個人の生命にも先立ち、それよりも長く生きる声――永遠性を有した声と言えようか――であったが、その声は、直接ヘブライの民に向かって、何よりも文字を通して話しかけたのであった。

　目に見える風景が口承部族文化に先祖の物語を思い出すのに必要不可欠な記憶術ないし記憶の引き金を与えるのに対し、アルファベット文字は、ヘブライの部族が物語の生じた場所から何世代にもわたって断ち切られていても、彼らの文化の物語を完全なまま保存することを可能にした。かつて地勢そのものによって伝えられていた生命力溢れる物語を、文字化した表面で伝えることにより、書かれたテクストはヘブライ人にとって、ある種の持ち運び可能な母国となった。そして、この持ち運び可能な地盤の力により、ユダヤ人は、先祖の物語が展開した土地から半永久的に追放されながらも、自身の固有の文化を、ひいては自分自身を、保存することができるのである。

　しかし、聖書に書かれた物語の多くは既にして、強制退去や追放に関することである。ヘブライ語聖書の最古の層は、最初から追放のモチーフ――アダムとイブのエデンの園からの追放から、イスラエル人の荒野の放浪に至るまで――で構成されている。ユダヤ人にとって追放は、単にある特定の場所ないし地盤からの疎隔を指すものではなかった。それは、場所を持つという可能性そのものからの、ある場所に落ち着くという可能性そのものからの疎隔を意味したし、現在でもそうである。こうしたより深い意味での強制退去、常に既に追放状態にあるというこの感覚は、アルファベットの読み書き能力――ヘブライ人が最初の真の番人となった偉大で難解な魔術――と不可分であると考えられる。アルファベット文字は、人間の感覚が生命ある大地への自発的な参与を、せめて暫定的であれ断絶するときにだけ、人間の感覚と関わることができる。したがって、アルファベットで読むということは、様々な形状から成る人間以上の場がもつ感覚的滋養から既に切り離され、強制退去させられるということなのである。しかしながら、それはまた、その滋養の残り香を感じ、そうした接触や共愉がいつか戻ってくることを切望し願うことでもある。「ユダヤ人であるとは」、エドモン・ジャベスが記したように、「自らを言葉に追放すると同時に自らの追放を嘆くことなのであるから」。[22]

この追放の痛み、悲しみは、失われたものの痕跡、忘れられた親密性をほのめかすものである。創世記の物語は、場所のアニミズム的な力に深く同調しており、この消えやらぬ力こそが、エクソダスや追放のモチーフをかくも痛切なものにしている。人類の祖の物語は神聖な地名で満たされており、こうした物語の多くは、ある場所がどのようにして固有の名前を持つに至ったかを語ることができるように構成されている。神聖な場所は完全に独自の力を持つことはなさそうだが（たとえば、その多くは、ヤハウェがそこで語るという事実、そうでなければ主人公の一人に神が姿を表すという事実から、場所の神聖さを引き出している）、それでも、大地に存在する場所は聖書的空間の構成要素であり続ける。

さらに、古代ヘブライ人にとって、時間の軌跡は決して完全に直線的ではなかった。聖書に描かれている神聖なる日々は、太陽と月の循環の編み込みと密接に結びつけられている。さらに、エリアーデが暗示した非反復的な歴史的時間は、実存的離散や追放・亡命の感覚と相互的関係にあるように見受けられる。ヘブライの伝統では、エデンという永遠性からの追放（後には神殿の破壊）は、連続する歴史の終末における、追放からの約束された帰還、メシアの到来、離散の時代の終焉として鏡映的に反映されている。すなわち、前方に向かう時間の軌跡は、終局においては外部に向けて開いており、その流れは生ける場所（「約束の地」）の空間的永遠性に、あらゆる国民が平和状態にある黄金時代に還流する。永遠性は、切り離された天（古代ヘブライ人はそのような世界を知らなかった）にではなく、未来の大地との和解の約束にあるのだ。

ヘブライ語聖書では、時間と空間は依然として相互に深い影響関係にある。両者は尚も、微かにではあっても、場所をめぐる融即的経験によって活気づけられているので、決して完全に区別できるものではない。

ここからは、自家版アルファベットを所有していた古代ギリシャ人が、場所と無関係な永遠性の概念——完全に感覚的世界の外部にある純粋なイデアをめぐる、厳密に知性によってのみ理解可能で非物質的な世界——を引き出したことを考えねばならない。明らかに、ギリシャのアルファベットは、ヘブライの預言者や書記官が従事していたものとは大きく異なる理論的抽象化の要因であった。その原因はある程度ヘブライ人とギリシャ人の歴史的軌跡の違いに、荒野に住む人々と海を渡る人々との対照性に、またアルファベットのように国外からギリシャ文化に影響を及ぼした数多のものに、求められよう。しかし、これは、その前のセム語の形に由来するアルファベットを採用した時に、ギリシャの書記官がこの書記体系に導入した単純にして深遠な構造的変化の結果でもある。この構造的変化とその経験的細分化については次章で論じる。ここでは、ギリシャの思想家が空間と時間を別個の分離可能な次元としてはじめて客体化したということを述べるに留める。

だが、これは散発的で断片的な過程であり、互いに重なり合う多様な思想家や学派の描写的、分析的、思索的文書から生じたものである。ミレトスのヘカタイオス（紀元前五五〇頃―四八九）、ヘロドトス（紀元前四八〇頃―四二五）、トゥキディデス（紀元前四六〇頃―四〇〇）といったごく初期の歴史家たちは、詩ではなく散文を開拓して過去の出来事を記録した。彼らは、物語に語られた生命ある環境の神や女神に新たに懐疑を抱き、韻文や歌われた物語に備わる伝統に縛られたリズムから過去の出来事を切り離すことによって、時間そのものを感応的な大地の循環から解き放ち、限りなく過去に延びる、非反復的な歴史的時間の眺望を開いたのであった。

それから一世紀後、アリストテレス（紀元前三八四―三二二）が、私たちの経験において明確である時間の次元を定義しようとした。彼の結論では、「時間とは、より先とより後の区別にもとづく運動の数にほかならない[23]」。言い換えれば、時間とは、動きが展開している時の前後の動きを測るときに数えられるものであるという。こうして、時間は数字や連続と不可分のものとなる。アリストテレスの著述では、時間は、過去と未来を分ける「今」という点が直線的に連続したものになっている。

その少し後、ギリシャの幾何学者エウクレイデス（ユークリッド、紀元前三〇〇頃）が、きわめて影響力のある著書『原論』において、様々な定義や公理により、空間は完全に均質で無限に三次元的な連続体であると示唆した。ユークリッド空間の均質性はとりわけ、平行する直線はどれだけ互いに両方向に延びても決して交わることがないという、この幾何学者の主張に表されている。この公理は完全に平坦で何の特徴もない理想の空間には当てはまるが、私たちが身体的に棲まう経験的世界はそんなに整然としたものではない。現在では、地球が球体であること——私たちが暮らすまさにこの地表面——自体がユークリッドの平行線公理に対する反駁であることがわかっている。すなわち、可能な限りまっすぐな二本の線が平行な状態で出発しても、球体の曲面を進むにつれ、北極での経線のように、どこかで必ず出合い交わる。私たちが皆、今でも、(山や川谷などで) 地域ごとに凹凸のある曲線を描いた地表面が、湾曲のない三次元空間の内部に埋め込まれている様子を思い浮かべるのは、ユークリッド的概念の影響が持続していることを示す見事な証拠である。ユークリッドの仮定は、ルネサンスからアルベルト・アインシュタインの研究に至る、空間をめぐる西洋の科学的見解に古典的基盤を与えるものであり、現在でも私たちの「常識」的経験と言われるものは、この仮定の影響をかなり受けている。

数字表記や測定技術の進化は初期の記述の発展において明らかな役割を果たしていたが、その背後では、アルファベットの読み書き能力の普及が作用し、ギリシャ人と彼らを取り巻く感覚的世界との知覚的関係に変化を引き起こし、徐々に、数字や測定が適用されるような、空間や時間をめぐる新たな独立した次元が開示されていった。

絶対空間と絶対時間

だが、均質な「空間」と連続する「時間」が客観的に実在する実体として完璧に記述されるには、印刷機の発明を待たねばならなかった。というのも、印刷されたテクスト（テクストはそれまで修道院の図書室や大学で、宝物のように手で注意深く写され保存されていた）がより広範囲の人々の共同体に普及し、それに伴って日常語による著述が興隆してはじめて、自然をめぐる口承の融即的経験に対するアルファベット的思考様式の優勢が確実なものになったからである。「時間」と「空間」を徹底的に区別することは、共同体の大部分が周りの地形を生気と生命に満ちたものとして経験している限りは、そして物質的（空間的）現象がそれ自体に固有の自発性や（時間的）ダイナミズムを持つと知覚されている限りは、不可能であった。[24] 十六世紀と十七世紀に何万人もの女性を「魔女」として生きたまま火あぶりにしたことは、口承的に保存されてきたヨーロッパ最後の伝統――植物や動物や自然力をめぐる直接的、融即的経験に根を下ろした最後の伝統――を撲滅する試みであり、それはほぼ成功した。魔女狩りが目指したのは、当時ますます受動的で機械的な物体と解釈されつつあった自然世界に対するアルファベット的理性の支配を確実にすることであった。

それぞれ個別の「時間」と「空間」に絶対的公式が与えられたのは、アイザック・ニュートンの偉大なる著書『自然哲学の数学的原理』（一六八七年）においてである。絶対的公式は、時計仕掛けの世界に必要な枠組みとして提示された。

絶対的な、真実な、数学的な時間は、みずから、自身の本質にしたがって、外部の何ものとも無関係に一様に流れていく。

絶対的な空間は、それ自身の本質からして、外部の何ものにも無関係に、いつも同一のまま、不動のままでいる[25]……。

この公式でニュートンは、「絶対時間」を知覚できる出来事の単なる継起の秩序である「相対時間」から区別し、「絶対空間」を知覚できる事象の共存の秩序である「相対空間」から区別しようとした[26]。「相対時間」は物体的出来事の単なる関係であり、その出来事から離れては存在しないが、「絶対的な、真実な、数学的な時間」は、ニュートンにとって独立した現実であり、直接は知覚できないがあらゆる物体的出来事やそれらの関係の根底にある。同様に、「絶対的な、真実な、数学的空間」は、いかなる知覚できる事象とも関係なく存在する。本質として、それは空っぽ――空白である。絶対時間と同じように、無限の広がりを持ち、創造されることも破壊されることもできず、どの部分も他の部分と区別がつかない。

この空っぽで「不変不動の」空間――ありとあらゆる動きに関して安らかな、この空間――を措定することにより、ニュートンは、この絶対空間に対する月や地球の動きを計算することができた。こうした絶対的参照点を措定することがなければ、ニュートンは、「重力」という宇宙の力をめぐる理論を引き出すことはできなかった。『自然哲学の数学的原理』の出版後、時間と空間に関するニュートンの仮定は多くの思想家から疑問視され理論的挑戦を受け、果たして理性的に絶対空間と相対空間を、絶対時間と相対時間を区別することができるのかという問題に関し、ライプニッツやバークリーといった著名な思想家との長い討議に臨んだ[27]。しかしながら、こうした思想家たちはニュートンの空間と時間における絶対的特徴には異議を申し立てたが、空間と時間のあいだの絶対的相違をめぐる前提――空間と時間は完全に別個の経験の次元であるとする、現在では常識的な前提――については誰も疑わなかった。

一七八一年、イマヌエル・カントは、『純粋理性批判』において、時間と空間をめぐる絶対性と相対性に関する討論に終止符を打った。空間と時間は絶対であり、それらは具体的な事象や出来事から独立しているという点では、カントはニュートンに同意している。しかし、カントにとって、こうした別個の次元はそれ自体として存在している周りの環境世界に属しているのではなく、人間の気づきの不可欠な形式なのであり、人間の精神が知覚する事象を必然的に構成するのに用いられる二つの形式なのであった。このように、空間と時間が人間の経験から離れて存在することを否定しながらも、カントの著作はかつてない力強さで、少なくとも人間に関する限り「空間」と「時間」が別個の必然的な次元であることを確実にしたように見受けられる。

言うまでもなく、カントの文章はナバホ族やピンツピ族の言葉に翻訳できるものではなかった。

II　生ける現在

インドネシアやネパールの伝統的部族の人々との交流の旅を終えて北米に戻った時、私は自分の文化の多くの面に困惑し混乱した。かつては当たり前に思っていた考え方や、幼少期から明白で揺るぎない真実として受け入れていた考え方が、ほとんど意味を成さなくなった。一例として、自律的な「過去」や「未来」を信じるということがある。家族や友人の生に大きな力を及ぼしたそうした目に見えない世界が、一体どこにあったのだろうか。私の知っていた人は皆、多大な努力を払って過去にしがみつこうとし――取り憑かれたように写真やビデオを撮り、未来について予測し悩んでいた――家のため、車のため、そして自分の体のためにさえ、絶えず保険料を支払う。誰もが、こうした過去や未来に気を取られ、現在自分の周りで展開している出来事に奇妙にも気づいていないようであった（北米に戻ったばかりで状況に慣れていない私にはそう見えた）。そのような、人々がまったく気に留めない現象に対して、私はフィールドワーク中、先住民の呪術師たちと交流するために感覚を敏感にしなければならなかった。他の動物たちの生、昆虫や植物の微かな身ぶり、鳥たちの語り《スピーチ》、風の味わい、音や匂いの流れ……。私の家族や古い友人たちは皆、世界の感応的現前にまったく気づいていないようであった。彼らにとって現在は、一つの地点、「過去」を「未来」から切り離す小さな点以外の何ものでもないようであった。実際、家族や友人との会話に関わるにつれ、自分の意識も、反射ガラスで切られるかのように大地の生から容易に切り離されるように感じたのであった……。

その当時、線形時間という文明化された忘却に陥ってしまわないために自分で工夫したよく効く練習法がある。屋外に出た時に試してみてほしい。まず、比較的開けた空間——低い丘や広々とした野原がよい——に身を置く。軽くリラックスして呼吸を整え、あたりに目を凝らす。それから目を閉じ、過去の大部分——まさにこの瞬間に至るまでの多くの出来事——を感じてみる。そして、自分の未来——実現されるのを待っているプロジェクトや可能性——にも気づきを呼び寄せる。この過去と未来を、二つの巨大な時間の風船として心に描く。これらは砂時計の球状管のように互いに離れているが、私がそれらについて考えている唯一の瞬間においてはつながっている。ゆっくりと、この巨大な時間の球状管から中身が漏れ出てきて、両者のあいだのわずかな瞬間に、すなわち現在に、入ってくる。ゆっくりと、最初は感知できないほどゆっくりと、現在という瞬間が成長し始める。過去と未来の漏れによって滋養を与えられるので、現在という瞬間は、他の次元が小さくなるのに比例して膨らんでゆく。ほどなく現在がとても大きくなり、過去と未来は縮まって、この巨大な広がりの縁におかれた単なる結び目となる。この時に、私は過去と未来のすがたを完全に消す。そして、ようやく目を開ける……。

永遠性のただ中に、広大で無尽蔵の現在のただ中に、私は立っている。全世界がそれ自体の内部で安らいでいる——野原の縁にある木々、草の中で鳴いているコオロギの声、地平線から地平線へ空一面にさざ波を立てている巻積雲。離れたところには、カーブした未舗装道路があり、道路脇に自分の錆びた車が駐めてある——これらも、この開けたヴィジョンの瞬間、この永遠の現在に、自らの場所を持っているようだ。そして、匂い——空気には、森やヒースや足元の土から漂う微かな匂いが立ち込めている。野原に一本だけ立っている枯れたオークのギザギザした大木は、この永遠性においては死んでいるようには見えない。その立ち枯れた木の周りにはうっとりとした低木の茂みがあり、大きな岩がこの低木群の縁に横たわり、影や陽光について古木と話している。

近づいてみると、オークの幹のぼろぼろになった樹皮の上を蟻が二列になって横切っている。一列は幹を上り、もう一列は地面へと下っている。近くなのでよく見えるのだが、岩の影はじつは影ではなく、岩の表面のところどころに広がっている地衣類であり、様々な肌触りや色合い——鈍い黒、しわの寄ったグレイ、パウダー状の深い赤——があり、まるでそれらを通して岩が内なる気分を表しているかのようだ。足を掻く。奇妙なことに、この世界の鮮明さは消えない。地面に足を踏み鳴らし、くるくる回転し、逆立ちまでしてみたが、開いた現在は消えない。漆黒の鳥が数羽、森から競うように飛んできて、急降下しながら互いに追いかけあっている。一羽がぼろぼろの枝株に降り立つ。「カァー！……カー！カー！」その鳥は、私の真正前に滑らかに着地し——「カー！」——横向きに立って紫の目で私を見ている。まぶたがシャッターのようにサッと瞬きする。私の周りをヒョイヒョイと跳び、大きな嘴を開く。「カアー！」私もお返しに「カー！」。すると鳥は前に出る。そうか、鳥は跳ぶのではなく、ぎこちなく地面を歩くのだな。風が地面から小さな羽を巻き上げ、それが鳥の嘴の上の鼻孔を塞ぐ。自分も渦巻く風にのって空から舞い降り、森の縁へ向かっているような感じだ……。
「過去」と「未来」のないこの世界では事物は別のものであり、私の身体は動物のようにこの空間で打ち震えている。この時間とは違う時間において、いつか自分が家や本に戻らねばならないことはわかっている。しかし、ここもまた私の家郷《ホーム》なのだ。なにしろ、身体がこの開いた現在で精神とともにくつろいでいる《アト・ホーム》。これは単なる妄想ではないし、幻覚でもない。この永遠——ここには、この経験に関して、これを単なる妄想とするにはあまりにも持続的で、安定しており、揺るぎない何かがある……。

この経験の揺るぎない堅固さには好奇心をそそるものがある。私たちが「現在」と呼ぶ時間的概念と、私たちがその一部である空間的風景の、注目すべき親近性と何か関係があるのかもしれない。想像のなかで、過去と未来を現在というこの瞬間へと消えさせると、「現在（present）」が広がり、包羅的な現前(presence)の場となる。この現前は、力強く生命が漲っており、包羅的な感覚的風景の正確なすがたかたちを自ずからとる——あたかも、それがもともとのすがたであるかのように！ 時間的概念（「現在」）と空間的知覚対象（大地の包羅的な現前）の、かくも見事な適合こそ、この経験の比較的安定し実質的な本質を説明し、かつてそう教わったように「時間」と「空間」が本当に別個のものなのかと問うよう促すものであろう。このような世界には厳密に時間的なものはない——というのも、近くの木々から遠くの雲に至るまで、密度と重さがあり、あらゆる方向に空間的に広がる、空間的事物で世界ができているからだ。とはいえ、この世界には、厳密に空間的ないし静的なものもない——というのも、石、風、そして遠くに駐めてある私の車に至るまで、知覚できる存在はどれも、生命と感覚作用を漲らせているからだ。この開いた現在において、私は時間から空間を分離することも、その逆もできない。私は世界に浸っている。

一九〇五年、アルベルト・アインシュタインは、絶対時間と絶対空間というニュートンの考えに挑戦し、「特殊相対性理論」を示した。これと、その後の「一般相対性理論」におけるアインシュタインの方程式は時間と空間を扱わず、代わりにアインシュタインが「時空（space-time）」と名付けた一元的連続体の存在を措定した。しかしながら、時空は高度に抽象的な概念であり、相対性理論の複雑な数学から切り離しては理解できないものであった。言い換えれば、アインシュタインの数学的新事実は、分離可能な空間と時間が日常的知覚における必要不可欠な形式であるとするカントの仮定に対し、ほとんど挑戦することがなかった。時空が相対性物理学の概念的秩序の内部で揺れているのに対し、私たちの直接的で知覚的な経験は依然として、時間と空間という分離可能な次元に基づいて組み立てられていると考えられたのである。

こうして、空間と時間の相違を直接的で前知覚的な経験のレベルで問う現象学の伝統が始まった。無論、現象学はこの相違を取り去ろうとしたわけではなく、ただ、現象が私たちの当面の生きられた経験に存在するあり方に、できるだけ慎重に留意しようとしたのである。実際、現象学者たちは、最初は空間と時間の明確な区別を措定する傾向があった。「時間意識」の現象学に関する研究の最終段階において、エトムント・フッサールは、時間が、その本質において厳密に時間的ではない経験の深い次元に根づいていると示唆するに至った(28)。

フッサールの助手であったドイツ人現象学者マルティン・ハイデッガーは、時間的経験の分析に繰り返し立ち返った。ハイデッガーは、影響力ある大著『存在と時間』において、時間を「今という点（now points）」の無限の連続とする一般的なアリストテレス的考えの根底には、時間を〈存在（Being）〉の不可思議そのもの――あらゆる対象化や表象に抵抗するが、それでも、私たち相互の、そして世界との、あらゆる関係を組み立て、可能にしている、あの奇妙な力――と捉える忘れられた感覚がある、ということを示した。この不可思議は、決してそれ自体を同定することができないため、表象不可能である。ハイデッガーにとって、根源的時間は元来「自らの外に脱け出して立つ」もの、すなわち、「脱自的《エクスタティック》」なのである。実際ハイデッガーは、過去、現在、未来を、時間の三つの「脱自態」として、還元不可能な実存のダイナミズムが私たちを外部に、すなわち他なるものに開く三つの方法として描いている。[29]

しかし、ハイデッガーは徐々に、この暗示的で前概念的な時間の感覚は前概念的な空間の経験と切り離せないのではないかと考えるようになった。それで、ハイデッガーは研究人生の終わりに書いた重要な論考において、「時－空（time-space）」というさらに根源的な次元――完全に時間的でも空間的でもない領域で、そこから、抽象化のプロセスによって「時間」と「空間」が人工的に導かれる――に言及している。[30]

一方、モーリス・メルロ＝ポンティも、知覚的経験をめぐる独自の研究を深めるなかで、より起源的な経験的領域があり、時間と空間という二つの次元はそこから派生していると主張するに至った。『見えるものと見えないもの』への研究ノートに、メルロ＝ポンティは、「空間でもあるこの時間、時間でもあるこの空間――見えるものと肉についての私の分析によって私はこうしたものを見いだすことになるであろう」と記している。[31] しかし、この分析は一九六一年のメルロ＝ポンティの突然の死により中断された。

フッサール、ハイデッガー、メルロ＝ポンティ、この三人の現象学者たちは皆、それぞれ個別に研究を進めながら、直接的で前概念的な経験という見地に立つと空間と時間の慣習的区別は筋が通らないと考えるに至った。ハイデッガーとメルロ＝ポンティが人生の終わりに表現しようとしたのは、より即時的な気づきの様態、すなわち、厳密に空間的でも時間的でもない、むしろ同時に両方であるような根源的な次元であった。

既に見たように、そのような経験の様式は土着の口承文化の人々にとっては普通であり、彼らにとって時間と空間は分け隔てられうるものではない。そう考えると、現象学の伝統が全力を注いで試みてきたのは、そうした経験を、文字使用における気づきの内部から取り戻すこと――反省的思考の深みにおいて、そうした反省が生まれるところの語られない相互交流を想起すること――であったと言えるだろう。この思想家たちは、誰も十分に時間と空間を和解させることはできなかった。しかし、彼らの後期の著述に、精神と身体を再び一つにし現在をめぐる活発な気づきを取り戻そうとしている人たちは、わずかな手がかりや護符を見出している。

大地の時間のトポロジー

私はまだ、さざ波を立てている雲の下、この丘に立っていて、肌が感覚でチクチクする。現在という開放的な広がりが私の身体を魅了する。私の動物的感覚は完全に覚醒した――耳は多くの微細な音に同調し、顔のうぶ毛は風が止んだり変わったりするのを記録に残す。私は、この開いた瞬間に埋め込まれ、筋肉が草に合わせて伸びたり曲がったりしている。この現在は、終わりがなく、尽きることがないようだ。そうであるならば、何が過去や未来になるのだろうか？

このような生ける広がりに入ってゆくためには、自分を包み込んでいる感覚的現在に過去と未来を溶かし込めばよいことがわかった。ということは、過去と未来をなくしてしまったのか？　そうではないだろう。慣習的に考えられているような過去と未来という次元——感覚的現在とは別に存在する自律的な領域——をなくしただけのことだ。過去と未来を現在という瞬間に溶け込ませることにより、それらが徐々に再発見される道も切り開いたのである——これまでのような自律的で精神的な領域としてではなく、受肉した現在の相、すなわち身体的に私を包み込む包容力のある地形の相として、新たに再発見されるように。今、私はこの永遠性のただ中にうずくまり、裸足の指が土を抱き、目が距離を吸い取るなか、この生ける風景のどこに過去と未来が宿っているのか見分けようとしている。

メルロ＝ポンティは、彼の死後に机上にあった研究ノートにおいて、これと同じ難問に向き合っている。

> 私の眼の前にある見える光景は、時間の他の諸瞬間や過去に対して外的であ［る］……のではなく、実はそれらの瞬間をおのれの背後、おのれの内部に同時にもっているのであり、その光景とそれらの瞬間とは時間の「なか」で相互外在の関係にあるのではない[32]。

つまり、私たちが直面している難題はこうである——目に見える風景の内部のどこに過去と未来を位置付けることができるのか。それらの場所は感覚的世界のどこにあるのか。

無論、自分の周りのどこにでも——たとえば、はるか昔に芽を出した種から成長した大きな木々の中に、蛇行しながら流れる小川の浸食された岸辺に、次第に大きくなる古い道路の割れ目に——過去を知覚すると言えるかもしれない。そして、私たちが知覚するものはすべて既に未来を孕んでいるのだから、自分たちはどこに目を向けようと——嵐雲が地平線からすがたを現すのを見ていても、蜘蛛の巣が目の前で出来てゆくのを見ていても――未来を凝視している、と言えるかもしれない。しかし、ではいかにしてこの二つの時間的領域を見分けることができるのだろうか。過去と未来が同じでないことはわかっている。それにもかかわらず、過去と未来は私たちが知覚するものの内部で奇妙に混ざり合っている。そうだとすれば、それらはいかにして知覚的に見分けられるのか？　自分たちの見ているものがそこから生じるところが「過去」で、それらが向かうところが「未来」だというのであれば、この問題には答えずに、知覚できる風景の内部に位置付けることはできないままだが明白だと言われている二つの範囲に名前をつければよい――まるで過去と未来が精神の純粋直観であり、感覚世界の外部の非物質的次元に存在しているかのように。おそらくこのような考えに促されて、多くの科学者や思想家は、他の動物は非感覚的次元を認めうる知性の欠落により、時間をめぐる真の気づきを持たない――過去や未来の感覚がない――と主張しているのではないだろうか。

動物としての私は、こうした言い抜けに胡散臭さを感じ、自分の種が真実の源に対する権利を主張する方法に疑いを抱き続けている。人間は、植物や石や小川がそれぞれの存在を有する身体的世界の外部に、私たちが他の動物たちと共有する大地の外部に、真実が依拠していると思っている。だが、思想家としての私は、こうした神秘に関して、現在ではない「時間」に関して、こうした他の「時点」に関して、説明を求められていると感じている。そういうわけで、これから人間という動物と思想家を一体化させ、「過去」と「現在」を感覚的風景の内部に位置付けてみたい。

まず、方法論的な手引きを得るためにメルロ＝ポンティに目を向けよう。彼は、一九六〇年の時点で既に、「空間でもあるこの時間、時間でもあるこの空間」に声を与えようと格闘していた[33]。メルロ＝ポンティは最後の著作で、知覚的世界と、私たちが非物質的な概念や思考だと思っているものの世界との関係をこう記している。「真理とか思考といったものに関するわれわれの確信は、世界という土台に基礎を置いている[34]。」この言葉が主張するのは、身体的世界の方が観念の宇宙よりも重要だということである。非物質的にみえる概念の構造は、知覚的世界の構造から、文字通り、引き上げられるということが示唆されている。メルロ＝ポンティの言葉を注意深く読み、そこで示されている手引きを受け入れるならば、私たちがこの深まりつつある探求で捜しているものが、「過去」と「未来」というしぶとい概念に特定の特徴やかたちを貸している、知覚できる風景の具体的な面であることがわかる。すなわち、私たちが捜しているのは、「過去」と「未来」の概念的構造と周りの感覚的世界の知覚的構造の構造的照応――同型あるいは調和状態《マッチ》――なのである。

ある種の方法をメルロ＝ポンティから採ってきたが、「過去」と「未来」に関する注意深い構造的描写を得るために注目すべきなのはマルティン・ハイデッガーである。生涯を通して、最初から最後まで全著作において、ハイデッガーは時間の現象学に関心を向け、どの思想家よりも時間の次元をめぐる現象学を発展させた。「時間と存在」と題された晩年の論考の半ばで、ハイデッガーは私たちが投げかけたあの問いを課している――「時間はどこにあるのか。そもそも時間はあるのか、それは場所をもつのか[35]」。そうしてハイデッガーは、自分が探求しているその〈時間〉と、〈今〉の直線的継起だと思われている時間という観念を区別しようとする。

明らかに時間は無ではない。それゆえ、慎重さを保ちつつこう言おう。時間はある、と。我々はよりいっそう用心深く、現前の意味での〈存在〉すなわち現在性の先を見通すことで、時間として自らを現すものを見るのである。しかしながら、現前の意味での現在性は、〈今〉の意味での現在性とは著しく異なっている。……現前の意味での現在性およびそのような現在に属する一切は、計算可能な今という点の連続という意味で通常表象されている時間に直接関わることがないのであるが、ほんもの《リアル》の時間《タイム》と呼ばれるべきであろう。(36)

ここに見られるような、〈今〉とみなされる現在性の背後に、〈現前〉としての現在性というより深い意味を開示するハイデッガーの哲学的処置は、慣習的に経験されている「過去」と「未来」とを溶解して点状の〈今〉を拡張し、それによって広大で開いた現在——「現前としての現在性」と呼んできたもの——に身を置くという私たちの経験的処置とほぼ同じである。ハイデッガーによれば、現前としての現在性の経験の内部からのみ、「ほんものの時間」（論考の後の方では「時‐空（time-space）」と呼ばれている）が自らを明らかにし始められる。私たちの場合で言えば、私たちを包み込んでいる目に見える風景の輪郭をそのまま帯びることによってのみ、現在は現前として自らを限定する、と言える。こうして、今やこの広大な土地に、自由にあたりを見回しながら、過去の場所、未来の場所を探すことができる。

ハイデッガーは役立つヒントを与えてくれている。『存在と時間』で、過去、現在、未来が時間の三つの「脱自態」であるとし、過去、現在、未来はどれも私たちを自分の外部に引き出すと示唆している。時間は、私たちを外部に開くという点で脱自的である。しかし、何に向かって開くのか？　ハイデッガーによれば、時間の三つの脱自態は、「単純に《……へ出動すること》ではない。むしろ脱自態には、出動の行く手がそなわっている」。どの時間の脱自態も具体的な「地平」の方へ私たちを連れていく、とハイデッガーは言う[37]。

このような奇妙な描写を心に留めると、ハイデッガーによって描かれている時間をめぐる概念的構造と、周りの風景の知覚的構造とが、明らかな照応関係にあることに気づく。地平それ自体！ハイデッガーは「地平」という言葉を構造的メタファーとして、時間の脱自的本質を表すものとして、用いている。知覚できる現在が常に開いており、常に既にそれ自体を超えたところで展開している、ということを時間の力が保証するのと同様に、遠くの地平は、知覚できる風景を、その向こうにあるものと常に結び付け、それを開いた状態にしているようである[38]。

目に見える地平、それは、ある種の出入口ないし敷居であり、周りの土地の現前するものを、この開いた現前するものを超えるもの、地平の向こうに潜んでいるものに結びつける。地平は、もっと何か、他の何かがあることを約束している。ここにおいて最初の発見がある。つまり、他の場所、知覚できる風景の内部に明確には存在していない場所は、それでもやはり、目に見える地平によって現在の風景に加えられる、ということだ。そこで、こう問うことにしよう。私たちが探している領域、すなわち過去の場所と未来の場所が、地平の彼方にある、ということは可能なのか、と。

もちろんこれは最初の一歩としては有益である。というのも、過去も未来も、知覚できる現在という広々とした場処に完全には出ていないが、どこにでもほのめかされているように見えるからだ。地平が、それが結びつけている現在の風景の内部で地平の彼方に広がるものを包含しているので、過去と未来が地平の彼方にあると仮定することは妥当と思われる。

だが、ここで私は困惑する。この考え方では、過去と未来の相違を説明することができないからだ。知覚できる風景の地平は、私の身体と、大地＝地球の球状で広大な〈身体〉との関係によって与えられる。これは、単に本で読んだり学校で学んだりしたことではない。自分にとって明白かつ本当であるのは、何度も大地を横切る旅を重ね、自分が前進すれば地平が後退する様子や、地平が遠くにある時でも、広がったり私を包み込んだりする、予期せぬ眺望を目の前に吐き出す様子を見てきたからである。しかし、旅の途中で後ろを振り向くと、この不可思議な果てが私についてきている——私の前にも後ろにも距離を保ち、私が歩いたり運転したり自転車で去ろうとしている土地を徐々に飲み込んでゆく。ということは、未来は私が向かっている地平の彼方にあり、過去は私の後ろに広がる地平の彼方にある、ということなのだろうか。そうであるならば、私が逆方向に向きさえすれば、過去が未来になり、未来が過去になる。しかし、この考え方はどこかおかしい。もし地平に向かって——地平のどの部分でもよい——旅をするのであれば、地平の彼方の、かつて未来であった新たな事象や場所がすがたを現し、かつて暮らしていた遠くの町に戻る旅をする時には、その逆のことが起きることになる。しかし、これは現実にそうなった試しがない。到着した町はもうかつての町ではないし、昔の学校は、野の花やアザミの茂みに壊れかけたすがたを晒している。かつて春になるとそこでサギの飛来を待っていた湿原は、巨大なショッピングモールの下に消えてしまった……。土地は変化する。未来に向かって旅するのと同じように、過去に向かって旅することはできないのではないだろうか。過去は地平の彼方では過去であり続けることはない。過去は未来のように私を待ってはいない。

このような、現在に関する過去と未来の奇妙な非対称性こそ、晩年のハイデッガーが「時間と存在」で述べたことであった。『存在と時間』では、時間の遠心的で脱自的な性質について——私たちを自らの外部に引き出し、他なるものに開かせる性質について——記したが、晩年の論考では、求心的で内へと延びる時間の本質を強調し、時間を謎として、絶えず向こう側から私たちに接近し、現在という賜物を差し出し与えながら、この贈与の出来事の背後に退いてゆく不可思議として描いている。そのような描写は私たちの耳には奇妙に、あるいは不気味にさえ聞こえるかもしれないが、しっかり耳を傾けねばならない。というのも、ハイデッガーは思想的に円熟するにつれ、普通の言葉をきわめて非凡に使いこなし、言葉を慣習的使用から自由にすることによって、人間の気づきを使い古された考えから放とうとしていたからである。こうして、過去と未来は隠れた力として、すなわち、現在を与え開きながらも、自らは引っ込んだまま、自らが可能にしている現在からすがたを隠しているものとして表される。ハイデッガーの描写では、過去と未来は、それらが共働してもたらす開けた現在から隠れたままである。[39] それでも、未来が差し出しながら隠れているあり方は、過去が与えながら秘匿されるあり様とはかなり異なる。具体的に言えば、未来、あるいはこれからやって来るものは、その現前を保留しているのに対し、過去、あるいはこれまであったものは、その現前を拒む。[40] 未来は保留し、過去は拒む。時間の移り変わりに関する最も完全な描写において、ハイデッガーは次のように述べる。

これまであったものは、現在を拒むことにより、それを、もはや現在ではない現在にする。これからくるものの到来は、現在を保留することにより、それを、まだ現在ではない現在にする。どちらも、あらゆる現在化（presencing）を開けにもたらす延べ広がる開きのあり様を明らかにしている。[41]

このハイデッガーの言葉の奇妙さは彼のもくろむところである。すなわち、時間の流れを止める名詞ないし主格形態の使用を避けようとしているのである。この奇妙さゆえに、彼の言葉は、私たちが時間と呼ぶこの不可思議の沈黙した組織構造に接近し、それに向けて私たちを開くことができる。もし私たちがこうした言葉について、周りの土地の開けた現前の内部から思いをめぐらせるのであれば、次の問いに導かれることになろう――ハイデッガーが語っている保留や拒絶はどこで知覚できるのだろうか。私たちを取り巻く世界の感覚的現前を開き可能にする、この拒絶や保留は、どこで目にすることができるのだろうか。

地平が目に見える風景を囲い込みながらも開いた状態にするという魔術については、既に確認した。その魔術とはまさしく、地平の彼方に横たわるものを隠すこと、より正確に言えば保留することにほかならない。地平は保留として感じられるものなのかもしれない。しかし、それは拒絶とは言えない。地平の下唇である大地と上唇である空は、触れ合いはしても固く閉じることはない。また、私たちは、地平に向かって旅をする時、地平が保留しているものが徐々に明らかになってくることを知っている。

それならば、ハイデッガーが言及している拒絶はどこにあるのだろうか。私たちはそれを自分たちの周りで知覚しているのだろうか。さらに重要なのは、自分たちが何を探しているかがどのようにしてわかるのか、ということである。この点に関しても、ハイデッガーは手がかりを与えてくれている。「時間と存在」においてハイデッガーは、過去と未来を不在と捉え、過去と未来がまさしくそれらの不在によって私たちに関わり、そうすることでそれらが現在の内部に感じられるようにしている、と論じている[42]。この描写は私たちの理解を大いに助けてくれる。過去と未来の場所を突き止める試みにおいて何を探しているのか、ということは少なくともわかった。探しているのは、過去と未来が、まさしくその不在のあり様によって、開けた風景の感覚的現前の内部で感じられるところの、不在の様式なのである。メルロ＝ポンティの言葉（『見えるものと見えないもの』の用語）で言えば、私たちが探しているのは、目に見える環境の見えない相である。それは、隠れているということそれ自体が周りの大地の開けた可視性を可能にしているところの、目に見えない世界なのである。**地平の彼方**は、そのような不在ないし目に見えない世界なのである。

私たちはこう問わねばならない——他にも目に見えない相があるのだろうか、隠すこと自体が風景の開けた現前に不可欠であるような不在の世界が他にもあるのだろうか、と。

もちろん、私の反対側を向いている樹木の面や、苔で覆われた岩の裏側など、周りの事物や身体に関して私が見ることのできない面はある。けれども、こうした秘匿はある意味、地平の彼方に隠れているものと相似している。たとえば、岩の裏側は私の凝視から保留されているが、拒まれてはいない。私はそこへ歩いてゆくことによって、それを開示することができる。より長く旅をすることで、地平の彼方に横たわるものを開示することができるように。

自分の身体はどうであろうか。私の身体のほとんどは、私の気づきにもたらせれており目に見えている。手足、胴体、鼻は見ることができるが、背中は肩という地平の彼方に隠れている。背中は視覚には接近不可能だが、それが存在し、私の後ろで木に止まっている鳥に見えていることはわかっている。地平の彼方に隠れている野原や森が、そこに棲むものたちには見え、存在するものであるのと同じように。

だが、自分の身体の目に見えない面について考えながら、他にも見えない領域があることに気づいた。身体の内部である。私の身体の内部は、もちろん不在ではない。しかし、背中や地平の彼方に横たわるものの秘匿とはまったく違う形で、私の視界から隠されている。これを契機として私は、現在の風景に適した不可視性ないし不在の広大な様式に気づいた。それは、私が完全に忘れていた不在である。そう、地面の下にあるものの不在である。

地平の彼方の不在と同じく、地面の下の不在は、あまりに日常的で周りの世界の開けた現前に不可欠であるため当たり前と思われており、それを自分の気づきにもたらすのは至難である。しかし、いったんそれができれば、こうした隠された世界をめぐる認識は、地平の彼方の他の見えない世界の謎めいた力を明らかにし、比べて考え始める。

これらは、そこから事象が風景の開けた現前に入り、そこへと出発するような、二つの主要な次元であると言えるだろう。五官で感じられる現象は、秘匿ないし不可視性という二つの異なる世界から現れては、そこへと消えてゆく。一方は広大な開放性に向かって、あるいはその内部から、軌跡を描き、他方は圧縮された密度に向かって下降し、あるいはそこから上へ伸びる形で軌跡を描いている。開けた地平は、その彼方に広がるものの可視性を保留し、地面は、その下に広がるものを決然と隠している。この決意が、下に広がるものへの接近の拒絶が、地面がその表面で動いたり存在したりするすべての現象を堅固に支えることを可能にしているのだ。このように、**地平の彼方**の不在と**地面の下**の不在は応酬しているが、知覚できる現在との関係では実に対照的である。この相互交流と対照性は次のように言うことができるだろう。すなわち、**地平の彼方**は、その現前を保留することにより、知覚できる風景を開いた状態にしておくが、**地面の下**は、その現前を拒否することにより、知覚できる風景を支えている、と。こうした二つの世界の相互交流と非対称性は、前に引いたマルティン・ハイデッガーが言う、未来（あるいは「これから来るもの」）と過去（あるいは「これまであったもの」）の相互性と対照と不気味なほど似ている。一方は現前を保留し、他方は現前を拒絶する。どちらも現在という開いた現前を可能にしているのである。これら二通りの描写は同一の現象を描いていると考えられるだろうか。同型性が完結するのであるから、それは可能だろう。

メルロ＝ポンティとハイデッガーをあわせて読むことにより、そしてこの思想家たちの言葉を自分の経験に関連づけることにより、過去と未来——二つの奇異な次元——は時間的であるのと同じように空間的なのかもしれないということが分かりかけてきた。実際、私たちは、こうした次元を特定の場所に置き、感覚的な世界の内部のどこに位置づけられるかを識別しつつある。私たちが通常「未来」と称する概念的抽象化が、地平の彼方に隠れているもの——生ける現在を超え、開いたままにしているもの——をめぐる身体的気づきから生まれているように思えてこないだろうか。そして、私たちが通常「過去」と称するものが、地面の下に隠されているもの——生ける現在に抵抗し、そうすることでそれを支えているもの——をめぐる受肉した感覚に根付いているように思えてこないだろうか。地面と地平、これらの次元は空間的でないのと同様に時間的ではなく、身体的でも感覚的でもないのと同様に精神的ではない。

メルロ＝ポンティは、このような発見のほんの手前にいた。それは、先述した一九六〇年十一月の研究ノートをこれまで明らかにしてきたこととの関連で読むと、よくわかる。

私の眼の前にある見える光景は、時間の他の諸瞬間や過去に対して外的であ［る］……のではなく、実はそれらの瞬間をおのれの背後、おのれの内部に同時にもっているのであり、その光景とそれらの瞬間とは時間の「なか」で相互外在の関係にあるのではない[43]。

今の私たちは、驚くべき正確さで、この背後と内部を理解することができる。目に見える風景は、未来が地平の彼方で待っているというまさにその点において、おのれの背後に――私の見るあらゆる存在物が、周りの目に見えるものの見えない「裏側」であるという意味での背後は言うまでもなく――他の時間の瞬間を有している。また、目に見える風景は、過去が地面の下に自らを保存しているというまさにその点において、おのれの内部――私が知覚するあらゆる存在物の内部は言うまでもなく――にも他の時間の瞬間を有している。言い換えれば、感覚的風景は、地平の彼方で待っている遠い未来に向けてのみ開いているのではなく、それぞれの木々の彼方に、石の彼方に、そこから蜘蛛が這い出してきて私たちの気づきに近づくところの葉の彼方に待っている可能性という、内在的な場にも開いている。こうした生ける土地を支えているのは、地面の下に定着し沈殿した過去だけでなく、個々の木の内部、葉の内部、自分の身体の筋肉や細胞の内部に宿っている内なる過去なのである。

生態学者や環境科学者は、ある場所における最近の過去について調べる際、生えている木を何本か「コアリング」し、年輪を数えたり年輪の幅を調べたりする（形成層から内側に十四の年輪のところにあるきわめて幅広い層は、雨に恵まれた季節が過去に十四年にわたってあったことを示唆し、きわめて幅の狭い層は降雨のなかった年を示す）。遠い過去に思いをめぐらせるには、「汚水槽」を掘って土壌の沈澱層を観察し、その層の組成と構造を判読するとよい（たとえば、黒灰色の層は、ずっと昔に山火事があったことを語っている）。一方、考古学者、古生物学者、地質学者は、現在の地面をさらに深く掘り、古代の世《せい》や累代《イーオン》の痕跡を見つけようとする。

これまであったものやこれから生じるものは、他のところにあるのではない——それらは、私たちが暮らしている現在と独立した自律的な次元ではないのである。むしろ、この生きている場所の深みや奥行きそのもの——それ自体の広がりをもつ秘かな奥行き、私たちが立っている隠された深み——なのである。

口承文化の土着の人々にみられる場所中心的言説——そこでは「空間」と「時間」に絶対的な区別が欠落しているように見受けられる——に喚起される形で、また、文字とその知覚的影響に関しておこなってきた分析にも促され、時間と空間の和解の可能性を探ってきた。この二つの次元の区別が不必要なものであるならば、出来事の意味を捉える別の方法——空間的な相と時間的な相が不可分であるような方法——の可能性が示されねばならない。

これまでに、時間と空間をめぐる経験を統一する方法が少なくとも一つはあること、そして、時間的なるものと空間的なるものは、「未来」と呼ばれるようになったものの明白な開放性と「過去」と呼ばれるようになったものの明白な閉鎖性を説明するという方法で、知覚的に和解することができることを示してきた。かつては、そのような知覚的和解は不可能だと思われていた。なぜなら、空間は——知覚された空間でさえも——本質的に均質であると考えられ、時間の明らかな非対称性に対応するような構造的非対称性を欠くと思われていたからである。しかしながら、時間をめぐる気づきが空間をめぐる気づきと接合すると、空間それ自体が変容する。空間は均質な空白として経験されることをやめ、私たちが身体的に浸っているこの広くて贅沢に織られた場として、地面と地平の両方によって構造化された脈打つ広がりとして、自らを現す。抽象的な空間を時‐空に変えるのは、地面と地平にほかならない。このような特質——地面と地平——は大地によってのみ私たちに与えられている。こうして、時間と空間が混ぜ合わさって一つの時‐空になる時、私たちを包み込む大地を再発見するのである。

そのように見てくると、時間と空間の概念的分離——直線的で斬新的な時間と均質で特徴のない空間の、読み書き能力に基づく区別——は、包羅的な大地を人間の気づきから蝕する＝覆い隠すはたらきを持つ。静的な空間と直線の時間という、私たちが当たり前に思っている媒介変数《パラメーター》にしたがって人生を構造化する限り、周りの大地に完全に依存して生きているということを無視したり見過ごすことが可能になる。空間と時間が和解して統一された現象の場となってはじめて、包羅する大地が、その力と奥行きにおいて、私たちの知の地面であり地平であるということが、再び明らかになる。

感応の奥行き

これまでの分析に導かれて私たちが地面と地平という当たり前と思われている現象を重要視するようになったことは、ほとんどの読者にとって、いや実際、私たち全員にとって、奇妙に思えるであろう。私たちが育った文化は、感覚的な直接経験を疑い、代わりに、抽象的で「客観的な」現実に基づき、数量化可能な尺度、科学技術の道具、その他人間だけが関与するものを通して自分の位置を確かめるよう求める。しかし、未だに人間以上の生活世界に関わっている土着の文化にとっては、すなわち、共感覚的注意を生命的大地から純粋に人間の記号に転じていない人々にとっては、こうした**地面の下**と**地平の彼方**（事象の内部と事象の裏側〉をめぐる難問は広大で強力な神秘として、存在がそこから生命的世界に入り、そこへと出発するような枢要な世界として、感じられる。

　たとえば、私が暮らしているアメリカ南西部の先住民族のほとんど——ホピ族、ズニ族、テワ族、ティワ族、ケレサン族、ナバホ族など——は、地面の下から世界に現れたと信じている。ズニ族の〈現出《エマージェンス》〉の物語によれば、すべてのひとびと（人間も人間以外のすべての動物も）はもともと、大地の内なる暗黒の第四地下世界に棲んでいた。かれらは、太陽に呼ばれて外へ出た。太陽は、月とともに、地球の上の明るい世界に住んでいた。動物のひとびとは、神聖なる薬草の束をもって集まり、雨を作ったり種に大きくなるよう言い聞かせたりし、ヨシをたどって四つの地下世界——煤の世界、硫黄臭のする世界、霧の世界、そして羽翼の世界——を上り抜け、ようやくこの世界に現出したのであった。シパプ（*sipapu*）と呼ばれる現出の場所から、ひとびとは方々へ行き、大地に落ち着いたのだった。[44]

〈現出〉は、北米の先住民族の間で最も神聖とみなされ広く信じられているものの一つだが、とくに南西部でその傾向が強い[45]。構造の点で、ひとびとが地面の下から通常ヨシや木をのぼって現出する物語は手作業で農耕をおこなう南西部の部族が収穫するトウモロコシなどの野菜が土から現れる様子をまねている。太陽の光に向かって深いところから上ってくるひとびとは、土から大きくなるトウモロコシと似ている。

　しかし、〈現出〉は、人間を含むすべての哺乳類がこの世に生まれる——母親の子宮という暗闇から、開けた大地の広がりへとすがたを現す——プロセスとも似通っている。「この大地に出てくるのは、ちょうど母から子どもが生まれるような感じなのです[46]。」事実、十九世紀に録音されたズニ族の〈現出〉の初期の語りでは、人が存在するはるか前、〈太陽〉は〈大地〉と一緒に暮らしていたと話されており、こうして大地の奥深くの第四の子宮に子が宿ったのであった[47]。それゆえ、〈現出〉は、暗い地中の奥深くにおける長い懐胎の後の、すべてのひとびと――動物も植物も――の集合的誕生として理解されるようになったのかもしれない。

集落《プエブロ》に暮らす部族の神聖な儀式は、〈キーヴァ〉という、地下ないし半地下の大きな部屋でおこなわれる。そこは集落の多くの人々に「子宮」と呼ばれている場所でもある。キーヴァに入るときは屋根の穴から梯《はしご》を下りる。そして、儀式の後、キーヴァから出るときは、梯を上って同じ開口部に、同じ〈シパプ〉に出る。そうやって、地下からの原初の現出を再体験――および更新――するのである。実際、プエブロ族は、大地の穴はどんなものでも――凹み、洞窟、峡谷、地面や石の小さな陥没――〈シパプ〉とみなし、そうすることによって、自分たちを支える大地の下にある自らの起源を思い出すのであった。

ひとりひとりの誕生の経験は、こうして地面の下からの生命の集合的現出と結びつけられる。同様に、口承文化の人々にとって、人間の死は、私的な出来事であるだけでなく、大地における変化、すなわち、個人の感受性が外に向かって開き、人間以上の感覚世界と再び結合するプロセスなのである。昔のポーニー族の話では、人は死ぬと幽霊になって戻ってきて、こう言うのだという――「私はあらゆるものに存在している。草にも、水にも」(48)。死んだ者は、霊的な天国に向かうために感応的世界を見捨てて去ることはない。逆に、死者の生命力は、目に見える地平の彼方に、すなわち、伝統的に祖先がすべて集り、現在でもそこから生けるものたちの土地で生じる出来事に影響を与える近くの土地に、旅すると思われていることが多い。たとえば、上述のプエブロ族の間では、死者は〈カチーナ〉の村へ旅に出ると考えられている。その場所は、ズニ族にとっては、西へ何日か旅したところにある湖の下にある。カチーナは、神のような祖先で、定期的に集落に戻り、季節の儀式で仮面をつけた踊り手によって演じられたり見える形にされる。しかし、カチーナは、人々がそう祈ればいつでも、地平の彼方から近づいてくる雨をもたらす雲として集落を訪れ、手作業で農耕をおこなう人々が依存しているトウモロコシなどの作物に必要な、生命を与える水分を運んでくる。

ホピ族は、他のプエブロ族と同じように、祖先が土壌を肥やす雲であり、生きている人々の暮らしがかかっている作物に滋養を与える雨をもたらすものだと信じている。死の必然性は……さらに際立たされる。それゆえ……〈死〉は、祖先を、雨をもたらす雲やカチーナに変化させてよみがえらせる。こうして、水分はトウモロコシや他の食べ物を養い、それらが今度はホピ族に滋養を与え、永遠の循環において死が生命を養う。(49)

農耕をおこなわない部族の間でも、死者は地平の彼方の土地へ旅に出て、その後そこから動物や他の自然物のすがたで生きている人々のところへ帰還する、と考えられることが多い。実際、多くの狩猟部族にとって、山の向こうや海の向こうの世界は、現在の風景に現れていない時の多様な動物の種が棲んでおり、鹿やサーモンがそれぞれ動物の仮面を剥ぎ半人間のすがたで暮らす場所なのであった。一つだけ、北米大陸の北西部に住むスカジット族の例を挙げよう。彼らの考えでは、サーモンは川での産卵以外の時期は、地平の彼方で人間のすがたをして生きている。十九世紀、部族の数人が北米大陸の東海岸を旅し、肌の色の薄い人々がたくさん暮らしているのを見た。旅から戻ると彼らは、サーモンの国に行ったと話し、サーモンが人間のすがたで歩いていたと報告した。(50)

アメリカのプレーン族にとって、少なくとも十九世紀は、地平の彼方にある死者の家は常に食用植物や野生の獣の獲物が多い土地――よく知られた伝説の「たのしい猟場」――であると考えられていた。祖先の暮らす肥沃で食料の豊かな土地に関する先住民の考え方は、あの世の天国を信じるキリスト教徒の古い信条と似ているが、重要なのは、口承文化の人々にとって、そのような世界は生ける現在の感覚世界から決して切り離されてはいなかったということだ。そのような世界は、経験世界の外部に描かれていたのではなく、感応的世界それ自体の神秘や密かな奥行きとして感じられていたのである。

大いなる天空の力――太陽、月、星群――の生命や活動に細心の注意を向けると、通常高さや垂直的超越と関連づけられるこのような存在物でさえ、地平の彼方から現れ、そこへと還ってゆくことに気づく。たとえば、ショショーニ族は、死者が「天の川をたどって」死者の国へ行ったと言うが、それは、複数の人類学者が主張するように、部族の人々が天国を信じているということにはならない[51]。天の川は、死者の魂がたどる目に見える跡ないし「道」であることに尽きるのであり、この跡は――私たちにも難なく見えるように――まさしく**地平の彼方**にのびている。

だがここで、奇妙な曖昧さがあることを認めなければならない。**地平の彼方**は、太陽が私たちから去る時に向かう世界であり、夜明けにそこからすがたを現す世界である。それは、月がそこへと向かい、そこから戻ってくる世界である。しかし、単にこうも言えるのではないか。すなわち、太陽は**地面の下**に沈み、月は**地面の下**から上る、と。上って沈むということをめぐる直接的、感覚的経験に留意すると、地平の彼方の月の動きは地面に向かう下降運動として経験され、毎朝の日の出は、冬の終わりにウッドチャックがすがたを現すのと同様に、地面の下からの出現であることがわかる。たとえば、カイオワ族の書き手であるN・スコット・ママデイは次のように語る。

「太陽はどこに住んでいるの?」……こう質問した先住民の子どもに親は答える。「太陽は大地に住んでいるのだよ」と。リオ・グランデ・プエブロ族の太陽観察人《サンウォチャー》は、太陽がすがたを現す正確な地点を毎日観察するという神聖な仕事に就いており、太陽が生きていて大地と不可分であることを心得ている。彼は、最も遠くにある東のメサを「太陽の家」と呼ぶ。……誰かが太陽に「どこに行くの？」と訊くならば、太陽はこう答えるだろう、「家《ホーム》に戻るんだよ」と。家が大地を指すことはすぐに理解される。すべての自然力、動物、物が存在するこの大いなる統一において、すべてのものは生きている。……私の父は子どもの頃、驚きと、ある種の恐れを感じながら、「トンボ」を意味するコイ・カン・ホールという老人が最初の陽光を浴び、腕を伸ばし、ペイントされた顔を東に向けて、「地面から生まれる太陽に祈っている」様子を見ていたという。[52]

現象学的に考えると、太陽という光り輝く球体は、毎晩、地面に向かって旅をし、夜通し足元の深みを移動し、夜が明けると目に見える世界の反対側にすがたを現す。先住民文化のいくつかは、地面を移動している間に太陽がその炎の命で大地を受胎させ、数多の生けるものたち――人間も非人間も――を生ましめ、それらが大地の表面で大きくなると信じている。

このように、**地平の彼方**への旅は**地面の下**に通じ、その逆も然りである。ここで見え始めたのは、私たちが「過去」や「未来」と呼んできた地勢をめぐる、口承文化の人々にとっての秘密の正体――これら二つの大きく異なる不在の様式が、それにも関わらず、気分《ムード》のように、互いに変質し混じりあってぼやける興味深いあり様――である。このようなわけで、多くの先住民文化には遠い過去と遠い未来を識別するのに一つの言葉しかない。たとえば、バフィン島のイヌイットの間では、〝*uvatiarru*〟という語が「昔」と「未来」の両方に訳されうる。[53] 遠い過去の遠い未来への循環的変化、あるいは、〈これまであったもの〉から〈これからくるもの〉の循環的変化は、目に見える現在のはるか下で絶え間なく起きているように見える。そこでは、地平の彼方の見えざる土地が、私たちの足の下の目に見えない深みへと折り重なっている。

マルティン・ハイデッガーの過去と未来に関する注意深い描写により、こうした時間の領域が知覚的な場の実際の次元であることがわかったわけだが、ハイデッガーが論じた時間的次元は二つだけでなく、現在を含めて三つあった。『存在と時間』でハイデッガーは、現在にはそれ固有の脱自態、それ固有の超越、そして、そこへと連れて行かれる、それ固有の「行く手」があると述べている。[54] ここで示唆されているのは、現象は過去や未来の内部だけでなく、現在というこの厚い層の内部にも潜んでいるということである――すなわち、感覚で捉えられる現在の中心には不可思議な秘密の次元があり、そこへと現象が退いたり、そこから現象が絶え間なく生じたりしている、ということである。「時間と存在」でハイデッガーは、「現在それ自体においてさえ、ある種の接近やもち来たらしがあり、それは、ある種の現在化（presencing）なのである」と書いている。[55] あたかも、逆説的だが、現在のことをまったく知らない不在の様相というものがあり、そこから現在が臨在する、というふうに。「現在においても、現在化は与えられるものである。[56]」

　ということは、開けた風景に固有の、何か別の不在や不可視性の様式があるのだろうか。これまでにわかったのは、この知覚できる現在の内部に、私を取り巻く木の幹や石の背後に横たわる隠れた本質があり、それは、そこの丘の裏側に横たわっているものの見えざる性質と一致し、究極的には、そこから数多の存在物が目に見える土地へ入り、そこへと様々な現象が退き、後退し、最後には消えて見えなくなるところの、知覚できる現在の地平の彼方にある土地と対応している、ということである。他にもわかったのは、こうした木々の幹の内部に、石や丘の内部に宿るものの隠された性質である。それは、究極的には、**地面の下**の見えざる本質と一致し、そこから存在が芽吹き、広がり、そこへと砕け、分解し、沈んでゆく。現在という厚い層において、本質的に固有で、**地面の下**や**地平の彼方**の単なる変形ではないような、不在の明白な様式はほかにあるだろうか。逆説的にも既に開けにあり、そこから目に見える風景それ自体が絶え間なく現前するところの、秘匿の様式が。

おそらく私の方法は行き過ぎているのかもしれない。未来による現前の保留と過去による現前の拒否のみならず、現在性それ自体の内部から現前の秘匿をも位置付けようとしているのだから。私はかつてないほど困惑しきっていて、自分が何を探し求めているのかわからないし、それについて想像することもできない。樹木の茂った丘を見渡している時でも、こうした問いによって、また、周りの生命ある大地を直接感じたりそれに反応したりすることを妨げる考えや連想によって、私の心は混乱する。リラックスするために、もっと深く呼吸し、ひんやりとした風が鼻腔を満たす感触をたのしみ、胸や腹がゆっくりと膨らみ収縮するのを感じる。思考が軽くなり始め、内なるおしゃべりは息を吸って吐くリズムをとり、言葉それ自体は融解し、呼気とともに流れ出し、大地の静かな呼吸と混じり合う。内なるモノローグは散り、ゆっくりと、松の葉のざわめきや雲の落ち着いた歩みに消えてゆく。

蝶が一匹そばを舞い、金色の羽を二、三度さっと羽ばたかせて繊細な気流を飛行し、白い花で羽を休める。草の薹《とう》が風に揺れ、群生している野の花が茎の上で小刻みに揺れ、花から花へと移動している虫たちがうなりを立てながら自分のところに来ないかと待っている。小川のそばの伸び放題の果樹園で咲いたばかりの花から漂う芳しい匂いは、羽のあるものたちを刺激するだけでなく、微かな風に乗った蜘蛛の巣のように、遠くからこちらへ運ばれてくるにつれ、私の鼻をくすぐる。いまや私の感覚する身体は世界に向けてはっきりと覚醒し、不可視性の三番目の様式に意識的になってくる。それは、あまりにも深く浸りきっているために十分に気づくことの難しい、見えざる次元の様式……

空気の不可視性である。

第七章　空気の忘却と想起

ここに腰をおろそうではないか、……この広々とした大平原のうえにな。ここからならハイウェイも、柵も、そんなものはなにひとつ見えやしない。せっかくだから、毛布なんて敷くのもやめにしよう。どうかね、大地の感触をわしらのこの身体でじかに味わってみては。地球そのものをなまで感じてみるんだ。しなやかな灌木の感触をな。生えている草をマットレスのかわりにすればよい。すこしチクチクしているが、座り心地は柔らかくて、これでなかなかのものだぞ。ひとつこの場に皆でじっと座って、せめて気分だけでも、石になったり、植物になったり、木になったりしてみようではないか。しばらく動物になってみるのもいい。その動物が考えるように考え、その動物が感じるように感じてみるのだ。じいっと耳を傾けてごらん。聞こえてくるだろう。感じるだろう。匂いも、味もするだろう。それがほんとうの空気というものだ。ウォニヤ・ワカン。神聖な空気。それは自ら呼吸することで一切のものを蘇らせる。ウォニヤという言葉にも、ウォニヤ・ワカンにも、「魂」「生命」「息」「再生」の、すべての意味がある。わしらはただこうやって一緒に座っているだけで、なにに触れているわけでもないのだけれど、しかしそれでも、そこにはなにかがあるのだ。隣の人間とのあいだに、たしかになにものかのあることが感じられる。目には見えないが、しかとそれはそこに存在する。自然について考える手はじめとしては、自然について話すのがいいだろう。いやむしろ、自然に話しかけよう、川に、湖に、風に話しかけよう。親戚に話しかけるように。

——ジョン・ファイアー・レイム・ディアー

空気はなんという神秘であろう！　それは人間の感覚にとってなんと謎であることか！　一方で、空気は名付けることのできるもののなかで最も広く行き渡っている存在であり、私たちを内側と外側から包み込み、抱きしめ、愛撫し、皮膚に沿ってさざ波のように動き、指の間を流れ、腕や太ももの周りを旋回し、口蓋に沿って渦巻きながら回転し、喉や気管を絶え間なく滑り抜け、血に、心臓に、自己に滋養を与える。魚が海に浸っているのと同じくらい確実に、私はその深みに身を浸している。

しかし他方で、空気はこの身体にとって最も並外れた不在である。なにしろ空気はまったく目に見えない。そこに何かがあるのはわかっている——空気が顔にぶつかりながら動いているのを感じることができるし、味も匂いもわかるし、耳の中で回ったり木の幹に沿って渦巻いたりする時には空気の音を聞くことさえできるが、それでも空気を見ることはできない。見ることができるのは、空気が引き起こしている絶え間ない動きであり、それは雲の形成や、ヒロハハコヤナギの枝を曲げる様子や、小川の水面にさざ波を立てる様子からわかる。上空に舞い上がるコンドルのはためく羽、螺旋を描きながら落下する葉の軌跡、帆のように大きく波打つ蜘蛛の巣、空間にゆったりと漂う種——これらはすべて、感応的な空気の存在を私の目にはっきりと顕している。けれども、空気それ自体を見ることはできない。

地平の彼方にあるものに備わる隠れた性質とは異なり、また、地面の下にあるものの目に見えない性質とも異なり、空気は原則的に目に見えない。今日地平の彼方にあるものは、未来に向かって旅することで少なくとも部分的には露わにされうるし、地面の下に待っているものは、過去に向かって掘ることでいくらか露呈されうる。しかし、空気が私たちの目に開かれることは絶対にないし、そのすがたは決して明らかにならない。それ自体は目に見えないものであるが、それを媒介として私たちはこの土地のあらゆるものを見ている。

そして、この目に見えない謎は、生が生きることを可能にするまさにその神秘にほかならない。それは、呼吸する身体を、**地面の下**（土壌の豊かな微生物の生、岩盤の奥深くに堆積する化石や鉱物）や**地平の彼方**（遠くの森や海）とつなぐだけでなく、生ける現在という開いた場で私たちが知覚しているあらゆるもの――草やポプラの葉、大鴉、うなっている虫、流れる雲――の内的な生と結びつける。植物の静かな息が吐いているものを私たち動物は吸っており、私たちの息が吐いているものを植物は吸っている。空気は、目に見える風景の魂で、あらゆる存在がそこから滋養を得る秘密の領域であると言えるのではないだろうか。生ける現在のまさに不可思議である空気は、そこから現在が存在する最も親密な不在であり、それゆえ大地の忘れられた存在に接近するための鍵である。

多様な先住民文化に最も共通しているのは、空気、風、息が神聖な力の諸側面であるという認識である。遍在する存在、徹底した不可視性、目に見える現象のあらゆる様式に疑いなく及んでいる影響ゆえに、空気は口承文化の人々にとって、言い表すことができず不可知でありながらも明らかにリアルで効力を有するものすべての原型である。発話《スピーチ》との明らかな結びつき――話された言葉が構造化された呼吸であるという意味で（息を吐かずに言葉を話してみようとすればわかる）、また口に出された言葉は人と人のあいだを動くこの目に見えない媒体から伝達力を得ているという意味で――から、空気は言語学的意味や思考と深く関連している。実際、空気の表現不可能性は、気づきそれ自体の表現不可能性と似ており、したがって、多くの先住民文化の人々が気づきや「精神」を、頭の中にある力としてではなく、他の動植物や山や雲とならんで、彼ら自身の内部にある性質ととらえているのは驚くべきことではない。

　オーストラリア先住民文化のなかで生活し研究に取り組んだロバート・ローラーによれば、アボリジニの人々は周囲の目に見える存在物――岩、人、葉――を意識のある気づきの具現と捉え、そうした存在物のあいだにある目に見えない媒体を西洋人が言うところの「無意識」――創造的であるが見えない領域で、そこから意識を有する形が生じるもの――として経験する傾向があるという。(1) たとえば、〈アルケリンガ〉ないしドリームタイム――夢のような出来事が展開する暗黙の領域で、目に見える現在はそこから絶え間なく生まれてくる――は、周囲の丘や地形の内部だけでなく、空気それ自体の目に見えない深みに、すなわち私たちや周りのものすべての内部に流れるこの媒体の厚みに存在している。それゆえ、オーストラリアのアボリジニは様々な大気現象に荘厳な意味を付与する。稲妻の閃光はドリーミングの深みからの凄まじい放電として経験される。鳥たちは、見えざるものを通って飛んでいることから、無意識を伝えるもの《メッセンジャー》として経験されるし、虹（上空に向けて弧を描き再び大地に向かって降下するレインボースネーク）は最も執念深く危険であるが生を授ける力を象徴していると思われている。(2) というのも、虹はドリーミングのちょうど縁《エッジ》として――目に見えない無意識の力が目に見えるようになる、まさにその場所として――知覚されているからである。(3)

大草原《グレートプレーンズ》の風と魂

遍在しているが目に見えないという空気の性質により、空気という根元的神秘に関する土着の信仰や教えは、口承伝統の中でも最も密やかで神聖な部類に属している。風や息に関する先住民の教えは追跡したり記録することが大変難しい。というのも、そうした教えに声を与えることは、空気の包羅的な力の、すなわち私たちの生および大地の生に絶対に欠くことができない謎の存在（あるいは不在）の、神秘や聖性を汚しかねないからである。

周知の通り、北米のほとんどの先住民にとって、空気はきわめて神聖な力を持っていた。たとえば、南西部のクリーク族の間では、創造神――地球や太陽と同等ないしそれ以上の力を持つ唯一の神性――は、ヘサキツメセすなわち息の支配者と呼ばれている。霧や風やそのほか大地を横切る気象を生み、人々の運命を左右するのは、この存在にほかならない(4)。

ラコタネーションにとって、〈ワカン・タンカ〉すなわち〈大いなる神秘〉のワカンすなわち最も神聖な側面は、〈タク・スカンスカン〉すなわち〈包み込む空〉である。呪術師には略して〈スカン〉として知られる〈タク・スカンスカン〉は、あらゆるところに存在していると実感され、あらゆる事物に生命、動き、思考を与えるが空の青さとしてのみ目に見える、遍在する魂とみなされている。（現代のラコタ族が英語で〈大いなる《グレート》魂《スピリット》〉と呼ぶものはこの神性のことである。）タデイ（Tate）――〈風〉――は、スカンが自らの中身で創り出したもので、スカンとともに世界中に彼の希望やメッセージを運ぶ。（そのようなわけで、スカンとタデイ――〈空〉と〈風〉――は、ラコタの呪術師に同じ存在として語られることがある。[5]）バッファロー族の美しい女性イデイ（Ite）と結ばれたのがタデイであった。この結婚でイデイは〈北風〉〈東風〉〈南風〉〈西風〉を生む（小さなつむじ風ないし塵旋風も）。こうした四つの〈風〉は、今日執り行われているラコタ族のあらゆる儀式を構造化し、それらに特定の魔術を与えている。[6]

一方で、ピースパイプはラコタ族にとって所有物の中で最も神聖《ワカン》である。北部の平原でしか見つからない暗赤色のパイプ石──祖先の血が石化したと考えられている石──を彫って作られる聖なるパイプは、スウェットロッジからサンダンスに至るラコタ族の全儀式において厳格に用いられる。パイプの煙は目に見えない息を可視化し、煙がパイプから上がるにつれ、奉納としてパイプをふかしている人と世界に棲まう他のすべての存在──羽のある部族、歩いたり這ったりする部族、そして樹木や草や灌木や苔類など根を張る数多の存在──との目に見えないつながりを可視化する。[7] さらに、立ち上る煙はラコタ族の祈りを空の存在に──太陽に、月に、星々に、雷鳴の存在に、雲に、そしてウォニヤ・ワカンに抱かれているあらゆる力に──届ける。

ウォニヤ・ワカン。神聖な空気。それは自ら呼吸することで一切のものを蘇らせる。ウォニヤという言葉にも、ウォニヤ・ワカンにも、「魂」「生命」「息」「再生」の、すべての意味がある。わしらはただこうやって一緒に座っているだけで、なにに触れているわけでもないが、しかしそれでもそこにはなにかがあるのだ。隣の人間とのあいだに、たしかになにものかのあることが感じられる。[8]

どのような儀式であれ、その始まりにおいてラコタの呪術師は聖なるパイプに詰め物をして火をつけ、自分がふかす前に〈西風〉に吸い口を差し出し、風が煙を共にできるようにする。次に〈北風〉に吸うようにとパイプを回して、続いて〈東風〉に、最後に〈南風〉に回す。神々のメッセンジャーとして、風は儀式で最初に接近される力である。(9)
四方位の風は時間をめぐる円環的、空間的感覚と深く関連している。スウォードというラコタ族の古老の呪術師が、二十世紀初頭に受けたインタビューで次のように語っている。どんな儀式でも、火のついたパイプの吸い口を四つの風それぞれに差し出した後——

呪術師は同じようにパイプを動かし、パイプの吸い口が再び西の方に向くところ言う。「回して、四つの四半分《クオーター》と時間を完結した。」このようにしなければならないのは、四つの風がそれぞれ円環の四半分であり、人類がそれらがどこにありどこから生じるのかを知らず、パイプが直接それらに差し出されねばならないからである。四つの四半分は世界にあるものすべてと空にあるものすべてを取り巻いている。それゆえ、パイプを回すことによって、すべての神々に捧げものがなされるのである。円環は時間の象徴である。というのも、昼の時間、夜の時間、月の時間は世界の上の円環であり、年の時間は世界の境界を取り巻く円環であるからだ。したがって、完結した円環に置かれた火のついたパイプは、すべての時間への捧げものなのである。(10)

円環が完結すると、呪術師はパイプの吸い口を空に向けて、〈風〉に、タデイに、四つの〈風〉の父に差し出す。そして最後に、「呪術師はパイプをふかしながらこう言う——『〈大いなる魂〉とともにパイプをふかしている。青く晴れた日になりますように』と(11)」。

ディネあるいはナバホにおける空気と気づき

空気は北米先住民に一貫して神聖なものとみなされているが、空気に関して最も広く記録されている解釈は、ディネあるいはナバホ族のニルチ（*nilch'i*）――〈聖なる風〉――という概念である。長年にわたって人類学者に誤解されてきたが、ニルチというナバホ語は空気や大気の全体を指しており、動いている空気や私たちが呼吸する時に体内で旋回する空気も含んでいる。ジェームズ・ケイル・マクニーリーが、詳細な実証に基づく著書『ナバホ族の哲学における聖なる風』で述べるところでは、ニルチは「〈風〉、〈空気〉、〈大気〉を意味し」、自然のすべてを満たし、すべての存在に生命、動き、語り、気づきを授ける。さらに、聖なる風はすべての存在と生命的世界の自然力のあいだをつなぐコミュニケーションの手立てとなる。このようにニルチは、ディネあるいはナバホ族の世界観の中心である[12]。

ニルチは一つの統合的現象であるとナバホ族は考えているが、〈風〉もその全体性において多様な側面――それぞれがナバホ語で固有の名前を有する部分的な〈風〉の複数性――から成ると思われている。その一つである「一なるものの内なる〈風〉」（*nilch'i hwii siziinii*）は、〈風〉全体のなかで個々人の内部に流れるものを指す。この考えは、初期の宣教師や、重要な宣教師で民族学者でもあるベラール・ハイルに誤解され、キリスト教信仰の個人の魂と類似したものと受け取られた。こうして、「一なるものの内なる〈風〉」は最近まで、非物質的な精神や魂――個々人の生誕時に入り込み、その人の生活と言動の内的拠り所となり、その人の死とともに去る自律的な存在――と解釈されていた[13]。ようやく最近になって、マクニーリーのような人類学者がキリスト教的世界観によって押し付けられた解釈的遮蔽を突き破り、西洋文化が純粋に内的な魂や精神に起因するとみなす力が、ナバホ族の経験では包み込む〈風〉や〈大気〉全体の属性とされていることを認識するに至っている。「一なるものの内なる〈風〉」は決して自律的ではない。というのも、それは、一なるものを取りまく多様な風とのやり取りという絶え間ないプロセスにあり、実際〈聖なる風〉そのものに含まれるからである。

空気をめぐる口承文化の経験に接近するには、ナバホ族の古老の言葉にたずね、ナバホ族の宇宙の内なる〈風〉や〈空気〉の顕著な影響力について考えてみるとよいだろう。

最初に〈風〉が存在した、人としてな。〈風〉は、〈大地〉が存在し始めるとその世話をした。我々が存在し始めたのは〈暗闇〉が折り重なっているところだった。一番上に横たわっていたのが〈夜明け〉になり、全体を白くしていった。かつて互いに折り重なって横たわっていたもの、これが〈風〉だ。それ（〈風〉）は〈暗闇〉だった。そういうわけで、夜に〈暗闇〉が覆いかぶさると、それが美しく吹くのだよ。それはこの、人なのだ、そう人は言う。夜が明けると、すなわち曙光の中を白くたなびきながら夜が明けると、そこから〈風〉が吹く。〈風〉の存在は美しい、そう人は言う。かつての地下世界では、これは人であったようだ。[14]

地下世界、すなわち地面の下の時間ないし領域では既に、〈聖なる人々〉が現在の世界に現出する前に〈風〉が存在し、他の〈聖なるものたち〉――〈最初の男〉〈最初の女〉〈話す神〉〈呼ぶ神〉――に息と導きを与えていた。こうした〈聖なる人々〉は、地面の下から大地の表面のこの世界にすがたを現す時、〈風〉を伴っていた。〈風〉は既に〈暗闇の風〉や〈夜明けの風〉として差異化していたが、さらに昼の〈青い風〉や夕暮れの〈黄色い風〉へと差異化していった。四つの〈風〉は現出の場から広がり、〈大地〉によって世界の地平に沿って四方位に置かれた――東の〈夜明けの女〉、南の〈水平な青い少女〉、西の〈水平な黄色い少年（あるいは夕暮れ）〉、北の〈暗闇の男〉（この四つの〈風〉の正確な名称はうたによって異なり、単純化して〈白い風〉〈青い風〉〈黄色い風〉〈暗い風〉と呼ばれることも多い）。四つの〈風〉――四つの〈言葉〉とも呼ばれるが――は、ナバホ族の宇宙の縁で、それぞれ基本方位に隆起している聖なる四つの山々の呼吸の手段であると言われている。「それら（〈風〉）が山々の内部に立つと、その時からこれら（山々）は〈風〉によって生きた存在になり、聖なるものとなる、時の終わりまで。[15]」同様に、〈太陽〉と〈月〉はそれぞれ生命と呼吸の手段である〈風〉を有している。他の〈風〉がこうした偉大な力を取り囲んだりそれらのあいだを動いたりし、互いや他の現象とのコミュニケーションの手立てとなっている。四つの方位のそれぞれにある聖なる家から、〈聖なる風〉が世界の様々な自然現象に近づいて入り込み、ナバホ族の人々をはじめ植物や動物や他の〈地表のひとびと〉に生命、動き、思考、話す《スピーチ》能力を与えると言われている。[16]

　ディネが信じるところでは、受胎の瞬間から、すなわち身体的流体の一つである父と別の流体である母が胎児の内部で一つの〈風〉をつくった時から、胎児の内部に〈風〉が存在する。この〈風〉の動きが元となり胎児が動き成長する。赤ん坊が生まれると、その体内の〈風〉が「赤ん坊を発達させる」とナバホの人たちは言い[17]、赤ん坊が呼吸しはじめた時に、取り巻いている〈風〉が子どもに入り込む。この〈風〉

は地平に沿った四方位の一つから送られるのかもしれないし、〈太陽〉か〈月〉か〈地面〉それ自体から送られるのかもしれない。実際、いかなる自然現象からも送られうる。もちろん、最初の息とともに入る〈風〉は、その人の全人生において強い影響力を持つ。しかし、子どもが成長するにつれて他の〈風〉が入り込むので、マクニーリーが記しているように、「子どもは成長とともに、自分の周りに存在する〈風〉の影響力を絶えず受けていると信じるようになる」[18]。

〈聖なる風〉は、それ自体は目に見えないが、それが見える形で残した渦状や螺旋状の軌跡によって認識されうる。ナバホ族によれば、人間に入り込んだ〈風〉は、手や足の指先に見られるような渦状の形やつむじの螺旋形にその軌跡を残しているという。ある古老の説明では——

> 指先に渦巻きの形がいくつもある。〈風〉がここにくっついたのさ。足の指でも同じことが起きる。我々の柔らかいところ、渦巻きのあるところに〈風〉は存在する。頭のてっぺんに二つの渦巻きがある子もいれば、一つの子もいる。二つある子は二つの〈風〉によって生きる。足の指の渦巻き（にくっついている〈風〉）は、我々を〈大地〉につなぎとめている。指先の渦巻きは我々を〈空〉につなぎとめている。こういうわけで、我々は動きまわっても落ちないのだよ[19]。

さらに、私たちが話すことができるのも〈風〉のおかげである。先に言及したように、基本方位を示す四つの〈風〉は〈四つの言葉〉とも呼ばれている。呼吸という手段がなければ話すことができないので、〈風〉それ自体——集合的な息——は言葉の力を有すると言われている。「我々が話せるのは〈風〉によってのみである。それは舌先に存在する[20]。」

マクニーリーは様々な考えを要約し次のように記している。

> ナバホ族の考えによれば、〈風〉は個人の周囲や内部に存在し、呼吸器や身体の表面の渦巻を通って出入りする。内部にあるものや周りにあるものはどれも同じであり、聖なるものなのだ。[21]

最後に、そしてこれが最も重大なのだが、この目に見えない媒体、私たちが身を浸しているこの媒体は、意識的思考能力を私たちに与えてくれるものである。上述したように、四方位の聖なる〈山〉は、互いの、そして他の存在物とのコミュニケーション手段として、それらのあいだに様々な〈風〉を有している。個々人の内部やその周りを旋回する目に見えない風は、メッセンジャーである四方位の〈風〉の一部であると考えられている。このうちの二つの〈風〉——〈小さな風〉や〈風の子〉と言われるもの——は個々人の「知の手段」と思われている。[22] この二つの〈小さな風〉は私たちの両耳の螺旋状の襞の内部に留まり、そこから私たちを導き、差し迫った問題にも遠いところの困難にも私たちの注意を促し、計画や選択の手助けをしてくれる。ナバホ族の人が言葉で考えごとをしている時、その言葉は〈小さな風〉の一方あるいは両方が耳に話しかけてくる声であると考えられている。[23] もちろん〈風の子〉は、遍く存在するニルチ——〈聖なる風〉——の大きな身体の内部にある小さな流れないし渦巻きにすぎない。ある古老の言葉を借りれば、「〈風の子〉と呼ばれるもの、これはまさしく水の中で生きるようなものだ」——すなわち、〈風の子〉は、私たちが完全に身を浸している旋回する空気の身体と切り離すことができないのである。[24]

四方位から吹く〈小さな風〉は、人間の耳だけでなくすべての生ける事物の耳ないし耳と似たものに宿り、それを手立てとして聞き、知り、他者とコミュニケーションをとることができる。[25] それゆえ、たとえば他の動物は、人間がそれらについて何を考えているかがわかる。「動物たち――馬、牛、山羊をはじめ、私たちの生活に欠かせないすべてのもの――は、人間が自分たちのことを良く思うと、〈風〉によってそれを知る。すなわち、動物たちにはわれわれの考えが分かっているのだ。[26]」古老たちのなかにはこう言う者もいる。すなわち、四方位から吹く〈小さな風〉はもはや昔のようにははっきりとナバホ族に助言したり話しかけたりはしないが、他の動物たちには相変わらずはっきりと話しかけ、世界に起きていることを教えている、と。コヨーテや梟のような動物たちは、そうやってわかったことをナバホ族に伝え、ある特定の音や行動で危険な状況を人間に知らせている[27]。

〈夜明けの男〉〈夜明けの女〉〈空色の女〉〈黄昏の男〉〈暗闇の風〉〈風の子〉〈回転する風〉〈光沢のある風〉〈転がる暗闇の風〉をはじめとする多様な〈風〉に言及する際、ナバホ族は抽象的ないし観念的な存在としてではなく、触知できる現象として語る。すなわち、実際に吹いている突風、そよ風、つむじ風、旋風、暴風雨前線、逆流、強風、ふわっと吹く風、爆風、そしてナバホの人々が自らの身体を取り巻き内部に流れている流体の媒体に知覚している息として。ニルチの統一性への深い信頼、すなわち、いくつもの副次的な風は尽きることのない一つの神秘をめぐる内的表現であるというナバホ族の信念は、明らかに次の見方から生まれたものである。すなわち、自らの呼吸で――あるいは強い陽射しで焼けた崖から波状に立ち上る熱や、波のように揺れる空気を分かつ木の枝や、ガラガラヘビの尾のわずかな震えで――つくられた多様な大気の渦巻き、それらの周りだけでなく内部をも旋回する紛れもない流れや渦のすべては、完全に自律的な力ではなく、むしろ、巨大で底の知れない〈空気〉それ自体の身体の内部を一時的に表現したものである、という見方である。

しかしながら、大気全体の一部である様々な風には、ある種の暫定的自律性ないしアイデンティティというものがある。午後になるといつも砂の涸れ谷《アロヨ》に留まる生温かく緩慢な空気は、川沿いのハヒロハコヤナギを吹き抜ける冷んやりとした風とは明らかに異なる。ナバホ族にとっては、予想できない〈風〉もあれば安定した〈風〉もあり、助けてくれる〈風〉もあれば〈害のある風〉もある。たとえば、ある種の危険な〈風〉は、生きている人の内部で良き〈風〉の性質を変えたり、共同体や土地に困難や害をもたらす力を持つ。人はそれぞれ、多様で目に見えない力に満ちたこの世界を細心の注意を払いながら進まなければならず、そのためには、土地それ自体を敬い、自分の生命を四方位との調和ないしホジョーの状態にし、〈地面〉〈空〉〈太陽〉〈月〉〈星〉との相互交流におくよう努めることによって、様々な良き〈風〉との接触を強化することが求められる。

　四方位の山々と同様に、また他の動物や植物と同様に、人間は〈風〉が棲まう場所の一つであり、〈風〉の多様な中心の一つである。私たちが〈空気〉に滋養を与えられ影響を受けているように、私たちの行動や思考も〈空気〉に影響を及ぼしている。すなわち、人は〈聖なる風〉に関して受け身ではなく、むしろ〈聖なる風〉に融即し、その器官の一つとなっているのである。その人の欲求や意図（その人の内的な〈風〉）は彼女を取り巻く不可視の〈風〉の生命に直接融即しており、それゆえ、周りの土地での出来事——おびただしい雨雲の生成、種子の生長、季節的な動物の出産——に関わり、それとなく影響を及ぼす。それゆえ、ナバホ族だけでなく他の多くの先住民族のあいだでも、そうした大地の出来事が顕現していない（潜在的で目に見えない）ものから顕現する（目に見える）存在へと現出することに対して影響力と助力を持つために、集中的な思考と祈りが重視されている。

　ナバホ族は、発話《スピーチ》の儀式的な力を通してはじめて、包羅的な宇宙の出来事にきわめて強力に影響や変化を及ぼすことができる。ゲーリー・ウィザースプーンの画期的著書『ナバホ族の宇宙における言語と芸術』によれば[28]、ナバホ族は話すという行為を思考の外在化として、すなわち、周りの〈空気〉が変化を被っている「外的世界に形式を組み付けたもの」と捉えている。[29] そして、〈空気〉や〈風〉は、そこにおいて他の自然力が生を営み活動する媒体にほかならないので、歌い手は歌を通して〈空気〉を変化させることにより、大いなる自然力それ自体の活動に作用し、巧妙に影響を及ぼすことができる。

ナバホの人間は、ナバホ語でホジョーと呼ばれる、世界における幸福や美の調和状態の更新あるいは回復を願うとき、儀式を通してまず彼自身の内部でこの調和と平静を創るよう努力しなければならない。自分の内部にホジョーを確立した後で、歌や祈りの変容力を通して、包羅的な宇宙にこの幸福の状態を積極的に伝えることができる。そして、ウィザースプーンによれば――

儀式の形を通してホジョーを空気に投影した後、儀式の終わりで、その人は呼吸してホジョーを自分の中に戻し、語り《スピーチ》と歌という儀式的手段を通して世界に投影した秩序、調和、美の一部となる。[30]

ウィザースプーンの著書から引いた短い一節だが、ここには、ナバホの人々と彼らを包み込んでいる生命ある宇宙との相互交流的で循環的でさえある関係が明らかである。彼らはこの世界の他の力に関しても受身ではない。あるいはむしろ、受身でも活動的でもあり、息を吸いもすれば吐きもし、多様な存在の滋養を受け取りもすれば、それらに積極的に滋養を与えもする。「祝福の道（Blessingway）」の儀式で語られるように――

生命あるすべてのものとともに、話す力のあるすべてのものとともに、呼吸する力のあるすべてのものとともに、教え導く力のあるすべてのものとともに、祝福におけるものとともに、私たちは生きる。[31]

ナバホ族にとっての〈空気〉は――とりわけ、気づき、思考、話す能力《スピーチ》を与える力において――ヨーロッパのアルファベット文明が伝統的に内的な個人の「精神」や「霊魂」に帰してきた特性を有するものである。けれども、こうした力を〈空気〉の属性とみなし、「我々の内なる〈風〉」が〈風〉一般――私たちが身を浸している目に見えない媒体――と完全に連続したものであるというナバホの古老たちの考えは、私たちのいう「精神」が私たちのものではないということ、人間の所有物ではないということを示唆している。〈風〉としての精神は、私たちを取り巻く世界の所有物にほかならず、その世界に人間が――他のすべての存在と同じように――融即している。人それぞれの気づき、私的な自己の感覚や精神は、その人の内部を旋回し、その人を通って旋回し、その人の周りを旋回している、包羅的な〈空気〉の一部にすぎない。したがって、人の知性はそもそも、土地の旋回する精神に完全に融即していると考えられている。土地に降りかかる度を過ぎた害は、その土地の内部に棲むすべてのものの気づきの内部で容易に感じとられる。このように、ひとりひとりの健康やバランスや幸福は、包羅的な大地の健康や幸福と切り離すことができないのである。

気づきと空気を同じものと捉えるナバホ族の考え方――精神というものを、我々の内部に棲まう非物質的で霊的な力ではなく、私たちが（木々やリスや雲とともに）身を浸している目に見えないけれども感じることのできる媒体と捉える直観――は、ヨーロッパに出自を持つ人にとっては異様に、あるいは突拍子がないとさえ、感じられるにちがいない。けれども、ほんの少し語源を調べれば、気づきと空気の同一視はヨーロッパ文明と大して矛盾しないことがわかる。実際、英語の「霊魂（psyche）」――その現代の子孫である「心理学（psychology）」「精神医学（psychiatry）」「心理療法（psychotherapy）」もそうだが――は、「霊魂」や「精神」だけでなく「息、呼吸」や「一陣の風」を意味する古代ギリシャ語の〝*psychê*〟（プシュケー）に由来する。この名詞は、「呼吸する」「吹く」を意味する動詞〝*psychein*〟から派生している。[32] 一方で、「空気、風、息」を意味するギリシャ語――「プネウマ（*pneuma*）」という語で、その派生語に「空気作用による（pneumatic）」や「肺炎（pneumonia）」といった言葉がある――も、私たちが英語で「精神（spirit）」と呼ぶ重要な原理を表している。[33]

もちろん、「精神（spirit）」という語それ自体は、非物質的で非感覚的な意味を含み持つにもかかわらず、きわめて身体的な言葉である「呼吸（respiration）」と直接関係があり、両者はともに「息」と「風」を意味するラテン語の *spiritus* を共通の語源としている。[34] 同様に、「魂（soul）」を表すラテン語の「アニマ（*anima*）」――この語から進化した用語に「動物（animal）」「アニメーション（animation）」「アニミズム（animism）」「同意見の（unanimous）」（一つの心、一つの魂）などがある――も、「空気」と「息」を意味する。さらに、これらは別々の意味ではない。プシュケーと同じくアニマも、元々は、現在「空気」と呼ばれるものと「魂」と呼ばれるものの両方から成るような根元的現象に名を与えていた。より特定的な「アニムス（*animus*）」というラテン語は、「我々の内部で考えるもの」を意味するが、同じくアニマという語源から派生し、このアニマが由来するより古代のギリシャ語「アネモス（*anemos*）」の意味は「風」

である。[35]

多くの古代言語において「精神」「風」「息」を同じものとみなす考え方がみられる。「大気（atmosphere）」という客観的で科学的地位を確立している用語でさえ、サンスクリット語で「魂」「空気」「息」を意味する*atman*との古代的つながりを有している。このように、現在では単に受け身で無感覚な媒体と思われている空気を指すおびただしい数の用語は、かつて空気を生命や気づきと同一視していた語に明らかに由来している。そして、現在では非物質的な精神や魂だけを示しているように見える語は、かつて息を神秘の実体そのものとして名付けていた語に由来しているのである。[36]

ラコタ族やナバホ族に劣らず、古代地中海文化にとっても、かつて空気は聖なる存在であった、と結論づけることは避けがたい。霊魂（psyche）と精神（spirit）の経験的な源泉として、かつて空気は気づきの物質そのものとして、精神の名状しがたい身体として、感じとられていたのであろう。だからこそ、気づきは、人間を他の自然から区別する性質として経験されるどころか、もともと目に見えない形で人間を他の動物や植物や森や山々に**結びつける**ものとして感じとられていた。目には見えないが経験の共通の媒体であったからである。

しかし、いかにして空気はその心理的性質を失ってしまったのだろうか。いかにして霊魂はかくも完全に世界から撤退してしまったのだろうか。いかにして杉の木、蜘蛛、石、嵐雲は、かつてそれらが宿っていた心理的奥行から（あるいは、いかなる心理的共鳴や関連するものからも）切り離されてしまったのだろうか。いかにして霊魂、魂、精神が人間の頭蓋の奥深くに引っ込み、空気が薄く自明の存在になり、今日では単に空っぽの空間と同一視されるようになってしまったのであろうか。読み続けていただきたい。

風、息、話すこと《スピーチ》

多くの昔の部族の言語と同様に、「精神（spirit）」と「風（wind）」を一語で意味する言葉がヘブライ語にある。「ルーア（*ruach*）」である。ここで注目したいのは、精神の風を意味する「ルーア」がヘブライの宗教性の中心を成すということだ。「ルーア」の根源性、そして「ルーア」が神聖なるものと深く結びついているということは、ヘブライ語聖書の冒頭に明らかである。

神が天と地を創造した当初は、地は形がなく何もなく、闇が大いなる深みの上にあり、神からの風《ルーア》が水の上を動いていた(37)……。

地や天が存在する前の、まさに創造のはじまりにおいて、神が水の上を動く風として存在しているということ。同じような風の根源性をナバホ族の語りでみたことを思い起こそう。「最初に〈風〉が存在した……そして〈風〉は、〈大地〉が存在し始めるとその世話をした(38)。」創世記の次のセクションでわかることだが、息は、人間と神聖なるものをつなぐ最も親密で根元的なものであり、神と人のあいだを直に流れている。神は、人間（*adam*）を大地（*adamah*）から作った後、人間の鼻に生命の息を吹き込み、そして人が目覚める(39)。「ルーア」は息を指す際に使われるようだが、ここで用いられるヘブライ語は「ネシャーマー（*neshamah*）」であり、この語は息と精神の両方を意味する。「ルーア」が一般に風か精神のどちらかを指すのに対し、「ネシャーマー」はより私的で個別化された風のすがた、ある身体の風や息、たとえばナバホ族の「一なるものの内なる〈風〉」のようなものを指すことが多い。この点で、「ネシャーマー」は意識ある気づきを指す時にも用いられる。

私たち現代人は、ギリシャやキリスト教の思想というレンズを通して古代ヘブライ文化を見る傾向がある。ユダヤ教の学問や、より現代的なユダヤの自己理解さえ、何世紀にもわたるギリシャやキリスト教の解釈の影響を受けている。そのようなわけで、現在多くの人が、古代ヘブライ人を来世の天と地獄あるいは個人の魂の非物質性や不死を信じる時代錯誤的思想と結びつけている。けれども、こうした二元論的見解の存在する場所はヘブライ語聖書にはない。その証拠を注意深く探すと、古代ヘブライの宗教性が現在思われているよりはるかに受肉的であり、感応的な大地に共鳴していたことがわかる。

先に見たように、古代ヘブライ人は表音文字を持続的に用いた最初の共同体の一つであった。その上、他のセム語の部族とは異なり、アルファベットを経済的および政治的な記録の保存にだけ用いるのではなく、先祖の物語、伝統、法律の記録にも用いた。古代ヘブライ人はおそらく、自らの感覚的参与を周りの自然の形から純粋に音声的な記号へと変化させ、この新しい強力な技術によって可能になった認識論的独立を経験した最初の民族だったと言えよう。古代ヘブライ人によって、目に見える自然の形に積極的に関わることは偶像崇拝とみなされるようになったのである。土地ではなく文字が先祖の知恵を保持するようになったのだ。(40)

しかし、ヘブライ人は目に見える自然の形(月、太陽、あるいは雄牛のように中東の他の民族にとって神聖な動物たち)とのアニミズム的関係をすべて断ちはしたが、そうした世界の目に見えない媒体との融即的関係は持ち続けていた。すなわち、風や息との関係である。

この関係の力は、ヘブライ語の書記体系であるアレフベートの構造そのものから直に推論できる。この古代のアルファベットには、そこから派生した複数のヨーロッパ版とは異なり、私たちが「母音」と呼ぶようになった文字がなかった。ヘブライ語のアレフベートを構成する二二文字はすべて子音だったのである。それゆえ、伝統的なヘブライ語で書かれたテクストを読むためには子音の文脈から母音を推測し、書かれた音節を読む際に適切な母音を加えねばならなかった。

なぜ母音文字がなかったのか。その理由の一部は、セム系諸語の形態構造によって説明がつく。セム系諸語では、同じ子音の組み合わせ（通常、三つの子音の結合群としてのまとまり）を持つ語同士は関連する意味を有する。この形態により、ヘブライ語に堪能な人であれば、母音文字がなくても努力すればヘブライ語のテクストを正しく解読することが可能である。それでも、母音を指す文字が加えられたことで、古代ヘブライ語は広く読まれるようになったようである。後のヘブライ語書記官のなかには、特定の母音を表すためにアラム語の一般的慣習にならって*H*、*W*、*Y*という子音を用いた者もおり、そのような事実に母音の欠如が困難として実感されていたことがうかがえる。七世紀に、文字の下や上に小さな点やダッシュを挿入するかたちでヘブライ語のテクストに母音が示されるようになると、その後のヘブライ語のテクストの標準構成要素として使われるようになった[41]。

伝統的なアレフベートにおける母音文字の欠如に関する別の、おそらくより重大な理由は、母音の音の性質それ自体と関連する。子音は、唇、歯、舌、口蓋、喉が一時的に息の流れを妨げて語やフレーズに形を与えるという方法で形成されるが、母音は妨げを一切受けない息そのものによってつくられる音である。すなわち、母音は息そのものなのだ。古代セム人にとって、息は生命と気づきの神秘にほかならず、目に見えない「ルーア」——聖なる風あるいは魂——と不可分の神秘であった。先述したように、息は神によってアダムの鼻に吹き込まれた生命の宿る実体であり、そのようにして神は人類に生命と意識を付与したのである。ヘブライ語の書記官は、母音を発音するための文字を作らないことにより、不可視なるものの可視的表象を避けようとしたのかもしれない。母音すなわち発音される息を目に見える形で表すことは、口にすべからざるものを具体的に表すことに、すなわち神なるものを目に見える姿にすることになったであろう。不可視であるがゆえに不可知であった神秘——神聖な息、聖なる風——を目に見える形で表すことになったであろう。そういうわけで、これは実現しなかった。

無論、そもそも古代セム人の書記官が母音あるいは発音される息というものを考えついたか否かは知る由もない。彼らの風や空気に対する敬虔さ——話された言葉に伝達の魔術を与える風や空気の神聖さをめぐる感覚——を考えれば、母音や発音される息という考えが生まれる余地はなかったと十分に考えられる。いずれにせよ、母音表示の回避が意識的なものであれ不注意によるものであれ、書かれた母音記号の不在が、古代セム語のアレフベートとその後のヨーロッパのアルファベットとの重大な相違となっている。

たとえば、ギリシャ文字やローマ字で書かれたテクストとは異なり、ヘブライ語のテクストは、感応的で受肉した世界の分身——代役あるいは代理——として経験されえない。ヘブライ語の文字やテクストは、それ自体で十分なものではなく、読まれるためには、読み手の息が加えられ魂を吹き込まれねばならなかった。目に見えない空気は、すなわち目に見える大地に生気を与えるこの神秘は、目に見える文字に生気を与え、活気ある状態にし、語るためにも必要とされたのであった。このように文字それ自体は明らかに根元的で受肉した生活世界に依存し続けており、その世界の息そのものによって活性化され、世界と切り離される時には同時にその力も失うような状態にあった。母音文字の不在によって、ヘブライの言語と伝統は人間だけの共同体を超えるものの力に開いた状態を保っていたのである。ヘブライ的感性の根は、弱々しい形であったかもしれないが、生命ある大地に下ろされていたと言えよう。(先述したように、ヘブライ語聖書はユダヤ人にとってある種の持ち運び可能な母国《ホームランド》となった一方、呼吸する大地それ自体――それにテクストは明らかに依存しているのだが――に取って代わってはいない。それで、現在に至るまでユダヤ人の歴史には亡命や帰還の切望といったテーマが存続しているのである。)

古代ヘブライ語に母音文字がなかったということは、伝統的ヘブライ語のテクストを読む際に読み手が適切な母音ないし息の音を選ぶ必要があったことを暗に意味しているが、どの母音を選ぶかにより書かれた子音の意味が変わった(英語では、〝RD〟という子音群の意味は、子音の間に*o*という音を挿入して〝RoaD〟とするか、長い*i*の音を入れて〝RiDe〟とするか、短い*e*の音を入れて〝ReD〟とするか、長い*e*の音を入れて〝ReaD〟とするかによって意味が異なる)。伝統的なヘブライ語のテクストの読み手は、書かれた文脈内での意味の適合具合をみながら発音の取捨選択を自ら行わねばならなかったが、そうした文脈の正確な意味は、読み手によって選び取られた母音によって決められていたのである[42]。

伝統的なヘブライ語テクストは、読み手の意識的な参与を明らかに要求するものであった。テクストはそれ自体では決して完全なものではなく、読み手による積極的な関わりを必要とし、その関わりによって特定の意味が生まれたのである。関係性においてのみ、すなわち読み手に取り上げられ積極的に解釈されることによってのみ、テクストは意味のあるものになる。唯一の確定的な意味というものも存在しなかった。母音文字の欠如に伴う曖昧さにより、多様な読み方、多様な意味の色合いが、常に可能であったのである。

先述したように、ギリシャ語であれ、ラテン語であれ、本書のような英語であれ、音声的に読むというすべての行為には積極的な参与が必要である。しかし、ヘブライ語の書記体系のように純粋に子音から成る構造においては、こうした参与――読み手とテクストの創造的な相互作用――がとりわけ意識的かつ明白だ。当然だと思われたり忘れられることはまずない。実際、母音文字の不在によって必然的に求められる意図的な関与のため、ユダヤ教コミュニティはその最も神聖な教えを理解する際に相互作用と解釈を必要とする。これに関し、研究者のバリー・ホルツは、ユダヤ教の神聖なテクストに関する本の序論で次のように述べている。

> 一般に読書は受け身の活動とみなされる傾向があるが、テクストに関するユダヤ教の伝統では決してそうではなかった。読書は、神の生きている世界と情熱的かつ積極的に取り組むことにほかならなかった。読書には、秘められた意味、聞いたことのない説明、重みと意味に満ちた事柄を明らかにするという課題があった。積極的作用、いやむしろ相互作用に基づく読書は、律法《トーラー》と呼ばれる神聖なテクストに近づく手立てであり、読む過程を通して、新しいと同時に非常に古い何かを見出す手立てであった……
>
> 「相互作用」という言葉が意味するのは、ラビにとって、律法《トーラー》が生きたダイナミックな応答を求めていたということである。偉大なるテクストはそうした応答の記録となり、続いて、一つ一つのテクストが後の注解や相互作用の場となる。これは読み手の世代が変わっても同じで、律法《トーラー》の聖性は真剣に受け取られ、その世代の貢献が物語に加わるので、律法《トーラー》は永遠に生き続ける。こうした伝統にとって、律法《トーラー》は説明や解釈を要求しているのである。[43]

これはすなわち、読者が律法《トーラー》に積極的に反応し、自分自身の創造性をはたらかせて教えとの対話に臨まない限り、思いもよらない新しいニュアンスを明らかにすることはできないということである。ユダヤ人は先祖から受け継いだ教えとの対話に参与し、教えを問い、教えと格闘しなければならない。ヘブライ語聖書は一連の完結した物語や不変の法ではない。教義的原理から成る静的な書ではなく、生ける謎なのである。だから、それは問われ、真剣に取り組まれ、世代によって新たに解釈されねばならない。よく言われるように、律法《トーラー》がある世代に与える導きは、別の世代に与えるためにとってあるものとは大きく異なるのである。

テクスト解釈や注釈ならびに先行注釈についての注釈を特徴とする、この現在も進行中の伝統により、ミシュナ、タルムード、ミドラシュ、ゾーハル、その他カバラに関する書物など、ユダヤ教の伝統をめぐって数多のポスト聖書的テクストが生まれている。こうしたテクストは、「書かれた律法」――シナイ山頂で最初のユダヤ人書記官であるモーセに表向きには開示された教え――に関する口頭の議論や注釈に端を発しているため、「口伝律法」と総称されている。口頭の注釈や解釈を保存するために書いておくという過程は、二世紀か三世紀に始まった。

そうした編纂物の最初のものがタルムードで、これは今日、各ページの中央に主要なテクストの層であるミシュナを配し、その周りに――いわば、連続する層に――テクストに関する注釈をおいて印刷されている。こうした目に見える配置において、タルムードには、文字が確定的で完成した物体ではなく、そこに参与すべき有機的で開いたプロセスであり、それに向き合い関わるべき進化中の存在であるという見方が示されている。

文字の力

だが、書かれたテクストが生命ある生ける神秘であるという見方が最も明らかなのは、ユダヤ教神秘主義の秘儀的伝統であるカバラをおいてほかにない。カバラでは、テクスト全体だけでなく文字それ自体も生きていると考えられている。カバリストは、アレフベートの各文字がそれぞれ個性を持ち、深遠なる魔術を有し、周りの存在全体を組織していると考えているのである。書かれた戒律は表向きはシナイ山で神から直接モーセに命じられたのであるから、最初のヘブライ語テクスト――アレフベートの二二文字――は神の発話の目に見える痕跡とみなされている。実際、まず二二文字を生み出し、次にそれらを組み合わせて「光あれ」というような発話にすることにより、神は言葉にすることで目に見える宇宙それ自体を生ぜしめたと主張するカバリストもいる[44]。

読みながら、書かれたフレーズや語ではなく、ページの表面から読み手を凝視している個々の文字に思いをめぐらすことにより、ユダヤ教神秘主義者は神のエネルギーとの直接的接触に参与することができた。あるフレーズや語の文字を組み合わせたり順序を入れ替えることで、語それ自体が明白な意味を喪失し、文字だけがその剥き出しの強度において際立つ時に、カバリストは意識の高揚状態に入り、それまで身体内部で眠っていた創造的な力を目覚めさせることができる[45]。こうした集中的かつ魔術的な方法で読んでいると、「文字が自然に活気づき」、神秘主義者に直接「話し」始めることもあったらしい。少なくとも専門家の一人は、文字が彼の目の前で「山の大きさに」まで大きくなるのを見て驚いたという。他にも、文字を何度も組み合わせていると、突然、文字が翼をつけてページから飛んでいくのを見たという報告もある[46]。

生ける文字を熟知し、個々の文字のエネルギーをめぐる知識を深めることは、カバリストに魔術的な力——その人に関する世界における苦痛や病や不調和を和らげる力——を与えると考えられていた。別の言い方をすると、カバリストはアレフベートを、魔術の高度に凝縮された神聖な形とみなしていたのである。それゆえ、カバリストは意識的に文字への共感覚的参与の深化に励んだのであった[47]。

アレフベートの文字はヘブライ人にとって数字の役割も果たしていたので（最初の文字「アレフ」は数字の1を表し、「ベート」は2、という具合に10まで続き、他の字と組み合わせて20、30、40等々を、さらに他の字で100、200、300、400を表す）、書かれた語やフレーズは、それらを構成する文字の総数値になぞらえることもできた。これは、ゲマトリアと呼ばれるカバラの技術である。文字の入れ替えとその数値の計算の双方を通して、神秘主義思想家たちは、聖書に載っている語や名前のあいだに隠された等値や照応を示すことができた。たとえば、ヘブライ語聖書における最も神聖な神の名の一つである「エロヒム」はヘブライ語で自然を意味する「ハテヴァ」と同じ数値を示しうるため、神と自然の隠された調和の証拠とみなされる、という具合である。（このような神と自然を同一視するという汎神論的見方——これはカバラの専門家の多くにみられる——は、ヘブライの宗教がすべての神を自然界から追放したと非難する昨今の環境主義者たちを驚かせることであろう。）

実際、ヘブライ語聖書において神を表す様々な名前とそれらを構成する文字は、カバラ理論において際立っており、神なるものをめぐる直接的経験を求める専門家に本質的な手がかりを与えている。神を表す名前の中でも最高位にあるのが神聖四字、ＹＨＷＨである。ヘブライ語で書かれていないテクストでは〝Yahweh〟と記されることもあるが、この最強の文字の組み合わせの真の発音の仕方は忘れられたと言われている。それでも、カバラの最も集中的な実践では神聖四字のそれぞれが、考えられる五つの息の音ないし母音と一つ一つ順番に組み合わされて声に出される。より洗練され危険とさえ思われていた実践になると、神聖四字を分離し、一つずつアレフベートの他の文字と組み合わせ、今度はその組み合わせの一つ一つを各母音とあわせて声に出すということが行われていた。[48] こうした呪文を人間に似せた土偶に向けて注意深く唱えると、その土人形――ゴーレム――に生命をもたらすことができると言われていた。こうした呪文にみられる共感的魔術を理解するには、十三世紀の偉大なるカバリスト、アブラハム・アブラフィアの教えが手掛かりになる。アブラフィアによれば、口に出される母音と文字で書かれた子音は「魂と身体のように」相互依存関係にあり、[49] 母音――声に出された息――と目に見える子音を組み合わせることは、土の塊に生命を吹き込むのに似ているという。ちょうど、ＹＨＷＨが土でできたアダムに自らの息吹を与えたように。

最後に、ユダヤ教神秘主義の伝統内では息が非常に大きな意味を持つことを認識しておかねばならない。十三世紀のゾーハル――カバラのテクストの中で最も重要なもの――で、中心的人物であるラビ・シモン・バル・ヨハイは、人間と神の調和は息を媒体とすることで最もうまく果たされると述べている。ラビ・シモンによれば、ソロモン王は、聖なる息すなわち神的霊感への呼びかけに関わる呼吸の技術を父のダビデ王から学んだという。「呼吸に内在する秘密を学び実践することにより、ソロモンは、創造物から自然の物理的ヴェールを取り去り、その内にある精霊を見ることができた。[50]」ナバホ族やラコタ族の儀式を驚くほど彷彿させるのだが、ラビ・シモンの息子であるエレアザルは祈りのセッションを始める際に、

「風に、四方位から吹いて彼の息を満たす」よう説き、従者たちに四方位から吸った空気を体内で交換可能なように循環させるよう命じた。[51] ゾーハルの随所で、ラビ・シモンの従者の一人は、「魂－息」がYHWHから送られ廉潔な人物の誕生時にその人の身体に入っていくと語っている。ナバホ族の「一なるものの内なる〈風〉」と同様に、「生誕時に入り込む魂の息は、人間を導き教育し、正しき道を教える」[52]。息を個人と神なるものの媒体とみる感覚は、十九世紀のハシディズムの支配者による祈りへの注釈に例証されている（ハシディズムはユダヤ教神秘主義の活発な動きで、十八世紀と十九世紀の東欧ユダヤ人社会を席巻した。）

もし祈りが純粋で汚れがないのであれば
あなたの唇から立ち上る
聖なる息は
常に漂いながら
天上からあなたに流れ込む
天国の息と必ずや交わるであろう
こうして神の一部が
あなたの内部となり
その源と再び結合する。[53]

けれども、聖なる息は人間にだけ入り込む（そして気づきと導きを与える）のではない。それは、知覚できる世界全体を活気づけ支えている。風それ自体のように、神の息は自然全体に行き渡っている。「調和と信仰の始まり」と題された古典的なテクストで、十八世紀のハシディズム指導者であるリャディのシュネール・ザルマンは、「光あれ」とか「水は生き物の群れで満ちよ」といった神の創世の発話を構成する音節と文字が、入れ替えや数による置換の連鎖を通して、いかにしてあらゆる自然の存在物をめぐる的確な名前を生み出し、それによって的確な形を生み出したかということを説明している（ヘブライ語では、「ダバール（*davar*）」一語で「語」と「物」の両方を意味する）。だが、シュネール・ザルマンが「御口の息」と呼ぶ神の息がなければ、この世界の事物の内部にある文字——動物、植物、石に具体化されているあらゆる文字の組み合わせ——は聖なる〈統一〉における未分化の源に戻り、知覚できる世界はすべての感覚する存在とともに絶えてしまうであろう。伝統的なヘブライ語テクストの子音文字が、伝達力を得るためにその文字を活気づけている声に出された息に依存しているのと同じように、物理的世界を構造化しているる神聖な文字ならびに文字の組み合わせは、間断なく声に出される聖なる息に依存しているのである。あらゆる事物が「御口の息」にあわせて身を震わせている。[54]

自然が常に新しいのはこの絶えざる息の力による。私たちの周りの世界は絶えず進行している発話にほかならない。こうして、話すという行為は、呼吸と同じく、人間を神だけでなく石から雀に至る周りのすべてのものとつなぐ。このことは、祈りをめぐる別のハシディズム的注釈に描かれている通りである。

あなたが祈ると文字が覚醒し
そこを通って天と地
そしてすべての生き物が創られた。

文字はあらゆるものの生命。
文字を通して祈ると
すべての〈創造〉が祈りの中であなたに加わる。
あなたの周りのすべては高められうる。
通り過ぎてゆく鳥の歌声さえ
そうした祈りの一部となるだろう。(55)

ヘブライの伝統における風と息の深遠な重要性を考慮すると、次のように考えたくなるかもしれない。表音文字やアレフベートが使用されるずっと前にアブラハムとその末裔の一神教が生まれたのは、目に見えない空気をめぐる新たな経験によるものなのだろうか、すなわち、私たちの内部だけでなくあらゆるもののあいだを流れ、揺れる草や集まる雲を動かしながらも私たちに生命と話す力を与えてくれる、この不可視の存在の統一性をめぐる新たな感覚によるものなのだろうか、と。かつては一地方の嵐の神としてなだめられていた不安定な力が、遊牧民の一部族によって一般化され、包み込む大気それ自体の気まぐれな力とみなされるようになったと考えることは可能だろうか。アブラハムの子孫によって明らかにされた並外れた神秘は、口にすべからざる力であり、それは目に見える現象として限定されたり偶像のうちに表されることのないものであった。しかしながら、モーセや後の書記官が文字を使用する前は、この力は不可解なものではなく、単に目に見えないものであった——感応的な自然の完全に外部にある抽象的な力としてではなく、目に見えない媒体として、目に見える世界を活気づける遍在する風や精神、「ルーア」として経験されていた[56]。

特筆すべきは、神の名前のなかでも最も神聖なもの、すなわち神聖四字が、ヘブライ語のアレフベートの子音のなかで最も息に近いということである（Y、H、Wと同じ三つの文字は、古代の書記官が特定の母音の代わりとして使っていた）。ということは、最も神聖な神の名は、発話の中でも最も息に近いものであると言えるのではないか。まさしく風によって話される名であると。現代のカバラ研究者のなかには、神聖な神の名の忘れられた発音に関し、最初の〝Y－H〟という音節が微かに音を立てる息の吸い込みに、二番目の〝W－H〟という音節が微かに音を立てる息の吐き出しに基づいて形成されている――そうすると、名前全体が呼吸の一サイクルになる――ことを示唆する者もいる。この示唆がいかなる意味においても正しければ、神聖四字によって呼び出される大いなる神秘は呼吸の神秘――私たちを見えないものと絶えず結びつけている、この寄せては返す動き――と分離できるものではなさそうである。

しかしながら、推測は傍においておくとして、ヘブライ文字の厳密な子音性が神聖なテクストならびに神聖なるもの一般との特有の関係を促してきたということは以上の議論から明らかである。とりわけ、文字に書かれた母音の不在により、次のことが促進された。(1)テクストとの意識的に相互作用的な――文字それ自体へのアニミズム的参与とさえ言える――関係、(2)空気――目に見える文字を活性化する目に見えない媒体で、目に見える土地を活性化させる時でさえ不可視であるもの――への変わらぬ尊敬と敬愛、この二つである。これらは、文字使用に基づいて生じた自然からの新たな距離を広げたが、ヘブライ人――最初の「聖典の民」――は、そうした世界の目に見えない媒体、すなわち風と息とのきわめて口承的な関係を保持していたのである。

空気の忘却

私たちを包み込んでいる目に見えない奥行きに関するこの口承的な気づき――不可視の空気を人間世界および人間の外部の世界に加わる深遠な神秘ととらえる感覚――こそが、ギリシャの書記官たちによって切り離されたものであった。

ギリシャ人書記官たちは、おそらく八世紀頃に自分たちで使用するために古代セム語アレフベートを採用した時、初期のセム系文字の名前と形を（修正を加えて）採り入れた。だが、第四章で言及したように、そうした名前は、ヘブライ人の場合と異なり、ギリシャ人にとって文字外の指示物を持たなかった。ヘブライ人にとっては、「アレフ」（ギリシャ語の「アルファ」）は最初の文字であるだけでなくより根源的には「牛」を意味したし、同じように「ベート（ベータ）」は「家」を、「ギメル（ガンマ）」は「ラクダ」を意味した。しかし、ギリシャ人にとって、こうした言葉は文字それ自体の名にすぎず、他に意味はなかったのである。そして、地中海を越える移動において、文字の名前がこの世と関わる文字外の意味を取り去るにつれ、文字と地上的現象（牛、家、ラクダ等）の間の象形的響きも忘れられていった。言い換えれば、ギリシャへの旅において、アレフベートの文字は、包羅的な生活世界との残された結びつきを緩め、放置し、抽象的な象徴になったのである。

しかし、ギリシャ人はそれまでにない新原理をアルファベットに導入しもした。それは、この書記体系の抽象的な力を上述した要素をはるかに超えるレベルに引き上げることとなった。ギリシャの書記官は、それまでの子音文字体系に文字で書かれた母音を導入したのである。

実際のところ、新しい文字の多くは既に存在していたセム語文字から採られた。セム語アレフベートの文字には、ギリシャ語には存在しない子音を表しているものがあり、ギリシャ人書記官が母音を表すために着服したのはまさにこうした無用と思われた字だったのである。たとえば、「アレフ」という文字は、もともとヘブライ語で使用されていた時は母音ではなく子音であり、あらゆる発話の前に喉を開くことを意味した。ギリシャ人にはこの子音は必要なかったので、これを「アルファ」と呼び*A*という母音を表すことにした。他のヘブライ語の文字は、*E*、*I*、*O*を表すために修正を加えられた。そして、ギリシャ人は「ウプシロン」という文字を加え、これがゆくゆくローマ字の*U*になった[57]。

そのようにしてできたアルファベットは、それ以前のセミ語版とは大きく異なる類の道具《ツール》となり、それが関わる感覚や、それを採り入れて自らのものとした言語に対して、これまでとは大きく異なる影響力を持った。というのも、母音文字を加えたことで、口頭で話された発話を平らな紙の表面により完全に書き写すことが可能になったからである。新たなアルファベットで書かれたテクストには、先述したような伝統的なヘブライ語テクストに内在していた曖昧さは皆無であった。十分な長さのあるヘブライ語のテクストでは発音や読み方の可能性が多様にあり、それぞれがわずかに異なる一連の語や意味を生み出したが、ギリシャ語のテクストではおそらくただ一つの正しい読みだけが認められた。このような次第で、ギリシャ文字（そして後のローマ字）で書かれたテクストは、ヘブライ語テクストが必要とした活動的で絶えず刷新される解釈を求めなかったのである。テクストをどのように声に出すかという点で選択肢がなくなったのだから、読むこと――目に見える印を音の連続に変えること――に伴う相互作用的で共感覚的な参与は、完全に習慣的で自動的なものとなりえた。参与の手がかりはことごとく紙のページに綴られるようになった。セム語のテクストに対して、ギリシャ文字のテクストには驚くべき自律性があり、自分で立って

話しているようにさえ見えたのであった。(58)

けれども、この新たなアルファベットの正確さと効率の良さは高い代価を払って得られたものであった。音声化された息を目に見える文字で表すことにより、ギリシャの書記官は息と空気を事実上非神聖化したのである。性質上目に見えないものに目に見える表象を与えることにより、彼らは大気の神秘性を無価値なものにし、ここに在りながらここになく、肌にはわかるのに目には見えず、遍在しながら超越しているこの要素の不気味さを無効にしたのであった。

畏怖の念を抱かせる空気の力は、遍在する一方で目に見えないというその性質、それ自体は決して目に見えず掴むことができない一方で、目に見える自然に動きと生命を授けるその能力に宿っていた。ヘブライ文字は、空気それ自体を羊皮紙や紙に表現するのを控えることによって——言葉と目に見える世界の両方を支え養う、目に見えないこの流れを像として表したり対象化するのを拒むことによって——この神秘を保存してきた。このタブーを破ることで、すなわち、見えないものを見えるものの記録に置き換えることにより、ギリシャの書記官たちは空気の根源的な力を事実上消滅させたのである。

無論、このような知覚に関わる消滅は決して突然明らかになったわけではない。ギリシャでは、先述したように、新しいアルファベットは、高度に発達し栄えた口承文化という形の抵抗にあい、通常の談話内で感じられるまでに数世紀を要した。六世紀半ばになっても、ミレトスの哲学者アナクシメネスは依然として次のように述べていた。

空気であるプシュケーが人を一つにし、その人に生命を与えるように、息と空気は全宇宙を一つにし、それに生命を与えている。(59)

しかしながら、それから一世紀半後、アルファベットが遂に教育カリキュラムで教えられギリシャ文化に限なく広がると、プラトンとソクラテスはプシュケーという用語――アナクシメネスにとっては完全に息や空気と結びついていた語――を着服し、目に見えないだけでなく全く実体のないものを指す用語として使った。プラトンのプシュケーは、断じて感応的世界の一部ではなく、完全に非感応的な次元の一部であった。すなわち、プシュケーは、包羅的な大気に呼吸を通して絶えず参与している力、見えないけれども触知できる力ではなくなり、いまや完全に抽象的な現象となって物理的身体の内部に――監獄同然に――閉じ込められてしまったのである。(60)

既に見たように、プラトンが記したこの新たな関係、すなわち不滅のプシュケーと永遠の「イデア」という超越的世界の関係は、それ自体が文字文化の知性とアルファベットという目に見える文字（および語）にみられる新たな類似性に依拠していた。プシュケーと身体のないイデアの関係もまた、空気と息が徐々に忘れられたことに――それ自体がアルファベットという新たなテクノロジーの普及によって起きたのだが――基づいていた。目に見えない空気が人間の感覚を魅了しなくなったまさにその時に、この別のもっと過激な不可視性が取って代わり始めたのである。それは、純粋な「イデア」という完全に非物質的な領域であり、それとプラトンの合理的「プシュケー」が結びついていた――ちょうど以前の息と似た「プシュケー」が大気とつながっていたように。

「ユダヤ＝キリスト教の伝統」と安易に言う人は、古代ユダヤ教の信仰とキリスト教の信仰の違いを示す驚くほど異なったアプローチを識別できていない。その違いの一部は、この二つの高度にテクスト中心的な伝統に用いられてきた全く異なる書記体系の感覚的効力に根ざしている。ヘブライ語聖書と異なり、キリスト教の新約聖書はもともと主にギリシャ文字で書かれており、それゆえ、ギリシャの書記体系に助長された二元的感性が初期の頃からキリスト教の教義と結びついていた(61)。教会の庇護のもと、非感覚的な天国を信じ、人間の魂が根本的に非物質的だということ——それ自体が、プラトンが示唆したように、身体的世界に「閉じ込められている」——を信じる動きの傍には、まずヨーロッパ中に普及し次いで南北アメリカに広まったアルファベットがあった。アルファベットが進出する場所では、空気から幻影や見えない力が追い払われ、空気からそのアニマが、その霊魂的奥行きが取り除かれたのであった。

キリスト教以前の農を中心とするヨーロッパに見られたアニミズム的な口承世界では、すべてのもの——動物、森、川、洞穴——は表情に富んだ語り《スピーチ》の力を有しており、こうした集団的言説の主たる媒体は空気であった。文字の不在において、人間の発話は、その具現が歌であれ物語であれ自然に出される音であれ、吐き出される息と不可分であった。目に見えない大気は、あらゆるコミュニケーションに想定された媒介物であり、それとない深遠な力が横切り、混じり、変化するゾーンであった。淡く漂う匂い、植物の発散と動物の呼気という、見えないけれども触れることのできる領域は、先祖の声の不可視の貯蔵所でもあった。すなわち、まだ語られていない物語や、幻影や活発な諸知性のやすらぎの場《ホーム》だったのである。それは意味の集合的な場のようなもので、吸って吐く呼吸にあわせて、そこから個人の気づきが絶えず生まれ、絶えずそこへと退いてゆくようなところである。

空気は、現在の目に見えない源として、教会が説明するような完全な超越とは大きく異なる形で、変化と超越をめぐる気づきを生んでいると言えないだろうか。見えるものと見えないもの――感応的生活世界に特有の二元性――の経験的相互作用は、口承文化の人々にとって、感応的現実全体と完全に非感応的な天国という抽象的二元性よりも、はるかに現実味があった。

このように、キリスト教の漸進的広まりはアルファベットの普及に依存するところが大きく、逆に、キリスト教の使節と宣教師は、中世においても現代においても、アルファベット文字文化の促進役として抜きん出ていた。キリスト教の信仰を説くだけでは十分ではなく、文字を持たない部族の人々を説得して、この信仰が依拠しているアルファベットというテクノロジーを使わせなければならなかったのである。感覚を鍛え文字に参与するようになってはじめて、生命ある土地への自発的な参与を断ち切る望みが持てた。書かれたテクストが話すようになってはじめて、森や川の声が消え失せていった。この時にはじめて、言語は見えない息との昔からの結びつきを緩め、魂は風から自らを切り離し、霊魂は周りの空気から自らを引き離したのだった。かつては表情に富む相互関係の媒体そのものであった空気は、次第に空虚で気づかれない現象になり、文字という新しい奇妙な媒体に取って代わられたのであった。

膜と障壁

空気の漸進的忘却――現在の目に見えない豊かさの喪失――は、人間の気づきの内面化を伴っていた。先述したように、ギリシャ語のプシュケー（霊魂）は、空気や息と結びついた現象から、人間の身体内部に囚われた非物質的存在物へと変えられた。書かれた言葉との接触において、一見自律的な新しい感性が経験に出現したのである。それは、自らの言葉の痕跡との関係に入ることのできる新たな自己であり、この自己は、構想中の段階も含めて自らの見解を眺め、それについて思いをめぐらせることができ、最終的に、他の人々や周りの生命ある大地から孤立して自らと反省的に関わり合うことができる。この新たな感性は、身体から独立しているように見える——実際、他の秩序から完全に独立しているように見える。新たな感性は文字やテクストによって生み出されたものであり、それらは、身体や有機的自然の流れにみられる絶えず変化する生と鮮やかな対照を成す。この新たな感性が物質的身体の「内部」に位置する孤立した知性として現れるということは、空気の忘却との関連でのみ理解されうる。空気の忘却とはつまり、呼吸する身体に絶えず流入し、またそこから流出し、私たちの内部の捉えがたい奥行きを、周りの計り知れない奥行きと結びつける、感応的だが目には見えない媒体の忘却のことである。

この興味深い発展——実体的な自然から精神が撤退し、徐々に人間の頭蓋に監禁されていったこと——を理解するには、人間の言語はどれも、言語を話す人とその人が暮らしている感応的大地とのあいだを透明なヴェールのように揺れているある種の知覚的境界を隠していると考えるとよいだろう。成長して特定の文化や言語に精通すると、それとなく周りの大地との感覚的接触を特定の形で構造化し始め、ある現象には注意を払うが他のものは無視し、その言語に含まれている言葉の対比に合わせて肌理《テクスチャー》や風味やトーンを差異化するようになる。共同体に共通の方法で感覚作用を秩序化しない限り、そして、それによって周りの野生の世界への自発的接近を限定しない限り、いかなる人間の話し手の共同体でも、人はその内部に場所を持つことができない。このように、特定の言語や話し方は、感覚する身体と感応的大地のあいだに儚い境界ないし境界線を呼び出すことによってのみ、人間の話し手の共同体内部で人々を一つにまとめるのである。

それにもかかわらず、いかなる言語によっても構成される知覚的境界は、多孔性と透過性が高いと言えるのではないだろうか。実際、土着の口承文化の多くにとって、自らの言語によって設けられた境界は、人を土地から隔てる障壁というよりも、人と土地を結びつける透過性の高い膜のようなものである。他の動物がそれぞれ独自の言語を持ち、オークやポプラの木立で葉がカサカサ鳴る音でさえそれ自体が一つの声であると確信することにより、口承文化の人々は自らの感覚をその土地の絶えず変化する音や身ぶりにつなぎとめ、そのようにして、自らの話し方が大地の生によって魂を入れられる状態を維持している。とはいえ、言語によって設けられた膜は、危険や呪術の周辺として——人間の世界と人間以上の世界が常に交渉しなければならない場所として——感じとられ、理解される。口承文化にみられる呪術師は、まさにこうした周辺ないし縁に暮らしている。本書の冒頭で示したように、呪術師の主な役割は、人間の世界と人間以上の世界の媒介として作用することである。共通言語によってもたらされる感覚的拘束を習慣的に取り去り、知覚的境界を定期的に溶解することで、非人間の様々な知性——カワウソ、梟、イランドなど——と直に出合い、話し、交渉し、その後また共通言語に戻ることにより、呪術師は人間の言葉の硬直化を防ぎ、知覚的な膜を流動的で多孔的な状態に保ち、人間の共同体と生命ある大地との、すなわち馴染みのものと計り知れないものとの最大限可能な調和を確実なものにしているのである。

形式的書記体系の出現あるいは採用により、共通言語によって既に確立されている儚い知覚的境界がかなり固定された。現在、話された言葉には固定された目に見える対応物があり、それらは人間の身体と感応的世界のあいだを漂っている。けれども、形式的書記がこのように言語的、知覚的境界を固定する一方で、多くの古代の書記体系は、暗黙のうちにそういった境界の向こうにあるものへ人間の感覚を向かわせる。そこでは往々にして文字は絵から派生しているが、そういった文字は、それが生命ある形から成る人間以上の場に内在していることを読む身体に思い起こさせる。ここでは言語は純粋に人間の所有物ではなく、どれだけ離れていようとも、表情に富むより大きな力の場と結びついた状態が維持されているのである。

表音文字の出現は、人間の共同体を囲い込む知覚的境界をさらに強固なものにした。というのも、文字は、より大きな感応的現象の場にもはや絶対的に依存していないからである。代わりに、文字は厳密に人間だけに関わる一連の音を指すようになった。先述したように、文字は人間共同体をそれ自体へと反射する鏡の機能を持ち始めたのである。それにもかかわらず、この鏡のように映し出された境界は、それを超えて広がるものへと開いている。もともとのアレフベートでは、母音――あるいはむしろ母音の不在と言うべきか――は、言語的な膜に孔あるいは開口部をもたらし、その孔や開口部を通して、目に見えない風――生ける息――が人間の世界と人間以上の世界のあいだを流れうるのであった。

残された最後の孔を塞いだ――母音それ自体に目に見える字を挿入した――のを機に、共通の言語によって確立された知覚的境界が実質的に確定し、かつては多孔的な膜であったものが、何も通さない障壁あるいは鏡張りの回廊になった。すなわち、ギリシャ人の書記官が、人間文化と生命ある大地のあいだの呼吸する境界を、純粋な内部と純粋な外部を分離する、継ぎ目のないのっぺりとした障壁へと変えたのである。母音文字を加えたことにより、すなわち初期のアルファベットにおいて割れ目や孔を塞いだことにより、人間の言語は、かつてそれを生ぜしめたより大きな世界から孤立した自己再帰的な体系になった。そして、語る自己である「私」は、この新たな内部のうちに閉ざされてしまったのである。

今日、語る自己は、おそらく物理的身体か脳の内部に身をおいて、純粋に「内部の」ゾーンから純粋に「外部の」自然を見ている。アルファベット文明の内部では、事実上、人間心理はどれもそうした個人の「内面」や私的な「精神」や「意識」として解釈され、周りの他の「様々な精神」や私たちを取り巻く大地とは無関係であるとみなされている。内なるものと外なるもののあいだにはもはや共通の媒体も相互関係も呼吸作用もない。アルファベット化された気づきの再帰的な領域と、この確定的な領域を越えたもの、あるいはその土台をなすものすべてとのあいだには、もはやいかなる流れもない。意識と無意識のあいだにも。文明と原生自然《ウィルダネス》のあいだにも。

想起すること

近代世界では空気は最も当たり前だと思われている現象である。絶えず吸ってはいるが、そこに何かがあるということに普段は気づかない。私たちは、物と物の——人と人の、木と木の、雲と雲の——あいだの目に見えない奥行きを空っぽの空間としてしか見ていない。大気の不可視性は、私たちにもっと空気に近づくよう導くどころか、私たちが完全にそれを無視することを可能にしている。私たちは空気から滋養を得てはじめて行動したり思考することができるにもかかわらず、遍在しているこの媒体には、私たちにとって不可解なところがなく、意識的な力も意味もない。精神的意義をことごとく剥奪され一切の神聖さが欠如しているため、空気は気体廃物や産業汚染物の廃棄場となっており、そのことは都合よく忘れられている。私たちの関心は別のところにあり、他の媒体——新聞、ラジオ放送、テレビネットワーク、コンピュータの掲示板——の作用を受けているが、これらはいずれも厳密に人間だけのコミュニケーションに関わるものである。これらは難なく私たちの感覚を掴み、私たちの思考を変えるので、かつて長きにわたって人々が経験していた元来の人間以上の媒体への参与が切断されつつある。

ニューヨークシティの郊外で過ごした幼少期、私はよく巨大な煙突から暗い雲が空に向かって渦巻くのを見ていた。けれども、まもなく煤で黒くなったものがどこへ行くのかを考えることはなくなった。こういうことを決めた大人たちが廃棄物の捨て方として適当だと思っているならそれで間違いない、と自分なりに結論づけたのである。月日が経ち、車の運転ができるようになると、ハイウェイで、唸りを上げて追い越してゆくトラックがピカピカの排気管から真っ黒な煙を吐き出しているのを見て許しがたく思ったが、ほどなくそういった感情は消え、自分の車も熱い毒ガスを空気中に放出していることを思い出したのであった。誰もがやっていることだった。上空をたなびく飛行機雲が薄まり、広大な青色へ消えゆくのを見ながら、こうした無駄なもの、何色もの煙や化学ガスは、目に見えない空《くう》へと自らを消しているように思えた。

あたかも先祖伝来の異教の神々が死んでいなくなったかのように、西洋文明の焦げ臭い供物は頻度と量と悪臭の度を増していった。それは、たとえて言うなら、半分眠っている未知の力にはたらきかけ、巨大なドラゴンのようなものを覚醒させ、長らく忘れられていた未知の力を呼び覚まし、私たち自身や私たちの構想とは違うものとの関係に戻りたいと懇願しているようであった。

実際、産業革命後に工業技術の副産物や汚染物質が流出したが、それが可能なのは、私たちを取り巻く世界の有限な構造を変え始める前まで、すなわち、その影響が私たちの呼吸する身体を侵し始める前までのことであろう。そこから先は、私たちの感覚や生命ある大地との感応的接触に私たちは引き戻されるであろう。

現在、技術的メディア――新聞、ラジオ、テレビ――は、空気に変化が生じていることを認識し、その変化に注意するよう呼びかけている。このような二次的メディアを通して、私たちは、工場から出た化学化合物の気体が上空で巨大化し、南極上空の成層圏オゾン層を焼いて大きな穴を開けている一方で、世界中で保護層を薄くしているということを知った。こうしたメディアから、産業革命後に大気二酸化炭素が劇的に増加しているということも学んだし、増えすぎた二酸化炭素が他の熱吸収性の気体とともに地球温暖化を実質的に促しており、この変化によって、地球上の人間の増加で既にストレスを受けて絶滅の危機に瀕している無数の生態系や動植物種の生存が危ぶまれていることも聞いた。

そうであるにもかかわらず、出版され放送されている情報は、技術的チャンネルを通して私たちに届けられ、大抵は統計という抽象的なものにとどまっている。そういった情報は、感応的大地からの知的疎隔にほとんど変化を及ぼすことがない。そうやって最後には、私たちは旅から戻ると、自分の暮らす町が茶色の薄煙に覆われているのを目の当たりにし、化学物質の混ざった風が鼻の粘膜を刺激するのを感じ、強風が店先の日除けを剥がしてゆくのを見ながら怖くなるのだ。あるいは、一冬に五回も高熱を伴う病気に罹りようやく回復した後で、消耗した空から毎日降り注ぐ放射能や、大陸の反対側にある最新原発の事故に起因する放射性降下物により、身体の抵抗力が鈍っていることに気づくのかもしれない。

現象学的に――すなわち経験的に――考えると、大気の変化は、水の汚染、動植物の急速な絶滅、複合的生態系の崩壊、その他人間が引き起こした恐怖と並ぶ生態学的危機の一部にすぎない、とは言えない。これらはすべては、相互に関連しながら驚くべき分離状態――私たち人間が人間以上の世界に生まれついているということを信じ難くも忘れていること――を多面的に示しているのである。けれども、自分が呼吸している空気そのものの軽視が、ある意味、この忘却を見事に表している。というのも、空気こそが私たちを最も直接的に包み込んでいるからだ。言い換えれば、空気は私たちが最も親密にその中にいる要素なのである。私たちを取り巻く目に見えない奥行きを空っぽの空間として経験している間は、自分たちを支えている他の動物や植物や生ける大地との相互依存関係を否定したり抑圧することができる。頭では、栄養として消費する植物や動物に身体が依存していることを理解しているのだろうが、文明化された精神は依然として、身体や自然の身体から切り離されており、自律的で、独立していると感じるのである。目に見えない空気に浸っているということに再び気づき、それを経験してはじめて、真にこの世界の一部であることを思い出せるようになる(62)。

　気づきと目に見えない空気の根源的な結びつきは絶対に避けられない。自分たちを取り巻く不可視の奥行きに意識的になると、通常個人的心理と結びつけられる内部性や内面性と世界全体の中で直面するようになる。すなわち、自分が感応的世界の内に包まれ、身を浸し、巻き込まれていると感じるのである。この呼吸する風景はもはや、それを背景として人間の歴史が展開するような活気のないものではなく、自分の活動が参与する効力ある知性の領域なのである。自己言及の王国が崩壊し始めると、そして私たちが空気に目覚め、生成の深みにおいて私たちと関わっている多様な他者に気づき始めると、私たちの周りのすがたかたちが目覚め、生き生きとしてくるようだ……。

結び——裏を表に

ああ、断ち切られることのないように
ほんの微かな隔てによっても
星の法則から締め出されることのないように。
秘めた思い——それが何だろう?
鳥と共に投げつけられて濃く
故郷の風で染まった
強くはりつめた空でないなら。

——ライナー・マリア・リルケ

「断ち切られることのないように」、とリルケは言った。しかし、今日、私たちはかくも星々と疎遠になり、鷹やカワウソや石の世界から完全に断ち切られているのではないだろうか。本書では、人間の心が他の動物や生命ある大地から孤立し、感覚的な関係を断つに至った過程をたどってきた。私の願いは、ページを綴ることによって、こうした関係をいくらか一新し、人間の気づきがより大きな生態系に根付いている状態を呼び戻して再確立することにあった。

各章では、様々な「内なる」精神的現象が、私たちが見過ごしたり当たり前だと思っているような感応的世界の諸側面に依存していることを明らかにしてきた。具体的には、言語が生命的風景の身ぶりや音に支えられた深遠な身体的現象であること、西洋で重んじられている合理的知性がアルファベットという外的で目に見える文字に依存していること、また、「過去」や「未来」という内的で精神的だと思われていた気づきが、地面の下や地平線の向こうに隠れている私たちの感覚経験に依存していること、そして最後に、気づきの経験そのものが、息や空気の神秘に、私たちが身を浸している実体的だが目に見えない大気に関係していることを示してきた。

人間の精神は、生理機能の中に収容される超自然的本質といったものではない。そうではなく、人間の精神は、感覚的領域それ自体に染み込まれて呼び起こされ、人間の身体と生ける大地のあいだの緊張や融即によって誘発される。目に見えない香の形やコオロギの歌のリズムや影の動きすべてが、ある意味、私たちの思考という捉えどころのない身体を提供する。私たち自身の反省は光およびその反射の動きの一部だと言えるかもしれない。「秘めた思い――それが何だろう？　強くはりつめた空でないなら。」

内なる心理的世界と、周りの知覚的地形の関連を認識することによって、私たちは厳密に人間の領域から精神を解き放ち、感覚力を開放して、自分が宿る感覚的世界へと戻ってゆく。知性はもはや人間だけの所有物ではなく、大地のものなのだ。私たちはその中にいて、そこに属していて、その深みに浸っている。実際、どの土地も、どの生態系も、独自の知性や土壌や葉や空を持っているように思える。

場所にはそれぞれ精神があり、魂がある。オーク、マドローニャ、ダグラスモミ、アカオノスリ、砂岩の中の蛇紋石、地形に特有の規模、冬の土砂降りの雨、夏の沖合いに浮かぶ霧、流れにもまれる鮭――これらすべてが共にある特定の心の状態、すなわち、そこに住むすべての人間だけでなく、谷で吠えるコヨーテや、ボブキャットや、シダや蜘蛛、そのあたりに棲むすべての生き物に共有される、特定の場所の知性をつくり上げる。それぞれの場所に独自の精神があり、それぞれの空に独自の青色がある。

感覚世界に浸るという感覚は、先住民の口承の物語や歌――感覚的現象はすべて生きていて気づきがあるという信念や、すべてのものには話す力《スピーチ》があるとする考え方――に保存されている。口承文化の人々にとって、言語は人間が発明したものではなく、大地それ自体の賜物にほかならない。

人間の言語は独特であるということ、すなわち、見方によっては人間の言葉《ディスコース》は他の動物の音や合図やさざめく川の語りとほとんど共通点がないということを、私は否定しているわけではない。ただ、最初に話す力という賜物を得た人々はそういう見方をしていなかった、ということは覚えておきたい。人間の言語はアニミズム的文脈において進化してきた。何千年にもわたって、人間の言語は人間同士のコミュニケーションの手段としてだけでなく、私たちを取り巻く表情豊かな土地をなだめ、称賛し、鎮める方法として、必然的に作用してきた。つまり、人間の言語は人同士だけでなく、私たち自身と生命的風景との調和の手段として生じたのである。意味のある語りは純粋に人間の所有物であるという考え方は、最初に様々な話し方を進化させた口承の共同体とは相容れない。そして、今日、そのような考え方を持つことによって、私たちは言語の自然な活動を抑制しているのかもしれない。鳥や他の動物たちに独自の語りのスタイルがあることを否定することによって、そして川には声がなく地面は沈黙していると主張することによって、私たちは直接経験を抑え込んでいる。私たちは、自分自身を多くの言葉の深い意味から切り離し、言語を、それ自体を支え維持しているものから切り離している。その上、自分たちのあいだでさえもなぜコミュニケーションがとれないのだろうと訝しんでいるのだ。

文明がどのようにして呼吸する大地から孤立し、引きこもってしまったかという過程を解明するにあたり、私は形式的書記体系の出現、特に表音文字の出現によって可能になった興味深い知覚的、言語的変形に専ら関心を向けてきた。しかし、文字だけがこの過程の要因だと言いたいわけではない――その過程というのは、結局のところ、何千年にもわたって進行してきた複雑なものである。他に多くの要因があり、どれが選ばれてもおかしくない。たとえば、農業技術の普及が人間と他の種の経験的関係を根本的に変えたが、本書で私は、新石器時代の夜明けに農業が出現したことにほとんど言及しなかった。形式的数字体系の発達、その結果としての数的測定の影響、そして定量化が、私たちの土地との相互関係にどのように作用したかということに注意を向けたわけでもない。またもちろん、アルファベット文明それ自体によって生まれた、電話からテレビに至る、そして自動車から抗生物質に至る無数の技術について考慮したわけでもない。私は、書かれた言葉に専念することで、特定の主題というよりも特定のスタンス――いかなる要因が選ばれても、それについても考えたり問うたりするスタンス――を示したいと考えたのである。

そのスタンスとは、私たちを取り巻く世界との動物的親近性を喪失することなく厳密であろうとする思惟様式のことである。感覚と調和した形で思考し、臭や風との感覚的つながりを切断することなく熟慮し、反省する試みといってもよい。すなわち、真実が静的な事実ではなく関係の質と関連する思惟様式である。

生態学的に考えると、「正しい」とか「間違い」といわれるのは、本来、私たちの言語的陳述ではなく、私たちが自分たち以外の自然と維持する関係の種類である。囲繞する大地と相互利益的な関係にある人間の共同体は、真実に棲まう共同体といえるだろう。その共同体に共通の話し方――この相互交流を共同体に永続させることを可能にする主張や信念――は、こうした重要な意味で真実である。その話し方は、人と世界の正しい関係と調和している。しかし、土地に暴力を生み出す記述や信念、つまり、環境の損傷や荒廃を可能にする話し方は、間違った話し方である。それは、大地との持続不可能な関係を助長する。自らが存在する生ける土地を容赦なく破壊するような文明は、計算可能な世界の財産に関してそれらしい事実をどれだけ集めても真実に通じているとはいえない。

そのようなわけで、私は本書で述べてきた主張の「文字通りの」真実よりも、私の主張が可能にする関係のほうに関心がある。「文字通りの真実」というのはアルファベット的読み書きの所産にほかならない。もともと、「文字通り正しい」とは「聖書の文字」――すなわち「法の文字」――に忠実であることを意味した。本書で私が試みたのは、読者に、読み書きの知性に先行しその基盤になっている気づきの様式を再び実感してもらうこと、書かれた記録ではなく感応的世界そのものに、そして私たちを取り巻く他の身体や存在に忠実であろうとする考え方や話し方を再び感じてもらうことであった。

そのような口承的な気づきにとって、説明するということは、完成した理由を提示することではなく、物語を語ることにほかならない。それが、私がこれまでのページで試みてきたことである。様々な角度から語られ、ところどころ不完全で、ギャップや疑問や気づかれない特徴によって完全になる未完成の物語。しかし、それでもこれは物語であり、完全に確定的な一連の事実ではない。

もちろん、すべての物語がうまくいくわけではない。良い物語も、平凡な物語も、全くの駄作もある。物語はどのようにして判断されるのだろうか。もし、これらの物語が静的ないし「文字通りの」現実を意図していないのであれば、どのようにして語られる出来事が他のものより優れているとか価値があると識別することができるのだろうか。答えはこうだ。すなわち、物語は意味を成すかどうかに応じて判断されなければならない。そして、ここでいう「意味を成す」ということは、最も直接的な意味で理解されなければならない。つまり、意味を成す（make sense）ということは、感覚（senses）を活気づけることなのである。意味を成す物語は、感覚を眠りから覚醒させ、実在する環境に目や耳を開かせ、舌を大気の味に向かわせ、認識の冷気を肌の表面に沿って走らせる。意味を成すということは、気の抜けた古臭い話し方の束縛から身体を解き放つこと、それによって、世界をめぐる感覚的気づきを一新し活性化させること。すなわち、感覚をそれがあるべきところに目覚めさせることである。

もともとアルファベットによって開かれた、一見自律的で精神的な次元――大地からの徹底的な抽象化において私たち自身の記号と関わる能力――は、今日、広大な認知の領域や仮想の交流や出会いの終わりなき拡大へと開花した。私たちの反省的知性は地球規模《グローバル》の情報世界に宿っている。ぼんやりとフォークで食べ物を運びながら最新の宇宙の起源についてのシナリオを熟慮し、コーヒーやカプチーノをすすりながら次の会議の発表を構成し、体のない他の精神と連絡を取り合うためにコンピュータ上でクリックし、サイバースペースに入って遺伝子の並びや軍のクーデターについての情報を交換し、屋根の上に昇る月に気づくことなく地球環境の解決に向けた「会議」をする。私たちは、神経系がシナプスを形成し終点に達したため、近くの小川のそばの蛙の合唱がだんだん小さくなって今年は一匹だけになったことや、ウタスズメがもう森に戻ってこないということに気づかない。

技術に仲介された世界が無限でグローバルにみえるのとは対照的に、感応的世界――私たちの直接的で仲介されていない交流の世界――は常に局地的《ローカル》である。感応的世界は私たちが歩く具体的な地面であり、私たちが呼吸する空気である。これを書いている私自身にとって、それは、北米大陸の北西海岸の沖にある半分森林が切り開かれた島の、湿り気のある大地である。ヒマラヤスギやトウヒ、そしてこの小屋の前に立つハンノキの根に養分を送る石の多い黒々とした土壌。木々には、初冬の嵐で吹き飛ばされる前の最後の葉がぶら下がっている。立て付けのゆるい窓から入ってくる潮気のある空気、その空気にはヒマラヤスギや海藻や、ときには整然と木をつなげた大きな筏を引いて南に向かう船のディーゼルのようなにおいが混じっている。カワウソの糞の魚臭いにおいが微かにすることもある。毎日、カワウソの群れが満潮時に緑の海から近くの岩に滑り上がり、一頭か二頭が大人で、三頭が小さく、なめらかな身体をしていて、少なくとも一頭は歯の間にまだ生きている魚をくわえて引きずっている。カワウソたちもこの野生の空気を吸っている。そして、嵐が島を直撃すると荒れた海にもまれて水を大飲みし、目に見えない波動に首を伸ばす。

この島の内陸、森の奥深くは、さらに静寂である。風にかき乱されることなく、巨大で高くそびえる力が鎮座している。樹皮の外皮には割れ目が生じ、その上を蟻の行列やシャクトリムシや様々な形や色合いの甲虫が横切っている。キツツキがどこかで木の幹を激しく叩き、打楽器のようなリズムが反響することなく私の耳に届き、上の林冠から何時間もかけて幹を伝って落ちてきた水滴をたっぷり含んだコケや針状葉に吸収される。(一粒一粒の水滴は連続的な割れ目や裂け目に身を置き、続いて落ちる雫を受けて重くなり、そして地衣や小さな蜘蛛を追い越して次の隆起部や枝に滴り落ちる。)倒れたシダやツガ、そしてシロアリがトンネルを作った古いトウヒの木が、シダの茂みの中で腐って横たわり、乱雑なトウヒの枝が、私のたどる微かな鹿の跡を塞いでいる。

最近この島の鹿は厚い冬の毛皮に備えて夏の毛を落とした。夕暮れ時、私は昔からある果樹園で鹿を見た。鹿の毛は、土に陽光が射したような温みのある茶色ではなく、陽の当たらない木の幹や一面灰色の空を背景に、すっかり灰色になっている。こうした静かな存在たちは、呼吸する土地の一部のように見え、それらの肌合いや色は土地の季節とともに変わる。

人間も住んでいる場所によって形作られている。これは個人にも集団にも言えることだ。私たちの身体のリズム、気分、創造と平静の循環、そして思考さえも、土地の変化する型《パターン》に容易に引き込まれ影響を受ける。しかし、その土地と私たちとの有機的調和は、度を増し続ける私たち自身と記号との交わりによって妨げられている。私たちは科学技術に釘付けになり、呼吸する自分の身体と身体的領域との感覚的相互交流を回避してきた。人間の気づきはそれ自体に引きこもり、感覚――かつては私たちが生命ある野生の大地と関わる大切な場であった――は、不穏にも超然として恣意的にみえる有機的現実の克服に躍起になっている、孤立して抽象的な心の付属品になり下がってしまった。

アルファベット化された知性は、杭を打ちつけることによって大地に対する主張や要求を印づけ、大陸の身体を横切って――北アメリカを横切って、アフリカを横切って、オーストラリアを横切って――格子状の線と直角を引いて州や郡や国を明確に定める。もともとそこに住んでいる口承の部族にはほとんど配慮せず、その土地の生命を完全に無視した計算的論理に従って。

「アメリカ合衆国」や「カナダ」や「ブリティッシュ・コロンビア」や「ニューメキシコ」に住んでいると言う時、私は自分を完全に人間の作った座標に位置づけている。自分の住んでいる大地の場所については、ほとんどあるいは何も述べていない。単に、自分の仮の位置を、生命ある大地を犠牲にして必死に維持しようとしている政治的、経済的、文明的な力の、移り変わる母胎内部に置いているだけである。私や他の善良な人々が、呼吸する自分の身体がこうした抽象概念に宿っていると考えたり、私たちは自らを身体的に支えている実際の場所を育み守ることよりも、はかない存在の運命を強化し、守り、または嘆き悲しむことに身を入れていると信じるようになれば、それは大変危険なことだ。

　私たちを含む土地には、土地が呼吸し繁栄するために認識されるべき独自の表現や外形やリズムがある。そうした型《パターン》は、たとえば、川が海岸へ蛇行しながら流れる様子や、山脈が平地から背骨のようにそびえたち雲の進行を止め、峰が山の片側で雨を集めて降らせ、もう片側を乾燥させ砂漠のような状態にする様子をなぞるとわかる。そうした川や山脈と類似した別の外形としては、大陸の地殻変動で形成された二つの異なる種類の岩盤の境界や、それぞれ違った植物や木々が根を張る二つの異なる土壌の境界がある。多様な動物集団は、そうした微妙な境界に身を置き、必要な食べ物と天敵から身を守る場所を確保できる領域に行動範囲を限定する。定期的に移動する生き物の場合は、季節ごとに、国家や州や人間による様々な小区分が重ねられて曖昧になった道筋や地域をつなぎながら移動する。絶えず大地に押し付けられている人間の論理をすり抜けてはじめて、この世界に作用している古代の論理をみつけることができる。自らの感覚に接近し、感覚する身体の微細な知性に信用を寄せてはじめて、私たちはその土地のそれとない深遠な論理《ロゴス》に気づき、反応し始める。

　感覚との親密な相互交流というものがある。実際、私たちは樹皮を触ると、木が私たちを触っているように感じるし、土地の音に耳を貸し、鼻を季節の香りと結びつけると、今度は土地が私たちに調子を合わせてくれる。感覚は、大地が私たちの思考をつくり行動を導く本来の方法にほかならない。大規模な集権的事業や、グローバルなイニシャチブや、その他「トップダウン」の解決法は、生命ある大地＝地球の健康を回復し守るには決して十分ではない。というのも、私たちを取り巻く土地との直接的で感覚的な相互作用という規模でしか、生ける世界がいま必要としていることに気づき、適切な対応を取ることができないからだ。

感じる身体という規模では、大地＝地球は驚くほど多様である。私たちの感覚にあらわれる地球は、グローバルな原則や一般化を歓迎するような単一の惑星ではなく、水に抱かれたこの森の世界、風にさらされた大草原、荒野の静けさである。私たちは、土地の特異性に参与することによってのみ——その循環と様式に通じるようになり、そこに棲んでいる他のものたちに気づき、注意を向けることによってのみ——その地域が必要とするものを知ることができる。

もちろん、時代を遡った口承文化にみられる場所中心主義的な特徴には欠点がないわけではなかった。土着の口承文化は、周囲の生態環境に繊細に溶け込んでいたことから、しばしば特定の土地に縛られ、近隣の生態環境——他の植物相や動物相や気候——がまったく合わなかったり、脅威的だったり、奇怪ですらあったかもしれない。そのような不気味さは、近隣の生態地域への領地侵入を制限するのに一役買っていたかもしれず、それによって異種族間で起こりうる争いの可能性を最小限にしていたとも考えられる。しかし、人間の集団が——気候変動や、獲物の移動ルートの変更や、単なる偶然によって——親しんできた土地から追い払われ、突如として儀式的身ぶりや祈りや語りがすべて意味を失ったように思われる世界、地形が結合性に欠ける世界、つまり、何もかもが意味を成さない世界に移されるということもあった。

新しい環境に適合した物語や歌がないと、そして、この土地ならびにそれが食べ物や燃料や住居を与えてくれることに合った不文律《エチケット》を知らないと、新来者は簡単に生物共同体を乱したり、壊してしまうことさえありえた。最初にベーリング海峡を渡って南北アメリカに広がった人類の移動の直後に起きた大型動物の絶滅は、そのような状況――この大陸の様々な生態系に調和する文化的、言語的型《パターン》の欠如――が引き金となったのかもしれない。似たような絶滅の波はもっと古くに、オーストラリアに人間が侵入した最初の数世紀に起きており、他にもニュージーランドやハワイやマダガスカルを含む様々な島嶼生態系への人類の到達が絶滅を引き起こした。(1) そのような出来事が示唆しているのは、多くの口承の人々の場所との深い調和は一つの土地に数世代住み着いた後でしか生まれない、ということである。

また、完全に異なる生態地域から来た人間集団同士が出会うと、互いの文化的世界が比較できず、そのためにある集団が他の集団に恐怖を引き起こしたりし、単にそれが原因で暴力――かなり血なまぐさくなることもある――を引き起こすこともありえた。このように考えてくると、形式的書記体系の普及が生んだ人間の共通性という奇異な感覚は、果たして価値のあるものなのか、と首を傾げたくなるだろう。人間の平等を信じる現代的確信に関して大いに価値のあるものはないのだろうか。自分の住む特定の場所への文化的調和という犠牲を払って達成され普及したものではあるが、私たちは皆一つの地球の一部であるという認識に驚くべきものはないのだろうか。

おそらくあるだろう。しかし、それは不安定な価値観である。というのも、どの大陸に住む人もこの惑星が一つの全体であると認識するようになったまさにその瞬間、他の多くの種が急速に減少し消えてゆき、川が産業廃棄物で窒息させられ、空も傷を負わされていることがわかったからだ。印刷された言葉や電子メディアを介して、人間は平等であるという考えがようやくどの国民にも普及したまさにその瞬間、それが「考え」に過ぎないということ、すなわち、いくつかの最も「発展した」国家では人間は前例のない規模で身体的にも感情的にも互いをつぶしあっている——武器を通して、冷淡な大企業の強欲を通して、急速に広がる無関心を通して——ということが明確になる。

　明らかに何かが大きく欠け、本質的な要因が無視され、共通の世界に猛進するなかで生命の不可欠な側面が危険なほど看過されたり、無視されたり、単に忘れられたりしている。暗黒の宇宙で回転している地球という驚くべき統一のイメージを獲得するために、人間は、同じくらい価値のある何か——回転する世界の一部にほかならないということから生じる謙遜や思いやり——を手放さなければならなかったのだろうか。私たちは、知覚的に私たちを取り囲む無数のもの、無数の存在との物語に語られた関係や相互交流に生きることから生まれる釣り合いを忘れてしまっている。

　そのような相互交流を更新すること——読み書きに基づく抽象化に向けて新たに得た能力の根拠を、古来からの口承の形式の経験におくこと——ができるのなら、抽象的知性は本物の価値を得るであろう[2]。これはもちろん「過去に戻る」という問題ではなく、むしろ、冷静な理性に関する私たちの能力を感覚的で模倣的《ミメティック》な認識方法と融合させ、共通の世界に関するヴィジョンの根を局地的で特定的なものとの直接的で融即的な関わりに張りながら、一回りして元に戻るということなのである。私たちがあくまで反省的な繭から出ないのであれば、ひとつの世界に向けられた抽象的概念や野望は恐ろしく欺瞞的なものだということになる。もし私たちが感応的世界との関係をすぐに想起しないならば、すなわち、こうした感応的な世界に棲みそれを構成する他の感性との結束を取り戻さないならば、人間の共通の特徴の代価として私たちは皆絶滅するかもしれない。

　実際、工業化した国家の内外で、既に多くの人々や共同体がそのような想起の過程に関わっている。実に多様な生い立ちや技能を持つ人々――農業従事者、物理学者、詩人、教授、薬草医、エンジニア、地図作成者――が、「再定住」と呼ばれる実践に取り組んでいる。彼らは、それぞれの場所について学び、自らが暮らす生態地域の見習いを始めたのである。たとえば、彼らの多くは、それぞれの暮らす土地の植物や木々について注意深く学ぶ生徒となり、それぞれの植物がどういう養分や治癒力を持つか、どういう昆虫や動物と関わりを持つか、といったことを学んでいる。ほかに、その土地の動物を先生とし、空いた時間に移動を監視《モニタリング》したり、特定の種の生活サイクルや行動を学んでいる人もいる。皆、損傷を受けた生息地を修復し、人間の思慮不足によって絶滅した土着の種を取り戻そうとしているのである。皆が力を合わせ、河口を汚染する工場を閉鎖させ、鮭を小川に戻す。都市の中心では、その土地特有の種で共同菜園を造り、ホームレスの人々と共に秋分の祝宴を開く。それぞれの情況で、人々は、その地域に最も適合し、大地に最も応え信頼できる人間の共同体のあり方を識別しようとしているのである。

北米では、静かに成長しているこうした自発的な運動が多くの名のもとで展開している。実のところ、これは運動というより、ロビンソン・ジェファーズが言うところの「外に向かって恋におち」た人々によって共有される共通の感性である。こうした人々は、土地への共感が深まるにつれ、常により良い仕事やより裕福な生活を求めてどこかへ移動するという現代の傾向に逆らうことを選び、代わりに彼らを必要とする土地に自らをささげ、ある種の野生的忠実さをもって土地の寛大さと向き合うことを決意する。自らを取り巻く感応的世界との相互交流に関わることによって、彼らは感覚を活性化させる。こうすることによって、郡や国の政治的現実に関わったり州のイニシャチブを支持したり国政選挙で投票したりすることが妨げられるわけではない。しかし、彼らは、大地の現実に合わない政治的、経済的機関が長く続かないことに、そして、そのような構造が儚い幻のようなものであることに気づいており、そうした幻によって現にここにあるものから自分自身が逸らされないように留意しなければならないとわかっている。こういう人々が関係を結ぶのは、拡大の一途にある人間の単一文化《モノカルチャー》でもグローバル経済の抽象的ヴィジョンでもなく、概ね自給自足の共同体――それぞれの場所の構造や脈動に同調した、無数の技術的に洗練された土地特有の文化――が有する地域的に多様で相互依存的な網の目という、はるかに持続可能な展望にほかならない。彼らは、人類が自分たちを支えるこの生ける世界を破壊することなく繁栄するとしたら、大いなるすべてを包囲し制御するという未熟な野望から抜け出さなければならないということを熟知している。遅かれ早かれ、技術的野望は規模を縮小し、生態地域ごとに明確に示される必要性によって正しく方向づけられねばならない、と彼らは考えている。すなわち、遅かれ早かれ、技術文明は重力の招きを受け入れて大地に戻り、政治的、経済的構造は人間以上の大地の様々な外形やリズムに合うように多様化されなければならない、と。

しかし、現実との再調整の実践に空想の余裕はほとんどない。頭の中で企まれるヴィジョンに基づいて未来に向けて考案することはできない。私たちを精神が描いた未来へと向ける現在の諸問題へのアプローチはどれも、周りで生じていることに気づかない線形時間の内部に私たちをつなぎとめる。それは、私たちが大地を無視し最終的に忘れることができたのと同じ架空の次元の内部に私たちをつなぎとめる、ということにほかならない。知覚できる現在の外部に解決法を考案することによって、私たちの注意を感応的世界から逸らし、感覚を鈍らせようとする。そう、またしても精神的理想のために。

真に生態学的なアプローチは、精神が描く未来を達成するために作用するのではなく、かつてないほど深く感覚的現在に関わろうとする。そのアプローチはかつてないほど他の生命に、現在という開けた世界で私たちを取り巻く感受性や感性の他の形に気づこうとする。というのも、他の動物や、一箇所に集まってくる雲は、線形時間には存在しないのだ。そういったものに出合えるのは、歴史的時間の進む力が外部に向けて自らを開き始めた時だけ、私たちが自分の頭の中から抜け出して大地の一巡する生命へと歩いてゆく時だけである。この野生的な広がりには、自らのタイミングや、夜明けと夕暮れのリズムや、胚胎と芽吹きと開花の季節がある。それは直線的な歴史にではなく、ワタリガラスが棲む、ここにある。

無論、人口が密集する都市に住んでいる場合、あるいは無秩序に広がる郊外のモールでもいえることだが、感応的世界そのものは超越的な未来に向かって波打っているように思われる。なにしろ高層ビルが空き地にそびえ立ち、湿地が高速道路に場を譲り、ビルボードの広告が3Dホログラムになっているのだ。しかし、このような絶えざる動きは呼吸する大地の地平の内側でのみ起きている。ニューヨークシティは何よりもまず、昔からハドソン川河口にある島の定住地であり、地形上、沿岸の天気に左右される。ガラス状の壁面の内部で行われるすべての国際取引にとって、マンハッタンは、干満のある潮水に基礎がなければ存在できない。一方、ロサンゼルスの住民はよく自分たちの住む土地の振動に気づかされる。感覚に戻るということは、より大きな生命との結びつきを一新することであり、舗道の下の土を感じることであり、屋根の上の月のまなざしを――屋内にいるときでさえ――感じることなのである。

しかし、文字についてはどうなのだろうか。これまでのページでは、アルファベットのあまり気づかれていない残念な副作用に——現在の私たちの知覚のあり方を概ね構築してきた影響に——関心を促してきた。しかし、これまでのページから読者が文字を放棄すべきだと結論づけるならば、それは危険な間違いである。実際、ここに素描された物語は、書かれた言葉が枢要な魔術を保持しているということを示唆している——それは、かつて梟の目やカワウソの滑走のなかで輝いていた魔術と同じである。

大地は機械に包囲されるべきではなく、人間が工学的に作り出しのではない肌理や風味や音の世界が大事だと思っていても、読み書きを放棄したり文字から目を背けたりすることはできない。むしろ私たちのすべきことは、書かれた言葉をその影響と共に受け入れ、根気強く、注意深く、言語を土地に書き戻すことにある。私たちの手仕事は、言葉から芽を出した大地の知性を解き放ち、事物それ自体の語り《スピーチ》に——春の枝から緑の葉が語り出す話に——自由に応答させることである。それは、その土地の音の風景《サウンドスケープ》のリズムと調子を備えた物語を紡ぐことだ——舌に心地よい物語、繰り返し語られるのを待っている物語、デジタル画面をすり抜け、文字が書かれたページから飛び出して、この沿岸の森、荒野の峡谷、ささやく草原や谷や沼に棲み着いた物語。枝角を高く保ちながら陸に向かって泳ぐ鹿の震える首の筋肉との接触、漁ってきた米粒を草むらのなかで引きずる蟻との接触、そこに私たちが身を置く表現を見つけること。言葉を、種のように、岩や倒木の下に植えること。もう一度、言語に大地の沈黙へと根を下ろさせること——影と骨と葉の沈黙に。

ハンノキの葉が一枚、風に飛ばされ、潮とともに流れている。葉は、水面を漂いながら、波立つ表面から水中をじっと見つめている青いサギのすらりとした脚にぶつかり、そしてまた漂い続ける。サギは片足を水から出し、一歩踏み出す。それを見ながら、私も沈黙の広がりの中に引き込まれる。ゆっくりと雲の層が近づき、膨らんで波のようにうねる感じを大地の上にすべらせ、サギやハンノキや凝視する私の身体を、呼吸する大きな存在の深みへ包み込み、私たちすべてを共通の肉の内部に、今は雨でずぶ濡れの共通の物語のなかに抱き取ってゆく。

原注

第一章　魔術のエコロジー――私的序論

（1）　この研究は、R・D・レインと彼の仲間が運営する治療共同体、フィラデルフィア協会で行われたものである。

（2）　これと同じような説明は北米先住民族の多くにみられる。彼らにとって、英語でいう「医療《メディスン》」は「力」――ある特定の動物や非人間である存在から人間が受け取る神聖な力――という意味を持つ。したがって、そういう「力」を扱う「呪術者《メディスンパーソン》」は、「穴熊の力」、「熊の力」、「鷲の力」、「ヘラジカの力」、あるいは「雷鳴の力」といったものまであるが、各人の医療で名を知られている。そうした自然の力との直接的な関係から呪術者は病を治す能力をはじめあらゆる能力を得ているのである。

（3）　西洋的精神にとって、このような見解は生命がなく口をきけない物質への人間の意識の「投影」であり、詩には向いていても実際の鳥や森とは何の関係もないと映るだろう。実際それが一般的な考え方である。本書では、混乱しているのは文明であって先住民ではないという可能性を考察する。人が本当に世界を知覚するのは、その世界に身を置くことによってのみであるということ、物や他者との接触が可能になるのは、それらに能動的に参与することによってのみであること、すなわち、物に感覚的想像力をはたらかせ、その物がいかにその想像力を変化させ、いかに変化した私たちを映し出し、いかに私たちと異なるかということを学んでからなのだということ、そういったことを本書で証明してゆく。そして、知覚は常に参与＝融即的なのであるから、現代の人間が非人間《ノンヒューマン》である自然における気づきを否定するのは、概念的ないし科学的厳密さによるものではなく、他の生物を十分に知覚する能力の欠如ないしそうすることの拒絶に起因するということを示す。

（4）　このようなアニミズム的世界観と現代生態学に見られつつある見解との相似性は些細ではない。気象地球化学者ジェームズ・ラブロックは、有名なガイア仮説——地球の大気・気象状況の絶えざる変化において有機体の果たす大きな役割を強調した理論——の説明において、地質学的環境は有機体ならびに有機代謝の生産物から成ると主張している。ラブロックの言葉を借りれば、私たちは「祖先の息と骨である世界」に住んでいるのだ。James Lovelock, "Gaia: the World as Living Organism," in the *New Scientist*, December 18, 1986, 及び、*Scientists on Gaia*, ed. Stephen Schneider and Penelope Boston (Cambridge: M. I. T. Press, 1991) を参照されたい。

第二章　エコロジーに至る哲学——学術的序論

（1）　Galileo Galilei, cited in Edwin Jones, *Reading the Book of Nature* (Athens: Ohio University Press, 1989), p. 22.

（2）　『メリアム＝ウェブスター大学生向け辞典』第十版によれば、「現象《フエノメノン》」は「思考や直観よりも感覚を通して知られる物や側面」を意味し、「仮想物《ヌーメノン》」（ギリシャ語の「ヌース（精神）」に由来する、同じくギリシャ語の「ヌーメノン（思考によって把握されるもの）」）と対照をなす。

（3）　Maurice Merleau-Ponty, *Phenomenology of Perception*, trans. Colin Smith (London: Routledge & Kegan Paul, 1962), pp. viii-ix.〔M・メルロ＝ポンティ、中島盛夫訳『知覚の現象学』法政大学出版局、一九八二年、四—五頁〕

（4）　Edmund Husserl, *Cartesian Meditations: An Introduction to Phenomenology*, trans. Dorion Cairns (The Hague: Matinus Nijhoff Publishers, 1960).〔フッサール、浜渦辰二訳『デカルト的省察』岩波文庫、二〇〇一年〕（フッサールによる原著の完成は一九二九年。）

（5）　Edmund Husserl, "Epilogue," in *Ideas Pertaining to a Pure Phenomenology II*, trans. Richard Rozcewicz and André Schuwer, 1989, p. 421. 間主観性という考え方がアメリカ合衆国で一般に知られるようになったのは一九六〇年代に入ってからであ

り、その時期に様々な書き手が客観的現実を文化的主流の「合意された現実」であると言い始めたのであった。

（6）　フッサールの生活世界に関する見解は、晩年の未完の書『ヨーロッパ諸学の危機と超越論的現象学』において深化した。これは、世界大戦が差し迫るなか、一九三四年から一九三七年にかけて書かれたものである。ユダヤ系ドイツ人であったフッサールは、自国での講義、授業、出版を公に行うことを禁じられた。のちに『ヨーロッパ諸学の危機』となる一連の講義はウィーンやプラハへの旅の途中で行われたものであり、この本の初版は一九三八年のフッサールの死後まもなくユーゴスラビアで出版された。題名の「危機」は、「生にとっての科学の意味の喪失」という意味でフッサールが付けたものであり、出版後まもなく次の事実において例証されることとなった。すなわち、ドイツの科学者や医者が生に対して全く無関心であり、特定の人種の生物学的劣性について科学的論文を量産したこと、そしてその後に見られるような、アウシュヴィッツ、ダッハウ、ブーヘンヴァルト、トレブリンカにおける死の工場の客観的・技術的効率である。ガス室はもうないけれども、同じ危機——「客観的」と考えられている合理性を、生ける感応的現実から遠ざけるという同様の疎外——は現在でも続いている。生ける世界に培われながらその世界を完全に忘却している技術的「成長」によって、水や風がむやみに汚染され、無数の生命が絶滅を余儀なくされているという現実をみれば、それは明らかである。

（7）　Husserl, "Foundational Investigations of the Phenomenological Origin of the Spatiality of Nature," trans. Fred Kersten, in Peter McCormick and Frederick A. Elliston, eds., *Husserl: Shorter Works* (Brighton, Eng.: Harvester Press, 1981).

（8）　Ibid., p. 227.

（9）　Ibid., p. 231.

（10）　Maurice Merleau-Ponty, *Signs*, trans. Richard McCleary (Evanston, Ill.: Northwestern University Press, 1964), pp. 180-181［M・メルロ＝ポンティ、竹内芳郎・木田元他訳『シーニュ2』みすず書房、一九七〇年、三六—三八頁］を参照されたい。［訳注：「原初の歴史（primitive history）」という語は『シーニュ2』の該当頁にはない。おそらく「原歴史（proto-history）」（*Signs*, p. 180、『シーニュ2』三七頁）を指すものと思われるが、原著通りに訳したことをお断りしておく。］

（11）　この章では、メルロ＝ポンティが示した結論と、私自身の経験に基づくメルロ＝ポンティの結論に関する解釈を織り交ぜることとする。死後三十年経つメルロ＝ポンティの洞察を単に繰り返すことに関心はなく、彼の洞察が深遠なる哲学的（かつ心理学的）エコロジーにとっていかに有用であるかを示したい。私の解説はメルロ＝ポンティの著述の正確な内容をはみ出すこともあろうが、それは長期にわたって彼の著述に親しんだことで掻き立てられた行為であり、未完結で答えのない彼の思考に忠実であると信じる。

(12) Aristotle, *The Politics of Aristotle*, trans. E. Barker (Oxford: Oxford University Press, 1946), p. 13 (1254b).

(13) Merleau-Ponty, *Phenomenology of Perception*, p. 214.〔メルロ＝ポンティ『知覚の現象学』三五一頁〕

(14) Ibid.〔同、三五一—三五二頁〕

(15) Ibid., p. 317.〔同、五一八頁〕

(16) Ibid., pp. 211-212.〔同、三四六—三四七頁。原著引用に合わせて一部変更を加えた。〕

(17) Ibid., pp. 320, 322.〔同、五二三、五二六頁〕

(18) Lucian Lévy-Bruhl, *How Natives Think*, (reprint, Princeton: Princeton University Press, 1985), p.77.

(19) Merleau-Ponty, *Phenomenology of Perception*, p. 227.〔メルロ＝ポンティ『知覚の現象学』三七二頁〕

(20) Ibid., p. 229.〔同、三七五頁〕

(21) Ibid., p. 228.〔同、三七四—三七五頁〕

(22) 正真の芸術は、非人間的《ノンヒューマン》要素を抑圧するのではなく、諸物における〈他者〉が呼吸し生き続けられるようにする人間の創造的産物だと言えよう。その意味で、正真の芸術的追求とは、真に外的な形態を「不活発」に見える物に押し付けるものではない。そうではなく、形態が、芸術家とその人が取り組む物——その物が石であれ色素であれ話される言葉であれ——との融即や相互交流から生まれるようにしているのである。そのように見ると、芸術とは協同の試み、すなわち大地から生まれた物のダイナミズムと力に名誉と尊敬が与えられる協同創造の取り組みであると言える。このような尊敬のお返しとして、物は、人間以上《モア・ザン・ヒューマン》の共鳴を人間文化にもたらすのである。

(23) Maurice Merleau-Ponty, *The Visible and the Invisible*, trans. Alphonso Lingis, (Evanston, Ill.: Northwestern University Press, 1968).〔M・メルロ＝ポンティ、滝浦静雄・木田元訳『見えるものと見えないもの』みすず書房、一九八九年〕

(24) Ibid., p. 127.〔同、一七六頁〕

(25) Richard K. Nelson, *Make Prayers to the Raven: A Koyukon View of the Northern Forest* (Chicago: University of Chicago Press, 1983), p. 14.

(26) Ibid., p. 241.

(27) Kenneth Lincoln, "Native American Literatures," in *Smoothing the Ground: Essays on Native American Oral Literature*, Brian Swann, ed., (Berkeley: University of California Press, 1983), p. 18.

(28) Ibid., p. 22.

第三章　言語の肉

(1) Merleau-Ponty, *Phenomenology of Perception*, p.184.［メルロ＝ポンティ『知覚の現象学』三〇六頁］

(2) Ibid.［同、二九七頁］

(3) James M. Edie, introduction to Merleau-Ponty, *Consciousness and the Acquisition of Language* (Evanston, Ill.: Northwestern University Press, 1973), p. xviii.

(4) Giambattista Vico, *The New Science of Giambattista Vico*, trans. Thomas G. Bergin and Max H. Fisch, 3rd ed. (Garden City, N.Y.: Dounbleday&Co., 1961).

(5) Jean-Jacques Rousseau, "Essay on the Origin of Languages," trans. John H. Moran; and Johann Gottfried Herder, "Essay on the Origin of Language," trans. Alexander Gode in Rousseau and Herder, *On the Origin of Language* (Chicago: University of Chicago Press, 1966). ヴィルヘルム・フォン・フンボルトは後にヘルダーの言語観を取り上げて発展させ、言語を客観的で限定されたシステムと捉える主流の見解に異議を唱えた。フンボルトが主張したのは、私たちは言語を一義的に発話《スピーチ》として、発話を完成した現象としてではなくダイナミックで創造的な活動として――エルゴンではなくエネルゲイアとして――捉えねばならない、ということであった。Charles Taylor, *Human Agency and Language* (New York: Cambridge University Press, 1985), p. 256 を参照されたい。

(6) Merleau-Ponty, *Phenomenology of Perception*, p. 184.［メルロ＝ポンティ『知覚の現象学』三〇五頁］

(7) このような見解を裏付ける数多くの証拠は、ある特定の語の音声的組成の研究に見出せるであろう。一つだけ例を挙げよう。哲学者のピーター・ハドレアスがヨーロッパとアジアで現在使われている十五の言語で〝sea〟（海）と〝earth〟（ないし〝ground〟、いずれも大地）にあたる言葉の見本を取り、〝sea〟にあたる言葉が一貫して継続音の子音に依存するのに対し、〝earth〟や〝ground〟にあたる言葉は破裂音の子音に依存することを見出した。（継続音の子音は気の流れが停止しないものを指す。*n*、*m*、*ng*、*s*、*z*、*f*、*v*、*h*、*sh*といった子音では、息が発声器官に邪魔されることなくそれによって形作られる。他方、破裂音は気の流れの一時的停止を伴い、その後にかすかに破裂した開放が続く。例えば、*t*、*d*、*ch*、*j*、*p*、*b*、*g*がそうである。）ハドレアスが作成した表は次の通りである。

言語	〝sea〟	〝earth〟あるいは〝ground〟
フランス語	mer	terre
イタリア語	mare	terra
スペイン語	mer	tierra
ドイツ語	meer	erde
オランダ語	zee	aarde
ロシア語	more	potshva
ポーランド語	morze	gleba
チェコ語	more	puda
リトアニア語	jura	padas
ラトヴィア語	jura	augsne
トルコ語	deniz	toprak
アラビア語	bahar	trab
日本語	umi	dai chi
韓国語	hoswu	taeji
中国語	hoi	tati

ハドレアスはこの発見を次のように説明している。「私たちは海上や海中で動くが、そのような動きの妨げとなるものが海にはない。他方、大地には、少なくとも落下を中断するという限りにおいて、動きの妨げとなるものがある。」それに応じて、"earth" や "ground" を意味する語はいずれも破裂音を取り入れており、"sea" にあたる言葉は継続音を取り入れている。（例外にみえるトルコ語とアラビア語の場合でさえ、"sea" を意味する語は "earth" を意味する語よりも比較的破裂していない。）以上、Peter Hadreas, *In Place of the Flawed Diamond* (New York: Peter Lang Publishers, 1986), pp. 100-102 を参照されたい。

（8）　言語的記号とそれが意味するものの関係の恣意性についての教義的ともいえる主張は二十世紀を通じて一般に共有されてきたが、この実に二元論的な考え方に挑戦しようとする著名な研究者もおり、語り《スピーチ》の特定の音あるいは「音素」によってもたらされる暗示的な意味をめぐる慎重な研究がなされてきた。語りの音それ自体に内在するこの意味の層の重要性に目を向けた代表的な理論家を挙げると、ドイツの言語学者ハンス・ゲオルク・フォン・デア・ガーベレンツ（一八四〇－九三）、異なる母音の音が持つ喚起的意味の研究で知られるフランスの言語学者モーリス・グラモン（一八六六－一九四六）、著名なアメリカの言語学者エドワード・サピア（一八八四－一九三九）、そして、サピアと交流していたデンマークの優れた言語学者オットー・イェスペルセン（一八六〇－一九四三）がいる。イェスペルセンは、話し言葉の進化における擬音語や「音象徴」の役割に関する重厚な研究を成し遂げた（たとえば、イェスペルセンの著書 *Language–Its Nature, Development, and Origin* [New York: Henry Holt, 1922] の第二十章を参照されたい）。最後に、ロシアの偉大なる言語研究者であるローマン・ヤコブソン（一八九六－一九八二）を挙げなければならない。ヤコブソンの素晴らしい一章 "The Spell of Speech Sound"——後にリンダ・ウォーとの共著で出された *The Sound Shape of Language* (Bloomington: Indiana University Press, 1979) に収録——を読み、私は上述した最初の二人の言語学者のことを初めて知った。

（9）　Merleau-Ponty, *Phenomenology of Perception*, p. 197.［メルロ＝ポンティ『知覚の現象学』三二六頁］

（10）　Ferdinand de Saussure, *Course in General Linguistics*, ed. Charles Bally and Albert Sechehaye, trans. Wade Baskin (New York: McGraw-Hill, 1966).

（11）　Merleau-Ponty, *Signs*, p.39.

（12）　Ibid., pp. 40, 42.

(13)　Merleau-Ponty, *The Visible and the Invisible*.［メルロ＝ポンティ『見えるものと見えないもの』］たとえば“Perception and Language”についての注（p.213）を参照されたい。

(14)　Ibid., p.125.［同、一七四頁。原著引用にあわせて一部変更を加えた。］

(15)　Ibid., p.194.［同、二七六頁］十三世紀の日本の禅僧である道元の次の有名な言葉と比べてみてほしい──「自己をはこびて万法を修証するを迷とす、万法すすみて自己を修証するはさとりなり」（道元『現成公案』より）。

(16)　Merleau-Ponty, *The Visible and the Invisible*, p.155.［メルロ＝ポンティ『見えるものと見えないもの』二一五頁］

(17)　メルロ＝ポンティの言語と意味へのアプローチは、制度化された不活性な意味から成る厳密に人間だけの宇宙の範囲を定める参与＝融即の肉体的領域における言語と意味の源を明らかにすることで、ポストモダン的「脱構築主義」の思想家によって西洋合理主義にもたらされた難題に見事に応えるものであった。この理論家たちがあらゆる哲学的基礎の脱構築を目指す一方で、メルロ＝ポンティの著作は、そうした不安定な基盤の下に私たちが実際に立っている地盤があることを示唆している。それは、岩や土から成る大地にほかならず、その地盤を人間は他の動物や植物と共有しているのである。この暗い源は、沈黙の中でも容易に指し示すことができるもので、人間が建てた人工的構造物はもとより人間の思想・哲学が滅びた後も生き続けるであろう。したがって、私たちは、既に私たちの思考力を支えているこの非恣意的な大地に自分たちの思考と理論を寄り添わせるようにするのが賢明であろう。足下の濃密さは私たちには計り知れない深みであり、地平に向けて、そして地平を越えて、全方位に広がっている。人間が作った基礎とは異なり、この沈黙している石の多い大地は人間の理解だけでは捉えきれないものである。なぜなら、これは最初から、人間だけでない多くの有機的な存在物によって構成（あるいは「構築」）されてきたのだから。

(18)　Marcel Griaule, *Conversations with Ogotemmêli*（London: Oxford University Press, 1965）, pp. 16-21を参照されたい。

(19)　例えば、Howard Norman, “Crow Ducks and Other Wandering Talk,” in David M. Guss, ed., *The Language of the Birds*（San Francisco: North Point Press, 1985）, p. 19を参照されたい。

(20)　Translated by Edward Field, in Jerome and Diane Rothenberg, eds., *Symposium of the Whole*（Berkeley: University of California Press, 1983）, p.3.

(21)　Norman, “Crow Ducks,” p.20.

（22） 例えば Richard Nelson, *Make Prayers to the Raven: A Koyukon View of the Northern Forest* (Chicago: University of Chicago Press, 1983) を参照されたい。
（23） Mircea Eliade, *Shamanism: Archaic Techniques of Ecstasy*, trans. Willard R. Trask (Princeton: Princeton University Press, 1964), pp.96-98.［ミルチア・エリアーデ、堀一郎訳『シャーマニズム』上、筑摩書房、二〇〇四年、一七四―一七六頁］
（24） Brian Swann, ed., *Smoothing the Ground: Essays on Native American Oral Literature* (Berkeley: University of California Press, 1983), p.28.
（25） Merlearu-Ponty, *The Visible and the Invisible*, p.213.［メルロ＝ポンティ『見えるものと見えないもの』三〇六頁］
（26） Edward Sapir, "The Status of Linguistics as a Science," in David G. Mandelbaum, ed., *Selected Writings of Edward Sapir* (Berkeley: University of California Press, 1949), p.162.

第四章　アニミズムとアルファベット

（1） おそらく、このような分析で最も影響力のあるのは、歴史家リン・ホワイト・Jr.によるエッセイ "The Historical Roots of Our Ecologic Crisis" であろう。初出は *Science* 155 (1967), pp. 1203-1207 で、様々な媒体に再掲されている。
（2） ジャック・デリダをはじめとする理論家は、テクストの背後に立っている自己同一的な著者や主体はいないと主張し、テクストの「実際の」意味を次のように制定している。あるテクストの正確な意味は、その本当の起源と同様、それが反応している他のテクストへの言及によってかろうじて示されうるのであり、それらはまた他のテクストからの逸脱を指し示すがゆえに、明らかな源、本当の意味は、常に延ばされ、別のどこかにある。テクストの起源も正確な意味も完全には明示されないので、読者と著者の間には現実の出会いはありえない。少なくともある人の「自己」が仮定された「著書」の意図と純粋に一致するという伝統的な意味においては。
（3） J. Gernet, quoted in Jacques Derrida, *Of Grammatology*, trans. Gayatori Spivak (Baltimore: Johns Hopkins University Press, 1976), p. 123.［J・デリダ、足立和浩訳『根源の彼方に――グラマトロジーについて』上、現代思潮社、一九八四年、二五〇頁］
（4） この段落で言及されているおおよその年代は、以下の書籍をはじめとする複数のテクストから取られたものである。Albertine Gaur, *A History of Writing* (New York: British Library/Cross River Press, 1992); J. T. Hooker et al., *Reading the Past: Ancient Writing from Cuneiform to the Alphabet* (Berkeley: British Museum/University of California Press, 1990); Jack Goody, *The Interface Between the Written and the Oral* (Cambridge: Cambridge University Press, 1987).

(5)　本書で表意文字と呼んでいる書かれた文字ないし象形文字は、特定の語を書き写したり喚起するために用いられるという点を強調するために、現代の言語学者の間では表語文字（語の記号、logogram）と言われることもある。しかしながら、「表語文字」という用語は、書かれた文字にまだ微かにはたらいている絵の要素を見えなくしてしまうので、他の多くの人たちと同じく私もこのよく知られる用語を使用する次第である。多くの文字に備わる絵のような「像的《イコン》」な性質は、言語や言語学的意味をめぐる経験に必ずや影響を及ぼす。例えば、マヤの言語では、「書くこと」と「描くこと」は昔も今も変わらず同じである——職人は文字を書きもすれば絵も描き、その両方の技術の守り神は双子の猿の神であったという。デニス・テッドロックがマヤの『ポポル・ヴフ』で示しているように、「この双子の神の庇護のもとで作られた本では、……文字は語を記録するだけでなく、語を通した迂回を必要とせずとも意味を描いたり指し示したりする要素を持ちうる」。Dennis Tedlock, trans., *Popul Vuh: The Mayan Book of the Dawn of Life* (New York: Simon & Schuster, 1985), p. 30.

(6)　先述したように、「文字《ライティング》」を意味する現代中国語が動物の足跡や亀の甲羅の印にも適用されるということは、中国が像や絵から生まれた書記様式を現在に至るまで保持しているという事実によるものだと言えよう。

(7)　Jack Goody, *The Interface Between the Written and the Oral*, pp. 34, 38.

(8)　重要なことだが、西洋の思想家が表意文字だと思っている絵に由来する書記体系の多く——エジプトの象形文字、中国の筆記文字、あるいは最近解読されたマヤの書記体系——は、慣習的な判じ絵というホストを持ち、それを表意文字的記号と組み合わせて音声的指標として用いているのである。しかしながら、このような音声的性質は普通、感覚的世界と絵の形でのつながりを有している。せっかちな読者は、そうした絵で示された意味には目もくれずに音声的記号を読んでゆくのだろうが、デニス・テッドロックによれば、「他の意味は依然としてそこにあり、それを見たり聞いたりできる読者には——あるいは同じ人であっても気分の違いによって——わかるのである」。こうした非アルファベット的な書記体系に生命を吹き込む写象主義的《イマジスティック》な論理を衝撃的に示しているのが、テッドロックのマヤ文化に関する素晴らしい著書 *Breath on the Mirror* (San Francisco: HarperCollins, 1993) に収められている “Eyes and Ears to the Book” と題された章 (pp.109-

114) である。

(9) Walter J. Ong, *Orality and Literacy: The Technologizing of the Word* (New York: Methuen, 1982), pp. 87-88.［ウォルター・J・オング、林正寛・糟谷啓介・桜井直文訳『声の文化と文字の文化』藤原書店、一九九一年］

(10) *Ibid*.［同］

(11) J. A. Hawkins, "The Origin and Dissemination of Writing in Western Asia," in P. R. S. Moorey, ed., *Origins of Civilization* (London: Oxford University Press, 1979), p. 132.

(12) Ong, p.89. また、Hooker, et al., pp. 210-211; Gaur, p. 87 も参照されたい。

(13) しかしながら、ヘブライ語のアレフベートのアレフは母音を表しておらず、どの音にも先んじて喉を開くことを意味している。

(14) 初期セム語の〝quph〟には他にも一般的なバージョンがあり、それは「」というふうに半円に垂直線が交差するものである。言語学者ジョフリー・サンプソンが論じるところでは、「サルの太い眉毛を知っている人なら……［quphが］サルの顔であるとすぐにわかるだろう」。同様に、セム語の〝gimel〟（ヘブライ語でラクダの意味）という語は、線の上がり下がり「」から成る。サンプソンの考えでは、これはラクダの最も顕著な特徴であるコブの像《イメージ》が様式化されたものではないかということだ。他の文字の形は手や口や蛇から取られている。以下を参照されたい。Geoffrey Sampson, *Writing Systems: A Linguistic Introduction* (Stanford: Stanford University Press, 1985), pp. 78-81.

このような文字の形は、後のユダヤの伝統においてケサーブ・イブリー（直訳すると「ヘブライ文字」）として知られることになる最初のヘブライ語のアレフベートに由来する。これらの文字は、紀元前五世紀から三世紀の間に、現在使われている方形ヘブライ文字――それ自体がアレフベートのアラム語版からの借用であるが――に置き換えられた。Hooker, et al., pp. 226-227; Gaur, p. 92 を参照。

(15) David Diringer, *The Alphabet* (New York: Philosophical Library, 1948), p. 159.

(16) Plato, *Phaedrus*, trans. R. Hackforth, in *Plato: The Collected Dialogues*, ed. Edith Hamilton and Huntington Cairns (Princeton: Princeton University Press, 1982), sec. 230d.［プラトン、藤沢令夫訳『パイドロス』岩波書店、一九六七年］

(17) Homer, *The Odyssey*, trans. Robert Fitzgerald (Garden City, N.Y.: Doubleday & Co., 1961); and Homer, *The Iliad*, trans.

Robert Fitzgerald (Garden City, N.Y.: Doubleday & Com, 1974).

(18) Eric Havelock, *The Muse Learns to Write: Reflections on Orality and Literacy from Antiquity to the Present* (New Haven: Yale University Press, 1986), pp. 19, 83, 90. 以下のハヴロックの重要なテクストも参照されたい。*Preface to Plato* (Cambridge: Harvard University Press, 1963).

(19) これまでに発見されているアルファベット的性質を持つごく初期のギリシャ語の碑文は紀元前七四〇から七三〇年頃のものである（Hooker et al., pp. 230-232）。次の文献も参照されたい。Rhys Carpenter, "The Antiquity of the Greek Alphabet," *American Journal of Archaeology* 37 (1933); Havelock, *Preface to Plato*, pp. 49-52; Havelock, *The Muse Learns to Write*, pp. 79-97; Goody, *The Interface Between the Written and the Oral*, pp. 40-47.

(20) この抵抗についてはエリック・ハヴロックが入念に実証している。ハヴロックは古代ギリシャの声の文化から文字の文化への移行に関する最も優れた研究者で、本件については特に、*The Muse Learns to Write* に収められている "The Special Theory of Greek Orality" が参考になる。

(21) Havelock, *The Muse Learns to Write*, p. 87.

(22) ここにはヴェーダ語の〝sutras〟との言語学的相似がうかがえる。この語も、一緒に「縫合され（sutured）」てそう名付けられた。

(23) 次の文献を参照されたい。Adam Parry, ed., *The Making of Homeric Verse: The Collected Papers of Milman Parry* (Oxford: Clarendon Press, 1971); Albert Lord, *The Singer of Tales* (Cambridge: Harvard University Press, 1960).

(24) Ivan Illich and Barry Sanders, *The Alphabetization of the Popular Mind* (San Francisco: North Point Press, 1988), p.18.

(25) Ong, p.35 を参照されたい――「しばしばリズムの面でバランスがとれているこのような〔慣用となって〕定まった表現は、印刷物のなかにたまたまみかけることもあり、実際、格言をあつめた本で『見てしらべる look up』こともできる。しかし、声の文化においては、この種の表現は、たまたまあらわれるどころではない、それは、たえずあらわれる。この種の表現は、思考そのものの実質をなしている。それがなかったら、少しでも思考を組み立てることは不可能である。なぜなら、〔声の文化における〕思考の本質は、まさにそうした定まった表現にこそあるのだから」。〔『声の文化と文字の文化』八〇頁〕

(26) 音盤はハーバード大学のパリーコレクションに保管されている。

(27) とりわけ Adam Parry, *The Making of Homeric Verse* 所収の"Whole Formulaic Verses in Greek and Southslavic Heroic Song"をはじめとするエッセイを参照されたい。

(28) Ibid., p.378.

(29) Ong, p.59. 近年では、ホメロスの叙事詩が完全に口承的な状況から生まれたとするミルマン・パリーの見解は、ジャック・グッディをはじめとする口承/読み書きの比較対照を行う研究者から反論されている。グッディによれば、パリーとロードが記録したユーゴスラビアの詩人は読み書きをしない人たちであったが、その詩人たちが叙事詩を歌い即興した文化は読み書きと無縁だったわけではない。グッディは、ごく最近まで読み書きを知らなかった北部ガーナのロダガ族のなかで研究を行い、部族の口承神話である「バグレ」("The Bagre")——これは通過儀礼的な一連の儀式において朗吟される——の記録に取り組んだ(Jack Goody, *The Myth of the Bagre*, Oxford: Clarendon Press, 1972)。グッディは、ロダガ族の朗吟とスラブ及びホメロスの叙事詩との間には、明らかな類似点だけでなく著しい相違があることを突き止めた。ユーゴスラビアの詩と古代ギリシャの詩は、アフリカの詩に比べて、より形式的で緻密に作られているように見受けられる(次の文献を参照されたい——"Africa, Greece and Oral Poetry," in Goody, *The Interface Between the Written and the Oral*)。さらにグッディの指摘するところでは、吟遊詩人の話の叙事詩的様式は、一人の人間の英雄ないし英雄の集団の伝説的行為を中心におくが、そのような様式はバグレにも他のアフリカ先住民の口承の話にも見られない(この点に関しては、Ruth Finnegan, *Oral Literature in Africa* [London: Oxford University Press, 1970] を参照されたい)。このようなグッディの研究に示唆されているのは、叙事詩的様式は読み書きが導入された初期の文化における詩には適切だが、純粋な口承文化ではそうではない、ということである。そのような見地から、彼は『イリアス』と『オデュッセイア』が形をなした文化は本来的な口承文化であるとは考えられないと論じた。文字のない文化であっても次の影響は必然的に受けていた——(1)初期の、アルファベットではない書記体系の存在(線文字Aと線文字B。これらは、クレタ島のミノア文明やミケーネ文明で経済や軍の会計のために用いられ、紀元前一一〇〇年頃に消滅した)、(2)ギリシャの商人が頻繁に接触していたはずの中東の近隣社会の文字文化("Africa, Greece and Oral Poetry," pp. 98, 107-109)。ホメロス以前のギリシャが、その祖先にあたるミノアやミケーネの限定的文字文化や、地中海の向こうの文化の原音声的(protophonetic)な文字文化の影響を受けていた可能性があるというグッディの見解は、なぜホメロスの神々が擬人化されていて、文字文化との接触を持たない文化の神々はそうではないのかということを理解する助けとなる。しかしながら文字文化の間接的影響があるとするグッディの議論をもって、紀元前一一〇〇年から七五〇年のギリシャ本土が文字の直接的使用を行っていた、あるいはそうするつもりがあった、と言えるわけではない。ホメロスの叙事詩の口承性に関する活発な議論については、次を参照されたい――"Becoming Homer: An Exchange," in the *New York Review of Books*, May 14, 1992.

(30) Havelock, *The Muse Learns to Write*, p. 112.

(31) Philip Wheelwright, ed., *The Presocratics* (New York: Macmillan Publishing Co., 1985), p. 45.

(32) Illich and Sanders, pp. 22-23.

(33) Plato, *Meno*, trans. W. K. C. Guthrie, in *Plato: The Collected Dialogues*, ed. Hamilton and Cairns sec. 72a (Princeton: Princeton University Press, 1982).［プラトン、藤沢令夫訳『メノン』岩波文庫、一九九四年、一四頁］

(34) 読者の中には、アルファベットが目に見える固定的な形を与えるのは私たちが「正義」と呼ぶ実際の性質ではなく言葉であるということ、すなわち性質「を表す＝の代わりになる（stand for）」言語的ラベルであるということに、異議を唱える人もいるかもしれない。たしかにソクラテスが討論者に思索するよう求めたのは、単なる言葉ではなく性質それ自体であった。しかしながら、反論が前提としている、言葉とそれ「を表す＝の代わりになる」ものの区別はかなり最近のもので、それ自体が表音文字にはじめて広まった区別にほかならない。しかし、ソクラテスやプラトンのいたアテネは、ちょうど文字文化に現われる過程にあり、言葉はそれが喚起する現象に直接参与し、現象は話される言葉に依然として参与していた。もし文字という新たな技術が「徳」という話される言葉に新たな自律性と永続性を分け与えたのであれば、性質それ自体にも不変という新たな感覚をもたらしたと言える。

(35) Ernest Fenollosa, cited in Ezra Pound, *ABC of Reading* (New York: New Directions Press, 1960), pp.19-22.

(36) ジャック・デリダはこの興味深い消失が西洋の（アルファベット的）哲学――文字をめぐる絶えざる忘却と抑圧と依存の伝統――の軌跡においてどのような展開を示しているかを深く研究している。たとえば、*Of Grammatology*, trans. Gayatri Spivak（Baltimore: Johns Hopkins University Press, 1976）を参照されたい。しかしながら、デリダはアルファベット的思惟様式と非アルファベット的思惟様式のまぎれもない相違――生命ある大地との経験的関係においてそれ自身を明らかにしている相違――に気づいていないようである。デリダはすべての言語を文字（エクリチュール）に同化したが、私のアプローチは逆で、あらゆる談話《ディスコース》――この文章のような書かれた談話さえも――が暗に感覚とつながっており身体的で、感覚する身体と同じく、決して人間だけに限られていない世界につながり続けるということを示すものである。

(37) 私は、不死の精神《プシュケー》と知性で知ることのできるイデアとの関係が、新たな文字文化の知性と可視化されたアルファベット文字との関係の経験に依存しているということをプラトンの文章に指摘することで、超越的で哲学的な見解を凡庸で日常的な経験に還元しようとしているわけではない。そうではなく、読むことが現にそうであるところの魔術的で超越的な活動の感覚を再び覚醒させたいのである。この点において私は、メルロ＝ポンティが主張した覚醒の方法を実践するのみである。メルロ＝ポンティの「知覚の優位性」という言葉は、最も超越的な哲学でさえ、それが忘れようと努める受肉した感応的世界に根を下ろし依存しているということを表している。

(38) *Phaedrus*, 275a.［『パイドロス』からの引用の翻訳にあたっては前掲の既訳を使用した。以下同様。］

(39) Ibid., 275b.

(40) Ibid., 277e.

(41) Ibid., 278a.

(42) Ibid., 230d.

(43) プレーンズインディアンのあいだでヴィジョンと「魔法の薬の力《メディスン》」がかつていかに喚起され、現在でも喚起されているかということを直接体験に基づいて語った、信頼のおける入手可能な二つの記述がある。ひとつは、*Lame Deer, Seeker of Visions* by John Fire Lame Deer and Richard Erdoes。もうひとつは、*Black Elk Speaks*, by John Neihardt である。どちらも多数の版が出ている。

(44) *Phaedrus*, 236e.

(45) Ibid., 275b.

(46) Ibid., 259a-d.

(47) Ibid., 259b-c.

(48) Richard Nelson, *Make Prayers to the Raven* (Chicago: University of Chicago, 1983), p. 17.

（49）　Jack Goody, in *The Domestication of the Savage Mind* (Cambridge: Cambridge University Press, 1977) では、そうした「心の」リストが文字で書かれ可視化されたリストに依存していることが示されている。ウォルター・オングの次の議論も参考にされたい。「一般に、一次的な声の文化においては、こうしたリストにあたるものは、〔声に出して語られる〕物語 narrative の中に置かれている。たとえば、『イリアス』（二巻、四六一―八七九行）にある船と船の長の一覧がそうであるが、そうした一覧も、客観的に羅列されているのではなく、戦争をめぐる話しの展開のなかに織りこまれている。旧約聖書のモーセ五書 Torah のテクストは、まだ基本的には声としてのことばに基づく思考形態を、書かれたもののなかにとどめているが、そのなかでは、地理〔的説明〕（つまり、場所と場所との関係の記述）にあたるものは、人間の行動を物語るきまり文句的なくだりのなかにおさめられている。たとえば、「〔イスラエルの人びとは〕シナイの荒野を出立してキブロテ・ハッタワに宿営し、キブロテ・ハッタワを出立してハゼロテに宿営し、ハゼロテを出立してリテマに宿営し、……」という具合に〔「……を出立して……に宿営し」というきまり文句が〕さらに何行もえんえんと続く（『民数記』第三十三章十六節以下）。系譜のようなものでさえも、声としてのことばによってかたちづくられたこうした伝統に属するものは、実際、物語的に語られるのがふつうである。そこでは、名前が羅列されるかわりに、一連の「子をつくるという行為 begats」、つまり、だれそれがなしたことがらが述べられる。たとえば、「イラデの〔つくった begat〕子はメホヤエル、メホヤエルの〔つくった〕子はメトサエル、メトサエルの〔つくった〕子はレメクである」（『創世記』第四章十八節）というように。Ong, p. 99.［オング『声の文化と文字の文化』二〇五―二〇六頁。原著引用にあわせて一部変更を加えた。］

（50）　ウォルター・オングはこれを口承の物語における「闘技的」な要求と記している。Ong., pp.43-45 を参照。

（51）　*Phaedrus*, 262d.

（52）　Ibid., 247c.

（53）　たとえば、ミルマン・パリーとアルバート・ロードの研究がそうである（注23を参照）。

（54）　これには多様な研究者が取り組んでおり、たとえば、エリック・ハヴロック、マーシャル・マクルーハン、ウォルター・オング、ジャック・グッディ、そして最近ではイヴァン・イリイチがいる。次の文献を参考にされたい。Havelock, *Preface to Plato*, *The Muse Learns to Write: Reflections on Orality and Literacy from Antiquity to the Present*; Marshall McLuhan, *The Gutenberg Galaxy: The Making of Typographic Man* (Toronto: University of Toronto Press, 1962); Ong, *Interfaces of the Word* (London: Cornell University Press, 1977), *Orality and Literacy: The Technologizing of the Word*; Goody, *The Interface Between the Written and the Oral*, *The Domestication of the Savage Mind* (Cambridge: Cambridge University Press, 1977); Illich and Sanders, *The Alphabetization of the Popular Mind*.

(55)　これは Illich and Sanders および Goody, *The Interface Between the Written and the Oral* において重要視されている。

(56)　Ivan Illich, *In the Vineyard of the Text* (Chicago: University of Chicago Press, 1993). Illich and Sanders, pp. 45-51.

(57)　この相互交流、すなわち微妙な陰翳をもつ自己の感覚が他の存在との深い関係を通してのみ現れるところの循環的な動きは、仏教で通常「自己と他者の相互依存関係（縁起）」と認識されているものである。

(58)　実際、メルロ＝ポンティは視覚的焦点を共感覚の模範例とみなし、「……もろもろの感官は、二つの眼が視覚において協力しあうように、知覚において相互に連結する」と述べている（*Phenomenology of Perception*, pp. 233-234.［『知覚の現象学』三八二頁］）。

(59)　ここで留意したいのは、知覚の集中構造ゆえに、私は他の現象に参与しないことによってのみ、ある現象に参与できるということだ。ある存在を、その共感覚的な深みと他者性において直接的に知覚することができるのは、その他の存在との直接的出合いを一瞬でも犠牲にしているからにほかならない。その出合いは、私の感覚を勝ち取ることができるまでは不確定な背景の一部に留まることになる。そういうわけで、多くの口承文化の先住民部族では、潜在的にあらゆる事物が生命的であるのだが、だからといってあらゆる現象が常に生命あるものとして経験されるわけではない。実際、ある現象や植物や虫について問うと、それらが部族のコミュニティにとってほとんど意味を持たず、その文化で語られる言語の中で名前すらない場合がある。こうした現象は人間のコミュニティの強い関心を求めていないので、それ自身の強度と深みを有する固有の存在として経験されることがあるとしても稀である。共感覚的関心と定期的に関わっている現象だけが、自律的な力として大地＝地球の身体から突出し際立つのだ。焦点がなく、様々な感覚的様相の並置がなければ、現象が私たちを動かすことも、ある経験を別の経験と対照させることも、何かを教えることもない。そうやって現象は平板化し、深みもダイナミズムもなく、純粋に背景の現象と化す。

(60)　次の文献に引用されているキャリアーインディアン。Diamond Jenness, *The Carrier Indians of the Bulkley River*, Bureau of American Ethnology: Bulletin 133 (Washington, D.C.: Smithsonian Institution, 1943), p.540.（強調は引用者による）

(61) Tzvetan Todorov, *The Conquest of America*, trans. Richard Howard (New York: Harper & Row, 1984).〔ツヴェタン・トドロフ、及川馥・大谷尚文・菊地良夫訳『他者の記号学——アメリカ大陸の征服』法政大学出版局、一九八六年〕

(62) Ibid., p. 89.〔同、一一三頁〕

(63) Ibid., pp. 61-62.〔同、八四—八五頁〕

第五章　言語の風景のなかで

(1) *Phaedrus*, 275d.

(2) とりわけ、Elizabeth Eisenstein による二巻本 *The Printing Press as an Agent of Change: Communications and Cultural Transformations in Early Modern Europe* (New York: Cambridge University Press, 1979) を参照されたい。それ以前の、より因習打破的な文献としては、McLuhan, *The Gutenberg Galaxy: The Making of Typographic Man* がある。

(3) このような調律をめぐる聴覚的な例として、*Voices of the Rainforest* (Rykodisk, 1991) というCDを勧めたい。これは、民族音楽学者スティーヴン・フェルドによるパプアニューギニアのカルリ族の野外録音を編集したものである。カルリ族は鳥、昆虫、アマガエル、滝、そして雨とともに歌う。「カルリ族はそれらと歌うとき、それらの身になって歌う。自然はカルリ族の耳には音楽であり、カルリ族の音楽は周りの音の風景《サウンドスケープ》の一部なのだ。……このような熱帯雨林の音楽的生態系では、世界はまさしく音叉にほかならない。」歌に満ちたカルリ族の言語には擬音語が多く、動物の話し声《スピーチ》をそのまま繰り返したり、雨林で水がグルグル渦巻いたり、ブクブク沸き立ったり、ポトンと落ちたりする音を真似する言葉がたくさんある。しかし、口頭言語はどれもそうだが、このカルリ族の融即的な歌も絶滅の危機にある。この場合は、原因は石油掘削のための土地の侵犯で、雨林には新たにヘリコプターや掘削装置の音が響いている。次の文献を参照されたい。Steven Feld, *Sound and Sentiment: Birds, Weeping, Poetics and Song in Kaluli Expression*, rev. ed. (Philadelphia: Temple University Press, 1991).

(4) F. Bruce Lamb, *Wizard of the Upper Amazon: The Story of Manuel Córdova Rios*, (Boston: Houghton Mifflin, 1971).〔F・ブルース・ラム、磯端裕康訳『アマゾンの魔術師——マニュエル・コルドバ＝リオスの物語』プリミティブプランプレス、一九九八年〕

(5) Ibid., pp. 63-64.〔同、九二頁〕
(6) Ibid., p. 51.〔同、七八頁〕
(7) Ibid., pp. 48-49.〔同、七四―七五頁。一部表現を変えた箇所がある。〕
(8) たとえば、第三章の注8で引用されているオットー・イェスペルセンとローマン・ヤコブソンの著作を参照されたい。イェスペルセンは、晩年、言語学者が発話の音の内的意味を認めようとしなかったのは、こうした意味を記録する初期の試みが、発話の音を最も基本的な要素に分解することができなかったためだと述べた。Jacobson and Waugh, *The Sound Shape of Language* (Bloomington: Indiana University Press, 1979), p. 185.
(9) Richard Nelson, *Make Prayers to the Raven: A Koyukon Vision of the Northern Forests* (Chicago: University of Chicago Press, 1983), p. 2.
(10) Ibid., p. 20.
(11) Richard Nelson, *The Island Within* (San Francisco: North Point Press, 1989), p. 110.〔リチャード・ネルソン、星川淳訳『内なる島――ワタリガラスの贈りもの』めるくまーる、一九九九年、一六三―一六四頁〕
(12) Nelson, *Make Prayers to the Raven*, p. 172.
(13) Ibid., p. 86.
(14) Ibid., p. 87.
(15) Ibid.
(16) Ibid., p. 109.
(17) Ibid., p. 115.
(18) Ibid., p. 110.
(19) Ibid., p. 116.
(20) Ibid., p. 111.
(21) Ibid., p. 106.
(22) Ibid.

(23) Ibid.
(24) Ibid., p. 115.
(25) Ibid., p. 119.
(26) Ibid., p. 16.
(27) Nelson, *Make Prayers to the Raven*, p. 118.
(28) John Bierhorst, *The Mythology of North America* (New York: William Morrow & Co., 1985), pp. 6-7. 次の文献も参照されたい。Gerald Vizenor, *Anishnabe Adisokan: Tales of the People* (Minneapolis: Nodin Press, 1970), p. 9.
(29) Ibid., p. 127.
(30) Ibid., p. 148.
(31) Ibid., p. 155.
(32) Ibid., p. 176.
(33) Ibid., p. 177.
(34) Nelson, *The Island Within*, p. 117.［ネルソン『内なる島』一七六頁。原文に合わせて一部表現を変えた。］
(35) Ibid., p. 69.
(36) Nelson, *Make Prayers to the Raven*, p. 26に引用されているコユコン族の古老の話。
(37) 本章で論じる諸文化の選択は、対照的な生態地域から例を示したいという意図と、口頭言語が大地への依存を示す多様な方法を限られた紙幅で示唆したいという希望の両方に基づいている。
(38) Keith Basso, "'Stalking with Stories': Names, Places, and Moral Narratives Among the Western Apaches"（以降、Basso, "Stalking"と表示する）. 次の文献に収録されている。Daniel Halpern, ed., *On Nature: Nature, Landscape, and Natural History* (San Francisco: North Point Press, 1987).
(39) Ibid., p. 101.
(40) Ibid., pp. 105-106. 次の文献も参照されたい。Keith H. Basso, "'Speaking with Names': Language and Landscape Among the Western Apache" in *Cultural Anthropology*, May 1988, p. 111（以後、Basso, "Speaking"と略）.

(41) Basso, “Stalking,” p. 95.
(42) Basso, “Speaking,” pp. 117-118. しかし、ここでは Basso “Stalking” でバッソが用いている形に書き写した。
(43) Basso, “Stalking,” p. 107.
(44) Ibid., p. 108.
(45) Ibid., pp. 111-112.
(46) Ibid., p. 112.
(47) Ibid., p. 110.
(48) Ibid.
(49) ニック・トンプソンの言葉。Basso, “Stalking,” p. 112 に引用。
(50) Basso, “Stalking,” p. 113; Basso, “Speaking,” pp. 118, 121-22.
(51) ニック・トンプソンの言葉。Basso, “Stalking,” p. 96 に引用。
(52) ウィルソン・ラヴェンダーの言葉。Basso, “Stalking,” p. 97 に引用。
(53) Basso, “Stalking,” p. 112.
(54) Ibid., pp. 112-14.
(55) Basso, “Speaking,” p. 110.
(56) Basso, “Stalking,” pp. 100-101 に引用。
(57) Ronald M. Berndt and Catherine H. Berndt, “How Ooldea Soak Was Made,” in *The Speaking Land: Myth and Story in Aboriginal Australia* (London: Penguin Books, 1989), p. 42.
(58) Berndt and Berndt, p. 213.
(59) “Leech at Mamaraawiri,” in Berndt and Berndt, p. 211.
(60) Bruce Chatwin, *The Songlines* (London: Penguin Books, 1987), p. 60. 〔ブルース・チャトウィン、芹沢真理子訳『ソングライン』めるくまーる、一九九四年、一〇四頁〕
(61) ピンツピ族は匂い（*mayu*）と味（*ngurru*）で歌がわかるそうだ。これは共感覚を示す見事な例である。

(62) 次を参照されたい。Gary Snyder, *The Practice of the Wild* (San Francisco: North Point Press, 1990), p. 83. Basso, "Stalking," p. 101.

(63) Chatwin, p. 60. 次も参照されたい。T. G. H. Strehlow, *Aranda Traditions* (Melbourne: Melbourne University Press, 1947), p. 17.

(64) Billy Marshall-Stoneking, "Paddy: A Poem for Land Rights," in *Singing the Snake: Poems from the Western Desert* (Pymble, Austral.: Angus & Robertson, 1990).

(65) Chatwin, p. 14.［チャトウィン、二七頁］

(66) Colin Tatz, ed., *Black Viewpoints: The Aboriginal Experience* (Sydney: Australia and New Zealand Book Co., 1975), p. 29. この点については、『オムニ』(一九八七年六月号) に掲載されているアボリジニの書き手で教育者のエリック・ウィルモットのインタビューも参考になる。

(67) W. E. H. Stanner, "The Dreaming," in Jerome Rothenberg and Diane Rothenberg, eds., *Symposium of the Whole* (Berkeley: University of California Press, 1983), pp. 201-205. 次も参照されたい。*Walbiri Iconography: Graphic Representation and Cultural Symbolism in a Central Australian Society* (Ithaca, N. Y.: Cornell University Press, 1973), pp. 131-133.

(68) Marshall-Stoneking, "Passage," in *Singing the Snake*, p 30 より。

(69) Chatwin, pp. 105-106.［チャトウィン、一七九頁］

(70) Helen Payne, "Rites for Sites or Sites for Rites? The Dynamics of Women's Cultural Life in the Musgraves," in Peggy Brock, ed., *Women, Rites, and Sites: Aboriginal Women's Cultural Knowledge* (North Sydney: Austral.: Allen & Unwin Limited, 1989), p. 56.

(71) Chatwin, p. 52.［チャトウィン、九〇頁］

(72) Catherine J. Ellis and Linda Barwick, "Antikirinja Women's Song Knowledge 1963-1972," in *Women, Rites, and Sites*, pp. 31-32.

(73) Ibid., pp. 34-36.　私はアボリジニの様々な伝統を現在形で語っているが、それらはアルファベット文明の影響を受けて急速に失われつつあるということを認識していただきたい。

(74) Gary Snyder, *The Practice of the Wild*, p. 82.［ゲーリー・スナイダー、原成吉・重松宗育訳『野性の実践』山と渓谷社、

二〇〇〇年、一五五頁〕

（75） Chatwin, pp. 293-294.〔チャトウィン、四八八―四八九頁〕

（76） Payne, "Rites for Sites or Sites for Rites?" in *Women, Rites, and Sites*, p. 45.

（77） Ibid.

（78） Basso, "Speaking," pp. 110-113.

（79） ここで特定のジェンダーを指しているのは意図的なことである。当時、ほとんどすべての演説家は男性であった。

（80） Frances A. Yates, *The Art of Memory* (Chicago: University of Chicago Press, 1966).〔フランセス・A・イエイツ、玉泉八洲男監訳『記憶術』水声社、一九九三年〕

（81） Basso, "Stalking," pp. 115-16.

第六章　時間、空間、そして地蝕

（1） Charles A. Reed, ed., *Origins of Agriculture* (The Hague: Mouton & Co., 1977) を参照されたい。

（2） Åke Hultkrantz, *Native Religions of North America* (San Francisco: Harper & Row, 1987), pp. 32-33.

（3） T. C. McLuhan, *Touch the Earth* (New York: Outerbridge and Dienstfrey, 1971), p. 42.

（4） Mircea Eliade, *The Myth of the Eternal Return* (New York: Harper & Row, 1959).〔エリアーデ、堀一郎訳『永遠回帰の神話――祖型と反復』未来社、一九六三年〕

（5） Ibid., p. vii.

（6） Todorov, pp. 116-119 を参照。

（7） Marshall Sahlins, *Historical Metaphors and Mythical Realities* (Ann Arbor: University of Michigan Press, 1981).

（8） Hultkrantz, p. 33.

（9） Todorov, p. 85.〔トドロフ『他者の記号学』一一七頁〕

（10） Rik Pinxten, Ingrid Van Doren, and Frank Harvey, *Anthropology of Space: Explorations into the Natural Philosophy and Semantics of the Navajo* (Philadelphia: University of Pennsylvania Press, 1983), p. 168.

(11)　Ibid., p. 36.

(12)　Benjamin Lee Whorf, "An American Indian Model of the Universe," in Dennis Tedlock and Barbara Tedlock, eds., *Teaching from the American Earth* (New York: Liveright, 1975), p. 122. [B・L・ウォーフ「アメリカインディアンの宇宙像」、B・L・ウォーフ、池上嘉彦訳『言語・思考・現実』講談社学術文庫、一九九三年、一三―一四頁]

(13)　Ibid. [同、一五頁。原著引用文に合わせて一部変更を加えた。]

(14)　特に、Ekkenhart Malotki, *Hopi Time: A Linguistic Analysis of the Temporal Concepts in the Hopi Language* (New York: Mouton Publishers, 1983) を参照されたい。

(15)　Whorf, "An American Indian Model," p. 124. [ウォーフ『言語・思考・現実』一七頁]

(16)　Ibid. [同、一七―一八頁、一部表現を変えたところがある。]

(17)　Pinxten et al., p. 18.

(18)　Ibid., pp. 20-21.

(19)　Eliade, *The Myth of the Eternal Return*, p. 104. [エリアーデ『永遠回帰の神話』一三九頁]

(20)　Ibid. [同]

(21)　実際、もともとの石板は、金色の子牛を見て怒ったモーセが叩きつけて壊したが、ヘブライ語聖書によれば、それは「神の指によって」直接刻まれたものであった。出エジプト記三一章：一八。Rabbi Michael L. Munk, *The Wisdom in the Hebrew Alphabet: The Sacred Letters as a Guide to Jewish Deed and Thought* (Brooklyn: Mesorah Publications, 1983) も参照されたい。

(22)　Edmond Jabes, *Elya* (Berkeley, Calif.: Tree Books, 1974), p. 72.

(23)　Aristotle, *Physics*, trans. Hippocrates G. Apostle (Bloomington: Indiana University Press, 1969), book IV.

(24)　印刷機の時代までに、機械仕掛けの時計の影響がヨーロッパ中にゆっくりと浸透していた。アルファベット文字の存在に目を向けると、なぜ機械仕掛けの時計がヨーロッパで発明され、東洋の表意文字的世界に定着するかなり前にヨーロッパ文化の隅々に広まったかということが幾分明らかになるだろう。実際のところ、早くも十一世紀に、精巧な時計のような機械が中国の皇帝たちの私的使用のためにデザインされ作られたが、これらは天の動きを模倣した厳密に暦の装置としてであった。すなわち、皇帝が自らの意図や命令を天文学的出来事により正確に連動させることを可能にする機械であった。この場合の時間の秩序は、宇宙的で空間的な現象と不可分であった。

対照的に、西洋では、機械仕掛けの時計は、太陽や月や星の空間的循環から時間をめぐる経験を切り離すはたらきをし、昼夜の長さの変化や天にほとんど関心を払わない確定的な時間間隔をつくり出した。機械仕掛けの時計は修道院（中世を通してアルファベットの読み書きの拠点であった）に端を発するもので、祈りの時間の統制に使われていた。十四世紀半ばまでに、教会や町役場の鐘楼に設置された大きな時計が地域の全人口に向かってに時間を鳴らし、人工的に決められた一定不変の尺度に基づいて共同体の日常的活動を統制するようになった。時計の固定された時間は太陽と関係がなく、日の出とも日の入りとも昼の長さ（これらはすべて季節だけでなく場所によっても変化しうる）とも関係がないので、時計の時間は究極的には、異なる村や町のあいだの取引を規制するために用いられ、その結果、場所や季節によって異なるリズムを受け付けない、完全に客観的で数字で表すことのできる時間感覚を確立することができた。この客観的な時間の声は、時計の内部機械の「カチカチ」という容赦のない音であり、時間を数えることのできる今の地点の連続と捉えるアリストテレス的時間感覚に聴覚的な力を貸したのであった。Daniel Boorstin, *The Discoverers* (New York: Random House, 1983), pp. 36-46, 56-78 を参照されたい。

(25) Alexandre Koyré, *From the Closed World to the Infinite Universe* (New York: Harper & Brothers, 1958), pp. 161, 162〔アレクサンドル・コイレ、野沢協訳『コスモスの崩壊——閉ざされた世界から無限の宇宙へ』白水社、一九七四年、二〇〇、二〇一頁〕に引用。

(26) Ibid., pp. 161-162, 245.〔同、二〇〇—二〇一、三〇六頁〕

(27) Ibid., pp. 221-272.〔同、二七〇—三三二頁〕

(28) Edmund Husserl, *Phenomenology of Internal Time-Consciousness*, trans. James S. Churchill (Bloomington: Indiana University Press, 1964), pp. 104, 150.〔エトムント・フッサール、谷徹訳『内的時間意識の現象学』筑摩書房、二〇一六年〕次の文献も参考にされたい。David Wood, *The Deconstruction of Time* (Atlantic Highlands, N.J.: Humanities Press, 1989), pp. 106-109.

(29) Martin Heidegger, *Being and Time*, trans. John Macquarrie and Edward Robinson (Oxford: Basil Blackwell, 1967).

(30) Martin Heidegger, "Time and Being," in *On Time and Being*, trans. Joan Stambaugh (New York: Harper & Row, 1972).

（31） Merleau-Ponty, *The Visible and the Invisible*, p. 259.〔M・メルロ＝ポンティ、滝浦静雄・木田元訳『見えるものと見えないもの』みすず書房、一九八九年、三八一頁〕この研究ノートは、メルロ＝ポンティが一九六〇年一月に書いたものである。それから一年を経ずに彼は死去し、一年半あまり後の一九六二年一月、ハイデッガーが「時間と存在」という講義で「時－空」について話した。

（32） Ibid., p. 267.〔同、三九五頁〕

（33） Ibid., p. 259.〔同、三八一頁〕

（34） Ibid., p. 13.〔同、二四頁。原著引用にあわせて一部変更を加えた〕

（35） Heidegger, "Time and Being," p. 11.

（36） Ibid., pp. 11-12.

（37） Heidegger, *Being and Time*, p. 416.〔ハイデッガー、細谷貞雄訳『存在と時間』下、ちくま学芸文庫、一九九四年、二八七頁〕

（38） 実のところ、時間という概念は、ハイデッガーにとって、地平を帯びた思想である。『存在と時間』では、時間をめぐる現象への言及はほぼ必ず地平のメタファーと結びつけられている。時間を線状配列とみなす私たちの日常概念の由来について説明する際、ハイデッガーは、アリストテレスの時間の定義を次のように翻訳している。「時間とは、《まえに》と《あとで》の地平のなかで出会う運動において数えられたものである」（*Being and Time*, p. 473〔『存在と時間』下、三九五頁〕）。そして、その著作全体が次の問いで締めくくられる――「時間そのものが、存在の地平としておのれを打ち明けるのであろうか」（*Being and Time*, p. 488〔『存在と時間』下、四二七頁〕）。

（39） Heidegger, "Time and Being," p. 13.

（40） Ibid., pp. 16-17.

（41） Ibid., p. 17.

（42） Ibid., pp. 13, 17.

（43） Merleau-Ponty, *The Visible and the Invisible*, p. 267.〔メルロ＝ポンティ『見えるものと見えないもの』三九五頁、原著引用にあわせて一部表現を変えた。〕

（44）　John Bierhorst, *The Mythology of North America* (New York: William Morrow & Co., 1985), pp. 77-92. 次の書籍も参考にされたい。Åke Hultkrantz, *Native Religions of North America*, pp. 91-94.

（45）　その共鳴は南北アメリカ全域にうかがえる。「ひとびとは〈地面から〉出てきた」（ネズパース族）、〈ひとびとは土から大きくなった〉（タラフマラ族）、〈ひとびとは丘から出てきた〉（ツォツィル族）、〈最初の人間が大地から現れた〉（トバ族）」。John Bierhorst, *The Way of the Earth* (New York: William Morrow & Co., 1994), p. 98.

（46）　Bierhorst, *Mythology of North America* (1985, p. 82) に引用されているジカリア・アパッチ族の語り部《ストーリーテラー》の言葉。

（47）　Hultkrantz, pp. 91-92.

（48）　George B. Grinell, *Pawnee Hero Stories and Folk-tales* (1889) (Lincoln: University of Nebraska Press, 1961), pp. 149-150.

（49）　Christopher Vecsey, *Imagine Ourselves Richly: Mythic Narratives of North American Indians* (San Francisco: HarperCollins, 1991), p. 45. 次も参照されたい。Dennis Tedlock, "An American Indian View of Death" in Dennis Tedlock and Barbara Tedlock, eds., *Teaching from the American Earth: Indian Religion and Philosophy* (New York: Liveright, 1975), especially pp. 264-270.

（50）　June McCormick Collins, "The Mythological Basis for Attitudes Towards Animals Among Salish-Speaking Indians," *Journal of American Folklore* 65, no. 258 (1952), p. 354.

（51）　たとえば、オーケ・フルツクランツは、ウィンド・リバー・ショショーニ族の間で信じられている、死者が天の川をたどって「死者の国」へ行くという考え方は、死者が山々の彼方に住んでいるとする「もう一つの考え方」と矛盾すると述べる（Hultkrantz, p. 59）。しかしながら、現象学的に検討すると、天の川という目に見える道が山々の彼方にのびているので、この二つの考え方はまったく対立関係にはない。

（52）　N. Scott Momaday, "Personal Reflections," in Calvin Martin, ed., *The American Indian and the Problem of History* (New York: Oxford University Press, 1987), pp. 156-161.

（53）　たとえば次を参照されたい。John James Houston, "Songs in Stone: Animals in Inuit Sculpture," in *Orion Nature Quarterly* 4, no. 4 (Autumn 1985), p. 8.

（54）　Heidegger, *Being and Time*, p. 416.［ハイデッガー、細谷貞雄訳『存在と時間』下、二八七頁］

（55）　Heidegger, "Time and Being," p. 15.

（56） Ibid., p. 13.

第七章　空気の忘却と想起

（1） Robert Lawlor, *Voices of the First Day: Awakening in the Aboriginal Dreamtime* (Rochester, Vt.: Inner Traditions, 1992), p. 41.

（2） たとえば、Berndt and Berndt, pp. 73-125 を参照されたい。

（3） Lawlor, p. 42.

（4） Christopher Vecsey, *Imagine Ourselves Richly: Mythic Narratives of North American Indians* (San Francisco: HarperCollins, 1991）の第七章を参照されたい。

（5） たとえば、Tedlock and Tedlock, pp. 208-213 に記載されている、ジェームズ・R・ウォーカー博士の著書に記録されているラコタ族の呪術師フィンガーの言葉を参照されたい。

（6） 神聖なラコタ族の物語をめぐる、入念に調査された美しい語りについては、D. M. Dooling, ed., *The Sons of the Wind: The Sacred Stories of the Lakota* (New York: Parabola Books, 1984）を参照されたい。この本の最初におかれた用語解説を参考にして、収録されている物語からワカン的存在の本質に関する精緻な考察が得られるであろう。そこに収められている物語は、二十世紀初頭にジェームズ・R・ウォーカー博士が録音し、Tedlock and Tedlock (pp. 205-218）の十三章「オグララ族の形而上学」に抜粋されているラコタ族の聖老人――スウォード、フィンガー、ワン・スター、タイオン――の言葉に補足されて然るべきである。ウォーカー博士の主要な研究については、J. R. Walker, *The Sun Dance and Other Ceremonies of the Teton Dakota*, Anthropological Papers of the American Museum of Natural History 16 (1917)、および Elaine Jahner, *Lakota Myth* (Lincoln: University of Nebraska Press, 1983）所収論文を参考にされたい。

（7）　ピースパイプは水牛からの賜物として「白い水牛の女」からラコタ族に与えられたもので、この女の聖なる息は寒い日には目に見える。けれども、呼吸したり空気を摂取すると思われているのは動物や植物に限らない。「イニピ」あるいはスウェット小屋《ロッジ》では、赤く灼けた岩に水が注がれ、岩それ自体の生ける息が放たれる。「祈りなさい、大いなる魂に、聖なる岩、〈タンカ〉、〈インヤン〉に。岩には口も目も腕も足もない。だが岩は生命の息を吐く。」以上、John Fire Lame

Deer and Eichard Erdoes, *Lame Deer, Seeker of Visions* (New York: Simon & Schuster, 1972), p. 180 より。

(8) John Fire Lame Deer, in Lame Deer and Erdoes, p. 119.［ジョン・ファイアー・レイム・ディアー口述、リチャード・アードス編、北山耕平訳『レイム・ディアー――ヴィジョンを求める者』河出書房新社、一九九三年、三一〇頁。基本的に既訳を使用したが、若干の変更を加えたところもある。］

(9) Tedlock and Tedlock, pp. 217-18 を参照されたい。

(10) Ibid., p. 218.

(11) Ibid., p. 218.

(12) James Kale McMeley, *Holy Wind in Navajo Philosophy* (Tucson: University of Arizona Press, 1981), p. 1. この本は、ナバホ族との二十年にわたる関わりの成果である。マクニーリーはディネの女性と結婚し、二人はアリゾナのナバホ族保留地で教育に携わっている。ナバホ族は一般に自分たちのことを「ディネ」――人々の意味――と呼ぶが、本書では便宜上、より知られている「ナバホ」という語を主に用いる。

(13) Ibid., p. 2.

(14) McNeley, pp. 9-10 に引用されているナバホ族の歌い手で治癒者。マクニーリーがインタビューした古老達のほとんどは、誰であるかを公表しないように要求した。

(15) Ibid., pp. 16, 21.

(16) Ibid., pp. 14-31.

(17) Ibid., pp. 23, 33-34.

(18) Ibid., pp. 34-35.

(19) Ibid., p. 35.

(20) Ibid., p. 35.

(21) Ibid., p. 35.　強調は著者による追加。

(22) Ibid., p. 36.

(23) Ibid., pp. 11, 36-37.

(24) Ibid., p. 36.
(25) Ibid., p. 24.
(26) Ibid., p. 24.
(27) Ibid., pp. 37-38.
(28) Gary Witherspoon, *Language and Art in the Navajo Universe* (Ann Arbor: University of Michigan Press, 1977).
(29) Witherspoon, p. 31; McNeley, p. 57.
(30) Witherspoon, p. 61.
(31) Leland C. Wyman, *Blessingway* (Tucson: University of Arizona Press, 1970), p. 616. 引用は、Blessingway の River Junction Curly 版からの翻訳である。
(32) C. T. Onions, ed., *The Oxford Dictionary of English Etymology* (Oxford: Clarendon Press, 1966), p. 720.
(33) Ibid., p. 691.
(34) Eric Partridge, *Origins: A Short Etymological Dictionary of Modern English* (London: Routledge & Kegan Paul, 1958), pp. 651-652.
(35) Onions, p. 38; Partridge, p. 18.
(36) 私たちの言葉に埋め込まれているこうした興味深い証拠に関し、イギリスの言語学者で歴史家のオーウェン・バーフィールドの見解を引こう。

「風」という純粋に物質的な内容……や……「人や動物の内なる生の原理」といった純粋に抽象的な内容は、ともに人間の意識に後から到来したものである。それらの抽象性や簡素性は長い知的進化を経た証拠である。誰かが「……生の原理」を考えつき、それを表す言葉が欲しくて〝spiritus〟の心理的意味が生じたのでは断じてなく、「生の原理」という抽象的考えはそれ自体、昔からある具体的な〝spiritus〟の意味の産物なのである。〝spiritus〟には、後の二つの語義が胚胎していたのである。したがって、私たちは次のような言葉の時代をイメージしなければならない。すなわち、〝spiritus〟や〝pneuma〟やこれらが由来する古い言葉が、〈息〉〈風〉〈魂〉のいずれも意味しない、あるいはこれら三つの全てを意味しない、というのではなく、それらが個々に特有の意味を持ち、意識の進化の過程で三つの意味に分化した時代である……。

(Owen Barfield, *Saving the Appearances* (Middletown, Conn., Wesleyan University Press, 1965), pp. 80-81.)

（37） *Tanakh: The Holy Scriptures* (Philadelphia: Jewish Publication Society, 1985), Genesis 1:2. これは、伝統的なヘブライ語テクストに由来するヘブライ語聖書の最も権威ある英語翻訳である。聖書を意味する伝統的なヘブライ語である *Tanakh* は、ヘブライ語テクストの三つのセクション――*Torah*（律法）、*Nevi'im*（予言者）、*Kethuvim*（著作）――の頭文字を組み合わせたものである。一般的には、Torah の最初の一文におけるこれと関連するフレーズは「神の霊」と英訳されているが、「神からの風」と訳す方がヘブライ語原文の意味に近い。

（38） McNeley, p. 10.

（39） Genesis 2:7. 人間（*adam*）を意味するヘブライ語が大地（*adamah*）と直に関わるように、英語の〝human〟は大地や土を意味する〝humus〟と直接関係する。それゆえ、ヘブライ語の *adam* も英語の〝human〟も、正確には「人間」（earthling）や「大地から生まれしもの」（earthborn one）と訳されうる。

（40） このことは、古代ヘブライ人が皆、読むことができたり読むことを許されていたということを示唆するものではない。そのようなことは断じてない。書かれた掟を最高位の法としていたという程度において、また、そうした書かれた掟をシナイ山で受け取ることに関する物語が彼らの基本的物語になったという程度において、個々人の読み書き能力に関係なく、ヘブライ人の生はどれも、聖書と――文字と――調和するかたちで構造化された。

（41） ヘブライ語の書記体系における母音文字の欠如がヘブライ語の構造によってどの程度まで完全に説明されうるか、あるいはどの程度まで説明されえないか、という点に関し、次の研究に見事な分析が示されている。Geoffrey Sampson, *Writing Systems: A Linguistic Introduction* (Stanford: Stanford University Press, 1985), pp. 77-98. このサンプソンの分析が示すところでは、ヘブライ語に堪能な人でも、母音記号がないと伝統的なテクストを読む際にかなりの曖昧さに遭遇するという。この曖昧さゆえに、ヘブライ語の読み手は、意味の不一致やテクストの発音方法の不一致に意欲的に取り組んでいる。

（42） 同じ子音グループを共有するヘブライ語の言葉は関連する意味を持つ傾向にあるが、母音が違えば意味が劇的に変わることがある。たとえば、〝TSaHaK〟という語は「性交」という意味だが、〝TSaHoK〟は「笑い」を意味する。他の例として、ヘブライ語の〝DīR〟（馬小屋）、〝DāR〟（真珠層）、〝DōR〟（世代）、〝DūR〟（滅亡）、〝DōR〟（住む）も挙げておこう。

（43）　Barry W. Holtz, ed., *Back to the Sources: Reading the Classic Jewish Texts* (New York: Summit Books, 1984), pp. 16-17.

（44）　たとえば次の文献を参照されたい。Lawrence Kushner, *The Book of Letters: A Mystical Alef-bait* (New York: Harper & Row, 1975). Rabbi Michael L. Munk, *The Wisdom in the Hebrew Alphabet: The Sacred Letters as a Guide to Jewish Deed and Thought* (New York: Mesorah Publications, 1983). Aryeh Kaplan, *Sefer Yetzirah: The Book of Creation*.

（45）　Moshe Idel, *Kabbalah: New Perspectives* (New Haven: Yale University Press, 1988), pp. 234-237.

（46）　Perle Epstein, *Kabbalah: The Way of the Jewish Mystic* (Boston: Shambhala, 1988), pp. 98-99.

（47）　偉大なる学者ゲルショム・ショーレムの大著のカバラ研究を読み、私は、カバラが伝統的ユダヤ思想から外れており、初期にユダヤ教サークルに浸透し中世にネオプラトン主義など他の影響力と結びついた、グノーシス主義など非ユダヤ思想の影響力によって活性化されていることに気づいた。しかしながら、より最近の研究――とりわけ、イスラエルの優れた学者モシェ・イデルの大規模な研究――は、ショーレムのいくつかの見解に疑問を呈し、カバラとその核にある古代・中世ユダヤ主義にはきわめて地方特有の関係があると示唆している。慎重に推論されたイデルの研究が示唆するところによると、多くのカバリストの信念や実践は文字で記録されるはるか前に口頭で保存され伝えられており、十二世紀に表面化した断片的な書かれた教義は、おそらくユダヤ教それ自体の古代の源に遡る秘教的なユダヤ主義的慣習の一貫した伝統の表れであると考えられる。次の文献を参照されたい。Idel, *Kabbalah* のとりわけ第二、五、七章。Gershom Scholem, *Major Trends in Jewish Mysticism* (New York: Schocken Books, 1961).

（48）　Idel, pp. 97-103; Epstein, pp. 93-94.

（49）　Idel, p. 100; Epstein, p. 88; Gershom Scholem, *Kabbalah* (New York: New American Library, 1974), pp. 351-355.

（50）　Epstein, pp. 59-60 に引用されている。ゾーハルはほぼ間違いなく、十三世紀の後半にグアダラハラのモーシェ・デ・レオンによって書かれた。しかしながら、デ・レオン彼自身は、テクストの中心人物としてラビ・シモン・バル・ヨハイを想定した二世紀の聖人が著者だとみなしていた。

（51） Epstein, pp. 66 に引用されている。

（52） Daniel Chanan Matt, ed. and trans., *Zohar, The Book of Enlightenment* (New York: Paulist Press, 1983), pp. 60-62. ゾーハルでは、魂−息ないし「ネシャーマー」は、次の引用に明らかなように、ナバホ族の「メッセンジャーの風」とよく似た媒介的側面も有する。「人間のネシャーマーは……毎晩彼から離れる。朝になると、彼女は彼のところに戻り、彼の鼻の中に身を置く。」p.219 の注を参照されたい。

（53） Arthur Green and Barry W. Holtz, eds., *Your Word Is Fire: The Hasidic Masters on Contemplative Prayer* (New York: Schocken Books, 1987), p. 48.

（54） Shneur Zalman of Ladi, "The Portal of Unity and Faith," in *An Anthology of Jewish Mysticism*, trans. Raphael Ben Zion (New York: Judaica press, 1981), pp. 83-128. この重要なテクストに関する注釈書として、Adin Steinsaltz, *The Sustaining Utterance*, trans. Yehuda Hanegbi (London: Jason Aronson, 1974) を参照されたい。

（55） Green and Holtz, p. 43.

（56） 聖書の筆記された物語においてさえ、ＹＨＷＨは概して大気的現象に——創世記における四十日間大地を水浸しにした雨から、後の文章におけるヨブに接近する荒々しいつむじ風に至るまで——顕現する。重要なシナイ山頂での神の顕現において、ＹＨＷＨは集まった部族たちの前に、雷鳴と稲妻を伴う嵐雲として自らを示す。また、ＹＨＷＨは、イスラエル人を従えて荒野を放浪した時も雲のかたちをとっている。

（57） ヨーロッパの他地域がこうしたギリシャの新制度を受け継いだのは、ローマ人を介してであった。ローマ人は、ギリシャ語の形を修正し、西欧や南北アメリカの至る所で今日用いられている大文字につくり変えた。参考文献として、見事ではあるがいささか時代遅れになった概説を挙げておきたい。David Diringer, *The Alphabet: A Key to the History of Mankind* (New York: Philosophical Library, 1953).

（58） この新たな状況を、プラトンは驚くべき正確さで描いている。それは、『パイドロス』でソクラテスが、書かれた言葉が「ものを語っている様子は、あたかも実際に何ごとかを考えているかのように思えるかもしれない。だが、もし君がそこで言われている事柄について、何か教えてもらおうと思って質問すると、いつでもただひとつの同じ合図をするだけである」と言った場面である（『パイドロス』275d）。ソクラテスの描写はギリシャ語テクストの自律性を明確に示すものだが、そこでは新しいアルファベットの単調でほとんど機械的な能力も明らかになっている。ヘブライ語の読者は伝統的なテクストが「いつでもただひとつの同じ合図をするだけである」と主張することはできなかった。というのも、子音から成るテクストでは、読者が関わるたびに語が微妙に変化し、したがって意味も変化するからである。

（59）　Philip Wheelwright, ed., *The Pre-Socratics* (New York: Macmillan Publishing Co., 1985), pp. 60, 288. アナクシメネスは、空気はあらゆる現象の永久かつ常に動いている源であり、神々さえも空気から生まれたとも述べた、と言われている。Wheelwright, pp. 61-63 を参照されたい。

（60）　*Phaedrus*, 250c.［『パイドロス』250c］

（61）　キリスト教の信念とプラトン哲学の融合は、初期キリスト教神学者——まず殉教者ユスティノスによって、その後アレクサンドリアのクレメンスとオリゲネスによって、最後に最も完全な形でアウグスティヌスによって——達成された。キリスト教とギリシャ哲学との結びつきについてわかりやすく論じたものとして、Richard Tarnas, *The Passion of the Western Mind* (New York: Ballantine Books, 1991) がある。

（62）　新しい高感度の器械を用いた大気に関する慎重な科学的研究により大気の異常な化学構造がわかり、新たな驚きが生じたのは、二十年前［訳注：原著刊行が一九九〇年代半ばであるので、一九七〇年代を指す］のことであった。地球の大気化学組成は安定した均衡状態にはほど遠いが、注目すべきことに、この組成は一連の未知で謎に満ちたプロセスによって活発かつ繊細に維持されているようであった。この発見により科学者のなかには、大気の組成は、巨大な惑星規模の代謝として集合的に作用する地球の有機的構成物の調整《モニター》や変調を受けていると考える者も出てきた。ガイア仮説——この名前は、古代ギリシャの口誦神話における神々の永遠の母にちなんでいる——は、私たちが暮らす地球を生きている存在として再概念化するよう提案した。

ガイア仮説のその後の科学的運命の如何にかかわらず、この仮説は次の点で衝撃的であった。すなわち、空気をめぐる新たな気づきにより、私たちは周りの無数の有機物と相互依存関係にあることをかつてないほど鮮明に認識し、文字を持たなかった祖先と同じように、私たちを取り巻く大地を生命ある生ける存在として語り始めた、という点である。次の文献を参照されたい。David Abram, "The Perceptual Implications of Gaia," in *The Ecologist* (Summer 1985); reprinted in *Dharma Gaia: A Harvest of Essays in Buddhism and Ecology*, edited by A. H. Badiner (San Francisco: Parallax Press, 1990). Stephen

Schneider and Penelope Boston, eds., *Scientists on Gaia* (Cambridge: M. I. T. Press, 1991).

結び——裏を表に

（1） Paul S. Martin, "40,000 Years of Extinction on the 'Planet of Doom,'" in *Paleogeography, Paleoclimatology, Paleoecology* 82 (1990), pp. 187-201. 次も参考にされたい。Paul Martin and Richard Klein, eds., *Quarternary Extinctions* (Tucson: University of Arizona Press, 1984).

（2） 西洋の社会科学の長年の傾向とは異なり、本書は、アニミズム的信条や実践に関して合理的説明を示そうとはしてこなかった。逆に、合理性に関してアニミズム的ないし参与＝融即的記述を示してきた次第である。本書では、文明化された理性が、私たち自身の記号《サイン》へのきわめてアニミズム的な関与によってのみ維持されることを示唆した。このような方法で物語を語ること——すなわち、理性に関するアニミズム的説明を示し、その逆ではないこと——は、アニミズムがより広々として包括的な言葉であること、そして、口承の模倣的《ミメティック》な経験の様式が文字文化的で科学技術的な反省の様式を支えていることを意味する。反省がそのような身体的で参与＝融即的な経験の様式に根づいているということがまったく認識されなかったり意識されないと、反省的理性は機能障害に陥り、私たちを支える身体的で感応的な世界をしらずしらず破壊してしまうことになる。

参考文献

Abram, David. "The Perceptual Implications of Gaia." *The Ecologist* (Summer 1985); reprinted in *Dharma Gaia*: *A Harvest of Essays in Buddhism and Ecology*. Edited by A. H. Badiner. San Francisco: Parallax Press, 1990.

———."Merleau-Ponty and the Voice of the Earth." *Environmental Ethics*, Summer 1988.

———."The Mechanical and The Organic: On the Impact of Metaphor in Science, "in *Scientists on Gaia*. Edited by Stephen Schneider and Penelope Boston. Cambridge: M.I.T. Press, 1991.

Aristotle. *The Politics of Aristotle*. Translated by E. Barker. London: Oxford University Press, 1946.

———. *Physics*. Translated by Hippocrates G. Apostle. Bloomington: Indiana University Press, 1969.

Astrov, Margot, ed. *The Winged Serpent: American Indian Prose and Poetry*. Boston: Beacon Press, 1992. Originally published in 1946.

Barfield, Owen. *Saving the Appearances*. Middletown, Conn.: Wesleyan University Press, 1965.

Basso, Keith. "'Stalking with Stories': Names, Places, and Moral Narratives Among the Western Apaches." In *On Nature: Nature, Landscape, and Natural History*. Edited by Daniel Halpern. San Francisco: North Point Press, 1987.

———. "'Speaking with Names': Language and Landscape Among the Western Apache." *Cultural Anthropology*, May 1988.

Berndt, Ronald M., and Catherine H. Berndt. *The Speaking Land: Myth and Story in Aboriginal Australia*. London: Penguin Books,1989.

Bierhorst, John. *The Mythology of North America*. New York: William Morrow & Co., 1985.

———. *The Way of the Earth*. New York: William Morrow & Co., 1994.

Brock, Peggy, ed. *Women, Rites, and Sites: Aboriginal Women's Cultural Knowledge*. North Sydney, Austral.: Allen & Unwin, 1989.

Carpenter, Rhys. "The Antiquity of the Greek Alphabet." *American Journal of Archaeology* 37 (1933).

Carr, David. *Interpreting Husserl*. The Hague: Martinus Nijhoff Publishers, 1987.

Cassirer, Ernst. *The Philosophy of Symbolic Forms*. Translated by Ralph Manheim. New Haven: Yale University Press, 1953.

Chatwin, Bruce. *The Songlines*. London: Penguin Books, 1987.

Collins, June M. "The Mythological Basis for Attitudes Towards Animals Among Salish-Speaking Indians."*Journal of American Folklore* 65, no. 258(1952).

Derrida, Jacques. *Of Grammatology*. Translated by Gayatri Spivak. Baltimore: Johns Hopkins University Press, 1976.

Diringer, David. *The Alphabet: A Key to the History of Mankind*. New York: Philosophical Library, 1948.

Dooling, D. M., ed. *The Sons of the Wind: The Sacred Stories of the Lakota*. New York: Parabola Books, 1984.

Duerr, Hans Peter. *Dreamtime: Concerning the Boundary Between Civilization and the Wilderness*. Translated by Felicitas Goodman. Oxford: Basil Blackwell, 1985.

Edie, James M. Introduction to Maurice Merleau-Ponty, *Consciousness and the Acquisition of Language*. Evanston, Ill.: Northwestern University Press, 1973.

Eisenstein, Elizabeth. *The Printing Press as an Agent of Change: Communications and Cultural Transformations in Early Modern Europe*. New York: Cambridge University Press, 1979.

Eliade, Mircea. *The Myth of the Eternal Return*. Translated by Willard R. Trask. New York: Harper & Row, 1959.

———. *Shamanism: Archaic Techniques of Ecstasy*. Translated by Willard R. Trask. Princeton: Princeton University Press, 1964.

Ellis, Catherine J., and Linda Barwick. "Antikirinja Women's Song Knowledge 1963-1972." In *Women, Rites, and Sites*. Edited by Peggy Brock.North Sydney, Austral.: Allen & Unwin, 1989.

Epstein, Perle. *Kaballah: The Way of the Jewish Mystic*. Boston: Shambhala, 1988.

Feld, Steven. *Sound and Sentiment:. Birds, Weeping, Poetics and Song in Kaluli Expression*, rev. ed. Philadelphia: Temple University Press, 1991.

Finnegan, Ruth. *Oral Literature in Africa*. London: Oxford University Press, 1970.

Goody, Jack. *The Myth of Bagre*, London: Oxford University Press, 1972.

———. *The Domestication of the Savage Mind*. Cambridge: Cambridge University Press, 1977.

———. *The Interface Between the Written and the Oral*. Cambridge: Cambridge University Press, 1987.

Green, Arthur, and Barry W. Holtz, eds. *Your Word Is Fire: The Hasidic Masters on Contemplative Prayer*. New York: Schocken Books, 1987.

Griaule, Marcel. *Conversations with Ogotemmêli*. London: Oxford University Press, 1965.

Grinell, George B. *Pawnee Hero Stories and Folk-tales*. Originally published 1889. Lincoln: University of Nebraska Press, 1961.

Guss, David M., ed. *The Language of the Birds*. San Francisco: North Point Press, 1985.

Hadreas, Peter J. *In Place of the Flawed Diamond*. New York: Peter Lang Publishers, 1986.

Halpern, Daniel. *On Nature: Nature, Landscape, and Natural History*. San Francisco: North Point Press, 1987.

Havelock, Eric. *Preface to Plato*. Cambridge: Harvard University Press, 1963.

———. *The Muse Learns to Write: Reflections on Orality and Literacy from Antiquity to the Present*. New Haven: Yale University Press, 1986.

———. "The Special Theory of Greek Orality." In *The Muse Learns to Write: Reflections on Orality and Literacy from Antiquity to the Present*. New Haven: Yale University Press,1986.

Hawkins, J. A. "The Origin and Dissemination of Writing in Western Asia." In *Origins of Civilization*. Edited by P. R. S. Moorey. London: Oxford University Press, 1979.

Heidegger, Martin. *Being and Time*. Translated by John Macquarrie and Edward Robinson. Oxford: Basil Blackwell, 1967.

———. "Time and Being." In *On Time and Being*. Translated by Joan Stambaugh. New York: Harper & Row, 1972.

———. "The Origin of the Work of Art." In *Basic Writings*. Edited by David Farrell Krell. New York: Harper & Row, 1977.

Herder, Johann G. *On the Origin of Language*. Translated by John H. Moran and Alexander Gode. Chicago: University of Chicago Press, 1986.

Holtz, Barry W. *Back to the Sources: Reading the Classic Jewish Texts*. New York: Summit Books, 1984.

Homer. *The Odyssey*. Translated by Robert Fitzgerald. Garden City, N.Y.: Doubleday & Co., 1961.

Horowitz, Edward. *How the Hebrew Language Grew*. New York: Jewish Education Committee Press, 1960.

Houston, John J. "Songs in Stone: Animals in Inuit Sculpture." In *Orion*, Autumn 1985.

Hultkrantz, Åke. *Native Religions of North America*. San Francisco: Harper & Row, 1987.

Husserl, Edmund. *Cartesian Meditations: An Introduction to Phenomenology*. Translated by Dorion Cairns. The Hague: Martinus Nijhoff Publishers, 1960.

———. *Phenomenology of Internal Time-Consciousness*. Translated by James S. Churchill. Bloomington: Indiana University Press, 1964.

———. *The Crisis of the European Sciences and Transcendental Phenomenology: An Introduction to Phenomenological Philosophy*. Translated by David Carr. Evanston, Ill.: Northwestern University Press, 1970.

———. "Foundational Investigations of the Phenomenological Origin of the Spatiality of Nature." Translated by Fred Kersten. In *Husserl: Shorter Works*. Edited by Peter McCormick and Frederick A. Elliston. Brighton, Eng.: Harvester Press, 1981.

———. "Epilogue." In *Ideas Pertaining to a Pure Phenomenology II*. Translated by Richard Rozcewicz and André Schuwer, 1989.

Idel, Moshe. *Kabbalah: New Perspectives*. New Haven: Yale University Press, 1988.

Illich, Ivan. *In the Vineyard of the Text*. Chicago: University of Chicago Press, 1993.

Illich, Ivan, and Barry Sanders. *ABC: The Alphabetization of the Popular Mind*. San Francisco: North Point Press, 1988.

Jabes, Edmond. *Elya*. Berkeley, Calif.: Tree Books, 1974.

Jacobson, Roman, and Linda Waugh. *The Sound Shape of Language*. Bloomington, Ind.: Indiana University Press, 1979.

Jahner, Elaine. *Lakota Myth*. Lincoln: University of Nebraska Press, 1983.

Jenness, Diamond. *The Carrier Indians of the Bulkley River*. Bureau of American Ethnology, Bulletin 133. Washington, D.C.: Smithsonian Institution, 1943.

Jesperson, Otto. *Language-Its Nature, Development, and Origin*. New York: Henry Holt, 1922.

Jones, Edwin. *Reading the Book of Nature*. Athens: Ohio University Press, 1989.

Kockelman, Joseph J., ed. *Phenomenology : The Philosophy of Edmund Husserl and Its Interpretation*. Garden City, N.Y.: Doubleday &

Co., 1967.
Koyré, Alexandre. *From the Closed World to the Infinite Universe*. New York: Harper & Row, 1958.
Kushner, Lawrence. *The Book of Letters: A Mystical Alef-Bait*. New York: Harper & Row, 1975.
Lamb, Bruce F. *Wizard of the Upper Amazon: The Story of Manuel Córdova-Rios*. Boston: Houghton Mifflin Co., 1971.
Lame Deer, John Fire, and Richard Erdoes. *Lame Deer, Seeker of Visions*. New York: Simon & Schuster, 1972.
Lawlor, Robert. *Voices of the First Day: Awakening in the Aboriginal Dreamtime*. Rochester, Vt.: Inner Traditions, 1992.
Lévy-Bruhl, Lucien. *How Natives Think*. Princeton: Princeton University Press, 1985.
Lincoln, Kenneth. "Native American Literatures. " In *Smoothing the Ground: Essays on Native American Oral Literature*. Edited by Brian Swann. Berkeley: University of California Press, 1983.
Littleton, C. Scott. "Lucien Lévy-Bruhl and the Concept of Cognitive Relativity."Introduction to Lucien Lévy-Bruhl, *How Natives Think*. Princeton: Princeton University Press, 1985.
Lord, Albert. *The Singer of Tales*. Cambridge: Harvard University Press, 1960.
Lovelock, James. "Gaia: The World as Living Organism." *New Scientist, 1986*.
McLuhan, Marshall. *The Gutenberg Galaxy: The Making of Typographic Man*. Toronto: University of Toronto Press, 1962.
McLuhan, T. C. *Touch the Earth*. New York: Outerbridge & Dienstfrey, 1971.
McNeley, James K. *Holy Wind in Navajo Philosophy*. Tucson: University of Arizona Press, 1981.
Malotki, Ekkehart. *Hopi Time: A Linguistic Analysis of the Temporal Concepts in the Hopi Language*, New York: Mouton Publishers, 1983.
Marshall-Stoneking, Billy. *Singing the Snake: Poems from the Western Desert*. Pymble, Austral.: Angus & Robertson, 1990.
Martin, Calvin, ed. *The American Indian and the Problem of History*. New York: Oxford University Press, 1987.
Matt, Daniel C., ed. and trans. *Zohar, the Book of Enlightenment*, New York: Paulist Press, 1983.
Merleau-Ponty, Maurice. *Phenomenology of Perception*. Translated by Colin Smith. London: Routledge & Kegan Paul, 1962.
———. *The Primacy of Perception*. Evanston, Ill.: Northwestern University Press,1964.
———. *Signs*. Translated by Richard McCleary. Evanston, Ill.: Northwestern University Press, 1964.

———. *The Visible and the Invisible*. Translated by Alphonso Lingis. Evanston, Ill.: Northwestern University Press, 1968.

Mishara, Aaron L. "Husserl and Freud: Time, Memory, and the Unconscious." *Husserl Studies* 7 (1990).

Momaday, N. Scott. "Personal Reflections." In Calvin Martin, *The American Indian and the Problem of History*. New York: Oxford University Press, 1987.

Munk, Michael L. *The Wisdom in the Hebrew Alphabet: The Sacred Letters as a Guide to Jewish Deed and Thought*. Brooklyn: Mesorah Publications, 1983.

Neihardt, John. *Black Elk Speaks*. Lincoln: University of Nebraska Press, 1968.

Nelson, Richard. *Make Prayers to the Raven: A Koyukon View of the Northern Forest*. Chicago: University of Chicago Press, 1983.

———. *The Island Within*. San Francisco: North Point Press, 1989.

Norman, Howard. "Crows Ducks and Other Wandering Talk." In *The Language of the Birds*. Edited by David M. Guss. San Francisco: North Point Press, 1985.

Ong, Walter J. *Orality and Literacy: The Technologizing of the Word*. New York: Methuen, 1982.

———. *Interfaces of the Word*. London: Cornell University Press, 1977.

Onions, C. T., ed. *The Oxford Dictionary of English Etymology*. Oxford: Oxford University Press, 1966.

Parry, Adam, ed. *The Making of Homeric Verse: The Collected Papers of Milman Parry*. Oxford: Clarendon Press, 1971.

Parry, Milman. "Whole Formulaic Verses in Greek and Southslavic Heroic Song." In *The Making of Homeric Verse: The Collected Papers of Milman Parry*. Edited by Adam Parry. Oxford: Clarendon Press, 1971.

Partridge, Eric. Origins: *A Short Etymological Dictionary of Modern English*. London: Routledge & Kegan Paul, 1958.

Payne, Helen. "Rites for Sites or Sites for Rites? The Dynamics of Women's Cultural Life in the Musgraves." In *Women, Rites, and Sites: Aboriginal Women's Cultural Knowledge*. Edited by Peggy Brock. North Sydney, Austral.: Allen & Unwin, 1989.

Pinxten, Rik; Ingrid Van Doren; and Frank Harvey. *Anthropology of Space: Explorations into the Natural Philosophy and Semantics of the Navajo*. Philadelphia: University of Pennsylvania Press, 1983.

Pirsig, Robert. *Zen and the Art of Motorcycle Maintenance*. New York: William Morrow & Co., 1974.

Plato. *Phaedrus*. Translated by R. Hackforth. In Edith Hamilton and Huntington Cairns, eds., *Plato: The Collected Dialogues*. Princeton: Princeton University Press,1982.

Pound, Ezra. *ABC of Reading*. New York: New Directions Press, 1960.

Reed, Charles A., ed. *Origins of Agriculture*. The Hague: Mouton & Co., 1977.

Rothenberg, Jerome, and Diane Rothenberg, eds. *Symposium of the Whole*. Berkeley: University of California Press, 1983.

Rousseau, Jean-Jacques. "Essay on the Origin of Languages." Translated by John H. Moran, in Rousseau and Herder, *On the Origin of Language*. Chicago: University of Chicago Press, 1986.

Sahlins, Marshall. *Historical Metaphors and Mythical Realities*. Ann Arbor, Mich.: University of Michigan Press, 1981.

Sampson, Geoffrey. *Writing Systems, A Linguistic Introduction*. Stanford: Stanford University Press, 1985.

Sapir, Edward. "The Status of Linguistics as a Science." In *Selected Writings of Edward Sapir in Language, Culture, and Personality*. Edited by David G. Mahdelbaum. Berkeley: University of California Press, 1949.

Saussure, Ferdinand de. *Course in General Linguistics*. Edited by Charles Bally and Albert Sechehaye. Translated by Wade Baskin. New York: McGraw-Hill, 1966.

Schneider, Stephen, and Penelope Boston, eds., *Scientists on Gaia*. Cambridge: M.I.T. Press, 1991.

Scholem, Gershom. *Major Trends in Jewish Mysticism*. New York: Schocken Books, 1961.

———. *Kabbalah*. New York: New American Library, 1974.

Snyder, Gary. *The Practice of the Wild*. San Francisco: North Point Press, 1990.

Spiegelberg, Herbert. *The Phenomenological Movement*. The Hague: Martinus Nijhoff Publishers, 1960.

Stanner, W. E. H. "The Dreaming" In Jerome Rothenberg and Diane Rothenberg, eds., *Symposium of the Whole*. Berkeley: University of California Press, 1983.

Swann, Brian, ed. *Smoothing the Ground: Essays on Native American Oral Literature*. Berkeley: University of California Press, 1983.

Tanakh: The Holy Scriptures. Philadelphia: Jewish Publication Society,1985.

Tarnas, Richard. *The Passion of the Western Mind*. New York: Ballantine, 1991.

Taylor, Charles. *Human Agency and Language*. New York: Cambridge University Press, 1985.

———. *Sources of the Self*. Cambridge: Harvard University Press, 1989.

Tedlock, Dennis. "An American Indian View of Death." In *Teachings from the American Earth: Indian Religion and Philosophy*. New York: Liveright, 1975.

———. *Breath on the Mirror*. San Francisco: HarperCollins, 1993.

———, translator. *Popul Vuh: The Mayan Book of the Dawn of Life*. New York: Simon & Schuster, 1985.

Tedlock, Dennis, and Barbara Tedlock, eds. *Teachings from the American Earth*. New York: Liveright, 1975.

Todorov, Tzvetan. *The Conquest of America*. Translated by Richard Howard. New York: Harper & Row, 1984.

Vecsey, Christopher. *Imagine Ourselves Richly: Mythic Narratives of North American Indians*. San Francisco: HarperCollins, 1991.

Vico, Giambattista. *The New Science of Giambattista Vico*, 3rd ed. Translated by Thomas G. Bergin and Max H. Fisch. Garden City, N.Y.: Doubleday & Co., 1961.

Vizenor, Gerald. *Anishnabe Adisokan: Tales of the People*. Minneapolis: Nodin Press,1970.

Walker, J. R. *The Sun Dance and Other Ceremonies of the Teton Dakota*. Anthropological Papers of the American Museum of Natural History 16 (1917).

Wheelwright, Philip, ed. *The Presocratics*. New York: Macmillan Publishing Co., 1985.

Whorf, Benjamin Lee. "An American Indian Model of the Universe." In Dennis Tedlock and Barbara Tedlock, eds., *Teachings from the American Earth*. New York: Liveright, 1975.

Witherspoon, Gary. *Language and Art in the Navajo Universe*. Ann Arbor: University of Michigan Press, 1977.

Wood, David. *The Deconstruction of Time*. Atlantic Highlands, N.J.: Humanities Press International, 1989.

Wyman, Leland C. *Blessingway*. Tucson: University of Arizona Press, 1970.

Yates, Frances A. *The Art of Memory*. Chicago: University of Chicago Press, 1966.

Zalman, Shneur. *The Portal of Unity and Faith*. In *An Anthology of Jewish Mysticism*. Translated by Raphael Ben Zion. New York: Judaica Press, 1981.

索引（主要人名・著書名、部族名）

あ行

アインシュタイン、アルベルト（Albert Einstein）　259, 266
アステカ族（Aztec people）　180, 181, 244, 247
アパッチ族（Apache people）　204-215, 219, 232, 235, 238, 239, 251, 381
アボリジニ（Aboriginal Australians）　162, 216-235, 252, 294, 376
アリストテレス（Aristotle）　73, 74, 110, 258, 267, 379, 380
イエイツ、フランセス（Frances Yates）　232
イェスペルセン、オットー（Otto Jesperson）　361, 373
イヌイット族（Inuit people）　123, 124, 162, 287
イリイチ、イヴァン（Ivan Illich）　370
ヴィーコ、ジャンバッティスタ（Giambattista Vico）　109
ウォーフ、ベンジャミン・リー（Benjamin Lee Whorf）　249-251
エディ、ジェームズ・M（James M. Edie）　108, 109
エリアーデ、ミルチャ（Mircea Eliade）　125, 126, 243, 244, 253, 254, 257
『永遠回帰の神話』（*Cosmos and History: The Myth of the Eternal Return*）　243, 244, 253, 254
エンペドクレス（Empedocles）　148
オグララ・スー族（Oglala Sioux people）　243
オマハ族（Omaha people）　102

オング、ウォルター（Walter Ong）　370

か行

ガリレオ（Galileo）　53, 54, 57, 67
カント、イマヌエル（Immanuel Kant）　261, 262, 266
　『純粋理性批判』（*Critique of Pure Reason*）　261, 262
グーテンベルグ、ヨハン（Johann Gutenberg）　184
クリー族（Cree people）　124, 125
コユコン族（Koyukon people）　99-102, 162, 192-204, 215, 235, 238, 251, 252, 374
コルテス、エルナン（Hernán Cortés）　180, 244
コルドバ＝リオス、マニュエル（Manuel Córdova-Rios）　187-190

さ行

サピア、エドワード（Edward Sapir）　128, 361
シェパード、ポール（Paul Shepard）　237
ジェファーズ、ロビンソン（Robinson Jeffers）　349
シェルパ族（Sherpa people）　44, 45
シモン・バル・ヨハイ、ラビ（Shim'on bar Yohai, Rabbi）　318, 386
ショショーニ族（Shoshoni people）　286, 381
スカジット族（Skagit people）　285
スナイダー、ゲーリー（Gary Snyder）　131, 228, 229
ズニ族（Zuñi people）　176, 283, 284
ソクラテス（Socrates）　132, 142, 143, 148-162, 165, 184, 326, 368, 387
ソシュール、フェルディナン・ド（Ferdinand de Saussure）　117-120, 191
　『一般言語学講義』（*Course in General Linguistics*）　117

た行

ダーウィン、チャールズ（Charles Darwin）　111
チャトウィン、ブルース（Bruce Chatwin）　225-227, 229
デカルト、ルネ（René Descartes）　53, 54, 57, 73, 111
デリダ、ジャック（Jacques Derrida）　363, 368, 369
道元　362
トドロフ、ツヴェタン（Tzvetan Todorov）　179-181
トランストロンメル、トーマス（Tomas Transtromer）　183

な行

ナバホ族（Navajo people）　101, 102, 214, 248, 251, 262, 283, 298-306, 308, 309, 318, 319, 383, 387
ニーチェ、フリードリヒ（Friedrich Nietzsche）　132
ニュートン（Issac Newton）　249, 260-262, 266
　『自然哲学の数学的原理』（*Principia Mathematica*）　260,

261
ネルソン、リチャード（Richard Nelson）　99, 100, 192-194, 197, 198, 201, 202

は行

ハイデッガー、マルティン（Martin Heidegger）　266-268, 271-276, 278, 288, 289, 380
「時間と存在」（“Time and Being”）　271, 274, 276, 288, 380
『存在と時間』（*Being and Time*）　267, 272, 274-276, 288, 380
ハヴロック、エリック（Eric Havelock）　144, 150, 366, 370
バッソ、キース（Keith Basso）　204, 205, 210, 212, 213, 215, 235
パリー、ミルマン（Milman Parry）　145-147, 367, 370
プエブロ族（Pueblo peoples）　251, 284, 285, 287
フッサール、エトムント（Edmund Husserl）　58-70, 95, 266, 267, 357
ブラック・エルク（Black Elk）　243
プラトン（Plato）　109, 132, 142-144, 149-151, 153-157, 160, 165-167, 326, 327, 368, 369, 387, 388
『共和国』（*Republic*）　160
『パイドロス』（*Phaedrus*）　142, 143, 155-158, 160-162, 165, 166, 184, 326, 387
ペイン、ヘレン（Helen Payne）　226, 230, 231
ヘラクレイトス（Heraclitus）　148
ヘルダー、ヨハン・ゴットフリート（Johann Gottfried Herder）　109, 359
ヘロドトス（Herodotus）　258
ポーニー族 (Pawnee people)　284
ホピ族（Hopi people）　249-251, 283, 285

ま行

マクニーリー、ジェームズ・ケイル（James Kale McNeley）　298, 301, 302
マートン、トマス（Thomas Merton）　105
ママデイ、N・スコット（N. Scott Momaday）　286, 287
マヤ族（Maya people）　181, 364
ミューア、ジョン（John Muir）　120
ミレトスのヘカタイオス（Hecataeus of Miletos）　258
メルロ＝ポンティ、モーリス（Maurice Merleau-Ponty）　58, 68-73, 75, 79, 82-85, 88, 89, 94, 96, 98, 99, 105, 106, 108-110, 113, 115, 117-123, 126-128, 168, 172, 202, 267-269, 271, 276, 279, 357, 362, 369, 371, 380
『知覚の現象学』（*Phenomenology of Perception*）　59, 80-83, 88-90, 106-108, 110, 116, 371

『見えるものと見えないもの』（*Visible and the Invisible*）
120, 122, 128, 267, 276, 279, 280

や行

ユークリッド（Euclid）　258, 259

ら行

ラコタ族（Lakota people）　102, 247, 295-297, 308, 318, 382
ラスムッセン、クヌド（Knud Rasmussen）　123
ラム、F・ブルース（F. Bruce Lamb）　187
リルケ、ライナー・マリア（Rainer Maria Rilke）　337
ルソー、ジャン＝ジャック（Jean-Jacques Rousseau）　109
レイム・ディアー、ジョン・ファイアー（John Fire Lame Deer）　291, 296
レヴィ＝ブリュール、リュシアン（Lucien Lévy-Bruhl）　85
ロード、アルバート（Albert Lord）　145-147, 367, 370

訳者あとがき

本書は、David Abram, *The Spell of the Sensuous: Perception and Language in a More-Than-Human World*（1996）の全訳である。翻訳にあたっては、一九九七年にヴィンテージ・ブックスより出版されたペーパーバック版を使用した。

本書の鍵概念である〝more-than-human〟という語は、環境思想やエコクリティシズムをはじめ英語圏の学術界で広く使われている。アメリカの作家シオドア・スタージョンに*More Than Human*（一九五三年刊行、邦訳『人間以上』早川書房）と題されたSF小説があるが、学術用語としての初出はおそらく本書であろう。〝more-than-human〟――シンプルだがイメージ喚起力の強い言葉であり、訳語を決めるのは悩ましい問題であった。環境思想の文脈で最適と思われる訳語を探し求め、最終的に「人間以上」という訳語に落ち着いたが、この間少なからず紆余曲折があった。本書の理解に資すると考え、訳語決定に至る過程の一部を以下に示しておきたい。

「人間以上」は原著を一通り訳し終えた後で選んだものであり、翻訳作業中は一貫して「身羅万象」という訳語をあてていた。文字通り、「森羅万象」をもじった言葉である。「森羅万象」でも〝more-than-human〟を意味しうるが、「身」の字をあてることにより、〝more-than-human〟の世界が身体的参与により開けてくるというエイブラムの主張がより明確になるので、人間をその一部とする包羅的な世界を示すにふさわしいと考えた。「身羅万象」という訳語は、本翻訳を手伝ってくれた金沢大学の大学院生の提案によるもので、若い感性に感心し使用していたのだが、その後、複数の共同研究者から、一目見ただけで意味が明快に理解される表現の方が好ましいという指摘を受けた。「身羅万象」は、環境との関わりにおける身体的参与の重要性を意味的にも感覚的にも強調しており気に入っていたのだが、本翻訳には環境思想用語としての〝more-than-human〟の定訳を示す役割があり、より多くの人に受け入れられる用語が求められると考え、別の訳語を探すことにした。そこで、複数の候補を検討し、最終的に、人類学で〝more-than-human〟に「人間以上」という訳語があてられているという状況をふまえ、「人間以上」と訳すことにした（関連する人類学の動向については、石倉敏明「今日の人類学地図」『現代思想』［特集：人類学のゆくえ］第四四巻第五号、二〇一六年、三二〇―三二二頁を参照されたい）。

〝more-than-human〟とならんで、〝reciprocity〟も本書の中核を成す概念である（二〇一〇年刊行のエイブラム著書 *Becoming Animal* では〝reciprocity〟と題された一章がある）。通常、「互酬性」や「相互性」と訳されるが、本書では、見るものは見られるものであり、触れるものは触れられるものであるという関係性をより明確に表しうると考え、「相互交流」という訳語をあてた。

さて、英語圏の学術界では〝more-than-human〟という語が一般化している一方で、この語を環境思想用語として広めたエイブラムは、一九九六年に本書が刊行された当時は学術会議や講演会などに引っ張りだこであったものの、その後あまり言及されていないように見受けられる。これが私には長年、謎であった。〝more-than-human〟を冠する学術書は現在でも多く刊行されており、ごく最近のものだけでも、*Humans, Animals and Biopolitics: The more-than-human condition* (Routledge, 2017), *Participatory Research in More-than-Human Worlds* (Routledge, 2017), *More-than-Human Sociology* (Palgrave Macmillan, 2016) と枚挙にいとまがないが、これらの書にエイブラムへの言及はない。また、ティム・インゴルド『ラインズ——線の文化史』(英語原著二〇〇七年、邦訳二〇一四年)やエドゥアルド・コーン『森は考える——人間的なるものを超えた人類学』(英語原著二〇一三年、邦訳二〇一六年)を読んだ時、そこで論じられている身体的参与による世界との関わりがエイブラムの議論と重なっているように思い、参考文献を見たがエイブラムの名は挙がっていない。先述したように本書の英語原著は刊行当時に人気を博したが、それは一過性のブームだったのであろうか。

原著出版から二十年が経った現在でも、本書で展開されている議論はいささかも古さを感じさせない。それどころか、先に言及したような近年話題になっている研究書の議論と重なるところが多いということに、本書の先見性を指摘することさえできるであろう。また、これも近年注目されている新唯物論《ニューマテリアリズム》につながる洞察も本書にはうかがえる。エイブラム自身、唯物論《マテリアリズム》(Materialism)を「物のリアリズム」(Matter-Realism)と読み替える試みをしており、物のダイナミズム、物の行為主体性《エージェンシー》、人と物の相互関係に早くから着目していた。さらに、人間以上の世界に異種間の相互交流を指摘している点で、本書には、地球環境危機を背景とする人間の再イメージ化の手立てとして注目されているマルチスピーシーズ研究の種子がまかれていると言っても誤りではないだろう。

「知覚がその深みにおいて融即的であるならば、どうやってそうした深みを壊し、現在誰もが知覚しているような生気のない確定的な世界にしてしまったのだろうか」と問うエイブラムは、本書の随所で、非人間である自然に知性をみるとき世界は大いなる多義性に満たされると指摘している。人間の合理的精神に照らされた「確定的な世界」とは異質な、多義的で多声的な世界。何がそこから私たちを遠ざけてしまったのか。その原因は「言語」にあるとエイブラムは論じる――「参与＝融即の消失の原因は言語にある」、と。

といってもエイブラムは言語（より具体的には表音文字）を否定しているわけではもちろんないし、文字の出現に世界との断絶をみているわけでもない。第四章に詳述されているように、エイブラムは、人間の自然からの疎外の起源を文字の使用にみるウォルター・J・オングとは異なり、文字自体は人と世界との魔術的関わりを破壊する直接的要因ではなかったと述べている。そのことは、文字を綴ることを指す〝spell〟が原著タイトルに用いられていることからもわかる。〝spell〟は、それだけでなく、魔法や呪文という意味を持つ。「文字を綴ること」と「魔法」の意味を併せもつ〝spell〟について、エイブラムは次のように述べている。

ローマのアルファベットが口承の時代のヨーロッパに広まるにつれ、物語の朗誦を意味した古英語の〝spell〟は新たに二重の意味を持つようになった――一方で物や人の名前を構成する書かれた文字を正しい順序に並べることを意味し、他方で魔術の定式ないし呪文を表したのである。とはいえ、この二つの意味は現在の私たちが思うような別々のものではなかった。というのも、物の名前を構成する文字を正しい順序で集めることは、まさしく魔法をかけること、その存在物に影響する新たな力を確立すること、その力を呼び出すことにほかならないからである。このように、言葉を綴《スペル》ること、文字を正しく配列して名前やフレーズを形づくることは、**魔法《スペル》をかける**こと、すなわち文字で綴られた事物を新たな力の下におくことでもあったようだ。とはいえ、現在の私たちにはわかることだが、語の綴りを書けるようになるということはさらに深い意味を持ち、書かれた文字の影響下に入ること、すなわち私たち自身の感覚に魔法をかけることでもあった。それは、知性を持つ自然界の野生的で多様な魔法を、書かれた語のもつ凝縮され洗練された魔法と交換するということであった。

（本書第四章より）

人間以上《モア・ザン・ヒューマン》の世界へと誘うエイブラムの記述——文字を綴る《スペル》こと——は、アルファベット文明によって失われた野生の魔法《スペル》への接近に成功しているだろうか。本書を授業で読み議論した、文化的背景の異なる若い大学院生たちの反応は「ＹＥＳ」であった。

＊

工業化が進む十九世紀半ば、ヘンリー・Ｄ・ソローは「野生にこそ世界の救い（In wildness is the preservation of the world）」と記した。二十一世紀の現在、「人新世」（the Anthropocene）という新たな地質年代が提唱されるほど人間の活動の影響が地球の隅々に及んでいることを考えれば、野生は消失ないし絶滅の危機に瀕していると言っても間違いでないかもしれない。しかし、だからこそ、エイブラムが言うように身体的に世界と関わることが求められているのではないだろうか。頭でわかろうとするのではなく、身体を通して世界を経験してはじめて人間以上の世界が開けてくるのであり、そこにおいて、非人間である存在やその知性との出合いが経験される。非人間の知性、それは野生の謂いにほかならない。

現在、身体を通して世界を経験するということ自体が絶滅の危機に瀕している。アメリカのロバート・マイケル・パイルや、日本の塩野米松をはじめ、工業化社会において最も絶滅の危機に瀕しているのは私たち人間の経験にほかならないと語る作家は少なくないが、それほどまでに現代の私たちは人工物に囲まれ、人間とのみ関わる世界に身を置いている。身体はもちろん使うけれども、それは頭でわかっている世界の内部でのこと。非人間である自然の世界、野生の世界と接触し、そこに参与するところにまで行き着くことは、あるとしてもきわめて稀であろう。

原著刊行時の人気は、そうした「経験の絶滅」を憂慮する研究者の共感を反映していたのかもしれない。時はちょうどエコクリティシズムの黎明期。エコクリティシズムはほぼ十年のスパンで「第一波」（一九九〇年代）、「第二波」（二〇〇〇年代）、「第三波」（二〇一〇年以降）に分けることができ、第一波は、従来の人間中心主義的文学研究への異議申し立てという意味合いをもった野生の自然への関心を特徴とするが、次第に、野生への文学的関心は、環境問題が人種差別や経済格差といった社会問題と不可分であるという認識に欠けていると批判され、環境正義を主要課題とする第二波の動きに道を譲ることとなった。エイブラムの議論が公然と注目されたのは、第一波エコクリティシズムの時期と重なる。片足を分析的な議論に、もう片足をパーソナルな思索におき、論述と物語を織り交ぜた本書の執筆スタイル自体、エコクリティシズムの創始者の一人であるスコット・スロヴィックが九〇年代半ばに提唱した「ナラティブ・スカラーシップ」と相似する。第二波以降は、エコクリティシズムにおける議論の様式はパーソナルな声を抑え、旧来の学術的探究スタイルが主流になるが、本書ならびにエイブラムへの関心の起伏は、そうした学術界の空気の変化を反映しているのかもしれない。

本書を読みながら、幼少期に虫や草花を相手に野外で遊んだ日々や、旅先の田舎での経験を思い出した人もいるのではないだろうか。あるいは逆に、何の実感もわかなかったり、エイブラムの言葉遣いがロマン主義的で学術的に甘いとみる向きもあるかもしれない。

実際、エイブラムは実にきわどい勝負をしている。私《パーソナル》的なものと学術的《テクニカル》なものという二通りの序論をおくという構成に示されているように、そしてエイブラム自身が「序」で述べている通り、この思想家は、「生ける大地との関わり合いから湧き出る情熱、困惑、喜び」について語りながら、「高水準の理論的、学術的精度を維持」した議論を展開することを試みている。これは本書に一貫している研究姿勢であり、「私たちを取り巻く世界との動物的親近性を喪失することなく厳密であろうとする思惟様式」（「結び」）といった別の表現を用いて随所で示唆されているが、とりわけ「結び」の次の一節にはエイブラムの研究スタンスが見事に要約されている。


〔知覚的に私たちを取り囲む無数のものとの〕相互交流を更新すること——読み書きに基づく抽象化に向けて新たに得た能力の根拠を、古来からの口承の形の経験におくこと——ができるのなら、抽象的知性は本物の価値を得るであろう。これはもちろん「過去に戻る」という問題ではなく、むしろ、冷静な理性に関する私たちの能力を感覚的で模倣的《ミメティック》な認識方法と融合させ、共通の世界に関するヴィジョンの根を局地的で特定的なものとの直接的で参加的な関わりに張りながら、一回りして元に戻るということなのである。私たちがあくまで反省的な繭から出ないのであれば、ひとつの世界に向けられた抽象的概念や野望は恐ろしく欺瞞的なものだということになる。もし私たちが感応的世界との関係をすぐに想起しないならば、すなわち、こうした感応的な世界に棲みそれを構成する他の感性との結束を取り戻さないならば、人間の共通の特徴の代価として私たちは皆絶滅するかもしれない。

通常、学術的世界では専ら「高水準の理論的、学術的精度を維持」した議論が評価される。その意味で、もし本書が、「生ける大地との関わり合いから湧き出る情熱、困惑、喜び」にページを割くことなく、理論的、分析的議論によってのみ構成されていたならば、エイブラムの著作はその後大いに論じられ引用されたのかもしれない。アカデミズムという制度内ならば、引用や参照という形の知的交流にリスクはないからだ。しかし、それでは本書の存在意義は限りなく小さくなる。というのも、エイブラムはまさにそうした閉じた学術的世界に風穴を穿ち、人間以上の世界への身体的、感覚的参与を誘っているからである。

＊

本翻訳には長い年月を要した。原著刊行直後、第三章（抄訳）の拙訳が「言語の果肉」という題名でローレンス・ビュエル他著／伊藤詔子他訳『緑の文学批評――エコクリティシズム』（松柏社、一九九八年）に収録され、いつか原著を全訳したいと思っていたところ、エコクリティシズムの出版を多く手がけている水声社が関心を示してくださった。その後、翻訳完成までの数年間、多くの方から協力と支援を得た。

まず、一緒に原著を読み、若々しい感性で私には思いつかない解釈を示してくれた金沢大学大学院人間社会環境研究科国際学専攻の院生は、本翻訳の良きサポーターでありコメンテーターであった。とりわけ、

第五章の部分的下訳をしてくれた清水美貴さん、「結び」の下訳をしてくれた鎌田朝子さん、英語原著の多角的読解を示してくれたアリソン・イマムラさんとアナ・プロセロさんに謝意を表したい。

また、ＡＳＬＥ—Ｊａｐａｎ／文学・環境学会の研究仲間には本書の支持派と批判派の双方がいて、翻訳に際して様々な刺激を受けた。学会という研究コミュニティの意義を改めて実感した次第である。研究分担者として携わった科学研究費基盤研究（Ｂ）（１５Ｈ０３２０１）の合同研究会では、「交感」というテーマでエイブラムの議論を紹介する機会を得、研究代表者の野田研一先生をはじめ、研究分担者の中村邦生先生と小谷一明さん、研究会参加者の中川僚子さん、山田悠介さん、湯本優希さん、賀樹紅さんからコメントや質問をいただき、原著の理解がより深まった。さらに、この研究会では〝more-than-human〟をはじめ訳語選定に関しても検討の時間を割いていただいた。そのほか、小谷さん、喜納育江さん、小高康之さん、高橋綾子さんには、折に触れて相談に乗っていただいた。人類学者の奥野克巳さんと石倉敏明さんには、〝more-than-human〟の訳語選定に際して重要な示唆をいただいた。水声社の飛田陽子さんには、翻訳作業の遅れで随分ご迷惑とご心配をおかけしたが、絶妙のタイミングで励ましていただいた。大澤善信先生にはハイデッガーの思想と用語に関するご教示に加え、本翻訳に関する様々な相談事に関し貴重なアドバイスをいただいた。そして、池澤夏樹氏からは、氏が理事長を務める白山麓僻村塾でのご縁で、本翻訳に際して過分な励ましをいただいた。皆さまに心から感謝申し上げたい。

長い翻訳の道のりは家族の協力がなければ歩き通すことができなかったであろう。英語に関する度重なる質問に快く答えてくれたヴィンセント、思春期の日常に明滅する人間以上の世界との交流に立ちあわせてくれた壱政、そして訳稿を読み、大好きな上橋菜穂子氏の作品との相似性に興奮する一方で本書の学術的挑戦に積極的な意味を読み取った美砂、それぞれに感謝する。

身体的に世界に参与するということは、人間の世界だけに閉じこもるのではなく、自らを外部に開き、非人間である存在やその知性と出合い交流することを意味する。当然だが、これは頭で理解できるものではない。頭でわかろうとすると、胡散臭く思われてくるだろう。世代の異なる複数の人と話してわかったことだが、そういう経験をしたことのある人はもちろんのこと、そうでない人も、共感的に読むことによってエイブラムの議論が腑に落ちるようである。世界との身体的な関わりというものをイメージすることの難しい現在、本書が、人間以上の世界への水先案内として多くの人に読まれることを心から願う。

二〇一七年七月　白山麓にて

結城正美

著者／訳者について——

デイヴィッド・エイブラム（David Abram）　一九五七年、ニューヨーク州に生まれる。思想家、カルチュラルエコロジスト、人類学者。野生倫理同盟（the Alliance for Wild Ethics）主宰。高校時代に手品に魅せられ、大学入学後、ニューイングランドのクラブやヨーロッパの街頭で手品師として身を立てた経験を持つ。ロンドン滞在中にR・D・レインに導かれ手品の心理療法への適用について研究を開始。インドネシアやネパールにも手品師として滞在し、現地の呪術師と交流を深めた。ニューヨーク州立大学ストーニーブルック校で、本書のテーマでもある知覚と言語の相互関係を研究し、博士号を取得。本書でラナン文学賞を受賞。著書には他に、*Becoming Animal: An Earthly Cosmology* (Pantheon, 2010) があり、*Orion* や *Environmental Ethics* など多数の雑誌に寄稿。

結城正美（ゆうきまさみ）　一九六九年、石川県に生まれる。現在、金沢大学人間社会研究域歴史言語文化学系教授。ASLE-Japan／文学・環境学会代表。専攻は、エコクリティシズム、比較文学。主な著書に、『水の音の記憶——エコクリティシズムの試み』（二〇一〇年）、『他火のほうへ——食と文学のインターフェイス』（二〇一二年、ともに水声社）、共編著に『文学から環境を考える——エコクリティシズム・ガイドブック』（二〇一四年、勉誠出版）、*Ishimure Michiko's Writing in Ecocritical Perspective: Between Sea and Sky* (Lexington Books, 2016)、『里山という物語——環境人文学の対話』（二〇一七年、勉誠出版）などがある。

装幀——齋藤久美子

感応の呪文——〈人間以上の世界〉における知覚と言語

二〇一七年八月三〇日第一版第一刷印刷　二〇一七年九月一〇日第一版第一刷発行

著者——デイヴィッド・エイブラム

訳者——結城正美

発行所——有限会社**論創社**
東京都千代田区神田神保町二—二三　北井ビル２Ｆ　郵便番号一〇一—〇〇五一
株式会社**水声社**
東京都文京区小石川二—一〇—一　いろは館内　郵便番号一一二—〇〇〇二
電話〇三—三八一八—六〇四〇　ＦＡＸ〇三—三八一八—二四三七
郵便振替〇〇一八〇—四—六五四一〇〇
URL : http://www.suiseisha.net

印刷・製本——精興社

ISBN978-4-8010-0282-1
乱丁・落丁本はお取り替えいたします。

エコクリティシズム・コレクション

失われるのは、ぼくらのほうだ　野田研一　四〇〇〇円
いつかはみんな野生にもどる――環境の現象学　河野哲也　三〇〇〇円
他火のほうへ――食と文学のインターフェイス　結城正美　二八〇〇円
〈故郷〉のトポロジー――場所と居場所の環境文学論　喜納育江　二五〇〇円
動物とは「誰」か？――文学・詩学・社会学との対話　波戸岡景太　二二〇〇円
ピンチョンの動物園　波戸岡景太　二八〇〇円
＊
水の音の記憶――エコクリティシズムの試み　結城正美　三〇〇〇円

［価格税別］